Fionnuala Kearney

Weil das Herz nicht vergisst

Roman

Aus dem Englischen von
Sabine Schilasky

HarperCollins

Die Originalausgabe erschien 2021 unter dem Titel
On the Bright Side
bei Welbeck Fiction Limited, part of Welbeck Publishing Group, London.

1. Auflage 2021

Deutsche Erstausgabe

Gesetzt aus der Stempel Garamond
von GGP Media GmbH, Pößneck
Druck und Bindung von CPI books GmbH, Leck
Printed in Germany
ISBN 978-3-95967-556-7
www.harpercollins.de

Klimaneutral
Druckprodukt
ClimatePartner.com/15109-2009-1001

MIX
Papier
FSC® C083411

Für Esme,
die mich das eine und andere
über die Liebe lehrte.

Teil eins

1

Die erste E-Mail kommt am Donnerstag.

Sie geht an meine Kanzleiadresse, und noch am nächsten Tag, Freitag, den 10. August, starre ich sie an. Die Einladung ist sehr reduziert im Stil: Nur eine schlichte Angabe von Zeit und Ort, um Alice' Geburtstag zu feiern. Während die Buchstaben ihres Namens auf dem Bildschirm verschwimmen, rauscht mir eine flüchtige Erinnerung an unseren letzten Tag vor dreißig Jahren durch den Kopf – ich hatte sie in den Armen gehalten, sie aufs Haar geküsst, das weich und duftend war.

Mit dem typischen schüchternen Klopfen betritt Mabel das holzvertäfelte Büro, und ich finde in die Gegenwart zurück. Schon ist Alice' Gestalt fort. Die Frau, die seit mehr als zehn Jahren an meiner Seite arbeitet, bringt mir lächelnd einen Cappuccino auf einem kleinen Silbertablett, und ich nicke ihr dankend zu. Sobald sie wieder draußen ist, stehe ich auf und gehe im Zimmer auf und ab. Die drei Affen auf dem Regal gleich links von meinem Schreibtisch sind nicht ganz richtig ausgerichtet; ich rücke den mittleren einen Tick weiter nach links. Hör-nichts-Böses sitzt jetzt exakt zehn Zentimeter von dem Sieh-nichts-Böses und dem Sag-nichts-Böses entfernt, genau in der Mitte zwischen einer langen Reihe von ledergebundenen Gesetzesbüchern.

Heute wäre Alice fünfzig …

Ich setze mich wieder an meinen Schreibtisch, umklammere den Kaffeebecher mit beiden Händen und nippe mich durch den Milchschaum, wobei ich auf den Monitor blicke, als müsste ich das Datum überprüfen. Innerhalb von Sekunden erscheint der Bildschirmschoner: Ein Foto von einer Wohltätigkeitsveranstaltung vor wenigen Jahren, ich im Smoking, flankiert von meinen Eltern. Ich zwinge mich, mich auf die Veranstaltung an jenem Abend zu konzentrieren, bei der Spenden für eine hiesige Einrichtung gesammelt wurden, deren Schirmherr ich bin. Wie aufs Stichwort kneife ich die Augen zu, weil Schmerz aus den gekappten Nervenenden explodiert, wo mal mein linker Unterschenkel war.

Ich hole zwei Tabletten aus der Packung in meiner Schublade und schlucke sie mit dem Kaffee. Ehe mich die Klänge und Bilder meines letzten Abends mit Alice überwältigen, drucke ich die Einladung aus, nehme den Telefonhörer hoch und erinnere Mabel daran, dass ich bis zum späten Nachmittag außer Haus sein werde.

Ich lasse mir Zeit. Obwohl ich merke, dass ich zu spät komme, halte ich mich ans Tempolimit, weil ich das Schicksal nicht herausfordern will. Das Schicksal und ich waren Zeit meines Lebens seltsame Bettgenossen. Ich konnte es nie annehmen, weil ich es vorzog, jedes noch so kleine Detail zu kontrollieren, um es im Zaum zu halten. Ich mag Gewissheiten, überprüfe Fakten, ehe ich sie als Wahrheit anerkenne. Geht es um Zahlen, rechne ich zwei-, dreimal nach, um sicher zu sein. Geht es um Wörter – was es tut, wenn ich bei Gericht bin –, lese ich sie stumm, lese sie laut und studiere sie, bis ich sie auswendig kenne. Fühlt sich irgendwas nicht richtig an, suche ich, bis ich heraushabe, was nicht stimmt, und korrigiere es. Ich prüfe und prüfe, um so wenig Raum wie möglich für Irrtümer oder Zufall zu lassen, die alles durcheinanderbringen können.

Die alte Grundschule ist ein roter Jahrhundertwende-Backsteinbau mit einem geteerten Pausenhof und einem Parkplatz gleich neben einem schmalen Grünstreifen. So nahe, wie die neue Wohnsiedlung liegt, sieht es aus, als wäre einiges von dem städtischen Land verkauft worden und der Rest würde in absehbarer Zeit folgen. Ausgeblichene »Verkauft«-Schilder ragen auf hohen Holzpfosten auf. Ich lasse lauter unsinnige Gedanken meinen Kopf fluten, kremple meine Hemdsärmel auf, lege mein Jackett ordentlich zusammengefaltet über meinen Unterarm und eile auf den Haupteingang zu. Davor bleibe ich stehen, kann nicht umhin, mir eine kleine Alice vorzustellen, die in ihrer Schuluniform daherkommt, ihr langes Haar zu losen Zöpfen gebunden und die Schuhspitzen abgeschubbert. Rechts von mir stehen zwei Töpfe mit ungeliebten Geranien. Ich zupfe die toten Blüten raus, stecke sie in meine Tasche und richte die verbliebenen Blütendolden wieder aus. Symmetrie ist wichtig.

Dann gehe ich nach drinnen und lasse meine Schritte von der Musik führen. Es gibt Tage, an denen ich mir Mühe geben muss, damit man mir die Prothese nicht anmerkt, und dies ist einer von ihnen.

Als ich die Schwingtüren zur Eingangshalle öffne, stehen Leute um ein großes, projiziertes Bild herum. Alice' Gesicht füllt die Leinwand aus, und ich erstarre auf dem Teppichboden. Ihr Gesicht … Mein erster Impuls ist, wegzusehen und mich zu dem Bereich zu wenden, der voller Klapptische mit Essen steht. In der Einladung hatte gestanden, dass Freitagmittag Alice' Lieblingszeit gewesen war, und ich erinnere mich noch: Essen und das bevorstehende Wochenende, zwei ihrer Lieblingsdinge. Musik aus unserer Zeit schallt aus den Lautsprechern, als es mich wieder zu ihrem Bild zieht. Sie ist genau so, wie ich mich an sie erinnere; ihr glattes, walnussbraunes Haar fällt ihr über den Rücken und bedeckt die winzigen Sommersprossen, die ich geliebt habe. Sie wirft lachend den Kopf in den Nacken. Lebhaft. Lebendig.

Eine Frau, die ich sofort erkenne, kommt auf mich zu. Es ist ihre jüngere Schwester April. Sie reicht mir die Hand. »Jack«, sagt sie. »Ich erkenne dich von dem Foto auf der Kanzleiwebsite, auch wenn ich der Fairness halber sagen muss, dass du nur eine ältere Version des Mannes von damals bist. Du hast dich nicht verändert.«

»Du dich auch nicht«, antworte ich und sehe mich kurz nach ihren Eltern um.

»Danke, dass du gekommen bist. Ich war mir nicht sicher, ob du hier sein würdest.«

Verhalten lächele ich. »Ehrlich gesagt bin ich mir nicht ganz sicher, ob ich hier sein sollte. Ich ...«

»Alice und ich waren auf dieser Schule, so wie meine beiden Kinder auch. Jetzt wird sie verkauft, aber ich war jahrelang im Elternrat, deshalb haben sie mich die Eingangshalle vor Vertragsabschluss für heute mieten lassen. Ach herrje, ich plappere schon wieder.« Ihr Grinsen ist dem Lächeln ihrer Schwester sehr ähnlich.

Ich habe mich nicht gerührt und schaue mich immer noch nervös um.

»Unsere Eltern sind beide letztes Jahr gestorben, Jack.«

»Das tut mir leid.« Die Worte kommen wie von selbst, aber ich meine sie ernst. Trotzdem werde ich rot, weil ich erleichtert bin. Seit Alice' Beerdigung hatte ich ihre Eltern nicht mehr gesehen. Damals war ich zurück nach Surrey gezogen, hatte von der York University, an der wir uns kennenlernten, an die Royal Holloway gewechselt, wo meine Eltern mich im Blick hatten. Mir hatte davor gegraut, ihre Eltern jemals wiederzutreffen. Auch wenn sie es nie aussprachen, habe ich immer geglaubt, dass sie mir die Schuld an ihrem Tod gaben. Und ich wollte in ihren Augen nicht sehen, was ich in meinen eigenen bis heute, Jahrzehnte später, noch wahrnehme.

»Muss es nicht. Sie waren so glücklich, wie sie es unter den Umständen sein konnten. Mein Vater hatte Krebs, und meine Mutter hatte nur sechs Monate nach seinem Tod einen Herzinfarkt. Sie waren beide über achtzig ...« Sie zuckt traurig mit den Schultern, bevor sie eine Hand hebt. »Das hier war meine

Idee. Ich habe noch zu vielen Freunden von Alice Kontakt, und wir haben gedacht: Was soll's, machen wir eine Party. Kann ich dir was zu trinken holen?«

Ich ahme ein Lenkrad mit beiden Händen nach. »Ich muss noch zurück ins Büro.«

»Es gibt nur Softdrinks, Tee oder Kaffee – was möchtest du?«

Nachdem ich um schwarzen Kaffee gebeten habe, beobachte ich, wie April auf den improvisierten Getränkestand zugeht, bevor es meinen Blick wieder zu Alice zieht. Ich konzentriere mich auf das Bild der einzigen Frau, die ich jemals geliebt habe, und ich bin machtlos gegen die erdrückende Erinnerung: *Vergessen. Jetzt. Bitte.*

Bald ist April zurück und reicht mir eine kleine weiße Tasse mit Untertasse. Ich schaue sie an.

»Und was treibst du dieser Tage so, Jack, abgesehen von deiner Arbeit mit Bösewichten?«

»Ich bin Anwalt – und sie sind nicht alle böse.« Ich lächle.

»Ah, da ist das Lächeln, von dem sie immer geredet hat.«

Mit meiner freien Hand reibe ich meinen Nacken.

»Bist du verheiratet, Jack? Hast du Kinder?« Auf mein Kopfschütteln hin runzelt sie die Stirn. »Ich gestehe, dass ich versucht habe, dich auf Social Media zu finden, aber keine Spur von dir. Hast du nie geheiratet?«

Wieder verneine ich stumm und wische meine schwitzenden Hände an der Serviette ab, die April mir zu dem Kaffee gegeben hat.

»Das ist ein Jammer.«

Ehe ich begreife, was geschieht, hat sie sich bei mir eingehakt. »Komm, setzen wir uns. Wir können uns da drüben unterhalten.«

Ich bleibe stehen. »April, entschuldige. Ich glaube, dies hier war ein Fehler.«

»Unsinn«, sagt sie. »Ich beiße nicht. Und ich möchte seit über dreißig Jahren mit dir reden, habe nur nie den Mut dazu aufgebracht. Jetzt lasse ich dich nicht gehen. Komm, ich werde dir auch nicht zumuten, die gesamte Verwandtschaft kennenzulernen. Nur du und ich, wir unterhalten uns.«

»Sie hat dich geliebt.« Das hat April mir mehrmals gesagt. Ich bin nicht sicher, warum, denn, wenn ich eines mit Sicherheit wusste, war es, dass Alice und ich uns liebten. Ich *weiß*, dass wir beide gleich empfanden. Ich trinke den Rest von meinem bitteren Kaffee.

»Was ich zu sagen versuche: Sie war glücklich, als sie gestorben ist. Und wenn jemand schon mit zwanzig sterben muss, ist es dann nicht wunderbar, dass die Person wahre Liebe erlebt hat?«

Ich stimme zu, gebe die angemessenen Laute von mir und blicke mit einem Auge zum Ausgang. Dreißig Schritte und ich bin hier weg.

»Darf ich dich etwas fragen?«

Sie lässt nicht locker, also murmle ich: »Natürlich.«

»Warum hast du nie eine Familie gegründet?«

»Ich habe nie jemanden genug geliebt.« Meine Antwort ist typisch wahrheitsgemäß und direkt, doch mir fällt Lynn ein. Sie ist dem am nächsten gekommen. Wir haben zusammengelebt, sie und ich mit ihrem Sohn Antony im Teenageralter, und ich habe die Beziehung ruiniert, als ginge ich nach einem festen Plan vor.

Plötzlich sind all die Momente seit Alice, Millionen von ihnen, wie ein rauschender Lärm in meinem Gehirn.

»Ich sollte gehen. Danke, dass du an mich gedacht hast.« Ich sehe auf meine Uhr. »Ich werde heute Nachmittag in der Kanzlei gebraucht, also fahre ich lieber zurück.«

»Können wir in Kontakt bleiben?«, fragt April.

»Tut mir leid«, antworte ich und nehme meine Jacke auf. »Ich bin froh, dass du mich eingeladen hast, aber ich bin mir nicht sicher, ob das eine gute Idee wäre.«

Nach einer ebenso höflichen wie linkischen Umarmung verlasse ich die Schuleingangshalle, in der einst Alice bei der Morgenversammlung gestanden hat, in der sie mit ihren Freundinnen Hüpfen oder Küssefangen mit den Jungen gespielt hat. Im Wagen schließe ich die Augen, umklammere das Lenkrad und versuche, mich wieder auf die Arbeit zu konzentrieren. Das ist leichter, als darüber nachzudenken, was hätte sein können.

Im Büro gehe ich die Nachrichten auf meinem Desktop durch, ehe ich die neue Mandantenakte lesen muss, die Mabel mir hingelegt hat. Sofort erscheint Aprils Name; es ist die zweite E-Mail von ihr innerhalb von zwei Tagen. Obwohl ich dringend so tun möchte, als hätte es den heutigen Tag nicht gegeben, rufe ich die E-Mail auf.

– Ursprüngliche Nachricht –
Von: AprilFahy272@gmail.com
Gesendet: 10. August 2018, 15:55
An: JackTate@WhittardChambers.com
Re: Heute

Jack,
es tut mir unsagbar leid. Dich so traurig zu machen war das Letzte, was ich heute vorhatte. Eigentlich wollte ich Alice feiern. Ihr Leben war kurz, aber erfüllt, und mir fehlt bis heute, wie sie sich für wirklich alles begeistern konnte. Und heute habe ich dir angemerkt, dass es dir genauso geht.
Verzeih mir. Ich schreibe dies von meinem Handy aus und habe beschlossen, einfach zu sagen, was ich empfunden habe.

Im Laufe der Jahre wurdest du häufig erwähnt, und das nicht voller Wut, wie du anscheinend denkst. Meine Eltern haben dir nie die Schuld gegeben. Ich habe dir nie die Schuld gegeben. Dennoch denke ich, nachdem ich dich heute gesehen habe, dass du sie dir gibst.

Oh Jack, das Leben ist nie leicht, oder?

Was ich dir noch sagen wollte? Etwas ganz Einfaches.

Ich denke, du bist gefangen in dem Moment, als sie starb. Und ich bitte dich heute, an ihrem Geburtstag, tu bitte alles, was du kannst, die nächste Hälfte deines Lebens zu leben. Ich meine, lebe von diesem Moment an – als würde das Leben für dich in der Mitte anfangen.

Um Himmels willen, Jack, schalte einen Gang höher. Sieh dir an, wie die weite Welt funktioniert. Tu etwas Großes! Lass Liebe in dein Leben. Mach sie stolz.

Und vergib mir, wenn das, was ich hier schreibe, bei dir den Wunsch auslöst, mich anzuschreien. Was ich mir denn einbilde und so weiter.

Ich bin Alice' einzige Schwester. Wäre das Leben freundlicher gewesen, denke ich, dass wir befreundet wären.

Denn sie hat dich so sehr geliebt, Jack.

Darf ich sagen, dass du es ihr schuldig bist?

Pass auf dich auf,

April

Ich ziehe die Schublade neben mir auf und nehme mir eine der Mini-Whiskyflaschen, die ich von irgendeinem Flug übrig habe. In zwei Schlucken leere ich sie. Tagsüber trinke ich sonst nie, aber der heutige Tag fühlt sich wie eine Ausnahme von der Regel an. Als hätte jemand mein Regelbuch genommen und es in Brand gesteckt.

Ich versuche, Aprils unerbetenen Rat zu ignorieren, indem ich die Akte aufschlage, die Mabel mir hingelegt hat, und überfliege den Inhalt. Der neue Mandant ist ein Bursche in den Zwanzigern, der wegen schwerer Körperverletzung angeklagt wird. Es ist seine dritte Straftat, also wird die Staatsanwaltschaft die Höchststrafe fordern. Die E-Mail, die ich an Mabel tippe, ist wahrscheinlich ein bisschen schroff, spiegelt jedoch meine Stimmung wider. »Bestell ihn sofort zur Besprechung her. J.« Ich stütze die Ellbogen auf den Tisch, wobei ich die Tastatur wegschiebe, und senke den Kopf in die Hände. Aprils Worte einmal gelesen zu haben scheint schon zu reichen, dass sie gleichsam durchs Büro hallen. Die lautesten sind: »Tu etwas Großes. Lass Liebe in dein Leben. Mach sie stolz.«

Während ich mit den Daumen meine Schläfen massiere, frage ich mich, wie das gehen sollte.

Wie zur Hölle macht man das?

Halbwegs bin ich versucht, ihr zurückzuschreiben, dass sie ihre Gefühle für sich behalten soll. Andererseits sagt sie es nur, wie es ist. Eine beinahe Fremde, die erkennt, dass ich in einer Zeitschleife gefangen bin. Jemand, der denkt, dass drei Viertel eines Körpers genügen, um zu lieben.

»Tu etwas GROSSES.«

Zum Beispiel?

»Lass Liebe in dein Leben.«

Das ist lächerlich. Ich habe es versucht. Ich bin beschädigt, nicht vollständig. Neurotisch und ein bisschen zwanghaft. Unfähig zu lieben. Frag Lynn. Verdammt, frag auch Antony …

Um mich abzulenken, nehme ich mir wieder die Akte vor und lese sie, diesmal gründlich. Und ich lerne etwas Neues, abgesehen von einer wichtigen Tatsache. Zum allerersten Mal kümmert mich im Grunde nicht, was mit diesem Typen passiert. Und das ist nicht in Ordnung. Gedanken kollidieren. Ich nehme den Telefonhörer hoch und bin erleichtert, als am anderen Ende abgehoben wird.

»Ich schicke dir nur mal die Kopie einer E-Mail«, sage ich.

»Ja, dir auch guten Tag, Jack.«

»Entschuldige. Hi, Ollie. Hast du sie schon?«

»Vielleicht bin ich zu beschäftigt, um deine E-Mail jetzt gleich zu lesen.«

»Bist du?«

Seufzend täuscht Ollie Ungeduld mit mir vor. Das ist sein Ding: So zu tun, als wäre er genervt, wenn ich ihn irgendwie brauche. Dabei ist er immer schon für mich da gewesen, ob telefonisch oder persönlich. Uns verbindet schon seit der Grundschule eine tiefe Freundschaft, die seit dem Unfall erst recht unverbrüchlich ist.

»Gut, ich habe sie«, erwidert er. »Und ich lese sie gerade.« Er gibt einige Male »Aha« und »Hm« von sich, ehe er schließlich mit einem gedehnten »Ok-a-a-y« endet.

»Was meinst du?« Ich knabbere an einem Niednagel.

»Ich finde, sie hat recht. Die Frau gefällt mir.«

Ich sage nichts.

»Also, sie hat dir das geschickt, nachdem du bei der Party warst, auf die du angeblich nicht gehen wolltest?«

»Ich hatte es mir anders überlegt.«

»Ja, das sehe ich. Was glaubst *du*, was sie meint?«

»Keine Ahnung. Deshalb rufe ich dich an.«

»Etwas Großes … Ich würde sagen, hör auf, Plastik zu kaufen, hilf im Kampf gegen die globale Erwärmung oder spende für Tafeln und Hilfsorganisationen, aber das machst du alles ja schon. Und die Größe ist entscheidend, ich meine, sie spricht von GROSS. Warte mal, ich lese es gerade noch mal.« Er verstummt kurz. »Ja, mit dem Teil über die Liebe liegt sie richtig. Es wird Zeit, Alter.«

»Oh, bitte!« Ich fahre richtig zusammen. »Bitte fang jetzt nicht an, lauter Dinnerpartys zu schmeißen, bei denen du mich neben irgendwelchen Single-Frauen platzierst! Ich bin nicht interessiert.«

»Stimmt.«

Ich kann fast hören, wie er nickt.

»Jack?«

»Ja?« Ich halte den Atem an und wappne mich für das, was jetzt kommt, auch wenn ich es vermutlich hören muss.

»Eigentlich steht hier nichts Neues, abgesehen von dieser Aufforderung, etwas GROSSES zu tun, was wahrscheinlich eine gute Idee ist. Aber vor allem schreibt sie, was ich dir schon seit Langem sage und was du bereits weißt. Wie haben es die Rolling Stones noch gleich formuliert? ›Die Zeit wartet auf keinen‹, und vielleicht *ist* es jetzt Zeit, nach vorn zu sehen. Willst du meinen Rat hören? Ignorier das hier nicht. Es ist aus einem Grund passiert. Lass ihre Worte einige Tage auf dich wirken.«

»Auf mich wirken …« Ich stelle mir vor, wie die E-Mail über Tage durch meinen Kopf geistert.

»Hör mal, ich habe in fünf Minuten ein Meeting, tut mir leid«, sagt er. »Lass uns Ende der Woche reden, ja?«

Dann ist er weg, und sofort reise ich in der Zeit zurück zu jenen Momenten, die sich tief in meine Psyche eingegraben haben. Zu jenen Erinnerungen, die ich jedes Mal Sekunde für Sekunde aufs Neue durchlebe. Wenn ich es zulasse.

Es ist ein langsamer Tanz. Ihr Kopf lehnt an meiner Brust, und sie hat beide Arme um mich gelegt. Ich bin dieser schlaksige Typ, eben erst aus dem Teenageralter heraus, der sich immerzu vorbeugt, um seine Größe von einem Meter dreiundneunzig zu kaschieren, und in einer Bluesband Trompete spielt. Jemand, der während der gesamten Schulzeit als »komisch« galt und diesem Etikett geglaubt hat.

Alice, eine kleine, zierliche Brünette, die sich in ihrer weichen Samthaut rundum wohlfühlt, trägt eine Caprihose zu einem T-Shirt mit einem Einhorn drauf, weil sie »total an Magie« glaubt.

Alice liebt mich.

Ich liebe Alice.

Ich frage mich, warum ihr Haar im Juli nach Weihnachten riecht, als sie flüstert: »Lass uns gehen.« Sie führt mich auf diesem abendlichen Open-Air-Konzert durch die Menge, und wir laufen zum Parkplatz und dem Mini, den ich mir von Ollie geliehen habe. Wir beide kichern, als ich mich auf den kleinen Fahrersitz falte.

Sie summt irgendeinen Song, den wir gehört haben, und ich will gerade etwas sagen, an das ich mich später nicht erinnern kann, da hebe ich die linke Hand, um meine Augen abzuschirmen. Vorn, zu nahe, blenden die Scheinwerfer eines Wagens auf der falschen Straßenseite auf. Ich weiche aus, und das Einzige, was ich tun kann, ist, ihren Namen zu sagen.

Reifen quietschen. Metall kreischt an Metall. Alice' rechter Arm schnellt auf eine mütterliche Art, die nie ihre Blüte erreichen wird, vor mich, als wollte sie mich vor dem schützen, was kommt.

Der Hang seitlich der Straße ist steil; scharfkantige Zweige peitschen durchs offene Fenster herein, als wir kopfüber in den Abgrund stürzen. Die Scheinwerfer explodieren, bevor der Wagen erbebend zum Stehen kommt, die Front gequetscht wie eine Ziehharmonika. Mein linkes Bein verklemmt sich in geborstenem Metall, und mitten im Schrei schmecke ich Blut.

Alice' Kopf ist in einem seltsamen Winkel nach vorn geneigt. Ich greife nach ihrem schönen Gesicht, und sofort erfüllt mich Panik. Ich weiß es.

Und alles, was ich will, ist Bewusstlosigkeit.

2

WhatsApp Grace & Tim

Dad, bitte, kein Ärger, okay?

Wie & warum sollte ich Ärger machen?

Du hast gesagt, du hältst dich fern.

Wenn du das willst, darf ich aber traurig sein ☹

Ich weiß …

Nein, Gracie, weißt du nicht. Das kapierst du erst, wenn du älter bist & jemanden liebst & der einfach sagt, er liebt dich nicht mehr, einfach so. Ohne Vorwarnung, einfach so & du sollst das so hinnehmen. Ich hoffe, du erfährst nie, wie sich das anfühlt.

Ich würde sagen, Mum erinnert es anders.

Du weißt nichts. Muss los. Sehen uns vielleicht morgen.

Nein, Dad! Du hast gesagt, du machst das nicht. Dad!

3

Clare hatte das Gefühl, ihr Innerstes hätte sich über Nacht vollkommen verdreht. Als sie aufwachte, rieb sie ihren schmerzenden Bauch und versuchte, sich auf die ersten Minuten des Tages einzustellen. Sie konnte nicht umhin, sich zu fragen, welches Drama sie heute erwartete. Zwar waren Schulferien, doch Grace musste zu einem Hockeyturnier gefahren werden, also beschäftigte Clare sich damit, zunächst einen Instantkaffee zu machen, dann ein Mittagessen für Grace. Zwei Scheiben Weißbrot, keine Butter, Ketchup und ein bisschen Salami. Clare hätte schwören können, dass ihr einziges Kind ohne Geschmacksknospen auf die Welt gekommen war.

Radio 1 lief im Hintergrund, als Clare das Sixpack Limodosen unter fließendem Wasser abspülte und auf einmal merkte, dass sie beobachtet wurde. »Rattenurin«, sagte sie zu ihrer Tochter, ohne aufzublicken. »Ich habe einen Artikel darüber gelesen. Diese Dosen stehen in Lagerhäusern herum, und man kann nie wissen, was darauf herumgekrabbelt ist. Dann trinkt man daraus und …«

»Klar.« Grace nahm ihr eine Dose ab, trocknete sie und steckte sie in ihre Tasche. »Bist du bereit?«

»Bin ich immer«, antwortete Clare lächelnd.

»Ja, aber bist du bereit, jetzt loszufahren, Mum?«

»Deine Kutsche wartet, meine Teure.« Clare schob sie zur Haustür hinaus und zog sie hinter ihnen zu. Bei der Kutsche handelte es sich um einen zwölf Jahre alten Nissan, der schon sehr viel bessere Tage gesehen hatte. Meistens ging Clare lieber zu Fuß, anstatt zu riskieren, dass der Motor hustete wie ein müder alter Mann mit Atemwegsproblemen.

»Also, Rattenurin«, sagte Grace, während sie durch ihre enge Straße fuhren, in der zu beiden Seiten Autos parkten.

Clare lachte. »Mach dich ruhig lustig, aber da könnte was dran sein!«

»Nicht mehr, nachdem du dich darum gekümmert hast, Mum.«

»Tue ich das nicht immer? Mich um Sachen kümmern?«

»Doch, tust du.«

Bedrückende Stille trat ein. »Kommst du heute klar?«, wollte Grace wissen. Es war weniger eine Frage als eine Feststellung.

»Natürlich.«

»Rufst du mich an, wenn es irgendwelche Probleme gibt?«

»Wird es nicht. Ich hole dich um halb sechs ab.«

»Und wenn irgendwas …«

»Grace, geh spielen, amüsier dich! Sei fünfzehn, mein Schatz! Alles ist gut, versprochen.« Clare hielt vor dem Schulsportplatz an, gleich hinter einem Zebrastreifen. »Bis später«, rief sie ihrem einzigen Kind nach, das ihr einen Kuss zupustete.

Clare hatte keine Ahnung, wie sie zu dieser Tochter kam. Grace war eine alte Seele; Clare war überzeugt, dass sie schon tausend frühere Leben geführt hatte. Grace hatte früher als andere Kinder gesprochen, war früher als andere Kinder gelaufen, hatte früher als andere Kinder Bücher gelesen und ihren Namen geschrieben. Außer ihren dunklen Augen hatte das Mädchen keine Ähnlichkeit mit dem Vater und noch weniger mit Clare, aber die beiden hatten es geschafft, einen freundlichen, fürsorglichen Teenager zustande zu bringen. Und bei allem, was es an Tim auszusetzen gab – wobei da einiges zusammenkam –, bemühte er sich, ein guter Vater zu sein.

Allein der Gedanke an Tim bewirkte, dass sie wieder Bauchgrummeln bekam. Sie blickte zur Uhr am Armaturenbrett – gerade noch genug Zeit, nach Hause zu fahren, nach E-Mails zu sehen, noch einigen Papierkram zu erledigen und dann zum

Saal zu fahren, um alles für ihren Tanzkurs mittags vorzubereiten. Es war ihr Lieblingskurs – Walzerstunden für Leute über siebzig. Dort übten sie die Neigungen und Dehnungen, verbesserten ihre Fußarbeit und konnten einmal die Woche mit Freunden zusammen lachen.

Kaum öffnete sie die Haustür, gingen ihre Sinne in Alarmbereitschaft. Sie hatte das Radio angelassen, doch jetzt war es stumm. Die Post, die in der Zwischenzeit gebracht worden war, lag ordentlich aufgestapelt auf der Heizungsabdeckung neben ihr.

»Hallo?«, rief sie und ließ die Haustür hinter sich offen.

Tims großer Umriss erschien an der Wohnzimmertür. »Hallo«, antwortete er.

Sie seufzte. »Tim, du musst damit aufhören.« Sie sprach betont ruhig und langsam. »Du hattest gesagt, dass du den Schlüssel zurückbringst.«

Ihr baldiger Exmann streckte seine Hand mit dem Schlüssel vor. »Komm und hol ihn dir.«

»Ich spiele nicht mit. Was willst du?«

»Ich wollte hier sein, wenn du ihn aufmachst.«

Clare sah zur Post. Sechs Wochen nach ihrem vorläufigen Scheidungsurteil befand sich also irgendwo in dem Stapel das endgültige Ende ihrer Ehe. Sie schüttelte den Kopf. »Das ist schräg. Begreifst du nicht, wie gruselig das ist?«

»Ich will dein Gesicht sehen.« Er nahm mehrere Umschläge in die Hand, ging sie durch und reichte ihr einen – weiß, gestärkt, mit ihrem Namen und ihrer Adresse getippt vorn drauf und dem Frankierstempel der Anwälte in der rechten Ecke oben.

»Geh nach Hause, Tim.«

»Dies hier ist mein Zuhause.«

»Nicht mehr.« Während der langen Trennung hatte sie hart darum gekämpft, das Haus zu behalten. Mit freier Rechtshilfe hatte sie ihn vor Gericht gezerrt, um Kindesunterhalt und seinen Teil der Hypothekennachzahlungen zu bekommen, aber er zahlte nie. Und weil sie die Schulden nicht allein begleichen konnte, gehörte das Haus jetzt wieder dem Kreditgeber. Die letzte Mahnung würde in weniger als zwei Wochen kommen.

Sie zuckte nicht einmal mit der Wimper, als er näher kam, denn sie wollte sich ihre Angst nicht anmerken lassen. Nicht heute.

»Mach den Brief auf«, sagte er.

»Nicht, solange du hier bist.« Sie zählte die Spitzen der Palmenblätter auf der Flurtapete. Die hatte sie vor Jahren mit ihm ausgesucht, als sie beide diesen Miami-Stil mochten.

»Bitte, ich möchte, dass du es vorliest. Schön laut.«

Clare riss den Umschlag auf und begann zu lesen: »Gemäß vorläufigem Urteil vom 18. Juni 2018, nach dem die Ehe, geschlossen am 18. März 2000 in der St. Margaret's Church Twickenham zwischen der Klägerin Clare Bryanson und dem Beklagten Mr. Timothy Bryanson, aufgelöst ist …«

»Aufgelöst.« Tim umfing ihr Kinn und hob es an, sodass sie ihn ansehen musste. »Hört sich an, als wären wir eine Alka-Seltzer.«

Clare befreite ihren Kopf ruckartig und bewegte sich zur Haustür. »Ich finde, du solltest jetzt gehen.«

»Bist du nicht mal ein kleines bisschen traurig?«

Nun sah sie ihn doch an, und ein Bild von ihnen beiden am Tag ihrer Hochzeit tauchte vor ihrem geistigen Auge auf. Sie hatte einen Kloß im Hals. »Selbstverständlich bin ich traurig. Wärst du jetzt nicht hier, würde ich wahrscheinlich in meinen Kaffee heulen.«

»Dann trink einen Kaffee und heul mit mir.«

»Nein.«

»Warum nicht?«

»Tim, bitte! Ich kann das nicht mehr, erst recht nicht heute.« Sie hielt das Schreiben in die Höhe. »Es ist vorbei. Es ist schon lange vorbei, doch heute stimmt sogar das Gesetz zu, dass es endgültig vorbei ist.«

Ehe sie begriff, was geschah, hatte er den Brief gepackt und riss ihn in zig kleine Stücke. Dann starrte er sie an, hob die Hände und ließ die Fetzen langsam nach unten rieseln. Clare beobachtete, wie sie konfettigleich zu Boden schwebten. Dann drehte Tim sich um und ging in die Küche.

»Ich kann eine Kopie anfordern, Tim«, rief sie ihm nach und fragte sich, ob sie die Polizei rufen müsste. Es wäre nicht das erste Mal. Als er in den Flur zurückkam, hatte er einen Rucksack über der Schulter und eine Dose Limonade in den Händen.

»Ich gehe jetzt«, sagte er. »Richte Grace aus, sie soll am Freitag um sechs bereit sein.«

Clare nickte widerwillig. Das Curry-Essen freitagabends mit ihrem Vater schien Grace eher zu ertragen als zu genießen, aber ihr schien regelmäßiger Kontakt zu ihrem Vater wichtig.

Im Vorbeigehen neigte Tim den Kopf zu ihr. Sie zuckte zusammen, als sie seinen Kuss auf ihrer Wange spürte. »Mach's gut, Clare. Du hast bekommen, was du wolltest – jetzt bist du Single. Wir beide fliegen aus unserem Haus. Ich wohne bei meinen Eltern, und du kannst dir nicht mal das beschissenste Drecksloch leisten. Glückwunsch.«

Sie hielt den Atem an und verkniff sich, was sie zu gern erwidert hätte. »Kann ich bitte den Schlüssel haben?«, sagte sie, als er über die Schwelle trat. »Die Bank wird sie alle wollen.«

»Ich denke, den behalte ich«, antwortete er grinsend und schob ihn tief in seine vordere Jeanstasche. »Zur Sicherheit.«

Clare schloss die Tür hinter ihm, legte den Riegel vor und lehnte die Stirn an die Tür, deren Farbe verblichen war. Sie hatte es gewusst. Grace hatte es gewusst. Ihnen beiden war klar gewesen, dass er heute aufkreuzen würde.

»Hätte ich bekommen, was ich wollte, hättest du mich nie geschlagen«, flüsterte sie. »Ich hätte nicht immerzu raten müssen, was in deinem Kopf vorgeht. Hättest du mir geholfen, hätte ich nie das Haus verloren.« Sie blinzelte langsam. »Und ich würde mir jetzt nicht wünschen, dass du von einer satten Dosis Rattenurin vergiftet wirst.« Clare richtete sich auf und schaute auf die Uhr. Dank Tim blieb keine Zeit mehr für Papierkram, aber sie hatte noch ein paar Minuten für einen Kaffee und einen Anruf bei den Anwälten, um eine Kopie des Urteils anzufordern. Danach würde sie sich von ihren Walzertänzern in den Siebzigern aufmuntern lassen. Es war bitter nötig.

Um zehn Uhr abends war sie so müde, dass sie ununterbrochen gähnte. Sie schaltete die Nachrichten aus und schwang die Beine von der Couch. Pochende Schritte waren zu hören, als Grace die Treppe herunterkam, um sich vermutlich noch eine Scheibe Toast zu machen. Clare nahm ihr Handy vom Sofa neben ihr und löschte die neueste Textnachricht, ohne sie zu lesen. Tim hatte für einen Tag genug gesagt.

»Mum.« Grace stand in der Tür. »Weißt du noch, dass du Gladys im Gemeindesaal ein Los abgekauft hattest?«

Clare gähnte wieder und fuhr sich mit der Hand durchs Haar. Gladys. Ihre Tanzschülerin – Tanzpartnerin von Phillip. Eine entzückende alte Dame, sie hatte sie heute erst gesehen. »Los?«, wiederholte sie.

»Du hast ihr eines abgekauft. Der Frau, deren Sohn in Afghanistan verwundet wurde, weißt du noch?«

Es fiel ihr wieder ein. Gladys hatte Lose für eine Hilfseinrichtung in Wiltshire verkauft, die Amputierte bei der Reha unterstützte. »Was ist damit?« Clare war hundemüde und konnte nicht klar denken.

»Ich muss denen bei Twitter gefolgt sein, denn da steht, dass sich ein Gewinner bisher nicht gemeldet hat. Wo kann das Los sein?« Grace war in die offene Küche gegangen und kramte in den Schränken.

»Was gab es denn zu gewinnen? Wahrscheinlich habe ich es weggeworfen, Schatz.«

»Mum! Der Gewinn war zehntausend Pfund, und die Lose haben fünf Pfund das Stück gekostet.«

»Fünf Pfund!« Clare schüttelte den Kopf. »Gladys hatte mich kommen sehen!«

»Zehntausend, Mum.«

Sie ging zu ihrer Tochter in die Küche. Sie erinnerte sich wieder, wie Gladys allen von den Verwundungen ihres Sohnes erzählt hatte. Und Clare gab fünf Pfund, obwohl sie es sich nicht leisten konnte. »Grace, das könnte irgendwo sein.«

»Denk nach, Mum!«

»Tue ich ja. Du bist das einzige Glück in meinem Leben, Schatz. Jetzt trink deinen Tee, iss deinen Toast und geh ins Bett. Wir müssen beide morgen früh raus.«

»Gott, du bist zum Wahnsinnigwerden«, sagte Grace und schüttelte den Wasserkocher.

»Ich hab dich auch lieb.« Clare küsste sie auf die Wange. »Mach alles aus, ehe du nach oben kommst.«

Clare wachte von dem Geräusch aufgezogener und zugeschobener Schubladen in ihrem Schlafzimmer auf. Benommen warf sie ihr Federbett zur Seite, von dem Tim behauptet hatte, dass es »seines« wäre. Dabei hatte sie es von ihm zum Geburtstag bekommen.

»Es war Samstag, und ich war mit dir dort. Ich hatte dir mit den Kleinen geholfen, bevor du die Alten hattest.« Grace' blondes Haar war noch schlafzerzaust, und bei dem zu kleinen Pyjamaoberteil blitzte immer wieder ihr Bauch hervor, besonders als sie die Hände in die Hüften stemmte.

Clare stieg aus dem Bett, öffnete ein Fenster und atmete die taufeuchte Morgenluft ein. Dann ging sie durch den schmalen

Flur, auf dem der grüne Teppich mit den Jahren flacher geworden war, ins Bad.

»Du hattest deine blaue Handtasche mit den roten Sternen dabei, das weiß ich noch!«, rief ihre Tochter ihr nach.

Auf der Toilette stützte Clare den Kopf in die Hände. Nachdem sie sich die Hände gewaschen hatte, schaltete sie die Dusche ein und trat ein Stück zurück. »Willst du zuerst duschen oder soll ich?«

»Mein Gott, Mum, zehntausend Pfund wären jetzt wirklich praktisch! Träumst du nie davon, hier rauszukommen?«

Clare stand sehr still da. Sie hatte hart gegen Tim gekämpft, damit er ihr half, ihr Dach über dem Kopf zu behalten, und verloren. Sie hatte mit der Gemeinde um eine Sozialwohnung gekämpft, musste aber zu Recht ihren Platz am Ende der langen Schlange einnehmen. Sie bemühte sich nach Kräften, irgendwie über die Runden zu kommen und Grace' Leben so wenig wie möglich durcheinanderzubringen; Grace sollte auf ihrer Schule bleiben, ihr Zimmer mit dem pinkfarbenen Moskitonetz über dem Bett behalten und die Auswahl seltsamer Teenager, die sie manchmal ihre Freunde nannte. Aber es war ausgeschlossen, dass sie sich eine Miete in dieser Gegend leisten konnte. Sie blinzelte. Ja, sie hatte Träume. Zugleich bedeutete das Aufrechterhalten der Ehe in den letzten Jahren und das Verhandeln mit Tim nach der Trennung, dass sie sich nicht erinnerte, welche. »Dann dusche ich zuerst«, murmelte sie.

»Diese Tasche!«, brüllte Grace. »Wo kann die sein?«

Clare ignorierte sie, drehte das Wasser sehr heiß und stieg unter den Strahl. Manche Menschen nutzten ihre morgendliche Dusche, um wach zu werden; Clare zog es vor, sie als ein Reinigungsritual zu betrachten. Sie wusch alles von sich ab, was in den letzten vierundzwanzig Stunden gewesen war. Heute Morgen bedeutete es, dass sie sich extra gründlich schrubben musste, um Tim, dessen ganzen Mist und Grace' Enttäuschung in den Abfluss zu spülen. Und der Gedanke, dass ihre einzige Option sein könnte, ihre Mutter um Hilfe zu bitten – der erforderte ein Scheuern, dass es beinahe wehtat.

Zehn Minuten später kam sie zurück ins Schlafzimmer, ein großes Badelaken um ihren Körper und ein Handtuch um ihr Haar gewickelt. »Das Bad ist frei«, sagte sie, ohne Grace anzusehen.

»Ich überprüfe das nur«, antwortete ihre Tochter. Sie war über ihr Handy gebeugt, was an sich nichts Neues war.

»Und ich muss mich für die Arbeit anziehen.«

»Mum!«

Clare ging um den Haufen Handtaschen herum, die Grace vor dem Fußende gelassen hatte. »Ich habe um neun einen Kurs.«

»Ich habe das Los gefunden. Die Zahlen passen nicht.«

»Das hätte ich dir gleich sagen können. Ja, ich habe dir sogar gestern Abend schon gesagt, dass du mein einziges Glück bist.«

»Mum!«

Sie drehte sich zu Grace um. »Was?«

»Was sollen wir denn machen?«

Clare setzte sich zu ihr und legte einen Arm um Grace' Schultern. Dann wischte sie die Tränen weg, die aus Grace' Augen quollen, und hielt ihr Gesicht mit der freien Hand. »Ich werde das tun, was Mums nun mal machen, und alles regeln.«

»Es sind nur noch zwei Wochen, bis wir ausziehen müssen.«

Clare nickte. »Ja.«

Noch heute würde sie ihre Mutter anrufen. Sie würde all den Schmerz verdrängen und die Nummer wählen, die sie immer noch auf einem alten Zettel hatte. »Mum«, würde sie sagen und jeden Funken Stolz herunterschlucken, den sie besaß. »Ich brauche deine Hilfe.« Das würde sie sagen. Sosehr es ihr auch widerstrebte, sie würde es tun. Heute.

»Grace, du musst mir vertrauen, okay?«

Sie fühlte, wie sich Grace' Kopf kaum merklich an ihrer Brust bewegte. Es war ein Ja. Und mehr brauchte sie nicht. Sie durfte ihre Tochter nicht im Stich lassen.

Heute würde sie die Frau anrufen, die sie in ihren ersten Lebensjahren enttäuscht hatte. Sie würde die Frau anrufen, die sie, als Clare zehn Jahre alt war, angewiesen hatte, niemals jemanden zu lieben und nie Kinder zu bekommen, weil »die Menschen, die du liebst, dich immer enttäuschen«. Und Clare müsste ihrer Mutter gestehen, dass sie genau wie prophezeit versagt hatte.

Und dann um ein Darlehen bitten.

4

»Das Glas kommt später.« Mein Bauunternehmer Tony zieht an seiner Zigarette, nachdem er es gesagt hat, und ich kann nicht anders, als die so lässig überbrachte schlechte Nachricht mit einem wütenden Blick zu quittieren.

»Um wie viel?«, frage ich. Ich stehe vor der zwei Meter breiten Öffnung, wo ein durchgehendes Fenster eingebaut werden sollte, damit der ganze Scheunenumbau wasserdicht ist. Dieser Umbau ist seit Monaten so was wie ein Hobby, aber jetzt will ich, dass er fertig wird.

»Das kommt aus Schweden, Jack«, antwortet Tony, bevor er seine Zigarette auf den Boden wirft.

Ich starre ihn noch ein wenig länger an. Es ist eine Taktik, die ich jahrelang vor Gericht verfeinert habe. Wenn die gegnerische Seite weiß, dass sie meine Frage eigentlich nicht beantwortet hat, warte ich. Und warte.

»Weiß ich nicht«, sagt er schließlich und wischt sich die schweißbenetzte Stirn mit dem Handrücken ab. »Aber, wenn ich raten muss, würde ich sagen, noch vierzehn Tage.«

»Ich bezahle dich nicht fürs Raten, und zwei Wochen länger sind nicht drin.« Während ich rede, bücke ich mich, um seinen Zigarettenstummel aufzuheben. Ich reiche ihm das Teil, das in einem nach Wochen ohne Regen ausgetrockneten Garten eine Brandgefahr darstellt, bevor ich weggehe. »Regle das, Tony«, sage ich und füge im letzten Moment ein »Bitte« hinzu.

Sein Blick bohrt sich in meinen Rücken, und ich kann mir die unausgesprochenen Kraftausdrücke vorstellen, die ihm auf der Zunge brennen. Ich gehe an dem neu aufgestellten Zaun und den frisch gepflanzten Sträuchern entlang, die den Grenzverlauf zwischen den Grundstücken markieren. Ich verrücke den Wasserschlauch, der ihre Wurzeln gießt, und gehe hinauf zum Haupthaus, denn Ollie kommt bald.

Ich habe ein Mittagessen vorbereitet, auch wenn Ollies Steak die Pfanne quasi nur berühren darf.

»Mir ist schleierhaft, wie du das machst. Das Ding muht praktisch noch«, sage ich, als ich mit der Gabel auf sein Fleischstück zeige, nachdem wir uns an den Küchentisch gesetzt haben.

Ollie grinst. »Das ist super!« Er redet weiter, während er sein Fleisch schneidet. »Und hast du schon entschieden, was du tun willst?«

Die letzten Tage war er mein Resonanzboden, während ich so viele Dinge verarbeite, die April mit ihrer E-Mail ausgelöst hat. »Jo ... Ich nehme ein Sabbatical, irgendwas zwischen sechs Monaten und einem Jahr. Wohin es geht, muss ich noch entscheiden.«

»Klingt immer noch ein bisschen vage, Jack.«

Ich zucke mit den Schultern. »Ich kann die Leerstellen nicht füllen, ehe ich nicht mit Marsha geredet und die Einzelheiten mit der Kanzlei geklärt habe. *Danach* wird es aufregend!« Als ich es sage, bin ich mir nicht sicher, dass Marsha, die Kanzleichefin, es genauso aufregend finden wird.

Ollie sieht mich kauend an. »Und ist dieses Reisen ein ›Ding‹ oder das ›Große‹?«

Stirnrunzelnd denke ich nach. »Weiß ich nicht genau. Ich habe nur das Gefühl, dass ich es tun sollte.«

»Läufst du weg?«

»Nein.« Ich seufze. »Es war klar, dass du das denkst. Ich war mir nicht sicher, was ich machen wollte, bis ich diese Woche eine Besprechung mit einem neuen Mandanten hatte ...« Ich möchte es richtig erklären und lege mein Besteck hin.

»Von dem Moment an, als ich diesen Typen getroffen habe, nein, schon in dem Augenblick, in dem ich seine Akte gelesen habe, wurde mir bewusst, dass mich nicht interessiert, was mit ihm geschieht. Aber ob schuldig oder nicht, er verdient die bestmögliche Verteidigung, und die kann ich nicht leisten, wenn es mich nicht schert. Also ist es kein Weglaufen, sondern eher …« Ich merke, wie ich mich auf eine zerkratzte Stelle auf dem Eichentisch neben meinem Glas konzentriere. »Ich bin müde, Ollie«, gestehe ich. »Und die Vorstellung einer Pause, von allem wegzukommen, hat kaum Gestalt angenommen, da wurde sie schon immer mehr zu einer lauten Stimme in meinem Kopf.«

Er nickt. »Das verstehe ich. Aber was an Aprils E-Mail anders war, war ihre Erwähnung einer großen Geste für dich oder die Welt oder beides – das *Große*.«

»Ich habe überlegt, eine Spendenveranstaltung für das hiesige Rehazentrum zu machen.« Dabei achte ich auf seinen Gesichtsausdruck.

Und der wirkt wenig beeindruckt. »Oder du könntest ihnen einen Scheck ausstellen.«

»Ehrlich, ich denke, Reisen würde meinen Horizont erweitern, was eventuell bedeutet, dass ich die Vergangenheit hinter mir lasse, und das wäre nicht nur groß, sondern riesig. Gigantisch!« Ich breite die Arme so weit wie möglich aus und grinse ihn matt an.

»Klar, aber reicht es, dir einen längeren Urlaub zu gönnen?«

»Ich ziehe die Bezeichnung ›lehrreiche Erfahrung‹ vor. Wer weiß?« Ich zucke mit den Schultern und nehme von meinem kalten Essen. Mein Appetit versiegt bereits. »Es ist immerhin ein Anfang.«

Lächelnd tippt Ollie mit seinem Wasserglas gegen meines mit Merlot. Er ist mit dem Auto da, und keiner von uns trinkt einen Tropfen, wenn er mit dem Wagen unterwegs ist. Es ist unsere Lehre aus dem, was Alice und mir passiert war, als wir beide Opfer eines Fremden wurden, der sich vor langer Zeit anders entschieden hatte.

»Wie läuft es mit der Scheune?«, fragt er und sieht nach draußen zu den Umrissen.

Mein Telefon vibriert auf dem Tisch; nach einem kurzen Blick aufs Display drücke ich den Anruf weg.

»Tony, der Bauunternehmer, strapaziert meine Geduld«, antworte ich. »Anscheinend versteht er das Wort ›fertigstellen‹ nicht.«

»Und was hast du damit vor, *wenn* alles fertig ist?«

»Der Plan war eigentlich, zu verkaufen, aber der Markt ist am Boden, und angesichts der neuen Pläne werde ich wohl für ein Jahr vermieten.«

»Und dieses Haus? Was ist damit, wenn du weggehst?«

Ich nehme mir einen Moment, um mich in dem Zuhause umzuschauen, das ich liebe – meine Küche im Landhausstil mit dem Aga, mit dem ich immer noch kämpfe, dem alten Eichenesstisch, an dem wir neben der tickenden Standuhr sitzen, die ich von meinem Vater hatte. Durch einen offenen Türbogen sieht man in ein kleines Wohnzimmer mit einem Sofa und einem Sessel, einem Plattenspieler und einer Musikanlage. Dort sind die Wände weiß gestrichen; an der hinteren führt eine Glastür in den Garten.

Ollie schnippt vor meinem Gesicht mit den Fingern. »Erde an Jack.«

Ich blicke zu seinem Teller und sehe, dass er aufgegessen hat. Ich habe eigentlich keinen Hunger mehr. Wir räumen gemeinsam den Tisch ab.

Minuten später sitzen wir im Wohnzimmer, ich auf dem Sofa, eingesunken in die Vertiefung, die mein Hintern hier geformt hat. Gleich hinter dem Sessel, in dem Ollie sitzt, steht eine große alte Truhe, in der ich all meine Schallplatten und

Noten aufbewahre. Die Glastür ist offen; draußen neigt sich der Augusttag dem Ende zu.

»Ich habe gefragt, was du mit diesem Haus vorhast.«

»Ich lasse es leer, engagiere jemanden, der hier nach dem Rechten sieht. Die Vorstellung, dass hier andere Leute wohnen, ertrage ich nicht.«

Ollie nickt, trinkt seinen Kaffee, und ich schenke mir einen Brandy ein. Plötzlich ist er still, und ehe ich ihn fragen kann, was los ist, platzt er heraus: »Ich habe nachgedacht.« Es tritt eine Pause ein; ich sehe ihm an, dass er an die Unfallnacht denkt. Im Laufe der Jahre hatten wir viele Abende bei Brandy, und es kommt selten vor, dass wir am Ende nicht über die Rolle des Zufalls sprechen. Was, wenn er mir seinen Wagen nicht geliehen hätte? Was, wenn ich zehn Minuten später losgefahren wäre? Was, wenn Ollie nicht die Grippe gehabt hätte und wie geplant mit mir zu dem Konzert gekommen wäre? Er wurde krank, und Alice und ich gingen hin. Wer von uns wäre gefahren, wären Ollie und ich dort gewesen? Und wer von uns wäre dann jetzt tot?

Ich beobachte, wie er überlegt, bevor er fortfährt: »Über alles, was dich hergeführt hat, und … ich habe eine Idee.«

»O Gott …«

»Hör zu«, sagt er. »Hör mich einfach an, ja? Ich bin neu im Vorstand einer Wohltätigkeitsorganisation, gegründet von einer Frau, die ich von der Uni kenne. Es ist eine kleine Organisation, die Familien hilft, wenn sie durch Scheidung ihre Häuser verlieren, bis sie wieder auf die Beine kommen. Vor Jahren war sie selbst in einer solchen Lage und hat diesen Verein gegründet, um anderen zu helfen.« Ollie sieht mich an. »Sie glaubt fest, dass es eine Chance auf einen Neuanfang ist, und hat mich überzeugt, in den Vorstand zu kommen.«

Ich ahne, was folgt. »Das denke ich nicht, Oliver.«

»April sprach von etwas GROSSEM.«

Der Brandy brennt in meiner Kehle. »Deshalb dieser ungewöhnliche Spontanbesuch?«

Er hat sein rechtes Bein über das linke geschlagen, der Fuß wippt sanft. Das gelegentliche Knacken in seinem Knöchel ist das einzige Geräusch, bis er weiterspricht. »Erwischt. Jack, ich verstehe das mit dem Reisen, aber du bist auch auf Großes aus, und das ist es, mein Freund. Zeig dem Schicksal den Stinkefinger und hilf, das Leben von jemandem zum Besseren zu ändern.«

Ich lasse mir die Idee durch den Kopf gehen. Wie er sicher schon wusste, verwerfe ich sie nicht gleich, weil sie GROSS ist und funktionieren könnte. »Erzähl mir mehr über diese Organisation. Ich höre zu.«

Zwei Kaffees später weiß ich so gut wie alles, was ich wissen muss, und er verstummt.

»Wie überprüfe ich die Leute, die einziehen?«, frage ich, denn das ist meine größte Sorge.

»Gar nicht«, antwortet er schulterzuckend. »Wie gesagt, die Leute bewerben sich, müssen die Kriterien erfüllen, dass sie kürzlich geschieden wurden, ihr Haus verloren haben und so weiter. Und dann entscheiden Timing und Glück. Natürlich sieht die Organisation sich die Leute an …«

»Könntest du dabei sein – mit denjenigen reden, die vorgeschlagen werden?«

»Könnte ich.« Ollie grinst, denn er glaubt, schon gewonnen zu haben, obwohl ich nach wie vor unsicher bin.

»Ich meine, die Scheune ist nicht riesig. Eigentlich reicht der Platz nur für einen Erwachsenen und ein Kind, höchstens mit zwei kleinen Kindern. Und Kinder … Mist, das viele Glas …«

»Hör auf, dich zu sorgen. Du wirst derweil durch die Weltgeschichte reisen.«

Er hat recht. Werde ich. Und ohne zu kapieren, was ich tue, erzähle ich ihm, dass ich darüber nachdenke, was Ollie wie üblich als Ja nimmt. Im Takt seiner Hand, die auf seinen Oberschenkel schlägt, wiederhole ich: »Ich habe gesagt, ich denke drüber nach, Ollie. Und es wäre höchstens für ein Jahr, wobei du es persönlich überwachen müsstest.«

»Selbstverständlich!« Er steht auf, zieht mich vom Sofa hoch und umarmt mich.

»O Mann, welchen Teil von ›drüber nachdenken‹ hast du nicht verstanden?« Ich verziehe das Gesicht.

»Es ist richtig GROSS, und du würdest wirklich jemandem helfen.«

Ich weiche zurück, greife nach meinem Glas und leere es. »Ich helfe täglich Leuten.«

»Jack, du knöpfst ihnen Geld für deine Arbeit ab.« Er schüttelt den Kopf, und einiges von seinem krausen Haar löst sich aus dem Zopf. Er mag der untypischste Wirtschaftsprüfer sein, den man je gesehen hat, doch er ist auch der Mensch, dem ich am meisten vertraue.

»Du berechnest den Leuten Unsummen«, fährt er fort. »Dies hier wäre selbstlos, philanthropisch.«

Ich setze mich wieder, nehme meine Prothese ab und reibe meinen Stumpf. Abends kommt immer eine Zeit, in der ich sie kurz abnehme, einfach um die Freiheit zu fühlen. Oliver beobachtet mich, ehe er zurück in den Sessel sinkt.

»Denkst du, ich habe das Zeug zum Philanthropen?«

»Auf jeden Fall hast du das Geld«, antwortet er lachend.

Darüber denke ich nicht weiter nach. Ich bin schon großzügig, glaube ich. Ich spende monatlich eine große Summe an eine Hilfsorganisation, und einmal im Jahr helfe ich ihnen, Spenden einzuwerben. Ich unterstütze einige andere Organisationen nicht ganz so umfangreich, dennoch betont meine Mutter es immer wieder. Da ich aus sehr viel einfacheren Verhältnissen komme als denen, in denen ich heute lebe, ist ihr Lieblingssatz: »Wie viel kann ein Mann allein ausgeben?«

Sie vergisst gern einen meiner Hauptgründe, warum ich so viel habe. Ich verdiene gut, klar, habe eine Menge Geld verdient und niemanden, den ich ernähren muss. Doch ein großer Betrag kam von der ersten Entschädigung, die ich klug investiert habe. Von der Schadenssumme der Versicherung, nachdem ein betrunkener Autofahrer mein linkes Bein halbiert hatte.

»Lass es.« Ollie schwenkt mahnend den Zeigefinger.

»Was?«

»Alles zu zergrübeln. Du hast diesen Blick.«

Ich rümpfe die Nase und versuche, den Blick, was immer das sein mag, abzustellen.

»Danke«, meint er. »Dass du darüber nachdenkst.« Er hebt eine Hand. »Also, nachdem wir das potenziell große Ding besprochen haben, reden wir über den Teil mit der Liebe. Das ›Lass Liebe in dein Leben‹ aus der E-Mail.«

»Das kann ich«, behaupte ich nickend.

»Seit Lynn hat es niemanden mehr gegeben, Jack.«

»Und?«

Er zuckt mit den Schultern. Ollie mag schlichte Fakten, sogar noch mehr als ich, der abgekämpfte Anwalt. »Ich weiß immer noch, wie es geht, Oliver.«

»Aber du musst dich mal vortasten, und dann musst du …«

»Ich bin bereit, zumindest mehr denn je.«

»Das ist gut.« Er beugt sich vor und betrachtet mich nachdenklich. »Du musst offen sein.«

»Ich bin ein offenes Buch.«

»Offen für alles, was die Welt dir zuwirft. Ich meine es ernst, Jack, und …«

»Und was?«

»Und du bist schon so lange verschlossen. In Panik, dass das Schicksal dich wieder verarscht. Du wirst dein geschundenes Herz riskieren müssen.«

»O Mann, wer hat dich denn zum Liebesguru gemacht?« Ich fange an zu lachen, um das Echo des letzten Schicksalssatzes zu übertönen.

»Ich glaube, ich beneide dich«, sagt er. »Du hast all das Abenteuer und den Kitzel vor dir, jemanden zu finden, kennenzulernen, dich zu verlieben. Den ersten Sex, die …«

»Was für einen Blödsinn du redest!« Schließlich hat er Jennifer, seine umwerfende Frau, und seine beiden schönen, gesunden Kinder.

»Ich weiß«, gesteht er.

»Niemals würdest du mit mir tauschen wollen.«

»Keine Sekunde lang.«

»Du musst mir nichts vormachen, Ollie. So was tun wir nicht.« Ich sehe ihn streng an. »Was auch passiert, was auch auf mich zukommt, ich bin bereit.«

Er nickt, und es ist wie ein Schlusspunkt. Nach längerem Schweigen steht er auf. »Ich fahre dann mal nach Hause. Jen wartet sicher schon.«

»Was denn, jetzt, da du dir praktisch meine ausgebaute Scheune für ein Jahr gesichert und mir Anweisungen gegeben hast, verschwindest du?«

»Autsch.« Er zuckt übertrieben zusammen. »Es wird spät, und ich sollte losfahren.« Im Vorbeigehen drückt Ollie meine Schulter. »Bleib sitzen.« Gemeint ist, dass ich meine Prothese nicht wieder anschnallen muss, um ihn zur Tür zu begleiten.

»Ja, geh lieber, ehe du mir noch eine peinliche Liebeserklärung machst.«

»Ich liebe dich tatsächlich, Alter!«, ruft er.

»Gute Nacht, Ollie. Grüß die Familie von mir, die du nicht mal eine Sekunde eintauschen willst!«

Es wird vollkommen still, als er fort ist. Ich kremple mein Hosenbein auf, befestige die Prothese wieder und gehe zum Plattenspieler. Dann öffne ich die Truhe und suche ein Jazzalbum raus, von dem ich das erste Stück wähle – Herb Alpert und seine Band. Aus dem grünen, mit Samt ausgeschlagenen Kasten neben dem Plattenspieler nehme ich meine Trompete. Den linken Daumen über dem Sattel, den Finger durch den Ring und mit den rechten Fingern auf den Ventilen setze ich das Mundstück an die Lippen. Bald füllen die fröhlichen Jazzklänge den Raum. An der offenen Gartentür beuge ich meinen Rücken und spiele mein Instrument. Wie immer verfliegen dabei meine Sorgen. Mit den Tönen, die meine Lunge und meine Hände hervorbringen, fliehen sie aus meinem gebrochenen Körper. Es gab nie irgendwelche Nachbarn, um die ich mich scheren musste, und während mein verwundetes Herz aufsteigt und über der Grenze schwebt, die nun die Scheune vom Haus trennt, ahne ich, dass sich das bald ändern könnte.

Aber bis dahin könnte ich schon irgendwo sein.

Am nächsten Tag scheint es mir sinnlos, die bereits getroffene Entscheidung aufzuschieben.

»Marsha?«

»Ja?« Die Kanzleichefin ist ein wenig schroff am Telefon. Ich stelle sie mir in ihrem Büro vor, wo sie auf ihre Armbanduhr schaut und sich fragt, was ich so kurz vor Feierabend von ihr will.

»Ein schneller Drink?«, frage ich.

»O ja, unbedingt«, stöhnt sie beinahe, ehe sie misstrauisch ergänzt: »Warum?«

»Ich möchte dir etwas vorschlagen.«

»O Gott, das letzte Mal endete es damit, dass wir zwei neue Mitarbeiter eingestellt haben!«

»Nein, nichts in der Richtung, keine Sorge.«

Als ich aufgelegt habe, ist mir, als wäre ein Gewicht von meinen Schultern gefallen. Ich gehe zu den drei Affen und drehe den nicht sprechenden so hin, dass er in die entgegengesetzte Richtung zu den anderen hockt. Es dauert einige Sekunden, bis ich sicher bin, dass ich ihn so lassen kann, dann gehe ich nach unten, um Marsha im Foyer zu treffen. Während ich auf sie warte, übe ich mein gewinnendstes Lächeln, das ich mir für Auftritte vor Gericht aufspare. Sie kommt die Treppe herunter und runzelt sofort die Stirn.

»Mist, das werde ich bereuen, oder?«

Ich hauche ihr Luftküsse auf die Wangen. »Natürlich nicht. Du wirst mir helfen. Ich habe Großes vor.«

Marsha hält mit mir Schritt, als wir Lincoln's Inn Field zum Wig and Pencil überqueren. Vögel zwitschern in den Bäumen, junge und alte Menschen sitzen auf den Bänken der Cafés, an denen wir vorbeigehen. Überall ist Lachen zu hören. Ich nehme Marshas freien Arm – den ohne die Aktentasche – und hake ihn in meinen ein.

»Du wirst es klasse finden«, sage ich, denn ich fürchte, das wird sie nicht. »*Denn* du wirst mir helfen.«

Sie schweigt, zieht ihren Arm aber nicht zurück, und bald sitzen wir auf den letzten freien Barhockern an einem schmalen hohen Tisch in dem Pub, zwei geeiste Gin Tonics vor uns.

»Na los, bring es hinter mich«, sagt Marsha und nimmt einen großen Schluck aus ihrem Glas.

Plötzlich bin ich unsicher, was ich sagen, wo ich anfangen soll. Wann habe ich das letzte Mal, sofern überhaupt, um Hilfe gebeten? Eigentlich nie, medizinische Hilfe ausgenommen, wird mir bewusst. Trotzdem sprudeln die Wörter heraus. Marsha hört zu und ist erstaunlich einverstanden mit dem Plan, gesteht sogar, dass sie ein kleines bisschen neidisch ist, und bittet mich lachend, sie mitzunehmen. Sie versichert mir, dass die anderen Partner in der Kanzlei mitziehen werden, ehe sie konstatiert, dass dies meine Midlife-Crisis sein und sich alles um meinen bevorstehenden Fünfzigsten drehen muss. Ehe wir gehen, wettet sie fünfzig Mäuse – ein Pfund für jedes meiner Lebensjahre –, dass ich innerhalb von drei Monaten wieder zurück sein werde.

Ich lächle und freue mich insgeheim auf das Geld, das sie mir schulden wird.

5

Instagram

GraceD15, Croydon

…

Wir ziehen um! Noch keine Details, aber weg aus dem Viertel, und ich bin ☹

#umzug #werdeeuchallevermissen #hockeygang

…

Drei Kommentare:

SonyFarr Neeeeein!

CarolBonham Machs gut, Gracie ☹ #bleibinkontakt #werdedichauchvermissen

PinkieBrown Wann bist du weg?

GraceD15 Schreibe dir bei WhatsApp.

6

Die jüngste Hitzewelle hat das Gras zu Heu versengt, und der jetzige Regenguss stellt nur eine kurze Verschnaufpause dar. Die Wetterberichte sagen, dieser August bricht den bisherigen Rekord von 1976. Damals war ich sieben; ich erinnere mich an den geschmolzenen Teer in den ausgebesserten Schlaglöchern vor unserem Haus – den Gestank von Bitumen an meinen Händen, der immer noch da war, wenn ich abends längst im Bett lag. Die Erinnerung bewirkt, dass ich mir die Fingernägel in der Küchenspüle schrubbe. Ich blicke durchs Fenster zum ausgedörrten Rasen, den der Regen ein wenig nährt, und denke daran, wie weit wir gekommen sind, meine Eltern und ich. Heutzutage ist mein Vater oft auf sattgrünen Golfplätzen im sonnigen Florida unterwegs, während meine Mutter abwechselnd Tennis spielt und ihren »amerikanischen Damen« Bridge beibringt.

Hinter der neuen Hecke scheint die Scheune stolz aufzuragen, als wollte sie mir bedeuten, dass ich etwas Gutes mit meinem neuen Leben anfange. Heute zieht dort eine Familie ein: eine Frau namens Clare Bryanson mit ihrer Teenager-Tochter Grace. Laut Ollie, der sie einige Male getroffen hat, könnte ich mir keine idealeren »Mieter« wünschen. Ich verkniff mir die Bemerkung, ideal wäre, gäbe es eine Mietzahlung. Ich hätte es witzig gefunden, aber Ollie, der sich sorgt, weil er mir diese Nummer aufgedrängt hat, hätte nicht gelacht. Also hielt ich die Klappe.

Sehr wohl witzig, oder vielmehr schräg, ist, wie diese Sache eine Eigendynamik entwickelt hat, seit ich zugestimmt habe. Innerhalb von zehn Tagen war die Frau von der Organisation informiert worden, und ich hatte die Verträge aufgesetzt, die unterschrieben wurden. Und plötzlich hieß es, sie würden morgen hier sein. Ich leugne nicht, dass ich sowohl aufgeregt als auch komplett panisch bin.

Als ich mich umdrehe, werde ich an einige Gründe erinnert, weshalb ich bisher nicht gepackt habe. Die Wand dort besteht teils noch aus nacktem Backstein, doch das meiste ist feinverputzt und in schwarzer Tafelfarbe gestrichen, mit meiner Mind-Map in Kreide darauf. Die sieht leider sehr nach den Irrungen und Wirrungen eines Idioten mittleren Alters aus. Nicht einmal ich kann mehr die einzelnen Fäden nachvollziehen, geschweige denn die Logik hinter den jeweiligen Entscheidungen erkennen. Mal will ich zuerst in die Staaten, von da nach Australien und zurück nach Europa, mal genau andersherum; dann wieder springe ich überall vollkommen wahllos herum – weil ich es kann. Es passt so wenig zu mir, dass ich nicht ertrage, auch nur hinzusehen. Am Ende tue ich gar nichts, weil ich die neuen Nachbarn kennenlernen will, bevor ich verschwinde. Ich muss sie zumindest gesehen haben.

Ich schnappe mir meine Regenjacke und nehme den Eimer mit Küchenabfällen auf. Die beiden Zwergschweine, Walnut und Pecan, warten schon am Gatter zum Pferch. Ich bin fest überzeugt, dass sie beide ihre eigene Persönlichkeit haben – Pecan ist die kleine Tyrannin und Walnut der Pazifist. Wie zur Bestätigung drängelt Pecan sich sofort zum Eimer in meiner Hand vor, ehe ich beim Trog bin. »Sei nicht so gierig.« Ich reibe ihre Nase. »Dein Bruder muss auch fressen.«

Sie machen solchen Radau, dass ich mich frage, ob sie mit ihren hohen Quiekharmonien meinen gesungenen Bariton zu begleiten versuchen oder schlicht lachen – ihr Quieken hat etwas vom ausgelassenen Kichern kleiner Kinder. Ich albere mit ihnen im Pferch herum, als ich andere Geräusche aus Richtung der Scheune vernehme – ein Wagen fährt vor, eventuell ein Umzugstransporter. Eilig kehre ich ins Haus zurück, und obwohl ich selten nach oben gehe, steige ich jetzt die Treppe hinauf. Aus dem Fenster auf dem Treppenabsatz sehe ich einen weißen Van. Er parkt neben dem kleinen grauen Nissan, der spät gestern Abend angekommen ist. Die Fahrerin ist sofort in einem Taxi weggefahren, das zu einem Unternehmen am Bahnhof gehört. Meine Hände zittern. Ja, ich habe all das dem Zufall überlassen, und was ist, wenn es ein Desaster wird und das Schicksal schon bei meiner Geburt beschlossen hat, ich sei irgendwie unwürdig?

Die hintere Scheunentür geht auf, was bedeutet, dass sie die Schlüssel gefunden haben, die ich dort für sie deponiert habe, und ich sehe ein Mädchen in den Garten kommen. Sie ist groß, trägt Jeans, T-Shirt und einen verknoteten Schal im blonden Haar. Eindeutig keine Hörner. Oder Ziegenhufe. Oder einen gegabelten Schwanz. Sie wandert umher, schnuppert an den Blumen, betrachtet die Aussicht, und obwohl sie harmlos wirkt, ertappe ich mich bei dem Wunsch, ich hätte eine höhere Hecke oder richtige Bäume entlang dem neuen Zaun gepflanzt. Ich gehe zurück nach unten und nehme meine Schlüssel. Es wird Zeit, dass ich die Nachbarn kennenlerne, wie ich es Ollie versprochen habe.

Mit der Mappe in der Hand, die ich vorbereitet habe, ziehe ich die Tür hinter mir zu und gehe hinüber. An der Scheune drücke ich auf die Klingel.

»Hallo!«, strahlt das Mädchen, als es die Tür öffnet.

»Hi.«

»Sie müssen Mr. Tate sein, der Vermieter.« Sie reicht mir die Hand.

Ich habe keinen Grund zu lügen, als ich ihre Hand kurz schüttle. Und ich verstehe selbst nicht, warum ich lüge, außer dass mich eine komische Furcht vor dem überkommt, was wirklich passiert. Es ist kein Ereignis auf einer Tabellenkalkulation mehr, sondern real. Das »Große« ist Fleisch und Blut geworden und geschieht jetzt.

»Ich bin, äh, Martin«, sage ich. »Ich wohne nebenan.«

»Oh.« Sie wirkt enttäuscht. »Mum!«, ruft sie nach hinten. »Martin von nebenan ist hier.«

Ich frage mich nur, ob ich in mein eigenes Haus gebeten werde, als sie sagt: »Ups, wo sind meine Manieren? Kommen Sie rein. Aber können Sie sich bitte die Schuhe an der Matte abwischen? Hier drinnen ist alles supersauber!«

Aus der Nähe scheint sie jünger, als ich zuerst gedacht habe, obwohl sie sich gar nicht wie ein Teenager verhält oder spricht, weshalb ich für einen Moment verwirrt bin. Andererseits ist Antony mein Teenager-Maßstab, Antony, der immerfort seine Mutter Lynn anbrüllte und der an einem guten Tag mir gegenüber bestenfalls ein Grunzen zustande brachte.

»Ich fürchte, dass Mum mich zwingen wird, immerzu einen Putzlappen bei mir zu haben!« Sie schaut sich um.

Das ist gut, denke ich. Mir gefällt der Gedanke, dass sie beide Putzfreaks sind. Eine Frau erscheint in der Diele, und aus unerklärlichen Gründen beschließt meine Zunge, sich in diesem Moment zu verknoten.

»Hallo, Martin«, begrüßt mich Clare Bryanson mit Handschlag. Ich lächle und fürchte mich vor dem Laut, der aus mir herauskommen könnte.

»Du meine Güte, haben Sie das hier *gesehen*? Grace und ich laufen mit offenem Mund herum. Alles, aber auch echt alles ist so traumhaft schön!«

Prompt regt sich etwas in mir. Ihr Lächeln, die Freude und die Dankbarkeit, die beide ausstrahlen, übertragen sich direkt auf mich.

»Kennen Sie den Vermieter?«, fragt sie mich und sieht zu dem Ordner in meiner Hand.

»Ja, ich kenne Jack …«

»Ah, können Sie ihm dann bitte dies hier geben, wenn Sie ihn das nächste Mal sehen?« Sie greift zu dem Chromtisch an der einzigen Wand in der Nähe – der Wohn- und Küchenbereich dahinter ist komplett offen – und reicht mir eine Flaschentüte, aus der oben eine Karte ragt.

»Klar.« Ich räuspere mich und bitte meine Zunge, sich nicht schon wieder zu verknoten. »Er, äh, also Jack, äh, wollte, dass ich euch diesen Ordner mit allem gebe, was ihr über das Haus wissen müsst.«

Clare nimmt mir den Ordner ab, und ich bemerke, dass beide gleichzeitig nicken, was mich unter anderen Umständen zum Lachen gebracht hätte, mir jetzt hingegen nur bestätigt, dass sie mich für seltsam halten. Sie denken, dass sie neben einem Spinner leben, den sie nach dem heutigen Tag bitte nicht wiedersehen wollen.

»Ich würde Ihnen ja einen Tee anbieten, aber es ist noch alles im Van.« Sie zeigt zu dem Miettransporter, den sie hergefahren haben muss.

»Kein Problem. Ein anderes Mal.« Ich bewege mich rückwärts zur Tür.

Clare fächelt sich mit der Hand Luft zu. »Hier ist es sehr warm, oder bin ich das?«

Grace lacht. »Mum findet es immer warm, Martin. Gleich wird sie sämtliche Fenster aufreißen.«

Normalerweise kann ich mit Teenagern nichts anfangen, aber Grace wirkt niedlich. »Falls ihr irgendwas braucht …«, sage ich zu ihrer Mutter.

»Danke, Martin. Oh, Sie haben nicht zufällig die Handynummer von Mr. Tate, oder?«

»Haben Sie die nicht?«

»Nein, Mr. Rantzen hat gesagt …« Sie wird rot und streicht sich einige lose Haarsträhnen hinter die Ohren, als sie sich bremst, bevor sie die »Organisation« anspricht. Der Nachbar soll nichts von ihren Umständen erfahren, und ich bin entsetzt, weil ich sie in diese Lage gebracht habe. Rasch gebe ich vor, die Nummer auf meinem Handy nachzusehen, sage ihr meine, und

Clare tippt sie in ein Smartphone, das älter aussieht als diese Scheune. »Danke.« Ihr Lächeln ist offen und ungekünstelt.

»Gerne«, sage ich und bin endgültig überzeugt, dass dies hier richtig ist. »Sicher macht es Jack nichts aus, wenn Sie ihn anrufen. Und ich sorge dafür, dass er diese Flasche bekommt.« Erst als ich gehe, hat sich meine Zunge wieder ganz entknotet.

»Bis dann, Martin«, sagt Clare.

»Man sieht sich.« Grace lächelt.

Ich verlasse die beiden und frage mich, was sie wohl über mich sagen. Doch eigentlich möchte ich es lieber nicht wissen.

Im Haus öffne ich die Tüte. Es ist eine Flasche Sekt von der Supermarkt-Eigenmarke, die sie sich wahrscheinlich kaum leisten kann. Ich reiße den Umschlag auf, weil ich dringend wissen will, was diese Frau und ihre Tochter ihrem Wohltäter schreiben, Jack Tate.

»Lieber Mr. Tate«, lese ich laut. »Ich bin wirklich nicht sicher, ob es Worte gibt, die unsere Dankbarkeit ausdrücken. Ich kann nur sagen, dass der Übergang nach der Scheidung dank Ihrer Freundlichkeit leichter wird. Wir haben (wie mir Mr. Oliver Rantzen angekündigt hatte) ein wunderschönes Haus und die Chance, unser Leben nach dieser sehr schwierigen Zeit wieder neu aufzubauen. Sowohl Grace als auch ich sind demütig und dankbar. Wir danken Ihnen von ganzem Herzen.«

Die Karte ist von Clare und Grace Bryanson unterschrieben. Leise lese ich sie noch einmal, betrachte die fließende Schrift. Dann lege ich sie auf den Küchentisch.

Als mein Handy klingelt, zucke ich zusammen und hole es aus meiner Brusttasche. Da ich fürchte, dass es Clare ist, erwäge ich, nicht ranzugehen, sage mir dann aber, dass es albern wäre, und nehme das Gespräch an. »Hallo?«

Nichts. »Hallo?«, wiederhole ich.

Ein leises, rhythmisches Geräusch. Jemand atmet, als versuche er, nicht gehört zu werden.

»Wer ist da?« Ich sehe auf die Nummer, bevor ich das Handy wieder an mein Ohr halte. Ich weiß nicht, warum, doch diese Anrufe häufen sich in jüngster Zeit, und weil ich jemandem, der sich nicht meldet, nichts zu sagen habe, drücke ich das Gespräch weg.

Um mich zu beschäftigen, versuche ich zu spielen, übe Tonleitern. Ich schließe sämtliche Fenster, um meine neuen Nachbarinnen nicht zu stören. Meine Finger sind heute schlecht, fühlen sich langsam und ungenau an. Als ich eine Übungsaufnahme begleite, ist es furchtbar, richtig schrecklich; am Ende packe ich die Trompete wieder weg und schalte den Fernseher ein. In der Mitte von *Blue Planet* esse ich ein fades Sandwich und frage mich, wie Clare und Grace sich in der kleinen, aber hochmodernen Küche drüben zurechtfinden.

Ich blicke zur Mind-Map und bin froh, dass ich sie jetzt, da die Nachbarinnen hier sind, korrigieren kann. Endlich kann ich den optimalen Reiseplan erarbeiten und packen. Es wird Zeit, dass ich mir ansehe, »wie die weite Welt funktioniert«.

7

Es war überwältigend. Alles.

Seit dem Morgen, an dem sie mit dem Gedanken gerungen hatte, ihre Mutter anzurufen, und es durch ihr Haus in Croydon hallte, dass sie ganz unten angekommen war. Da hatte ihr das Schicksal einen Rettungsring zugeworfen, und Clares Tage bekamen etwas Traumartiges. Sie mochte nicht das Gewinnerlos von Gladys' Tombola gezogen haben, aber sie hatte beim Bürgerberatungsbüro ein Formular ausgefüllt. Und deswegen rief sie ein Fremder namens Oliver Rantzen an, womit sich *alles* änderte. Danach ging es schnell, und jetzt war sie hier – mit Grace in einem atemberaubenden Haus im ländlichen Wiltshire. Eben noch der Schrecken drohender Obdachlosigkeit, die Aussicht, vorübergehend in einem billigen Bed & Breakfast unterkommen zu müssen, und im nächsten Moment: dieses Haus, diese Aussicht, der Garten, die Küche. Es reichte nicht, dass sie sich kniff. Alles war so surreal, dass sie ganz langsam durch die Räume schreiten musste: das riesige Wohnzimmer mit der hohen Decke und der Küche an einem Ende, dem Schlafzimmer und Bad unten, Grace' Zimmer oben. In jedem der Räume stand sie, berührte die Wände und die Fenster. In der Küche schaltete sie jede der Gasflammen an und aus und betätigte den Lichtschalter für die sechsundzwanzig Strahler. Sechsundzwanzig Strahler …

An der riesigen Glastür zum Garten blieb sie stehen und betrachtete die Aussicht. Sie erinnerte sich an eine Kindersendung, die sie früher einmal gesehen hatte und in der die Moderatoren die jungen Zuschauer aufforderten: »Schaut heute mal durch das runde oder viereckige Fenster.« Da gab es immer Szenen von etwas Interessantem, erzählt von dem Moderator.

Clare inhalierte die Landschaft, bebildert von den Farben und Formen der großen wie kleinen Bäume, den gepflügten und bepflanzten Feldern. All das kannte sie bisher nur aus Filmen. Sie lauschte neuen Geräuschen. Kein hydraulisches Wummern mehr von nahen Baustellen, wie es über Monate neben ihrem Haus in Croydon zu hören gewesen war. Kein Straßenverkehr, der draußen vorbeirauschte. Die einzigen Klänge, die sie seit ihrem Einzug hier gestern vernahm, waren Vogelgezwitscher, das Brummen eines fernen Traktors und hin und wieder ein winziges Quieken. Ferkel, sagte Grace zu ihr, die durch den Garten gegangen und über den Zaun und die Hecke gespäht hatte, die ihr Grundstück von dem nächsten trennte. Ihr Haus, eine aufwendig und edel ausgebaute Scheune, hatte beinahe zweimal die Größe von der Doppelhaushälfte, aus der sie kamen. Und das reetgedeckte Cottage aus der Zeit der vorletzten Jahrhundertwende, in dem Martin wohnte, sah aus, als wäre es drinnen riesig. Sie fragte sich, ob er dort allein lebte oder Familie hatte.

Clare fächelte sich mit dem dünnen Taschenbuch ganz oben auf einem von Grace' Umzugskartons Luft zu, was nichts gegen die Hitze in ihr auszurichten vermochte. Sie beugte sich aus dem Fenster und atmete die windstille Sommerluft ein. Oben hörte sie ihre Tochter in ihrem Zimmer singen. Grace saugte bereits alles Neue in sich auf, während es Clare gleichermaßen begeisterte wie ängstigte. Sie wusste nicht, was sie mit sich anfangen sollte, weil Dinge wie dies hier eigentlich nicht passierten, zumindest nicht ihr. Und ihre wenigen Möbel in dem riesigen Raum schienen ihr geradezu entgegenzuschreien, sie hätte hier nichts zu suchen und dieses Glück wohl auch gar nicht verdient. Warum sie, warum nicht eine von den tausend anderen, die Hilfe brauchten? Für einen Moment fragte sie sich, wie sie dieses Haus unterhalten sollte; es war mietfrei, aber die sonstigen Kosten musste sie decken. Hör auf, schalt sie sich.

Schluss damit! Sie hatte es verdient. Sie hatte Glück. Dank Oliver Rantzen und Jack Tate bekamen Grace und sie den besten Neuanfang, und den Rest würde sie irgendwie schaffen.

Trompetenklänge bewirkten, dass sie hinauf zum Cottage sah. Sie erkannte die Melodie und summte sie mit, reckte sich auf die Zehenspitzen und drehte sich, bevor sie laut nach oben rief.

»Grace? Ich fahre einkaufen. Willst du mitkommen?«

»Nein, heute bleibe ich ganz in meinem Zimmer!«

Clare grinste. Mit nur einem Nagel und einem einzigen Hammerschlag hatte Grace ihr pinkfarbenes Moskitonetz über ihrem Bett angebracht und ging ganz darin auf, sich ihr Nest zu bauen.

Draußen in der Einfahrt stieg Clare in ihren Nissan und fuhr langsam zum Ortsrand – drei Meilen entfernt laut Kilometerzähler. Am vorderen Ende der Hauptstraße kaufte sie ein Pfund Hackfleisch beim Schlachter und einige Möhren und Zwiebeln bei einem kleinen Gemüsehändler. Weiter hinten in der Straße konnte sie das Schild eines Supermarkts sehen, doch es gab auch viele kleinere, charmante Geschäfte, Cafés, eine Bücherei und eine Kirche. Die Leute um sie herum fühlten sich nach einer kleinen, eingeschworenen Gemeinschaft an, was Clare zwar nicht gewohnt war, doch es schreckte sie nicht. Sie überquerte die Straße und blickte durchs Fenster in den einen von zwei Pubs. Dabei fragte sie sich, ob sie jemals an den Punkt käme, dort mit Freunden von hier ein Glas Wein zu trinken.

»Wir öffnen erst um halb eins«, sagte jemand hinter ihr; sie drehte sich um.

»Oh, ich habe nur mal reingesehen.«

Die Stimme gehörte einem extrem großen Mann mit dichtem, graublondem Haar, einem dunkleren langen Bart und einem Akzent, den Clare nicht einordnen konnte.

»Ich bin Clare.« Sie reichte ihm die Hand.

»Freut mich, Clare.« Er schüttelte ihre Hand. »Sind Sie auf der Durchreise?«

»Äh, nein, ich …« Sie blickte die Straße hinauf in die Richtung, aus der sie gekommen war. Und sie stellte fest, dass sie ihr neues Haus von hier aus sehen konnte. »Wir sind gerade hergezogen«, erklärte sie und nickte zu dem Haus. »In die ausgebaute Scheune.«

»Ahh«, sagte er. »Ich bin Jan, geschrieben J-A-N, der Wirt hier.«

»Freut mich, Jan.«

»Sie sind also die neue Mieterin. Das Haus sieht schön aus.«

Clare nickte, und ihr Blick fiel zufällig auf einen Zettel, der im Fenster neben ihm klebte. *Hilfe gesucht.* Und da sie nichts auf die lange Bank schob, fragte sie: »Brauchen Sie Personal, Jan?«

»Ja, Barbedienungen, meistens abends, manchmal tagsüber. Wissen Sie jemanden?«

»Mich«, antwortete sie. »Es ist Jahre her, seit ich an einer Bar gearbeitet habe, aber ich habe Erfahrung.«

Stell mich ein. Ich brauche einen Job. Und ich könnte vom Haus herlaufen. Nimm mich!

Jan versuchte, sein Stirnrunzeln zu überspielen, doch sie bemerkte es. »Ich bin zuverlässig und fleißig.«

»Was haben Sie heute Abend vor?«, fragte er.

»Eigentlich Umzugskartons auspacken, aber das kann warten.«

Er klimperte mit den Schlüsseln in seiner Hand. »Dann kommen Sie um sieben her, und wir versuchen es. Mal sehen, wie Sie klarkommen. Und ziehen Sie sich was Schwarzes an«, ergänzte er, während er die Tür mit der Schulter aufschob.

»Ich werde da sein!«

Auf der Heimfahrt dachte sie daran, dass sie kein einziges schwarzes Kleidungsstück besaß. Tim hatte sie gern in hellen Farben gesehen. Aber Grace hat sicher irgendwas, sagte sie sich.

Sie strich mit einer Hand über ihren Bauch und berührte ihre wunden Brüste mit den Fingerspitzen. Ihre Periode kam und ging, wie sie wollte; Google hatte sie informiert, dass sie sich den Wechseljahren näherte. Was sie zu ignorieren versuchte, denn es bedeutete, dass sie alt wurde.

»Er spielt Trompete«, sagte Grace von der Treppe aus, als Clare ins Haus kam. »Der Nachbar, Martin. Ich meine, es ist nicht schlecht oder so, aber er spielt schon seeeehr lange!«

»Du beschwerst dich doch nicht, oder?«

»Ich? Niemals.« Ihre Tochter sprang die letzten Stufen herunter. »Was gibt es zum Abendessen? Ich bin am Verhungern.«

Clare brachte die Tasche in die Küche. »Spaghetti bolognese. Ich koche, aber du musst allein essen, denn ich bin heute Abend weg.«

Grace sah sie erschrocken an. »Weg? Wo? Wir sind gerade erst angekommen!«

»Eine Art Bewerbung. Der Typ, dem der Pub hier gehört, lässt mich heute Abend bei sich Probe arbeiten. Du kommst doch klar, oder? Hast du irgendwas Schwarzes? Ich muss Schwarz tragen.«

»Atme, Mum.«

Clare lehnte sich an die Küchenschränke. »Es ist alles ein bisschen surreal.«

»Weiß ich.«

»Ich habe Angst, dass ich aufwache.« Sie nahm ihre schlaksige Tochter in die Arme. »Ich fürchte mich, dass mir jemand auf die Schulter tippt und sagt: ›Wach auf!‹, und dann ist nur noch die Vorstellung übrig, was wir vielleicht hätten haben können, hätte ich irgendwas getan, obwohl ich nicht mal genau weiß, was es wäre.«

»Es ist definitiv real. Und weißt du, woher ich es weiß?«

Clare ließ ihre Tochter los, die sie zweimal in den Arm zwackte, als sie sich ihr entwand.

»Aua!«

»Siehst du? Würdest du träumen, wärst du jetzt aufgewacht.«

»Wenn ich schon Angst habe, musst du panisch sein.« Clare rieb sich den Arm.

»Nö.«

»Wirklich nicht?« Clare staunte. »Nicht mal ein kleines bisschen?«

Grace schüttelte den Kopf. »Wahrscheinlich werde ich am Montag nervös sein, wenn ich in der neuen Schule anfange, aber ich bin froh, dass wir hier sind, Mum.«

»Es ist ein denkbar ungünstiger Zeitpunkt für einen Schulwechsel, wo doch nächstes Jahr die GCSE-Prüfungen anstehen. Und …«

»Die Fächer sind die gleichen, der Lehrplan ist der gleiche, bloß andere Lehrer. Es wird schon gut, Mum.«

»Du hast recht. Ja, natürlich hast du recht.« Sie packte das Essen aus und schaute zum Kühlschrank. »Ich habe nur für heute Abend eingekauft. Morgen mache ich einen Großeinkauf im Supermarkt.«

»Fang du an zu kochen, ich suche dir was Schwarzes raus.«

Während Grace nach oben verschwand, öffnete Clare den Kühlschrank. Er hatte acht Fächer. Sie kratzte sich am Kopf und dachte, dass sie ihn niemals füllen würde. Dann zapfte sie sich ein Glas eiskaltes Wasser aus dem Spender vorn in der Tür, trank es halb aus und begann, eine Zwiebel zu würfeln.

Wie sich herausstellte, war Jan Norweger. Seine englische Frau Emma erzählte Clare, wie sie sich kennengelernt hatten, als sie an einem College in der Nähe studierte. Ihre Eltern sprachen nach wie vor nicht mit ihr, weil sie ihre extrem teure Privatausbildung an einen »Wikinger« vergeudete. Es erinnerte Clare an ihre eigene entfremdete Mutter. Wobei sie das Verhältnis zu ihr nie in wenigen Sätzen erklären könnte.

Clare nickte verständnisvoll und hörte aufmerksam zu, als ihr gezeigt wurde, wie sie Pints zapfte. Während der Abend fortschritt, kam es ihr vor, als wäre sie schon immer hier gewesen. Und sie lernte viele Einheimische kennen, die ausnahmslos freundlich und offen waren. Als sie nach Pub-Schluss in ihren Wagen stieg, starrte sie das Bargeld an, das Jan ihr in die Hand gedrückt hatte: achtundvierzig Pfund für vier Stunden Arbeit. Er hatte ihr gesagt, dass sie den Job hatte, wenn sie ihn wollte. Natürlich wollte sie ihn! Für den nächsten Tag nahm sie sich vor, die hiesigen Tanzschulen zu kontaktieren, ob jemand dort eine Lehrerin suchte.

Vor der Scheune schaltete sie den Motor aus, küsste ihre Fingerspitzen und tippte auf das Lenkrad. Sie hatte sich angewöhnt, ihrem alten Wagen auf diese Weise zu danken, als würde er es sich für das nächste Mal merken, dass sie den Zündschlüssel drehte. Mit ihrem Kopfkissen verfuhr sie jeden Morgen genauso, als Dank, dass sie am Leben war. Tim schlich sich in ihre Gedanken, die frühen Tage ihrer Ehe, als sie morgens den Arm ausstreckte und ihn dreimal sanft anstupste, um ihn zu wecken. Sie hielt den Atem an. In mancher Hinsicht vermisste sie ihn. Bei Tim musste sie nie über die praktischen Dinge des Lebens nachdenken, weil er sich darum kümmerte – und um sie. Die Ironie war beinahe lachhaft, denn zu seinem Kümmern hatte auch gehört, dass er sie schlug. Und es entbehrte nicht einer perversen Logik, dass sie irgendetwas aus ihrer Beziehung vermisste. Doch ihr war bewusst, dass es ihrer panischen Angst entsprang, ganz allein für das neue Leben verantwortlich zu sein, das sie für Grace und sich aufbaute. Vor allem, nachdem sie so spektakulär versagt hatte, als es darum ging, ihr Zuhause zu retten.

Als sie aus dem Wagen stieg, ging das Sicherheitslicht vorn an der Scheune an, und Clare atmete aus. Es war real. All dies. Die Scheune, Grace und sie hier. Ein Job, der ihr innerhalb von vierundzwanzig Stunden in den Schoß gefallen war. Das Glück hatte sie in die Arme geschlossen, und sie erlaubte sich, hineinzusinken. Das Leben war gut und Tim nirgends zu sehen.

Ihr Handy piepte in ihrer Hand, und beim Blick aufs Display fluchte sie leise. Als hätte er selbst aus dieser Entfernung geahnt, dass sie an ihn gedacht hatte. Sie konnte nicht, wollte nicht, dass er sich wieder zurück in ihr Leben drängte, und als sie ihren Wagen verriegelt hatte, schob sie das Handy tief in ihre Tasche.

»Wie war's?«, rief Grace vom Sofa. Clare hatte ihre beiden Sofas gegenüber voneinander nahe dem Holzofen aufgestellt. Vor dem einen, auf dem Grace lag, stand ein niedriger Couchtisch mit ihrem kleinen Flachbildfernseher drauf. Der glänzende Esstisch aus Kiefernholz, den Clare liebte, weil er das erste Möbelstück war, das sie jemals gekauft hatte, stand vor dem riesigen Fenster zum Garten. Grace stellte den Ton aus. »Du siehst aus, als könntest du einen Tee gebrauchen.«

Clare blickte auf ihre Uhr. »Es ist spät, also vielleicht eher nicht.«

Grace stand auf. »Dann eben keinen schwarzen. Ich möchte aber alles hören.«

Aus der Küche war zu hören, wie der Wasserkocher eingeschaltet wurde.

»Hat Dad dich erreicht?«, rief ihre Tochter.

Clare setzte sich hin, schloss die Augen und seufzte.

»Mum?«

Widerwillig holte sie ihr Handy hervor und las die Textnachricht. Sie kämpfte mit den Tränen, als sie die Worte sah.

Morgen ist Freitag. Kein Grund, dass Grace & ich nicht mehr unser Curry haben. Brauche ein Bett über Nacht – ihr habt sicher genug Platz. T.

Grace stellte ein kleines Tablett neben den Fernseher. Darauf standen zwei dampfende Teebecher und ein Teller mit Keksen, dessen Anblick Clare daran erinnerte, dass sie seit mittags nichts mehr gegessen hatte. Sie legte zwei Kekse übereinander und biss hinein.

»Es war noch Kamillentee da«, sagte Grace. »Ich sehe dir an, dass Dad dich erreicht hat.«

Clare konnte nur nicken.

»Ich kann ihm absagen«, bot Grace an. »Ich erzähle ihm, dass wir weg sind.«

»Würdest du? Nur bis nächste Woche. Es ist ja nicht so …«

»Schon gut, Mum. Ich sage ihm, dass wir etwas vorhaben, und verschiebe auf nächste Woche.«

»Er ist bloß neugierig.« Clare schüttelte den Kopf. »Aber ich brauche Zeit, alles richtig zu begreifen, ohne ihn und …«

»… seinen Scheiß«, vervollständigte Grace den Satz für sie.

Clare wurde rot. »Er ist dein Vater. Selbstverständlich kann er hier übernachten, wenn er kommt, um mit dir essen zu gehen. Es müsste aber das Sofa sein. Er scheint zu denken, dass wir ein Gästezimmer haben …«

»Mum, es spricht nichts dagegen, dass ich ihn in Croydon besuche, und …« Sie stockte kurz. »Es ist ein wichtiges Schuljahr für mich. Ich überlege schon, ihm beim nächsten Mal vorzuschlagen, dass wir uns alle zwei Wochen statt jede Woche sehen.«

Clare trank von ihrem Tee und dachte daran, dass Tim ihr die Schuld geben würde, weil er Grace nicht mehr sehen könnte, wann er wollte. »Vielleicht kann ich …«

»Mum, ich sehe Dad nächste Woche. Ich sage ihm, dass ich morgen schon was vorhabe.«

Clare betrachtete ihre Tochter. Sie hatte ein schlechtes Gewissen, weil ihr Umzug zwangsläufig den Kontakt zwischen Grace und Tim beeinträchtigen würde. Doch dann versicherte sie sich rasch, dass der Umzug richtig gewesen war. »Und was sollen wir vorhaben? Wir sind eben erst hier angekommen. Was könnte das sein?«

»Die Nachbarn haben uns zu einem ›Begrüßungsumtrunk‹ eingeladen.«

Clare lachte. »Wahrscheinlich ist es am besten, ehrlich zu sein, Grace.«

»Na, vielleicht lädt uns morgen ja der Trompeter zu sich ein.«

»Sag deinem Dad die Wahrheit. Wir müssen noch Kartons auspacken, und es ist schlicht zu früh.«

»Dann wird er anbieten zu helfen. Und er wird vorschlagen, dass wir Essen für uns *drei* holen.«

Clare überlegte.

»Überlässt du das mir?«, fragte Grace. »Ich weiß, wie ich mit Dad umgehen muss.«

Clare nickte, stand auf und nahm ihren Becher auf. »Ich gehe ins Bett.«

»Du hast mir noch nicht erzählt, wie die Arbeit im Pub war. Hast du den Job?«

»Wenn ich ihn will, ja.«

»Willst du doch, oder?«

Clare beugte sich vor und küsste Grace' gerunzelte Stirn. »Ich will nicht jeden Abend weg sein, während du allein zu Hause sitzt. Ich sehe mal, ob ich mit ihnen arrangieren kann, dass ich zwei oder drei Abende die Woche und sonst tagsüber arbeite. Und morgen muss ich mich nach Tanzschulen in der Gegend umsehen.«

Grace lächelte. »Gute Nacht, Mum. Schlaf gut.«

Als Clare durch den Flur ging, hörte sie, wie der Ton am Fernseher wieder eingeschaltet wurde. Grace hatte noch eine Woche Ferien, also war es unnötig, ihre Fünfzehnjährige jetzt schon ins Bett zu schicken. Sie betrat das kleine Bad neben ihrem Schlafzimmer und starrte volle zwei Minuten in den Spiegel von jemand anderem, während sie ihre Zähne putzte. Danach zog sie sich aus, schlüpfte unter die Bettdecke und schlief sofort ein.

Sie träumte, dass der Trompeter eine Party gab und alle eingeladen waren, bis auf Grace und sie. Sie waren zu Hause in der luxuriösen Scheune, taten, als würde es ihnen nichts ausmachen, und aßen lauwarmes Curry mit Tim.

8

Instagram

GraceD15 Melborough, Wiltshire

...

Unglaublich begeistert von meinem neuen Zimmer und der Aussicht. Siehe Foto unten!

#umzug #diesergarten #blickaufreetdachcottage

...

Vier Kommentare:

SonyaFarr Sieht saaagenhaft aus! Party bei dir?!

ReyaPurdite Hab dir bei WhatsApp geschrieben. Hast noch das pinke Moskitonetz? #hiergibtskeinemoskitos

MollyDunne Jetzt zu fein für Croydon? #hastdeinewurzeln schonvergessen #großergarten #naund

MattTheBat Schön dich loszusein Biiiitch

WhatsApp Reya & Grace

Warum postest du Fotos, G? Finde immer noch, hättest dich richtig verabschieden sollen & jetzt gibst du an. R

Reya, ich gebe nicht an. Was denkst du denn? Sorry, keine Zeit für langen Abschied. Weißt du doch. Grace Xxxxx

Stimmt. Sorrrryyyy. Vermiss dich bloß. R x

Instagram

GraceD15, Melborough, Wiltshire

...

Vermisse alle Freunde ☹

#umzug #croydonrocks #altefreundesinddiebesten

...

Vier Kommentare:

MeenaKendall Dachte du lässt woanders die Sau raus. Wozu das traurige Gesicht?

AliTyler Alles ok? Hockey Di-abend nicht dasselbe ohne dich.

CraigWatts Ist das ein großer Kühlschrank im Hintergrund? Warst du drin? #futtertallepasteten #fettklops

ReyaPurdite Ignoriers #winzschwanz G.

9

Das Mädchen überfällt mich aus dem Hinterhalt, als ich die Grenzhecke wässre.

»Hallo.«

Ich höre die Stimme hinter dem Grün, und wieder einmal wünsche ich mir, ich hätte eine Reihe hohe Zypressen gepflanzt.

»Sie spielen gar nicht mal schlecht Trompete«, sagt sie. Ihr Gesicht erscheint zwischen den Blättern oben und bewegt sich ein wenig nach rechts, wo eine größere Lücke im Laub ist. Heute nehme ich mir mehr Zeit als gestern, sie richtig anzusehen. Sie muss ungefähr sechzehn sein, schätze ich, hat das lange blonde Haar zu einem hohen Zopf gebunden und trägt Jeans und ein schwarzes T-Shirt, offenbar ihre Standarduniform.

»Snap«, sagt sie lachend, weil ich die gleiche Kombi anhabe.

Ich grinse.

»Sie haben Schweine.« Sie nickt zu dem Pferch, wo beide die Schnauzen in den Trog stecken. »Die sollen richtig klug sein.«

»Intelligent, emotional, kognitiv komplex«, antworte ich.

»Trotzdem mag ich Bacon-Sandwich«, flüstert sie.

»Ehrlich gesagt war es für mich auch der beste Einstieg in den Tag, bis ich diese beiden bekommen habe. Jetzt ertrage ich den Gedanken nicht mehr.«

»Fressen die wirklich alles?«

»Sie sind nicht wild auf Zitrusfrüchte, aber ansonsten sind sie nicht wählerisch.«

»Wie heißen sie?«

»Walnut und Pecan«, antworte ich. »Sind beide verrückte Nüsse.«

Sie grinst, dann sieht sie etwas in ihrem Garten und dreht sich wieder zu mir um. »Wissen Sie, wofür die sind?« Sie zeigt zu einer Reihe Solarkollektoren, die auf dem Boden installiert sind. »Sind das solche Sonnendinger?«

»Ja, sind es – die Scheune ist stromtechnisch autark.«

Das Mädchen verschränkt die Arme vor der Brust und blickt zurück zum Gebäude.

»Alles wird mit Solarstrom betrieben«, erkläre ich. »Der Sommer ist gut, also schätze ich, ihr könnt sogar Strom an den hiesigen Anbieter verkaufen, wenn ihr Glück habt.« Ich frage mich, warum sie das nicht längst aus der Mappe wissen, die ich ihnen gebracht habe. »Steht alles im Info-Ordner«, füge ich unwillkürlich hinzu.

»Den hat Mum, aber ich glaube, alles hat sie noch nicht gelesen. Es ist eine völlig irre Woche.«

»Und woher kommt ihr, Grace?« Ich kenne sämtliche Einzelheiten von Ollie, möchte sie aber von ihr hören.

»Aus Croydon.«

»Ganz in der Nähe habe ich die ersten fünfzehn Jahre meines Lebens verbracht.«

»Echt?«

»Ja, ich bin in Purley geboren.«

»Alle meine Freunde sind da«, platzt sie heraus und starrt so konzentriert zu Walnut und Pecan, dass ich selbst hinsehe. »Obwohl mich einer von denen gestern Abend ›Porker‹ genannt hat, Fettklops. Auf Instagram.«

Ich bin mir nicht recht sicher, wie Instagram funktioniert, doch bei ihren Worten verziehe ich das Gesicht. »Was für ein netter Freund.«

Sie nagt an ihrer Unterlippe. »Stimmt. Ich denke, ich blockiere ihn.«

»Keine Ahnung, wovon du redest, bedaure. Aber Beschimpfungen sind immer blöd.«

Sie lacht, als fände sie es irgendwie niedlich, dass ihr Nachbar nichts von Social Media versteht. Und ich widerstehe der Versuchung, es genauer zu erklären. Ich meine, natürlich *weiß* ich von Social Media – ich will eben nur nicht Teil von denen sein.

Sie macht Anstalten, zum Haus zurückzugehen. »War nett, mit Ihnen zu reden, Martin.«

Für kurze Zeit gehen wir zu beiden Seiten der Hecke nebeneinanderher, wobei ich den Schlauch mitziehe, bevor Grace den kleinen Hang zur Rückseite der Scheune hinaufsteigt. Sie ist groß, athletisch und schlank, weshalb ich nicht begreife, warum jemand so grausam ist, sie als fett zu beschimpfen. Aber ich sage mir, dass solche Sachen nichts Neues sind. Ich selbst wurde in der Schulzeit gnadenlos getriezt. Und später, sogar an der Uni, als die Leute eigentlich hätten klüger sein sollen, wurde mir oft das Wort »Krüppel« an den Kopf geworfen.

»Du findest neue Freunde.« Es ist ein Versuch, ihr Mut zu machen, doch da sie nicht antwortet, bin ich nicht sicher, ob sie mich gehört hat. Sie verschwindet durch die Hintertür in der Scheune, und ich ertappe mich bei dem Gedanken, ob ich sonst noch etwas für diese Leute tun könnte. Das Mädchen rührt etwas in mir, und ich möchte mehr helfen, weshalb ich den Nachmittag über hin und her schwanke zwischen der Überlegung, was ich machen könnte, und Selbstermahnungen, dass ich nicht blöd sein soll – ich habe schon mehr als genug getan.

Wenige Stunden später regnet es wieder, als ich Clare Bryanson zum zweiten Mal sehe. Ihr Klopfen weckt mich, denn ich war von dem Fernseher eingeschlafen.

Als ich sie mit regennassem Haar vor meiner Tür sehe, öffne ich. »Clare« ist alles, was ich herausbringe. Es ist elf Uhr nachts, und ich kann nur vermuten, dass es irgendein Problem gibt. »Alles in Ordnung?«

Sie geht nicht auf meine Frage ein, kommt ins Haus und tropft meinen Dielenboden voll. »Kommen Sie rein«, murmle ich.

»Also, Martin oder eher Jack?«

Meine Hand wandert von selbst zu meinem Nacken.

»Ich arbeite einige Abende unten im Pub.«

»Oh.«

»Ja, und lerne die Einheimischen kennen.«

»Klar.« Mir wird spürbar heiß.

»Die Gäste reden … sind alle froh, die neuen Mieter der Scheune kennenzulernen, und fragen, wie wir mit dem Vermieter nebenan auskommen.« Sie fröstelt.

»Soll ich Ihnen ein Handtuch holen, damit Sie sich abtrocknen können?«

»Sind Sie das?«, fragt sie leise. »Sind Sie Jack, der Mensch, der das hier für Grace und mich möglich gemacht hat?«

Stumm bejahe ich und zeige zum Aga in der Küche, wo sie sich zumindest wärmen kann.

»Warum haben Sie das nicht einfach gesagt?«, fragt sie.

»Weiß ich nicht.« Mein Lachen klingt nervös; ein Teil von mir will die Wahrheit sagen, dass sich meine Zunge plötzlich verknotet hatte, als ich vor ihr stand, sodass ich nicht reden konnte. Dass ich, wenn ich neue Leute kennenlerne, besonders Frauen, mir vorstelle, dass sie mich mangelhaft finden. Bei Mandanten passiert mir das nicht, nur außerhalb der Kanzlei. Im Laufe der Jahre ist mir klar geworden, dass es dem Wissen geschuldet ist, dass ich nicht »vollständig« bin. Es verzerrt mein Denken, und es scheint nicht leichter zu werden. »Na ja, ich habe so was noch nie gemacht, und … ich weiß auch nicht. Warten Sie kurz.« Ich gehe in den Waschraum und greife mir ein Handtuch. »Sie erkälten sich noch. Trocknen Sie sich wenigstens das Haar ab.« Sie wirft den Kopf nach vorn, nachdem ich ihr das Handtuch gegeben habe, und tut, was ich ihr sage. Nachdem sie sich ihr Haar trocken gerubbelt hat, sind es keine langen Locken mehr, die ihr Gesicht umrahmen, sondern etwas, das eher wie ein Krähennest auf ihrem Kopf aussieht. Ich sage nichts.

»Ich möchte Ihnen danken …«, beginnt sie, schüttelt den Kopf und sieht mich mit ihren dunkel saphirblauen Augen an. »Was völlig ungenügend klingt. Danke für die fantastische Chance, die Sie Grace und mir geben. Das trifft wohl besser, was ich meine.«

Clare dreht das Handtuch in ihren Händen, und ich nehme es ihr behutsam ab, wobei mir bewusst wird, dass der Zufall und ich irgendwie zusammengearbeitet haben, dieser Familie zu helfen.

»Sehr gern. Und das meine ich ernst – Sie sind hier beide willkommen, und ich hoffe, dass es für Sie beide gut wird.«

»Wird es.« Sie lächelt, und es verändert ihr Gesicht so sehr, dass ich mich frage, welcher Mann sie gehen lassen konnte. Laut Ollie war es furchtbar für sie mit ihrem Ex.

»Hätten Sie irgendwann mal eine Stunde Zeit für mich?«, fragt sie. »Um mal die Betriebskosten durchzugehen, damit ich weiß, was auf mich zukommt? Grace hatte Solarzellen erwähnt, aber da war ich spät dran für die Arbeit und habe nicht richtig zugehört.« Sie reibt sich ihren Mund mit dem Handrücken, bevor sie langsam durch ihre leicht gespreizten Finger atmet.

»Natürlich.« Ich weiß nicht, was ich sonst sagen soll, also entscheide ich mich für nichts. In meinem Versuch, selbstlos zu sein, ist mir nie der Gedanke gekommen, dass jemand Mühe haben könnte, die Unterhaltskosten zu tragen. Doch jetzt sehe ich der Frau genau diese Sorge an.

Ich will ihr sagen, dass sie sich nicht sorgen muss, weil sich die Scheune praktisch selbst unterhält, als ihr Blick nach rechts von mir abschweift. »Was …?« Sie blinzelt. »Was haben Sie da an der Wand?«

Ich drehe mich zur »Tafel« um und kann mir vorstellen, wie die wirkt. Verlegen nehme ich meine Brille ab und putze sie automatisch in meinem T-Shirt. »Ist nur eine Mind-Map, wie ein Entwurf.« Überall sind Querpfeile und ist Gekritzeltes, das für jeden Außenstehenden wie eine Kreideexplosion anmuten muss. »Meine Reisepläne. Ähm, möchten Sie etwas trinken?« Ich zeige zu einigen Flaschen auf der Arbeitsfläche.

»Nein danke. Ich sollte zurück zu Grace und lasse Sie dann mal allein mit Ihren … Plänen.«

»Natürlich«, wiederhole ich.

Sie dreht sich weg, und ich folge ihr durch die Diele. »Was haben Sie gemacht, Clare, vorher, in Croydon?«

»Ich war Tanzlehrerin, habe Kurse gegeben, für alle Altersgruppen. Ich war mal …« Sie verstummt und hebt beide Hände. »Aber ich habe schon genug von Ihrer Zeit in Anspruch genommen, Jack.«

»In Wiltshire möchten die Leute sicher auch tanzen lernen.« Ich vollführe eine lächerliche rhythmische Bewegung mit dem Oberkörper. Aus einem unerfindlichen Grund will ich sie zum Lachen bringen, bevor sie geht. Und ich werde mit einem breiten Grinsen belohnt.

»Hoffen wir's mal. Also, ich hoffe, die Leute in Wiltshire, die tanzen lernen wollen, möchten von mir unterrichtet werden.«

»Sicherlich.« Wäre ich jünger, weniger gehemmt und hätte zwei funktionierende Beine, würde ich von dieser Frau das Tanzen lernen wollen. Etwas an ihrer Haltung, wie aufrecht sie dasteht, sagt mir, dass sie es wahrscheinlich mit den Besten aufnehmen könnte. »Hätten Sie gern Ihre eigene Tanzschule?«

»Das habe ich mal versucht, und es wurde nichts.«

»Warum nicht?« Es ist zweifellos eine übergriffige Frage, doch ich stelle sie trotzdem.

Sie zögert, scheint für einen Moment gedankenverloren, als müsse sie abwägen, was sie antwortet. »Mein Ex«, sagt sie schließlich. »Im Grunde fand er es von Anfang an nicht gut. Ich hatte viel zu tun, und er hat gesagt, ich wäre zu wenig für die Familie da.« Sie sagt es langsam, als probiere sie die Worte aus, als würde sie es sich zum ersten Mal laut selbst sagen.

Angespornt durch meinen Eindruck von ihrer Tochter nachmittags, sprudeln mir Worte über die Lippen, über die ich nicht mal eine Sekunde lang nachgedacht habe: »Sie sollten es wieder versuchen. Richten Sie Ihre eigene Tanzschule in der Garage neben der Scheune ein. Die ist nicht in dem Mietvertrag enthalten, aber es gibt keinen Grund, warum Sie sie nicht nutzen sollten. Und sie ist beheizt.« Ich stocke, weil ich bis vor Kurzem noch einen sehr teuren Wagen in genau der Garage hatte. Einen Wagen, der jetzt verkauft ist. »Die Garage hat nach hinten Glasschiebetüren, also gibt es da natürliches Licht, und …« Mehr sage ich nicht, weil ich mich frage, was in mich gefahren ist, während mir zugleich gefällt, was ich sage. Und ich sehe ihr an, dass sie für einen Moment über diese Möglichkeit nachdenkt.

»Glauben Sie an Zufall, Clare?«

»Ich bin hier, also, ja, sicher. Ich meine, wie stehen die Chancen, dass …«

»Ich denke, Sie könnten den Zufall als eine Chance nehmen zu tanzen.«

Sie fährt sich mit den Fingern durch ihr wirres Haar, als würde sie nicht recht glauben, dass wir hier sind und dieses Gespräch führen. »Ich muss gehen. Tut mir leid, dass ich so spät geklopft habe. Und nochmals danke … für alles.«

Bevor sie geht, stupse ich ihren Ellbogen leicht mit meinem an. »Denken Sie drüber nach.«

»Gute Nacht, Jack«, antwortet sie und rennt durch den Regen zu ihrem Wagen.

Ich schließe die Tür, und mir wird bewusst, wie froh ich bin, dass die beiden hier sind. Ich möchte wirklich, dass sie glücklich sind. Vielleicht habe ich mir immer Nachbarn gewünscht. Vielleicht sollten *sie* immer meine Nachbarn sein.

Und ganz vielleicht freundet sich das Schicksal mit mir an.

10

Sie fand, dass er etwas Faszinierendes hatte mit seiner komischen Wand und seinen Bücherregalen voller Klassiker. Neulich Nacht hatte sie kurz auf die Regale in seiner Diele gesehen, voller Bücher, die sie nie lesen würde: von Dickens, Mark Twain, Emily Brontë. Das waren nur einige von denen gewesen, die sie sich gemerkt hatte. Und als sie ihn jetzt sah, musste sie zugeben, dass er ein attraktiver Mann war. Er war nicht ihr Typ, doch er achtete eindeutig auf sich. Sein Alter war schwer einzuschätzen, ungefähr Mitte vierzig vielleicht, und er kleidete sich gut, auf eine verschrobene, bebrillte Art. Ein wenig wie ein älterer Clark Kent, dachte sie, und fragte sich, ob seine vornehme Ausdrucksweise angeboren oder erlernt war. Clare wollte mehr über ihn wissen; mehr über den Mann, der ihnen ein neues Zuhause und ein neues Leben geschenkt hatte. Den Mann, der jetzt an ihrem Kiefernholztisch Kaffee trank und stirnrunzelnd hinauf zu seinem Haus blickte.

»Mein Cottage sieht man wirklich noch von hier, nicht? Es müssen mehr Sträucher her, höhere, und die Form ist ganz ungleichmäßig. Das sehe ich von hier besser.« Jacks Stirnrunzeln änderte sich für einen flüchtigen Moment, und er lächelte verlegen. »Asymmetrie kann ich nicht leiden.«

Clare interessierte sich nicht für ungleichmäßige Hecken, und sie beantwortete seine rhetorische Frage nicht. »Also, abgesehen von meinem Retter, wer bist du, Jack Tate?«, fragte sie.

»Ich bin mir nicht sicher, was du meinst.«

»Erzähl mir von dir, dem Mann, der allein oben auf dem Hügel lebt. Dem Mann, der Trompete spielt und seinen Schweinen Tonleitern vorsingt.«

»Wenn du es so ausdrückst …«

Sie grinste. »Womit verdienst du deinen Lebensunterhalt?«

»Ich bin Anwalt, habe mir aber eine Auszeit genommen.«

»Anwalt, wow … Und die Auszeit erklärt die Wand. Wann hast du vor zu reisen?«

»Ich werde bald für einige Monate verschwinden, habe aber noch nicht genau entschieden, wann.«

»Wie aufregend!« Clare hoffte, es klang, als würde sie sich für ihn freuen. Sie könnte sich nichts Schlimmeres vorstellen. Eines, was Tim und sie gemeinsam hatten, war, dass sie beide Stubenhocker waren. Sie hasste es zu fliegen, und als sie es einmal geschafft hatten, nach Florida zu reisen, war Clares geliebter Vater gestorben, während sie weg war. »Darf ich dich etwas Persönliches fragen?«

Horizontale Falten erschienen auf seiner Stirn, trotzdem nickte er.

»Warum tust du das? Versteh mich nicht falsch … Grace und ich beten täglich, dass wir nicht bloß träumen, aber warum lädst du Fremde ein, deine Nachbarn zu sein?«

»Hättest du die Scheune gekauft, wärt ihr immer noch Fremde …« Er zuckte mit den Schultern. »Es ist nicht kompliziert. Jemand, den ich kenne, schlug vor, dass ich einige Veränderungen in meinem Leben vornehme, und riet mir, etwas Großes zu tun. Dann schlug mir ein anderer Freund dies hier vor, und hier wären wir.«

Er ließ es so simpel klingen, dass Clare sich fragte, ob ihm überhaupt klar war, was er getan hatte. Sie wusste wenig über ihn, bezweifelte jedoch, dass er jemals die Angst erlebt hatte, die sie noch vor wenigen Wochen geplagt hatte. Die schiere Verzweiflung, ihr Zuhause zu verlieren, und die Panik, was Grace' und ihre Zukunft betraf. Hier zu sein dank der Freundlichkeit dieses einen Mannes fühlte sich immer noch märchenhaft an.

Er ordnete den Papierstapel vor sich. »Wir sollten dies hier erledigen«, sagte er. »Ich möchte nicht zu viel von deiner Zeit in Anspruch nehmen.«

Neben Kaffeebohnen für die Kaffeemaschine, deren Benutzung er ihr erklärt hatte, war er mit Beispielrechnungen für die Scheune gekommen. Clare hörte zu und machte sich Notizen. Die Grundsteuerrechnung hatte ihr fast Tränen in die Augen getrieben, aber die Tatsache, dass der Strom zum größten Teil über die Solaranlage kam, war schon besser. Jack erklärte, dass der Telefonanschluss eigentlich nur dazu diente, eine Internetverbindung und vielleicht Sky-Fernsehen zu bieten.

»Wir brauchen kein Satellitenfernsehen«, unterbrach sie ihn, »aber wir behalten den Festnetzanschluss fürs WLAN.«

»Prima«, sagte er. »Ich lasse dir diese Rechnungen hier. Im Grunde ist das Haus für die Größe sehr günstig im Unterhalt. Ich habe noch den Aufsitzrasenmäher, Grace kann ihn sich jederzeit nehmen. Also ist für draußen schon mal gesorgt.« Er grinste, als wäre seine Arbeit damit getan.

Clare blickte auf ihre Uhr. »Sie wird jetzt Mittagspause haben«, sagte sie mehr zu sich selbst. »Heute ist ihr erster Tag an der neuen Schule.«

»Du solltest dich nicht um Grace sorgen.« Jack schien ihre Gedanken zu lesen und sah sie direkt an. »Wir Einzelkinder sind gewöhnlich recht widerstandsfähig.«

»Bist du auch ein Einzelkind?«

»Bin ich.«

»Ich auch! Sind deine Eltern …«

»Beide noch gesund und munter«, antwortete er, trank seinen Kaffee aus und stand auf. »Sie leben ihren Traum in Florida. Gut, ich gehe dann mal und lasse dich in Ruhe. Falls du sonst irgendwas brauchst, sag Bescheid.«

Sie stand ebenfalls auf und breitete die Arme aus. »Nochmals vielen Dank für alles und für das eben. Du hast mich sehr beruhigt.«

»Und ich habe ernst gemeint, was ich über die Garage gesagt habe.«

Sie spürte seinen Blick und platzte heraus: »Ich war mal nationale Meisterin im Tanzen.« Kaum hatte sie es ausgesprochen, wollte sie die Worte zurückholen. Die letzte Nacht hatte sie immer wieder über die Möglichkeit nachgedacht, wieder eine eigene Tanzschule zu haben. Solange sie wach lag, schien es ihr beinahe machbar. Doch im Schlaf hörte sie nur Tim brüllen, dass sie nie zu Hause war, und die verächtlichen Bemerkungen ihrer Mutter, als sie scheiterte.

»Großartig!«, sagte er, nahm seine Brille ab, und Augen von der Farbe des feuchten Rasens draußen betrachteten sie, als sie rot wurde.

»Es ist lange her«, ergänzte sie.

»Standard oder Lateinamerikanisch?«

»Standard. Obwohl ich auch bei gehobenen Turnieren im Lateinamerikanischen Tanz mitgemacht habe.«

»Ich bin beeindruckt«, sagte er und setzte seine Brille wieder auf. »Hör mal, ich bin nicht gut im Redenschwingen, außer vor Gericht, also mache ich es kurz. Falls ich irgendwas tun kann, um diesen Übergang für dich einfacher zu machen, möchte ich es gern tun, solange ich noch hier bin.«

»Danke.« Clare fragte sich, ob ihr irgendwann mal andere Worte einfallen würden, um auszudrücken, was sie empfand. »Aber ich bin sowieso schon unglaublich dankbar für alles, was du getan hast, ehrlich.«

Sie schloss die Tür hinter ihm und weigerte sich, über seinen Hinweis nachzudenken, dass er bald fort wäre. Und sie weigerte sich, ihrer Sorge Raum zu geben, weil sie bald in der ländlichen Idylle allein wäre. Sie war Clare Bryanson aus Melborough, eine eigenständige Frau, entschlossen, Dinge in Angriff zu nehmen und nie wieder von einem Mann abhängig zu sein.

Es war Viertel vor eins, und sie hatte ein Leben bei den Hörnern zu packen.

Wenige Stunden später sah sie sich auf Tims altem Tablet, das er Grace vererbt hatte, die beiden Tanzschulen in der Gegend an. Eine, deren Kurse im Gemeindesaal stattfanden, schien sich vor allem auf Stepptanz und Ballett für Vor- und Grundschulkinder spezialisiert zu haben; die andere bot alle Arten von Kursen für alle Altersgruppen an und hielt sie in einem kleinen Theater im Nachbarort ab.

Sie las die Websites mehrmals von vorne bis hinten. Auf einem Block schrieb sie auf, was sie anbieten könnte, das anders und besser war. Auch wenn die Liste kurz war, hatte sie ein neues, seltsames Kribbeln im Bauch. Jack hatte es mit seinen Worten ausgelöst: »Sie könnten hier Ihre eigene Schule aufmachen.« Sie unterstrich den Satz ganz oben. Es war das, was Tim ein Alleinstellungsmerkmal nannte, ein Schlagwort, das er von Vertretern für die Lebensversicherung aufgeschnappt hatte, bei der er in der Verwaltung arbeitete.

Landesmeisterschaft Standard 1995 bis 1998. Im ersten Jahr war sie neunzehn gewesen, im letzten zweiundzwanzig.

Bevor sie sich bremsen konnte, war sie draußen, bog nach links auf den Weg ab und klopfte an die Cottagetür, wie sie es gestern Abend getan hatte.

»Entschuldige«, sagte sie, als er öffnete. »Tut mir sehr leid, dass ich dich schon wieder störe. Das mit der Garage, hast du das wirklich ernst gemeint?«

Sie nahm jede Falte in seinem Gesicht wahr und atmete auf, als sie sich bei seinem Lächeln vertieften.

»Vollkommen ernst. Möchtest du sie dir ansehen?«

Sie konnte nur nicken. Er drehte sich um und kramte in einer Schale mit Schlüsseln. »Es muss ein wenig Arbeit reingesteckt werden, und du würdest eine Haftpflichtversicherung brauchen, wenn du dort arbeitest. Außerdem müsstest du eine Umnutzung bei der Gemeinde beantragen.« Er wandte sich wieder zu ihr und hob eine Hand. »Gefunden.«

Sie ging neben ihm her. Ein Blick in die Garage würde sie nicht umbringen. Schweigend beobachtete sie, wie er die Fernbedienung drückte und eines von drei Garagentoren aufging.

»Es gibt noch eine richtige Tür auf der anderen Seite, die du benutzen würdest, um Leute rein- und rauszulassen.«

Clare bewegte sich langsam, blickte von links nach rechts. Da war tatsächlich ein Seiteneingang, und es gab zwei Glasschiebetüren mit Blick auf den Garten und die Felder dahinter, durch die Tageslicht hereinfiel. An zwei Wänden befanden sich große Heizkörper, und neben einem stand ein schwarzer Metallrollcontainer, auf dem Oldtimermagazine ordentlich aufgestapelt waren.

»Wer hat denn eine Aussicht auf blühende Felder und Heizung für seine Autos?«, entfuhr es ihr leise.

»Genau genommen war es nur ein Auto. Ein alter Klassiker, der ein gutes Raumklima brauchte. Die Aussicht war nicht unbedingt nötig.« Verlegen kratzte er sich am Kopf. »Aber egal, ich habe den Wagen verkauft.«

Sie sah, wie Röte an seinem Hals hinaufkroch, als er zur Schiebetür ging, sie öffnete und wieder schloss. »Ich hatte es vorhin nicht erwähnt, aber ich habe dich gestern Abend gegoogelt.« Er drehte sich wieder zu ihr, und nun war es an Clare, rot zu werden.

»Du solltest das machen, Clare. Falls du auch nur noch zehn Prozent so gut bist wie früher, solltest du es tun.«

Ihr schwirrte der Kopf bei dem Gedanken, was die Veränderungen kosten würden, um dieses hier zu einem Tanzstudio zu machen. Und von den Möglichkeiten. Könnte es in den elf Monaten und zwei Wochen etwas werden, die sie hier noch hatte? Selbst wenn sie wie verrückt arbeitete und für eine Mietanzahlung sparte, könnten sie es sich hinterher leisten, in dieser Gegend zu wohnen? Sie massierte sich die Schläfen und bemerkte, dass Jack nun die Seitentür öffnete und wieder verschloss. Er schien zu humpeln. »Ist alles in Ordnung?«, fragte sie. »Hast du dich verletzt?« Sie zeigte auf sein linkes Bein.

»Nein, nein, nur eine leichte Zerrung. Und wechsle nicht das Thema. Du solltest das hier tun.«

Clare schlang die Arme um ihren Oberkörper. »Kann ich nicht.«

Jack starrte sie an, wartete, dass sie mehr sagte, und als nichts kam, sprach er. »In der Kanzlei erkenne ich meistens, ob Leute schuldig sind oder nicht. Gut oder nicht. Jahrelange Übung. Du bist eine von den Guten. Du solltest das machen.«

»Und du bist sehr freundlich, aber ich hoffe, dass ich einen Job in einer der bereits vorhandenen Tanzschulen bekomme. Vielleicht …«

»Ich werde dich nicht beleidigen, indem ich anbiete, die Umbauten hier zu bezahlen. Und ich hoffe, du bist nicht gekränkt, wenn ich behaupte, dass ich sie für den Grund halte, weshalb du ablehnst.«

Ein Teil von ihr wollte ihn anschreien. Er kannte sie nicht, wusste nichts über sie. Dennoch hatte er recht. Das Einzige, was sie davon abhielt, die Chance auf ihre eigene Tanzschule zu ergreifen, waren die Umbaukosten. Sie hatte nur wenig Geld übrig, und das wenige brauchten Grace und sie. Schon Grace' neue Schuluniform hatte mehr verschlungen, als Clare erwartet hatte.

»Aber wärst du beleidigt, wenn ich die Kosten vorstrecke und du sie mir zurückzahlst? Ein Darlehen?«, fragte er.

Plötzlich hörten sie Schritte auf dem Kies und blickten beide auf.

»Hi«, sagte Grace. »Was macht ihr beide hier draußen?«

Clare küsste sie auf die Wange.

»Ich versuche, deine Mutter zu überreden, dass sie hier ihre eigene Tanzschule eröffnet.«

Grace blickte sich in der Garage um. »Das wäre echt cool.«

»Wie war es?«, fragte Clare, der bewusst war, dass sie die Hände rang.

»Derselbe Mist in einer anderen Grafschaft. Ich gehe rein. Bin am Verhungern.«

Clare fühlte die lose Umarmung ihrer Tochter. »Tu das, Mum. Du weißt, dass du es willst«, flüsterte sie ihr zu. »Bis später, Martin«, rief sie dann.

»Was das betrifft«, sagte er laut genug, dass Grace sich umdrehte. »Eigentlich heiße ich Jack.«

Grace lachte. »Oh, das weiß ich. Mum hat es mir erzählt. Ich finde Martin aber schöner.«

Als sie weg war, zuckte Clare mit den Schultern. »Was soll ich sagen? Sie ist wundervoll *und* ein bisschen schräg.«

Sie bemerkte, dass er gerade weit genug weg von ihr stand, immer darauf bedacht, ihr ihren persönlichen Raum zu lassen.

»Also, erlaubst du …«

»Danke, aber nein«, antwortete sie. »Du hast genug getan, Jack. Ich bin dankbar für das Angebot, aber nein.«

Sie trennten sich oben an der Einfahrt zur Scheune, und Clare fühlte, dass er sie ansah, als sie wegging. Es war nicht machbar. Die Hilfsorganisation, die sie in der Scheune untergebracht hatte, war ein Glücksfall gewesen, und ja, Jack war eine angenehme Überraschung. Sie mochte ihn, doch Clare Bryanson traute niemandem vollständig, und nachdem sie das Universum mit so viel Glück beschenkt hatte, wollte sie es nicht herausfordern. So nett ihr alternder Superman-Nachbar schien, war es nicht gut, jemanden zu brauchen. Sie würde versuchen, einige Kurse in einer oder beiden hiesigen Tanzschulen zu bekommen, und mit ihrem Job im Pub würde es reichen.

Um Jack, beschloss sie, würde sie einen größeren Bogen machen.

»Ich könnte dir eine Website machen«, sagte ihre Tochter. »Und Flyer in den Schulen und der Bücherei auslegen. Sicher gibt es hier auch so eine lokale Facebook-Gruppe, du weißt schon, ›Nachbarn in Melborough‹ oder so.«

»Ich mache es nicht, Grace.«

»Ja, hast du schon gesagt.« Tims Augen blickten sie aus Grace' Gesicht über die Salatschale hinweg an. »Aber warum nicht?«

»Aus einer Menge Gründen.«

»Ein Darlehen ist ein sehr großzügiges Angebot.«

»Ich kenne den Mann gar nicht, Grace!« Clare legte eine Hand auf ihren Bauch. Ihr war bewusst, dass sie zu laut wurde.

»Wegen Martin sind wir hier.«

»Das ist mir überaus klar, aber er hat bereits so viel getan, und ich *kenne* ihn nicht.«

Clare senkte den Kopf und versuchte, Grace in die Augen zu sehen. »Du weißt, dass ich recht habe.« Sie ging zur Spüle und wusch den Topf und die Teller ab und stellte alles auf das Abtropfbrett. An den Geschirrspüler rechts von ihr hatte sie sich noch nicht gewöhnt. »Er geht bald auf Reisen. ›Irgendwann‹, hat er gesagt, weiß noch nicht genau, wann.«

»Wer? Martin?«

»Er heißt Jack, Grace. Ja, Martin. Ich meine, Jack. Dann wird er für Monate weg sein.« Sie schaute sich zu ihrer Tochter um, die nichts sagte, sondern nur ihre Schale zur Spüle brachte.

Clare nahm sie ihr aus der Hand.

»Ein Grund mehr, sein Angebot anzunehmen, bevor er abreist«, sagte Clare, ehe sie nach oben ging. »Mum, wir sind hier, um neu anzufangen. Und er ist nicht Dad«, fügte sie von der dritten Stufe aus hinzu, bevor sie die restlichen jeweils zwei mit einem Schritt nahm. Clare blickte ihr stumm nach.

Ähnliche Worte kamen ihr in den Sinn. »Er ist nicht genau wie dein Dad, oder?« Der erste Satz aus dem Mund ihrer Mutter, als sie ihr Tim vorgestellt hatte. Sie hasste es, wenn ihre Mutter, Jean Hutton, die überragende Tanzschulenleiterin, recht hatte, und damals, wahrscheinlich zum einzigen Mal, hatte sie ins Schwarze getroffen. Tim war nicht mal eine schlechte Kopie ihres Vaters. Er war ihm nicht annähernd ähnlich.

Nicht zum ersten Mal malte Clare sich aus, wie es wäre, ihre Mutter anzurufen und um Hilfe zu bitten. Wie es wäre, wenn sie um ein Darlehen für die Eröffnung einer Tanzschule bat und es diesmal richtig anstellte. Sicher würde sie das Geld bekommen, doch nur, indem sie Jean Hutton wieder in ihr Leben ließ und sich in die Lage brachte, ihrer Mutter etwas schuldig zu sein. Der Preis wäre zu hoch.

Sie faltete das Geschirrtuch zu einem winzigen Viereck zusammen, während wahllos Jean-typische Sätze durch ihren Kopf hallten.

»Musst du ZWEI Scheiben Toast essen?«

»Ich hätte dir gleich sagen können, dass es nichts wird.«

»Sei entweder Ehefrau oder Tänzerin.«

»So ungern ich es ausspreche, aber ich habe es dir gleich gesagt …«

Clare schüttelte energisch den Kopf, um die Erinnerungen zu vertreiben. Sie fragte sich, ob irgendwas im Fernsehen lief. Und ob der Fußboden in ihrem hypothetischen Tanzsaal wirklich vollständig gefedert sein musste oder ob es auch ein Holzboden täte.

Und mit dem Gedanken an ihre Beziehung im Kopf erinnerte sie sich daran, dass keine Situation, nicht einmal die Chance auf ihre eigene Tanzschule, es lohnte, ihre »teure Mama« wieder in ihr Leben zu lassen.

11

WhatsApp Tim & Grace

Wimmelst du mich diesen Freitag wieder ab?

Nein, & tut mir leid w/letzter Woche.

Ich komme zu euch.

Gut, aber hier ist kein Platz zum Übernachten. B&B?

Sofa. Habe ich oft genug drauf geschlafen, als ich mit deiner Mutter verheiratet war.

Dad, du musst fragen, ob das für Mum ok ist.

Willst du mich sehen oder nicht, Grace?

Klar.

Schick mir die Adresse.

Ok. Vorher frage ich Mum.

FFS Kind! Ich will dich sehen!

Komme zu spät zur Stunde. Muss los.

Lieb dich, Baby.

Dich auch x

12

Die Wände im Rehazentrum des Orts sind so vertraut wie die bei mir zu Hause. Wenn ich die Augen schließe, wie ich es jetzt tue, während ich im Empfang auf meinen Physiotermin warte, könnte ich die Farben jedes einzelnen Behandlungsraums nennen. Ich könnte sogar sagen, welche Therapeuten am ehesten in ihnen arbeiten. Ich könnte die Namen ihrer Familienangehörigen aufzählen, in welcher Gegend sie wohnen, was sie gern in ihrer Freizeit tun. Ich könnte sagen, welche Sorte Duftkerze und welche Aromen sie bevorzugen. Dieses Gebäude ist mein zweites Zuhause, seit ich vor zwanzig Jahren nach Melborough gekommen bin. Hier habe ich mein Training und meinen Zufluchtsort, wenn ich reden muss.

Dawn an der Rezeption nimmt einen internen Anruf an, hebt den Kopf und lächelt mir zu. »Du kannst jetzt rein, Jack. Zimmer vier.«

Ich gehe den Korridor hinunter zu Jims Behandlungsraum. Er hat magische Daumen. Drinnen wird es nach Bergamotte und Orangenblütenöl riechen, und wenn jemand die Muskelkrämpfe im oberen Teil meines Stumpfes lindern kann, dann er. Ich gehe an Simons Zimmer vorbei – Vanille. Eine schlichte Vanilleessenz kann Leuten helfen, sich dem hiesigen Psychiater zu öffnen. Nachdem ich angeklopft habe, betrete ich Jims Zimmer, und er achtet sofort auf meinen Gang. »Du hast deine Übungen nicht gemacht, oder?«

Komisch, bei der Arbeit hatte ich mir den Wecker gestellt, um jeden Vormittag und jeden Nachmittag meine zehn Minuten einzuhalten. Sogar wenn viel zu tun war, schaufelte ich mir die Zeit für meine Übungen frei. Dieser Tage stelle ich mir keinen Wecker, und prompt vergesse ich es, bis ich ins Bett gehe, wo ich nur noch eine sehr dürftige Trainingseinheit zustande bringe.

»Ich werde nicht lügen«, antworte ich. »Du hast recht.«

Jim seufzt dramatisch und schüttelt den Kopf. »Bein ab und auf die Liege.«

Ich lache. »In keinem anderen Leben als meinem würde dieser Satz einen Sinn ergeben.«

»Klar, aber du liebst dieses Leben und würdest es gegen nichts eintauschen.«

Als ich auf dem Rücken liege, verspanne ich mich. Jim arbeitet an den Beinmuskeln, wobei er das empfindliche Narbengewebe meidet, und mir kommt eine ähnliche Unterhaltung mit Ollie in den Sinn. Würde ich es eintauschen? Gesetzt den Fall, ich hätte die Chance, noch mal neu anzufangen, würde ich mein Leben gegen ein anderes eintauschen? Wenn ich zurück in meine Kindheit mit meinen Eltern in Purley könnte, würde ich irgendwas anders machen? Nein. Nichts in der Schule … abgesehen von einigen fiesen Typen, die ich zu meiden lernte, war sogar meine frühe Schulzeit ziemlich gut. Mein Stipendium auf der privaten weiterführenden Schule? Nein, denn sie half mir, Selbstvertrauen zu entwickeln, wie ich es sonst nie gekonnt hätte. Alice kennenzulernen? Niemals … Immer noch schlägt mein Herz schneller, wenn ich all die Jahre später an sie denke. Die Nacht des Unfalls ist das Einzige, was ich ändern würde, wenn ich könnte. In einer alternativen Version meines Lebens wären Alice und ich verheiratet und hätten eine Familie. Ich wäre immer noch Anwalt geworden, und sie wäre eine Journalistin mit Pulitzerpreis, und wir würden uns nur streiten, wenn es darum ginge, dass ich gegen eine ihrer Reportagereisen in ein Kriegsgebiet bin. Wir hätten drei Kinder, zwei Mädchen und einen Jungen …

»Bist du noch bei mir, Jack?«, reißt mich Jim aus meinen Gedanken.

»Hier«, antworte ich wie bei einem Appell. »Entschuldige.«

»Es sieht wund aus. Du musst die Salbe benutzen und die Prothese öfter abnehmen. Nimm deine Krücken. Du kennst das doch.« Ein leicht tadelnder Unterton.

»Mach ich.« Ich verkneife mir, wieder »entschuldige« zu sagen.

»Hast du Schmerzen?« Sofort klingt seine Stimme sanfter.

Seit einer Woche habe ich einen stechenden Schmerz, gegen den mir einige Medikamente helfen würden, nur hasse ich es, die zu schlucken.

»Nichts, womit mein Schrank voller Schmerzmittel und ich nicht fertigwürden«, sage ich, bevor ich für den Rest der Behandlung abschalte.

Aprils E-Mails kommen inzwischen mit schöner Regelmäßigkeit und bringen mich oft zum Schmunzeln. Obwohl ich nach Alice' Feier gesagt hatte, es könnte besser sein, nicht in Kontakt zu bleiben, hatte ich das Gefühl, ich müsste ihr von der Scheune, Clare und Grace erzählen. Und ihre Reaktionen bewirken, dass ich mich gut fühle, genauso wie es mir vor langer Zeit mit ihrer Schwester ging. Ich sehe ihre letzte E-Mail an und frage mich, ob diese Fähigkeit irgendwie in den Genen liegt, an der Art, wie ihre Eltern sie erzogen haben, oder ob es schlicht solche Menschen gibt. In diesem Moment klopft es an meinem Dielenfenster. Die Tür von der Küche zur Diele ist offen, und ich bin zu sehen von dort, wo Grace durch die Scheibe späht. Meine Prothese lehnt an dem Stuhl neben mir. »Komm bitte hinten rum«, sage ich, und sie nickt. So habe ich Zeit, mein Bein wieder anzuschnallen.

Ich lasse sie durch die Terrassentüren hinten herein. Sofort verengt sie die Augen und fragt mich, ob es mir gut geht.

»Nur ein bisschen Migräne.«

»Oh, die hat Mum auch. Kann ich dir irgendwas holen?«

»Nein, nein, natürlich nicht. Was kann ich für dich tun?« Sie hat irgendwas in der Hand, das von einer Serviette bedeckt ist, die sie sehr theatralisch lüpft.

»Ich habe einen Kuchen gebacken!«, verkündet sie grinsend. »Er ist noch warm und mit Marmelade. Willst du welchen?«

Weil ich nicht weiß, was ich sonst tun soll, bitte ich sie, sich an den Tisch zu setzen, und hole ein Messer und Teller aus der Küche. »Tee, Kaffee?«, frage ich.

»Hast du die gleiche Kaffeemaschine wie wir?«

»Selbstverständlich.«

»Dann bitte Kaffee, mit Milch«, sagt sie und schneidet zwei große Stücke Kuchen ab. »Mum arbeitet im Pub. Ich habe meine Hausaufgaben gemacht. Also ... Kuchenzeit.«

Etwas in mir verkrampft sich. Dieser Umzug kann nicht leicht gewesen sein für eine Fünfzehnjährige. Sie vermisst ihre Freunde, ihren Vater. Ich weiß nichts über Kinder oder Teenager – wie ich bewiesen habe, als Lynn und ihr Sohn Antony bei mir lebten –, aber ich erkenne Einsamkeit, wenn ich sie sehe. Während ich noch überlege, was ich sagen soll oder ob überhaupt irgendwas, richtet sich ihr Blick mit original demselben Gesichtsausdruck wie bei ihrer Mutter auf meine Mind-Map, und sie fragt mit denselben Worten, was das ist.

»Es ist ein Plan«, antworte ich. »An dem ich noch arbeite.«

»Mum hat gesagt, dass du weggehst. Und *das* ist dein Plan?«, fragt sie in einem Ton, als wollte sie mir vermitteln, dass ich von Glück reden könne, wenn ich bis Gatwick finde.

»Ich habe eine sehr erfolgreiche, sehr gut organisierte Karriere als Jurist hingelegt, scheine aber unfähig, den idealen Reiseplan zu schmieden.« Ich reiche ihr einen Milchkaffee. »Was mir, glaub mir, gar nicht ähnlich sieht.«

»Vielleicht willst du eigentlich nicht weg«, sagt sie, beißt in ihren Kuchen und leckt sich einen Marmeladenklecks von der Oberlippe.

»Doch, will ich«, versichere ich.

»Wer kümmert sich dann um die Schweine?«

Ich denke an Steven, den Mann, der das Land nebenan bewirtschaftet und schon zugesagt hat, die beiden zu übernehmen. »Ich wollte dich fragen«, antworte ich. »Du könntest dir Taschengeld verdienen, falls du interessiert bist.« Es sind noch mehr fremde Worte aus meinem Mund. Ich habe keine Ahnung, woher sie kommen, und erkenne mich nicht wieder. Was ist mit diesen Leuten, dass sie mich ständig dazu bringen, wider meine Vernunft zu handeln?

»Machst du Witze? Ich würde die sehr gerne versorgen, und dafür will ich nicht bezahlt werden.«

»Ich würde dich aber lieber bezahlen.«

»Nein! Mensch, du hast uns ein Zuhause gegeben, da ist es ja wohl das Mindeste, was ich tun kann. Was muss ich tun?«

Sie scheint wild entschlossen, also widerspreche ich nicht. »Na ja, sie müssen zweimal am Tag gefüttert werden. Gemüseabfälle und Trockenfutter. Ich regle es mit dem Laden, dass sie einmal die Woche ihre Reste liefern. Die mögen sie normalerweise am liebsten.«

»Klingt gut …«

»Du musst deine Mum fragen, ob sie damit einverstanden ist, dass du das machst.«

»Sie wird begeistert sein, dass wir etwas für dich tun können. Iss!« Sie nickt zu dem Kuchenstück vor mir.

Und ich tue, was mir gesagt wird. »Trotzdem wäre es mir lieber, wenn sie es erlaubt«, sage ich. Der fluffige Teig ist warm und zerschmilzt in meinem Mund.

»Wird sie. Darf ich dir auch mit der Wand helfen? Ich kann richtig gut planen.«

»Die sortiere ich noch«, antworte ich und wechsle das Thema. »Wie gefällt dir die neue Schule?«

Sie zuckt mit den Schultern. »Ist okay. In der elften Klasse haben sich die Cliquen längst geformt. Ich bin die Neue, aber …«

»Du kommst schon klar. So was dauert bloß.«

»Es gibt ein paar Mädchen, von denen ich denke, dass sie Freundinnen werden könnten. Und wenigstens hat mich keiner fett genannt, jedenfalls nicht direkt.« Sie schiebt den Teller mit dem restlichen Kuchen von sich.

»Du bist nicht fett.« Ich schüttle den Kopf. »Gott, Menschen können grausam sein.«

»O ja.«

In meinem Kopf blitzt eine Erinnerung an die Zeit auf, als ich über den Campus gehumpelt bin. Wie die Leute starrten und tuschelten. Damals waren die Prothesen nicht mit den heutigen zu vergleichen. Heute habe ich eine Auswahl an Beinen in meinem Kleiderschrank. Ich kann mir meinen Fuß aussuchen; eine leichte Kufe mit Feder, ein Fuß, der in jeden Schuh passt, mein Schwimmbein oder eines mit mehr Knöchelbeweglichkeit, um unebenen Untergrund zu bewältigen – allesamt die neueste Technik. Aber in den ersten Jahren bin ich gehumpelt. »Du musst lernen, über der Ignoranz anderer zu stehen«, sage ich zu Grace. »Und ändere dich nicht. Es ist in Ordnung, ein bisschen anders zu sein.«

Sofort werde ich rot. Was weiß ich denn schon? Vielleicht entspricht sie der Norm. »Ich meine …«

»Ich weiß, was du gemeint hast, Martin.«

»Tja, ich bin mir nicht sicher, ob ich es weiß«, sage ich verlegen lächelnd.

»Ich bin nicht wie die anderen, nie gewesen. Nicht mal wie ›andere‹, die ich ewig kenne, Freunde in Croydon. Ich war auch nicht wie sie. Die meisten Schulfreunde haben mich schon vergessen. Ich halte nur noch den Kontakt mit einigen vom Hockey.«

»Ich bin bereits den Großteil meines Lebens ›anders‹.«

»Ja, das merkt man.« Sie rümpft die Nase. »Ich habe eine Antenne für komische Vögel.«

»Das behauptest du.«

»Warst du mal verheiratet, Martin?«

Ich schüttle den Kopf.

»Kinder?«

»Nein.«

»Freundin?«

»Nein.«

»Freund?«

»Nein. Was wird das hier?«

»Es ist die Gründungssitzung des ›Melborough-Außenseiter-Käuze-Clubs‹, von jetzt an MAKAC genannt.«

Ich muss laut lachen.

»Also, was wäre dir lieber, Freund oder Freundin?«

»Fragt mich meine fünfzehnjährige Nachbarin im Ernst nach meiner sexuellen Orientierung?«

»Tut sie. Und ich bin fast sechzehn. Also, männlich oder weiblich?« Sie zieht den Kuchenteller wieder zu sich, nimmt noch einen Bissen und sieht mich an.

»Frauen, immer.«

»Und gehst du aus?«

Ich denke an Lynn. »Seit Längerem nicht mehr«, antworte ich; auf einmal wird mir unwohl. »Iss deinen Kuchen, neugierige Nachbarin.«

»Ich versuche zu helfen.«

»Warum?«

»Weil du Hilfe brauchst. Du solltest dich verabreden. Ich kann dir eine App auf deinem Handy einstellen. Du kommst mir einsam vor.«

Du solltest dich verabreden. Kann ich nicht. Außerhalb meines Arbeitsumfelds werde ich vor fremden Frauen zu einem stammelnden Idioten. Der Beweis: Meine erste Begegnung mit Grace' Mutter.

Ich kann dir eine App auf deinem Handy einstellen. Eine von diesen, bei denen man nach links oder rechts wischt? Nein danke. Nur eine weitere Möglichkeit für Leute, grausam zueinander zu sein.

Du kommst mir einsam vor. Kein Kommentar.

»Martin?«

»Jack.«

»Martin passt besser zu dir.«

Ich stütze meinen schweren Kopf in die Hände. »Ich will nichts anfangen, ehe ich auf Reisen gehe. Was hätte es für einen Zweck?«

»Übung«, antwortet sie. »Du brauchst Übung, falls du deine Traumfrau triffst, wenn du in Aspen Ski fährst oder in den Rockies kletterst. Übrigens solltest du beides machen. Online sieht das sagenhaft aus.«

Ich verrate ihr nicht, dass für diesen Amputierten weder- noch infrage kommt, und wage nicht zu fragen, worin ich Übung brauche – sie könnte es mir sagen.

»Und was ist mit Social Media? Ich nehme an, du bist auf keiner der Seiten.«

Stöhnend antworte ich: »Ich war mal in den Gelben Seiten, aber in die guckt heute ja keiner mehr.«

Zunächst sieht sie verwundert aus. »Ah, verstehe. Ein Scherz! Siehst du? Du bist witzig! Na los, gib mir dein Handy. Ich mache dich ganz vorsichtig mit Instagram bekannt.«

Zwei Stunden später kommt mir das Cottage ohne ihr Lachen leer vor. Mein neuer Instagram-Account ist mit zwei Fotos bestückt, die Grace gemacht hat, eines von Pecan, eines von Walnut. Und ich habe einen Follower: Grace. Sie hat mir versichert, dass ich diese App auf meinen Reisen täglich nutzen werde, und auch wenn sie recht haben mag, verstehe ich diesen Hashtag-Quatsch nicht ganz. Ich knipse den Kuchenteller, den sie dagelassen hat, und tippe: Kuchen. Alles alle. #köstlich. Kurz darauf gibt mein Handy ein »Pling« von sich. #MAKAC-gründung.

Ich sehe mir einige ihrer letzten Posts an: Fotos von der Scheune, ihrem Zimmer, den Schweinen aus einiger Entfernung, der Aussicht vom Flur oben. Anders als ihre Freundinnen, die sich anscheinend hauptsächlich in die Kamera schmollend aufnehmen, wirken ihre Posts überlegter.

Ich stoße einen langen Seufzer aus: Sie ist wirklich eine Außenseiterin.

Es bringt mich dazu, zu meiner Wand zu gehen und zu tun, was ich bisher vor mir herschiebe. Mit einem Schwamm wische ich alle Verbindungslinien weg, suche mir eines von den drei ordentlich aufgereihten Kreidestücken aus und fange von vorn an.

Mitten in der Nacht weckt mich das Klingeln meines Handys. Mein Herz pocht hinter meinen Rippen, als ich die Nachttischlampe einschalte. Sofort sorge ich mich um meine Eltern. Doch die Nummer ist unbekannt und eine, die ich seit Tagen ignoriere. »Wer das auch ist, verpiss dich!«, sage ich, drücke das Gespräch weg und setze mich auf. Jetzt bin ich hellwach und sehr sauer auf mich selbst.

Ich lege eine Hand auf meine Brust, beruhige meine Atmung und sehe zur Uhr. Zehn Minuten nach drei. Der kühle Heizkörper unterm Fenster tickt. Von draußen ist ein rhythmisches Geräusch zu hören, und ich überlege, ob eine der Seitenpforten ausgehakt ist und gegen die Mauer schlägt. Ich schaue zu meiner Prothese, die am Nachtschrank lehnt, und beschließe, dass es mir egal ist. Achte nicht darauf, sage ich mir, doch unmittelbar bevor ich mich wieder hinlege, wird mein Mund schlagartig trocken. Da sind noch andere Geräusche, eher wie gedämpfte

Bewegungen, und die kommen aus dem Haus. Ich packe meine Prothese, schnalle sie an und stehe auf. Um nicht nackt herumzulaufen, nehme ich an der Tür meinen Bademantel vom Wandhaken und ziehe ihn über. Ich werde gar nicht erst versuchen, keinen Lärm zu machen, denn Schleichen ist mit der Prothese ohnehin keine Option.

»Wer ist da?«, rufe ich und schalte die Lichter ein.

Außer dem Wummern meines Herzens höre ich nichts.

Beinahe könnte ich mir einreden, ich hätte mir alles bloß eingebildet, wäre da nicht der Lichtschein unter der Tür zu meinem Arbeitszimmer. Wütend und auch ein wenig ängstlich gehe ich hin und stoße die Tür auf. Plötzlich ergibt alles einen Sinn. Ich schiebe meine zitternden Hände tief in die Bademanteltaschen.

Der Junge, der inzwischen ein Mann ist, sitzt an meinem Schreibtisch, sein Handy in der einen und einen kleinen Gegenstand in der anderen Hand. Neben ihm auf der Lederschreibunterlage liegt ein Hausschlüssel.

»Verpiss dich!« Er funkelt mich wütend an.

»Den hättest du hierlassen müssen«, sage ich mit Blick zu dem Schlüssel.

»Hat nie einer gesagt«, lautet seine typisch mürrische Antwort.

»Antony, offensichtlich willst du meine Aufmerksamkeit. Jetzt hast du sie.«

»Du!« Er steht auf, und mir fällt sofort auf, dass er in den letzten zwei Jahren deutlich gewachsen ist. Er muss jetzt neunzehn sein. Sein dunkles Haar ist militärisch kurz, und er ist auf Augenhöhe mit mir. »Du bist ein verdammtes Arschloch.« Er wirft den Gegenstand von einer Hand in die andere, und ich fühle, wie sich etwas tief in meinem Bauch verkrampft.

»Okay.« Ich drehe mich um und gehe zum Festnetztelefon in der Diele.

»Willst du wieder die Polizei rufen? Echt? Du bist mir verdammt noch mal was schuldig.«

Ich bleibe stehen, schließe für eine Sekunde die Augen und wende mich wieder zu ihm um. Dabei konzentriere ich mich auf das, was er in der Hand hat. »Du hattest mit Drogen gedealt. Mit harten Drogen.«

»Du hast mich verpfiffen. Ich hing monatelang in dem Loch.«

»Du hattest mit Drogen gedealt«, wiederhole ich. »Von meinem Haus aus! Begreifst du nicht, dass das falsch war?«

»Ich begreife bloß, dass mich ein Scheißkrüppel verpfiffen hat.«

Bei dem Wort zucke ich zusammen, und ich werde wütend. »Ich bin ein Scheißkrüppel und *Anwalt*. Du hast mir keine andere Wahl gelassen. Und jetzt kommst du mitten in der Nacht in mein Haus, rufst mich dauernd an und legst wieder auf. Was willst du?«

Zunächst sagt er nichts. Dann sieht er mich erbost an. »Eine Entschuldigung.« Er steckt sein Handy ein.

Auf einmal scheint mir die Realität ins Gesicht zu klatschen. Ich bin ein einsamer Mann mittleren Alters, der durch die Welt reisen will, um etwas zu finden, was ich hier mit seiner Mutter hätte haben können. Doch ich gebe nicht nach. »Du bist der, der sich entschuldigen sollte.«

Er schnaubt. »Du hast sie nie geliebt.«

»Geh jetzt. Du solltest deine Mutter anrufen. Und gib mir den Schlüssel.«

Er hebt ihn an und schleudert ihn in die Zimmerecke. »Scheiß drauf. Kriech doch auf deinem einen Knie hin und such ihn.«

»Antony, hör auf!« Ich hebe beide Hände. »Worum geht es hier? Rede mit mir.«

»Ich will aber nicht mit dir reden.«

»Warum bist du dann hier und rufst mich immer wieder an, wenn du nicht reden willst?«

»Bloß um dich zu nerven, Mann. Damit du merkst, dass ich es kann.«

Er hat es immer noch in der Hand. »Okay, du hast mich genervt. Kannst du das jetzt bitte wieder hinstellen?«

»Was, das hier?« Er hält den zerbrechlichen Gegenstand bei dem winzigen, geriffelten Horn und schwingt ihn herum. »Ich weiß noch, dass du das immer gemocht hast.«

Wie zum Gebet hebe ich die Hände vor meine Nase und meinen Mund und beobachte es in Zeitlupe.

»Ups«, sagt er, als es auf dem Schieferboden zerschellt.

Er stürmt an mir vorbei, und ich starre die Scherben an, während hinter mir die Haustür zuknallt. Ich kann mich nicht rühren. Weder mein gutes noch mein schlechtes Bein wollen sich bewegen. Sie hatte es mir zum zwanzigsten Geburtstag geschenkt, und es war das Einzige, was ich auf jeden Fall mit auf meine Reise genommen hätte. Wo ich auch hinging, dieses winzige Einhorn würde mitkommen. Und wenn ich jemals an Magie glauben müsste, wie sie es tat, würde es mich daran erinnern, dass sie existieren könnte.

»Es tut mir leid«, flüstere ich Alice in der nächtlichen Stille zu.

An Schlaf ist nicht mehr zu denken, also verbringe ich Stunden damit, die Bücherregale in meinem Arbeitszimmer neu zu ordnen. Die Bücher wirken durcheinander, und so asymmetrisch ich *Krüppel* sein mag, stört es mich bei allem anderen. Ich fange mit den alten Lehrbüchern aus meinem ersten Studienjahr an, nehme sie aus dem Regal und sortiere sie nach Höhe, nicht mehr chronologisch, wie sie vorher waren. Ich raffe meine alten Studienplaner zusammen – fünf Stück aus meinen Jahren in York und am Royal Holloway. Eine Erinnerung veranlasst mich, den zweiten Planer aus dem Jahr aufzuschlagen, in dem Alice starb. Seitenweise sind überhaupt keine Einträge da, als wäre nicht viel passiert. Dann finde ich ein gefaltetes Blatt mit einem getippten Gedicht, das sie geschrieben hatte, und lese die ersten Zeilen.

Liebe blendet und macht Angst.
Und die beste Sorte bindet – Dich an einen anderen …

Weiter kann ich nicht lesen. Ich blättere nach hinten, wo ich auf ihre Handschrift stoße. Der Moment, in dem sie mir gegenübersaß, ist mir noch sehr klar im Gedächtnis.

»Wir können das machen«, sagt sie. »Es gibt keinen Grund, weshalb wir nach dem Abschluss direkt arbeiten müssen. Reisen ist auch eine Form von Bildung!« Sie hat die Orte notiert, an die sie gern reisen möchte, die Dinge, die sie sehen möchte, bevor sie »sesshaft wird«. Wie immer, wenn ich an Alice denke, staune ich, wie sicher sie sich in Bezug auf uns beide war. Für sie stand fest, dass wir den Rest unseres Lebens gemeinsam verbringen würden, ohne dass es einer von uns je ausgesprochen hätte. Aber es sollte nicht sein. Wir wussten damals nicht, dass sie noch in dem Jahr sterben würde … Ihre Wünsche sind einfach: Sie studiert Englisch und Kreatives Schreiben und will in der New York Public Library in der Fifth Avenue eine Kurzgeschichte schreiben. Sie will auf dem Rasen von Harvard in Boston ein Sandwich essen und so tun, als wäre sie dort Studentin. Sie will, dass wir beide unsere Namen in den Grand Canyon rufen, um das Echo zu hören. Ich habe ergänzt, dass ich auf den Bahamas mit Schweinen schwimmen und in New Orleans Jazztrompete spielen möchte. Anscheinend haben wir an dem Tag nur die Vereinigten Staaten abgedeckt – es gibt keine weiteren Wünsche für die Reise, die wir nie angetreten haben.

Der Planer liegt auf meinem Schreibtisch, als ich weiter aufräume. Stunden später sinke ich in den Sessel und bücke mich, um das winzige blaue Horn aufzuheben, das noch in einem Stück ist. Ich drehe es zwischen meinen Daumen, stecke es ein und gehe mit dem Planer in die Küche. Während das Haus erwacht, der Boiler mit einem Klicken anspringt, um Duschwasser zu wärmen, starre ich Alice' Handschrift an und blicke gelegentlich zu der sauberen Tafel. Der Kaffee, den ich mir mache, ist stark und bitter, und als die orangefarben glühende Sonne hinter dem tintigen Schatten der Scheune aufgeht und der Morgenchor der Vögel erklingt, nimmt der Beginn meiner Reise in meinem Kopf Form an.

13

Clares Träume waren wach gestupst worden.

Anscheinend gab es kein Zurück mehr zu der Frau, die sie in Croydon gelassen hatte. Und wenn sie darüber nachdachte, war da auch keine Faser von ihr, die wieder zu jener Person werden wollte. Zugleich machte es sie panisch, ihr altes Ich so abrupt hinter sich zu lassen. Es war die Clare, die sie gut gekannt hatte; die mit Tim gelebt hatte. Allerdings auch die, deren Träume neben ihm schrumpften. Hier in Melborough, dachte sie, als sie zur Mittagsschicht in den Pub fuhr, fühlte sie, wie Freiheit in ihren Adern pulsierte. Sie fühlte, wie ihr jeden Tag Chancen und Möglichkeiten winkten und sie provozierend kitzelten. Und obwohl sie ihr Angst machten, konnte sie die Tatsache nicht ignorieren, dass sie dennoch aufregend waren. Die Träume, die sie als junge Frau gehegt hatte und nach denen Grace sie in den Wochen vor ihrem Fortzug aus Croydon gefragt hatte, waren wieder da und ließen sich nicht mehr verdrängen.

Clare stellte fest, dass sie Pläne machen *wollte*. Alles drehte sich darum, dass sie in ihrer neuen Haut aufblühen und ein wunderbares Leben haben könnte, ohne sich auf jemand anderen verlassen zu müssen, wie sie es so lange bei Tim getan hatte. Die Ironie, dass sie ihr neues Leben überhaupt nur dank des Schicksals und der Großzügigkeit eines anderen Mannes hatte, entging ihr nicht und machte sie umso entschlossener, ihre Chance nicht zu vergeuden. Sie wollte, dass alles funktionierte; nicht bloß für sie und Grace, sondern auch, um Jack zu zeigen, dass seine Tat wirklich etwas bewirkt hatte.

Ihr neues Ich probierte sie an den Gästen im Pub aus. Wenn jemand sie fragte, woher sie war, antwortete sie, dass sie aus

Croydon kam, lächelte und erzählte, sie wäre begeistert, jetzt in Melborough zu wohnen. Fragte jemand sie nach ihrem Privatleben, erklärte sie hocherhobenen Hauptes, dass sie geschieden und die Mutter von Grace war. Als ein Paar mehr erfahren wollte, gestand sie, dass sie eigentlich Tanzlehrerin war, ehemalige Landesmeisterin sogar. Und nach nur einem Nachmittag, in dem sie dieses neue Ich geübt hatte, stand für sie fest, dass sie diese mutige, unabhängige Clare mochte.

»Du bist ehemalige Landesmeisterin?«, fragte Jan nur Minuten später.

»Bin ich«, antwortete sie nicht ohne Stolz.

»Du steckst ja voller Überraschungen«, sagte Emma.

»Eigentlich nicht. Ich rede nur nie darüber.«

»Aber das musst du! Wäre ich Landesmeisterin in irgendwas gewesen, würde ich es immerfort in die Gegend posaunen«, sagte Emma. »Obwohl, wenn man meinen Eltern glaubt, bin ich Weltmeisterin im Treffen beschissener Entscheidungen, also …«

»Ich habe auch so eine Mutter«, entgegnete Clare. »Sie hat früher Tanz unterrichtet und mich quasi als Verlängerung ihres Lebens gesehen. Deshalb war sie stinksauer, als ich die Liebe zu einem Mann der zum Tanz vorzog.«

»Dein Ex?«, fragte Emma.

»Mein Ex.«

»Ist es nicht furchtbar, wenn Mütter recht haben?«

Beide lachten.

»Machen wir eine Pause.« Emma blickte zu Jan, der nickte, ohne von seinen Bestellformularen aufzusehen. »Komm mit nach hinten.«

Clare folgte ihr durch den schmalen Korridor, der zu ihren Privaträumen im Erdgeschoss führte. Sie kam an einer Tür vorbei, auf der ein gelbes Bild von einem Gerippe prangte, unter dem DRAUSSEN BLEIBEN! stand.

»Da wohnt der Sohn. Wir sehen ihn kaum. Er ›lernt‹ immer.«

Clare bemerkte Emmas leichtes Kopfschütteln, als sie mit beiden Händen Anführungszeichen in die Luft malte.

»Setz dich.« Emma zeigte zu dem runden weißen Tisch mit vier Stühlen in der kleinen Küche. Der Raum nebenan, in den sie einen flüchtigen Blick werfen konnte, hatte gemütlich ausgesehen, altmodischer als bei ihr zu Hause, mit geblümten Sofas und einer Menge kleiner Tische, auf denen gerahmte Fotos standen. Die Küche war im Shaker-Stil gehalten mit hellgrünen Fronten und geölten Holzarbeitsflächen. Der Fußboden war gefliest und blitzsauber.

Clare faltete die Hände auf ihrem Schoß, denn ihr wurde auf einmal klar, was sie tat. Es war lange her, dass sie eine »Freundin« gehabt oder überhaupt daran gedacht hatte, sich mit einer Frau anzufreunden. Automatisch blickte sie sich über die Schulter nach einem Schatten von Tim im Hintergrund um. Ihr kamen seine früheren Bemerkungen über Gill in den Sinn, eine andere Tanzlehrerin, mit der sie sich eine Weile sehr gut verstanden hatte.

Diese Kuh redet hinter deinem Rücken über dich.

Ich will die Frau nicht in Grace' Nähe haben. Hast du gesehen, wie sie ihre eigenen Kinder behandelt?

Clare hatte es gesehen, und Gill war eine wunderbare Mutter. Doch letztlich hatte sie nachgegeben und den Kontakt zu Gill einschlafen lassen. Sie fragte sich, was sie heute machte.

»Alles in Ordnung?«, fragte Emma, die ihr eine Tasse Zitronentee hinstellte – Clares bevorzugtes Getränk bei der Arbeit.

»Doch, doch.« Sie hob die Tasse an und schaute sich um. »Muss ich da nicht irgendwas drunterlegen?«

Emma prustete in ihren Tee. »Sehen wir wie Untersetzerleute aus?«

»Ich habe wohl angenommen, dass das jeder ist«, antwortete Clare.

Emma runzelte die Stirn.

»Entschuldige, so habe ich das nicht gemeint. Bei Tim musste immer alles formvollendet sein, und die Vorstellung, dass man eine Tasse ohne Untersetzer auf einen Tisch stellt, war in unserer, also seiner Welt inakzeptabel«, erklärte sie rasch. Clare spürte Emmas Blick und glaubte beinahe zu hören, wie es in ihrem Kopf arbeitete, als Emma überlegte, was sie sagen sollte.

»Reden wir nicht über deinen Ex«, schlug Emma vor. »Erzähl mir von dir, du *Tänzerin*, du! Ich meine, du hattest uns gesagt, dass du Tanz unterrichtest, als wir dich kennengelernt haben, aber *Landesmeisterin*! Den Teil hattest du ausgelassen.«

»Es ist ja auch schon lange her.«

»Landesmeisterin wird man, weil man die Beste in dem ist, was man tut.« Emma schwenkte mahnend ihren Zeigefinger. »Vergiss das nicht. Es verlangt Mumm und Entschlossenheit, in irgendwas die Beste zu sein. Und es hat Mumm und Entschlossenheit verlangt, die Person zu verlassen, über die wir nicht reden wollen.«

»Nein, er hat schon genug von meiner Zeit bekommen«, platzte Clare heraus.

»Eben.« Emma hob ihre Tasse hoch und stieß mit Clare an.

Wie so oft wechselte sie genau im richtigen Moment das Thema. Schwierige Gäste waren eher ihr Spezialgebiet als Jans, weil sie ein Talent hatte, jede Situation zu entschärfen. Und jetzt wechselte sie zu einer neuen Serie auf Netflix, von der sie glaubte, sie könne Clare gefallen. Anscheinend war sie ideal, um mal für eine Weile der Wirklichkeit zu entfliehen.

Während Emma sprach, ertappte Clare sich dabei, wie sie das Bild an der Wand neben ihr betrachtete. Es war ein Hochzeitsfoto von Emma und Jan, irgendwo an einem weißen Sandstrand, nur sie beide. Sie fragte sich, ob die zwei damals durchgebrannt waren. Und sie dachte an ihr Hochzeitsbild, das Tim ihr zu einem Geburtstag geschenkt hatte. Sie wusste noch, dass sie damals dachte, es wäre ein ideales Geschenk zum Hochzeitstag, weniger zum Geburtstag. Sofort hatte sie sich gescholten, undankbar zu sein, wie Tim es ihr so oft vorhielt, und es brav neben ihr Bett ins Schlafzimmer gestellt. Jetzt war es in einem der Kartons in der Scheune. Sie würde es nicht mehr aufstellen.

Sie hatte den merkwürdigen Drang, das Foto von Jan und Emma abzunehmen und genauer anzuschauen, zu entziffern, warum es so anders schien als ihr eigenes.

Emma bemerkte ihren Blick. »Barbados«, sagte sie. »Wir waren weggelaufen. Niemand sonst wollte etwas davon wissen, also haben wir es allein gemacht.«

»Ich habe auch so ein Foto«, bemerkte Clare nach wie vor gebannt, »aber es wirkt total anders.« In diesem Moment wurde ihr mit einem scharfen Stechen in der Brust klar, warum. Emma und Jan waren einander halb zugewandt, lachten und sahen sich voller Liebe an. Ja, anders konnte man es nicht beschreiben. »Auf meinem«, erzählte sie Emma, »gucken wir beide in die Kamera. Tim hat triumphierend den Arm um mich gelegt, nein, er umklammert mich eigentlich. Ich lächle, aber ich weiß noch, dass ich mich richtig in seine Umarmung geduckt habe. Gott, die Liebe ist manchmal blind, nicht?«

Emma stand auf, kam zu Clare und umarmte sie. »Weißt du was? Du bist jetzt hier. Clare kann wieder von vorn anfangen.«

Nach ihrer Schicht bog Clare vom Parkplatz des Pubs, und die Gänge ihres Wagens erzitterten, als sie sich den Hügel hinaufkämpften.

Das letzte Mal, dass sie ein neues Zuhause gehabt hatte, war an dem Tag gewesen, an dem sie mit Tim in das Haus in Croydon einzog. Zwei Jahre lang hatten sie geknapst und gespart, um sich die Anzahlung leisten zu können. Bis dahin hatten sie beide bei ihren Eltern gewohnt. Tim arbeitete in der

Versicherung seines Onkels, und Clare hatte den spärlich gesponserten Turniertanz an den Nagel gehängt, um zu unterrichten. Für Tim, dessen Eltern schon vor Stolz anschwollen, wenn bloß sein Name fiel, war es leicht gewesen. Er hatte einen »lockeren« Bürojob gehabt und eisern gespart. Jean hatte Tims Antrag als den Sargnagel für Clares Meisterschaftspotenzial gesehen, und für Clare war damit das Ende ihrer Beziehung zu ihrer Mutter eingeläutet.

Sie lenkte ihren Wagen um die letzte Kurve vor ihrer Einfahrt und erlaubte sich wieder einmal, von ihrer Tanzschule zu fantasieren, die sie schlicht »Tanzen!« nennen würde. Der Name sagte sofort, warum die Menschen kommen wollten, was sie ihnen dort beibringen würde; und zugleich war er eine Art Aufruf, die Kunst des Tanzes zu würdigen. Diese Vision genoss sie noch, als sie kurz vor der Scheune auf die Bremse stampfte, dass die alten Reifen im Kies schlitterten. Vor ihr, lässig wie ein Statist am Filmset, hockte Tim auf der Motorhaube seines Wagens.

Zwei Sekunden lang erwog sie, direkt zurückzusetzen. Eine Sekunde lang dachte sie daran, ihn zu rammen und zwischen ihrem Nissan und seinem neuen Firmenwagen einzuklemmen. Seiner letzten Textnachricht zufolge brauchte er lediglich Clare loszuwerden, damit sein Onkel begriff, dass seine wahre Begabung im Verkauf lag, nicht im Büro. Sie parkte vor der Garage ein, in der ihre Träume wohnten.

Als sie auf ihn zuging, fing es an. Ihre Rückkehr nach Croydon kam fast auf einen Schlag. Er trug ihr Lieblingshemd, das ihm, wie sie immer gesagt hatte, am besten stand. Die Westernstiefel, die er so sehr mochte, lugten unter der gebügelten Jeans hervor, auf Hochglanz poliert. Er sah gut aus, dachte sie und ignorierte die bohrende Frage in ihrem Hinterkopf: Woher hat er die Adresse?

Zum ersten Mal seit zwanzig Jahren hatten sie sich zwei Wochen lang nicht gesehen. Clare bemühte sich, an der Frau festzuhalten, die sie gerade im Pub gewesen war und von der sie sicher war, sie endgültig werden zu können. Doch als ihr Ex, den sie aus lauter guten Gründen verlassen hatte und der geholfen hatte, ihr Potenzial zu ersticken, sie auf die Wange küsste, konnte sie sich nur noch an seinen wohltuenden Duft erinnern. Nicht an die körperliche und seelische Gewalt, nicht an die Blutergüsse oder Kränkungen, nur an den holzigen Duft.

»Clare«, flüsterte er ihr zu, »du siehst hübsch aus.« Er richtete sich auf, hob beide Hände und schaute sich um. »Und das hier ist klasse.«

Sprachlos kratzte sie sich am Kopf, denn so war es bei Tim immer. Neben seiner berauschenden Vertraulichkeit hatte er stets den Effekt, dass sie alles infrage stellte. Was tat sie hier? Was tat *er* hier?

»Tim«, sagte sie langsam, während sie fühlte, wie sich die Melborough-Clare in Wohlgefallen auflöste. »Warum bist du hier?«

»Warum nicht?« Er sah gekränkt aus. »Ich wollte mal schauen, wo du und unser Baby jetzt wohnen. Mann, du hast echt Schwein gehabt, was?«

Sie antwortete nicht, vergrub die Hände in den Taschen und flehte die neue Clare an, zu bleiben und ihr zu helfen. »Du hättest vorher anrufen sollen.«

Er ging nicht auf die Frage ein. »Bittest du mich auf einen Kaffee rein?« Dabei neigte er den Kopf zur Seite, und es war unüberhörbar eine zweideutige Bemerkung.

Sie konnte sich lebhaft vorstellen, wie höhnisch er reagieren würde, sähe er die Kaffeemaschine, die Jack eingebaut hatte. Er würde lachen und spotten.

»Nein«, antwortete sie so laut sie konnte.

»Was?« Tims Kopf ruckte nach hinten vor Verblüffung.

Clare nahm ihre Hand aus ihrem Nacken und strich mit den Fingern links über ihren Hals. Das Bild vom letzten Mal, dass er sie nach unten gedrückt hatte, als sie auf dem Sofa nach Luft rang, weil sein Knie auf ihrem Hals war, leuchtete in ihrem Kopf auf. Oder die Melborough-Clare hatte es heraufbeschworen, um sie daran zu erinnern, was sie tun musste. Melborough-Clare musste überleben. Nein, sie musste aufblühen. Und mit Tim in der Nähe war klar, dass die Croydon-Clare lediglich Momente entfernt war und darauf wartete, von Tim dem Ritter gerettet zu werden.

Sie konzentrierte sich mit aller Kraft auf das Gefühl, nicht atmen zu können.

»Kein Kaffee. Und ich bitte dich auch nicht herein. Grace ist in der Schule. Die Vereinbarung ist, dass du Grace zu Zeiten sehen kannst, die wir beide verabreden. Das wäre am Freitagabend, also *morgen*, und jetzt solltest du nicht hier sein.«

»Das ist ein Scherz, oder? Du meinst das nicht ernst.«

»Woher hast du die Adresse, Tim?« Sie fragte sich, ob Grace sie ihm geschickt hatte, doch sie hatten sich geeinigt, dass sie ihm die erst am Freitag schreiben würde, wenn er sie abholen käme, um mit ihr Curry zu essen.

»Clare«, begann er.

Sie ging an ihm vorbei, da schnellte seine Hand vor und packte grob ihren Oberarm.

»Alles in Ordnung?«, ertönte eine fremde Stimme.

Clare blickte zur Pforte. Dort stand Jack.

»Ja, alles gut. Tim will gerade gehen, nicht?« Sie riss sich los und biss sich in die rechte Wange, um nicht zu weinen.

»Sag Grace, dass ich sie am Freitag um sieben abhole. Und ich gehe davon aus, dass ich hier übernachten kann«, sagte Tim leise.

»Du kannst auf dem Sofa schlafen, aber du musst am Samstagmorgen früh weg. Grace und ich haben viel zu tun.«

Sie sah, wie ihr Ex die Augen verengte, bevor beide zu dem Mann blickten, der noch an der Pforte stand.

»Du hast keine Zeit verschwendet, was, hübsche Clare?«, raunte Tim.

Sie erschauderte bei der Erinnerung daran, dass seine leise Stimme immer so viel schlimmer war als die laute. »Jack ist mein *Vermieter*«, antwortete sie.

»Wir sehen uns morgen«, sagte er und stieg in seinen Wagen. »Dann kannst du mich rumführen.«

Clare beobachtete, wie er wegfuhr, sich in Richtung Jack an die imaginäre Mütze tippte und seinen Motor aufheulen ließ. Als Jack näher kam, wollte Clare weglaufen, nichts erklären müssen.

»Netter Typ«, sagte Jack, wobei er zu ihrem Arm sah, auf dem Tims Finger einen deutlichen Abdruck hinterlassen hatten.

Beschämt rieb sie die Stelle. »Mein Ex«, erklärte sie.

»Geht es dir gut?«

»Natürlich, alles bestens.« Clare war bewusst, dass sie schnippisch klang, und sie bereute es sofort. Doch sie musste erst noch lernen, wie sie sich ihrem Nachbarn gegenüber verhielt. Sie schirmte ihre Augen mit einer Hand vor der Sonne ab, blickte zu den blühenden Feldern und machte sich einen von Emmas Kniffen zu eigen. »Heute Morgen habe ich dich ›Summertime‹ spielen gehört. Es schien mir ideal, um an diesem herrlichen Morgen dazu aufzuwachen.«

»Der September ist mein Lieblingsmonat, und es ist wirklich ein schöner Tag.« Er nickte, und Clare war dankbar, dass er ihren Themenwechsel hinnahm. »Ich vergesse dauernd, dass ich Nachbarn habe, und spiele einfach wie vorher auch immer.«

»Hör bitte nicht auf. Nicht unseretwegen. Ich habe mitgesungen.«

»Was denn? Du kannst singen *und* tanzen?«

Clare musste unwillkürlich schmunzeln, als sie die Hausschlüssel aus ihrer Tasche kramte. »Weniger. Ich kenne auch bloß den Text zum Refrain.«

»Dann solltest du dir den Rest mal anhören. Da ist ein schöner Text darüber, dass man die Flügel spreizen und gen Himmel aufsteigen soll.«

Mit ihren Schlüsseln in der Hand stand sie da, hörte Jack reden und blickte zu der Stelle, an der Tims Wagen gestanden hatte, während sie dreimal sanft auf ihre Brust klopfte. Sie hatte es gespürt – diesen sofortigen Instinkt, zu vergeben. Sobald sie Tim gesehen, ihn gerochen hatte, war die Croydon-Clare wieder da gewesen: klein, unsicher und zitternd. Sie würde sich wappnen, dachte sie und bohrte die Fersen fest in den Kies. Sie würde ein Kraftfeld um sich errichten, wenn er kam, um Grace zu sehen. Nie wieder würde sie schwach werden. Die Melborough-Clare blieb hier, und sie brauchte weder Mann noch Mutter.

»Clare?«

»Entschuldige, Jack.«

»Du warst gerade auf einer anderen Umlaufbahn.«

»Eigentlich nicht.« Sie schüttelte den Kopf und wollte auf einmal diesem relativ fremden Mann gegenüber ehrlich sein. »Ich verstehe bloß nicht, wie es sein kann, dass ich, wenn ich ihn sehe, wieder zurückrutsche in dieses Denken, so schlimm wäre es gar nicht gewesen, als wir verheiratet waren.« Sie beobachtete, wie ihr Wohltäter verarbeitete, was sie gesagt hatte.

»Ihr wart lange zusammen«, bot er als Erklärung an.

»Und die meiste Zeit war es übel …«

»Menschen glorifizieren die Vergangenheit. Es ist eine Verarbeitungsstrategie.«

Clare fragte sich, wie oft dieser Mann eine Frau geliebt hatte. Der Unterschied zwischen ihnen dürfte sein, dass sie bisher in ihrem Leben nur einen Mann geliebt hatte und stark genug gewesen war, sich von ihm scheiden zu lassen, obwohl sie sich oft für unfähig hielt, allein zu sein.

Vermutlich spürte Jack, dass Tim lieber kein Thema mehr sein sollte, denn er begann, mit geradezu enzyklopädischem Wissen über die Pflanzen um sie herum zu reden. Clare nickte höflich und fächelte sich mit der Hand Luft zu, als sie mal wieder eine Hitzewelle überfiel. Im Geiste sagte sie sich, dass sie die höheren Regale mit einem Hocker erreichen könnte. Sie brauchte weder Tim noch überhaupt einen Mann. Sie konnte ihr eigenes Geld verdienen und leicht dienstags die Mülltonnen rausstellen. Es war kein Mann nötig. Sie konnte sich sogar selbst befriedigen – ohne Mann.

Du, Melborough-Clare, bist dir mehr als genug.

14

Heute fühlt sich eigenartig an.

Es fängt damit an, dass von den Wänden des Cottages widerhallt, was Antony mir entgegengebrüllt hat, als wären die Wände auf einmal ein Speicher der Zeit, in der er und Lynn auch hier gewohnt haben. Ich bin draußen herumgeschlendert, um dem zu entkommen und nach meinem Besuch Ausschau zu halten, als ich auf Clare und ihren Ex an der Scheune traf. Der Ex ist ein übler Typ, der ihr direkt Blutergüsse am Arm verpasst hat. Es ist wohl überflüssig zu erwähnen, dass er mir auf Anhieb unsympathisch war.

Auch deshalb kommt es mir wie ein frischer Windhauch vor, als April eintrifft. An ihrem Arm baumelt eine gewebte Tasche, und bald soll ich entdecken, dass sie voller Snacks für ein spätes Mittagessen ist. Sie gibt mir die Tasche mit der Bitte, alles auszupacken, während sie zu den Terrassentüren geht und hinaus in Richtung Scheune blickt.

»Das ist sie also«, sagt sie leise.

Würde ich sie nicht ansehen, sondern die Augen schließen, ich würde schwören, dass es ihre Schwester ist, die spricht. Aber es ist natürlich April, die hinüber zu Clares und Grace' neuem Zuhause schaut.

»Ich kann kaum glauben, dass es Alice' Geburtstag war, der das in Bewegung gesetzt hat.«

Und ich kann nicht glauben, dass meine Antwort auf ihre E-Mail, »besprechen wir das persönlich«, zur Folge hat, dass sie hier mit einer Tasche voller Essen auftaucht, obwohl nie von Essen die Rede gewesen ist. Im Grunde hat sie bloß gefragt, ob sie mal vorbeikommen und sich die Scheune ansehen kann, und irgendwie habe ich gesagt, dass es schön wäre, sie hier zu sehen. Jetzt ist sie da, und ich schenke ihr ein Glas Wasser ein, während ich einen großen Kaffee für mich mache.

»Wie geht es dir?«, fragt sie, als sie zu mir kommt und anfängt, die Häppchen auf Tellern zu arrangieren, die ich aus dem Geschirrspüler geholt habe. »Willst du drinnen oder draußen essen?«

»Im Garten ist gut«, antworte ich und folge ihr zu dem Bistrotisch draußen, an den wir uns setzen. »Und ich fühle mich konsterniert.« Ich riskiere ein Lächeln in ihre Richtung.

Sie versteht sofort, klatscht in die Hände und lacht. »Gott, sie hat das Wort geliebt, oder?« Dann höre ich zu und lache mit, als sie die vielen idiotischen Beispiele von Alice' »Konsterniertheit« aufzählt.

»Weißt du noch«, frage ich April, »wie sie Sachen als ›zitronig zitronengelb‹ oder ›rostig rostfarben‹ beschrieben hat?«

»O ja, und ich habe den ›zitronig zitronengelben‹ Pulli sogar noch, den sie immer anhatte.«

»Ich war allergisch gegen den.« Mit dem warmen Kaffeegeschmack auf der Zunge und nostalgisch gestimmt lächle ich, als ich mich erinnere, wie Alice ihn trug. »Mohair … ich konnte mich dem nicht mal nähern. Euer Dad hatte ihn ihr gekauft, und wir haben ihn immer ›Wohlfahrtspulli‹ genannt!«

Wieder lacht sie, doch dann sieht sie mich ernst an. »Dir scheint es viel besser zu gehen als beim letzten Mal.«

»Tut es auch.« Ich bin dankbar für die Geburtstagseinladung an jenem Tag. Ja, ich bin wieder in eine Welt mit Alice geworfen worden, aber jetzt fühle ich mich auf eine Weise lebendig wie schon lange nicht mehr. Dennoch halte ich meine Antwort kurz, weil ich das Schicksal nicht herausfordern will. Es hört immer mit.

Sie schaltet sofort und fragt: »Wie sind sie denn so, deine neuen Nachbarinnen?«

»Ausgesprochen nett. Die Mutter ist Tanzlehrerin, und die Tochter ist richtig lustig. Anscheinend ist der Mann ein ziemliches Schwein …«

»Wie?«

»Sie sind jetzt geschieden, aber ich habe das Gefühl, dass er kein besonders netter Mann ist.« Mehr sage ich nicht, weil es mir vorkommt, als würde ich hinter Clares Rücken über sie reden. »Ich fühle mich gut damit, ihnen zu helfen. Deine E-Mail und noch einige andere Sachen … haben sich irgendwie angehäuft, und das hier ist dabei rausgekommen.«

»Ja, ist es«, stimmt sie mir zu.

Ich beobachte, wie sich ihr Mund bewegt, als sie weiterredet, und bin entsetzt, weil ich sie plötzlich küssen will. Ich habe eine sehr lebendige und glücklicherweise kurzlebige Vision davon, wie wir uns leidenschaftlich küssen, und es ist die Sorte Kuss, die mir fehlen wird. Mein Körper reagiert sofort, weshalb ich die Beine überkreuze, denn es ist mir peinlich. Sofort verscheuche ich den Gedanken und greife mir ein Häppchen, das wie kaltes Risotto aussieht.

April bleibt nicht lange und führt an, dass sie einen weiten Rückweg hat und ihren Ältesten vom Fußballtraining abholen muss. An der Tür umarmen wir uns. Mein Körper benimmt sich, und ich halte sie noch kurz bei den Schultern. »Du siehst aus und klingst wie sie«, sage ich, »daher die Konsterniertheit.«

Ihr Lächeln ist traurig.

»Aber du bist auch wie sie. Ich meine, du scheinst auch imstande zu sein, diese Magie in Leuten hervorzubringen.«

Ihre Unterlippe bebt ein klein wenig, also ziehe ich sie noch einmal zu einer kurzen Umarmung an mich.

»Pass auf dich auf, wenn du losziehst, zu was auch immer, das du auf deiner Reise tun willst«, flüstert sie.

Ehe ich mich's versehe, habe ich meine Instagram-Daten und meine Handynummer in ihr Telefon getippt. Wir hatten bisher ausschließlich über E-Mail Kontakt, sodass sich das hier groß anfühlt – als hätte ich eben zugestimmt, mit der Schwester meiner toten Liebe befreundet zu sein. Und letztlich ist es das ja auch. Noch ein großes Ding. Ein seltsames Ereignis an einem seltsamen Tag, und dennoch fühlt es sich richtig an, als sie wegfährt.

Später sitze ich auf einem Barhocker Jan gegenüber, der über seine Heimatstadt spricht und schwört, sie sei direkt unter den Nordlichtern. Ich sage ihm nicht, dass es sich bei den Nordlichtern um ein sich bewegendes naturwissenschaftliches Phänomen handelt, keines an einem festen Ort. Vor mir habe ich zwei kleine, identische Stapel aus roten Bierdeckeln aufgebaut. Jan hat den richtigen Beruf; er unterhält sich gern, und heute Abend bin ich mehr als froh, ihm zuzuhören, während ich überlege, dass ich mich heute schon privat mit zwei Frauen getroffen habe.

Ich fühle ihre Hand auf meiner Schulter, bevor ich sie sehe. Lynn trägt wie immer einen eleganten maßgeschneiderten Hosenanzug. Ihr Kurzhaarschnitt bringt ihr naturrotes Haar gut zur Geltung. Einzig ihre Augen stören das Bild, aber vielleicht liegt es auch an mir. Vielleicht kann nur ich den Schmerz in Lynns Augen sehen.

Ich stehe auf, und sie beugt den Kopf in den Nacken, damit ich sie auf die Wange küssen kann. »Danke, dass du gekommen bist«, sage ich. »Ich wäre auch zu dir gekommen …«

»Ich war sowieso in Oxford, habe dort einige Tage Bereitschaft und sitze ansonsten in einem schäbigen Hotel.«

»Du siehst gut aus. Die Frisur gefällt mir.« Ich widerstehe dem Impuls, ihr Haar zu berühren. »Was möchtest du trinken?«

»Nichts. Können wir lieber ein Stück gehen? Ich war den ganzen Tag bei Gericht.«

»Klar, kein Problem.« Ich bezahle, und wir gehen hinaus in die High Street.

Sie hakt sich bei mir ein. Das tut sie immer, und es ist weniger eine Geste der Vertrautheit als ihre Art, dafür zu sorgen, dass sie in meinem Tempo geht. »Was für ein herrlicher Abend«, sagt sie und atmet tief ein. »Also, warum wolltest du mich sehen, Jack?« Sie schaut mich an, und ich spüre, dass sie auf alles gefasst ist, bloß nicht darauf, den Namen ihres Sohnes zu hören. Für einen Moment möchte ich ihr nicht mehr wehtun, als ich es vor Jahren getan habe, und ich überlege, ob ich die Geschichte vergessen soll.

»Antony«, sage ich schnell. Sie seufzt resigniert. »Er war neulich nachts bei mir im Haus, Lynn. Er hatte noch einen Schlüssel.«

»O Gott.« Lynn ist stehen geblieben. Sie hat ihren Arm zurückgezogen und streicht sich über den Magen, als wäre ihr übel. Eine junge Mutter mit einem schreienden Kind auf den Armen eilt an uns vorbei.

»Geht es dir gut?«, frage ich.

Sie nickt. »Was ist passiert?«

»Er hatte mich angerufen und aufgelegt, und jetzt wollte er mich persönlich wissen lassen, dass er sauer auf mich ist, weil ich ihn ›verpfiffen‹ habe. Er wollte brüllen …« Ich stocke. »Verdammt, Lynn, ich bin nicht mal sicher, was er wollte. Er ist immer noch ein sehr wütender junger Mann.«

Sie fixiert einen geschlängelten Zementstreifen auf dem Pflaster zwischen uns. In der Nähe heult eine Sirene, und ich denke an all die Leute, deren Verteidigung ich nicht durchbekommen konnte und die ins Gefängnis gingen. Manche waren schuldig und hatten es verdient. Andere eventuell nicht. »Anscheinend ist es allein meine Schuld, dass er in der Jugendstrafanstalt war. Er hat vergessen, was er getan hatte, und verlangt, dass ich mich bei ihm entschuldige.«

Antony war schuldig.

Lynn blickt auf, und Tränen schwimmen in ihren Augen. »Hast du?«, fragt sie mich leise.

Ich sage nichts, und sie nickt wieder, bevor sie sich mit dem Handrücken übers Gesicht wischt. »Ich gehe lieber«, sagt sie. »Und ich sollte wohl nach Hause fahren. Ich …«

»Hör zu …«

»Nein, ich sollte gehen«, wiederholt sie. Der Taschenriemen rutscht ihr von der Schulter, als sie nach ihren Autoschlüsseln sucht.

»Lynn.« Ich strecke eine Hand aus, doch sie weicht zurück, und ich lasse es. »Kann ich irgendwas tun?«

»Nein.« Sie richtet sich wieder auf, schiebt den Taschenriemen zurück und vermeidet es, mich anzusehen. »Es war nett, dich zu sehen, Jack.«

Ich scheine den Fußweg zu blockieren, deshalb stelle ich mich in einen Hauseingang und blicke ihr von dort aus nach. Was hätte ich anders machen sollen? Und warum enden unsere meisten Begegnungen damit, dass ich das Gefühl habe, sie oder mich enttäuscht zu haben? Beide Fragen machen mich traurig.

Nach einer miesen Nacht begrüßen mich am nächsten Morgen eine überflutete Küche und ein Haufen Exkremente, der durch meinen Briefschlitz geschoben wurde. Ich wische das Wasser auf und spüle den Dreck in der Toilette runter. Danach schrubbe ich mir die Hände, bis sie schmerzen. Ich will schon Lynns Nummer in mein Telefon eintippen, als mir ihr Gesicht in den Sinn kommt – der verzweifelte Ausdruck gestern. Ich lege das Telefon wieder hin.

Nachdem der Klempner das undichte Rohr repariert hat, buche ich endlich mein Ticket und zahle den flexibelsten Tarif, damit ich die Termine noch ändern kann, falls ich will. Anschließend lehne ich mich zurück und starre auf den Monitor.

Ich reise los. Ich mache das wirklich. Sofort muss ich es jemandem erzählen und rufe meine Eltern an. Dabei vergesse ich den Zeitunterschied und hinterlasse eine Nachricht, sie mögen mich zurückrufen. »Ich bin bald bei euch!«, sage ich ihnen. Weil ich feiern will, nehme ich die Sektflasche von Clare und eine Packung Orangensaft aus dem Kühlschrank und gehe zur Scheune. »Sekt mit O-Saft?«, frage ich, als sie öffnet.

Stirnrunzelnd sieht sie auf ihre Uhr.

»Ich habe meine Reise gebucht!«

Sie bittet mich herein. Und während sie Orangensaft trinkt und ich Sekt, werde ich in dem von mir entworfenen Wohnzimmer betrunken, in Gegenwart einer höflich nickenden Frau, die ich kaum kenne. Ich rede unendlich viel Blödsinn und bin irgendwann so abgefüllt, dass ich einschlafe. Als ich aufwache, ist Clare fort und Grace sitzt mir gegenüber.

Mein Kopf fühlt sich an wie von einem Hackbeil gespalten.

»Na, na, Martin, tagsüber betrunken, und dann schnarchst du auch noch«, sagt Grace.

Meine Zunge ist zu trocken, als dass ich antworten könnte.

»Mum musste zur Arbeit, wollte dich aber nicht stören.« Sie geht zum Kühlschrank und zapft ein Glas Wasser, von dem ich hoffe, dass es für mich ist. Sie reicht es mir und betrachtet mich mit einem Blick, den ich in meiner Verfassung nicht deuten kann.

»Wieso bist du nicht in der Schule?«, bringe ich heraus.

»Du hast keine Ahnung, was heute für ein Tag ist, oder? Es ist Samstag!« Sie schüttelt den Kopf. »Mum sagt, du hast dein Ticket gebucht.«

»Mhm.«

»Na, dann brauchst du jetzt Übung. Kein Aufschieben mehr. Gib mir dein Handy, und wir tragen dich auf der Dating-App ein.«

Mir tut der Kopf weh.

Sie streckt die Hand vor und setzt sich vor mir auf den Couchtisch. »Handy«, sagt sie. Ich ziehe es aus der Tasche und gebe es ihr. Sie scrollt sich durch den App-Store und lädt innerhalb von Minuten zwei Apps runter. »Ich habe die besten für ältere Leute gegoogelt«, sagt sie. Ich verschlucke mich fast an dem restlichen Wasser, ehe ich ihr das leere Glas hinhalte.

Sie ignoriert meine Bitte und behält mein Handy. »Wenn du nüchtern bist, machen wir ein Profilbild und …« Sie sieht auf mein Telefon, runzelt die Stirn und reicht es mir. »Du hast eine Nachricht.«

Grace geht zum Kühlschrank, ich höre ihre Schritte hallen. Wie konnte ich von einer Flasche Sekt so betrunken werden? Eine Flasche Sekt zum Frühstück nach meinen üblichen Schmerzmitteln, erinnere ich mich, ehe ich aufs Display schaue.

Ich hasse dich. Halt dich verdammt noch mal von meiner Mutter fern!

Seufzend schließe ich meine Augen halb. »Ich sollte das erklären.« Nun blicke ich in Grace' junge und sehr vorwurfsvolle Augen.

»Es geht mich nichts an«, sagt sie.

Die nächsten vierzehn Minuten erzähle ich meiner Teenager-Nachbarin von dem Teenager-Sohn meiner Exfreundin. Wie ich nach seiner zweiten Verwarnung wegen Drogen herausfand, dass er von meinem Haus aus dealte. Ich habe ihn gemeldet, und er hat mehrere Monate im Jugendstrafvollzug verbracht. Und ich ende mit der Aussage, die ich auch vor Gericht am Ende gern und wirksam einsetze: »Er war im Unrecht, ich im Recht.« Sicherheitshalber hänge ich noch ein Schulterzucken dran.

»Denkst du das immer noch?« Grace löffelt Rice Krispies aus der Packung und sieht nachdenklich aus.

»Ja.«

»Meine Großmutter hat immer gesagt: ›Willst du im Recht sein oder glücklich?‹ Was ein bisschen schräg ist, denn sie und meine Mum reden nicht mehr miteinander, also reden auch sie und ich nicht mehr, was bedeutet, eine von ihnen wollte lieber im Recht sein als glücklich.« Sie zieht die Augenbrauen hoch. »Wahrscheinlich beide. Ich meine, wahrscheinlich wollten sie beide lieber im Recht sein, womit bewiesen wäre, dass der Spruch Quatsch ist.«

»Er hatte gegen das Gesetz verstoßen«, flüstere ich und massiere meine Schläfen.

»Ja, das hast du schon gesagt. Und was ist jetzt?«

Ich bin nicht mal sicher, was sie mich fragt.

»Denkst du auch jetzt noch, dass du das Richtige getan hast?«

Ich sehe sie an und antworte dieser seltsamen jungen Frau nicht, dass es keine Rolle spielt. Ich habe getan, was ich zu der Zeit für das Richtige hielt. Und wenn es darum ging, Antonys Mutter zu lieben oder, Gott bewahre, Antony zu lieben, konnte ich einfach nicht richtig handeln. Ich konnte mich nicht dazu entscheiden, glücklich zu sein. Ich schlucke, trinke von meinem Wasser und stehe leicht wacklig auf.

»Ich sollte keinen Sekt trinken. Bitte richte deiner Mutter meine Entschuldigung aus«, rufe ich im Gehen. »Und danke, Grace.«

»Und, was ist es?«, hake ich nach.

»Tja, ich weiß es nicht. Du?«

Ich habe Ollie eben gebeten, brutal ehrlich zu sein und mir zu sagen, was mein schlimmster Fehler ist. Er scheint genervt – entweder von dem späten Anruf oder von der Frage. Ich wiederum bin richtig genervt, seit Antony bei mir zu Hause aufgekreuzt ist.

»Oliver.« Ich spreche ihn mit vollem Namen an, damit er merkt, dass ich es ernst meine. »Mir ist heute klar geworden, dass diese Reise sinnlos ist, solange ich nicht über Dinge an mir nachdenke, um die ich mich kümmern müsste, wenn ich mein Leben ändern will.«

»Das ist dir *heute* klar geworden?«

»Haha, im Ernst.« Ich glaube zu ahnen, was er sagen wird, aber ich will den Zeugen nicht manipulieren, also halte ich die Stille aus.

»Willst du es wirklich wissen?«

»Ja, will ich.«

»Deinen schlimmsten Fehler? Nur den schlimmsten?«

Okay, vielleicht ahne ich doch nicht, was er sagen wird. »Ja, und falls du denkst, dass es mehrere gibt, raus damit.«

Er lacht leise. »Bist du sicher?«

»Sag schon!«

»Du schnarchst.«

»Ollie …«

»Okay, okay. Du siehst die Dinge schwarz oder weiß, erkennst die Graunuancen in der Mitte nicht. Für dich gibt es Richtig und Falsch, nichts dazwischen. Da bist du manchmal zu verbissen.«

»Ich bin Anwalt. Ein Mandant kann nur das eine oder andere sein.«

»Ja, aber das muss nicht für dich gelten. Du hast nach dir gefragt.«

Ich halte den Mund.

»Du bist ein Kontrollfreak.«

Ich verziehe das Gesicht, obwohl ich es habe kommen sehen.

»Alles muss geordnet sein, korrekt, ohne Platz für Fehler.«

»Ich verweise den Herrn auf meine vorherige Antwort«, versuche ich zu scherzen, doch er geht nicht darauf ein.

»Du hast solche enorme Angst vor dem Schicksal, dass du nichts dem Zufall überlässt. Auch wenn das heißt, dass alles vorgeschrieben ist und kein Platz für Spaß bleibt.« Ich blicke zu meiner Mind-Map an der Wand. Dank dem alten Planer, den ich gefunden habe, ist die Reiseroute endlich perfekt. Ich seufze.

»Und was mache ich jetzt?«, frage ich ihn. »Google ich, wie man mit fünfzig Spaß hat?«

»Das tust du bereits. Übrigens bist du auch freundlich, rücksichtsvoll und loyal, nicht zu vergessen sehr witzig für jemanden, der seinen Spaß verbummelt hat. Außerdem bist du ein fabelhafter Sänger und Musiker.«

»Ja, klar …«

»Du bist ein guter Mann, Jack, aber April hatte recht. Du musst Liebe in dein Leben lassen, und um das zu können, entspann dich vielleicht einfach mal und lass das Ich, das einen Furz auf Schwarz oder Weiß gibt, rauskommen. Finde dein Grau, Mann.«

»Ist gut.«

Als wir auflegen, google ich »sein Grau mit fünfzig finden« auf meinem Handy und erhalte lauter Links zum Färben von Haarwurzeln, also sehe ich stattdessen in die Dating-App, die Grace mir heruntergeladen hat. Und nach wenigen Texten schreibe ich all meine natürliche Vorsicht in den Wind und stimme einem Treffen mit einer Frau namens Celeste zu.

15

– Ursprüngliche Nachricht –
Von: GraceBryanson29@gmail.com
Gesendet: 8. September 2018, 18:40
An: TimBryanson@oldhamptoninsurance.com
Re: Treffen

Dad, danke für gestern Abend. Suuuper Curry! Da gehen wir auf jeden Fall wieder hin. Ich dachte, ich schicke dir lieber eine Mail statt zu telefonieren, weil du mich gestern gleich abgewürgt hast, als ich vorschlug, dass wir uns alle zwei Wochen sehen. Beim Essen hast du noch gesagt, dass du verstehst, wie wichtig dieses Schuljahr für mich ist, ABER heute Morgen hast du gesagt, du siehst mich nächsten Freitag?!
Und wo wir schon beim Thema sind, Dad, ich kann zu dir kom men! Es muss nicht immer hier sein. In deiner neuen Wohnung gibt es eine Schlafcouch, also wechseln wir ab. Einmal im Monat hier, einmal bei dir?
Hab dich lieb, Dad. Und ich hoffe, du verstehst es.
Gracie x

– Antwortnachricht –
Von: TimBryanson@oldhamptoninsurance.com
Gesendet: 9. September 2018, 18:45
An: GraceBryanson29@gmail.com
Re: Re: Treffen

Kommt nicht infrage, Schatz. Mir macht es nichts aus, und für deine Mutter wird es in Ordnung sein. Ich schlafe zweimal im Monat auf dem Sofa, kein Problem.
Dad xx

– Ursprüngliche Nachricht –
Von: GraceBryanson29@gmail.com
Gesendet: 10. September 2018, 17:05
An: ClareBryansonDancer@icloud.com
Re: Du bist stur

Mum,
ich schreibe dir, weil du mir nicht zuhörst. (Sei nicht wie Dad!)
Zuerst dachte ich, ich schreibe dir einen Zettel, aber den würdest du bloß zerknüllen und ignorieren. Hier IST ES FÜR IMMER GESPEICHERT, es sei denn, du löschst diese E-Mail. LÖSCH DIESE E-MAIL NICHT, MUM!
Sie enthält die wichtige Liste von Gründen, weshalb du tun solltest, was du nicht tun willst:

1. Es gibt einen Grund, warum ich beim Umzug das Sparbuch gefunden habe. Es gibt einen Grund, warum ich es heute mit in den Ort genommen habe, um es aktualisieren zu lassen. Wir haben gewusst, dass Gran früher Geld auf das Sparkonto eingezahlt hat, aber keiner von uns hatte einen Schimmer, dass sie es auch die letzten zehn Jahre zu jedem

Geburtstag und jedem Weihnachten gemacht hat. DA IST EIN GRUND.

2. Der zweite Grund ist Jacks Garage. Es ist ein Darlehen. Wenn du kein Geld von Jack annehmen willst und selbst keines hast, woher soll es dann kommen? Und ohne das Geld kannst du die Tanzschule nicht eröffnen, was eine verpasste Chance wäre. Mir würdest du sagen, dass ich es machen soll. Jetzt sage ich dasselbe zu dir.
3. Eigentlich gibt es fünftausendeinhundertundsechzig Gründe. Mehr als genug Pfund für die Umbauten. Und es ist ein Darlehen von mir, nicht von Jack. Es ist Geld, von dem keiner von uns gewusst hat. DAS GELD IST DA, MUM.

Gracie x

– Antwortnachricht –
Von: ClareBryansonDancer@icloud.com
Gesendet: 10. September 2018, 17:10
An: GraceBryanson29@gmail.com
Re: Ich bin stur

Dir ist klar, dass ich unten bin, oder?!
Dir ist klar, dass du mir nicht schreiben musst, um deine Ansicht zu äußern, nicht?
Oder ist mir nicht bewusst, dass du das Gefühl hast, du könntest es nicht ...
Tut mir leid. Komm nach unten. Ich mache dir eine heiße Schokolade, dann können wir richtig reden.
Danke.
Ich liebe dich. Immer.
Xx

16

»Du hast ihn bei dir übernachten lassen?«

Clare biss sich auf die Unterlippe. »Ja, habe ich. Was soll ich denn machen, Emma? Es ist eine lange Fahrt von Croydon, und er trinkt gerne ein Bier zu seinem Curry.«

»Du lässt ihn über Nacht auf dem Sofa bleiben und Bier trinken?«

Ihre Freundin hatte das Polieren der Zapfhebel unterbrochen und starrte sie über den Tresen hinweg an.

»Nein.« Clare gab nicht zu, dass sie Grace und Tim sogar zum Restaurant gefahren und wieder abgeholt hatte. »Wie dem auch sei …«

»Ich kann mich nicht entscheiden, ob ich es sehr reif oder ganz furchtbar finde.«

»Das verrate ich dir nach dem nächsten Mal.«

»Es gibt ein nächstes Mal?« Emmas Stimme wurde merklich schriller. »Äh, nein. Es sollte kein nächstes Mal geben. Das Stichwort ist ›Ex‹!«

»Er ist Grace' Vater. Früher haben sie das jeden Freitag gemacht. Es ist *ihre* gemeinsame Zeit, auch wenn sie ihn überreden konnte, sie auf alle vierzehn Tage zu reduzieren. Aber er will immer noch herkommen.«

Clare sah Emma bewusst nicht an, weil sie es hasste, dass sie verteidigte, was sie um Grace' willen aufrechtzuerhalten versuchten, weil Grace nach wie vor die Abende mit ihrem Vater wollte.

»Denkst du nicht …«, begann Emma, brach aber wieder ab, als wäre sie nicht sicher, ob sie aussprechen sollte, was sie dachte. »Machst du dir nie Sorgen, wie sich Tim bei Grace verhält? Ob er vielleicht …«

Jetzt sah sie Emma doch an. Emma wurde von Jan zutiefst geliebt und versuchte zu verstehen – vergeblich, wie sie annahm –, was es hieß, in einer Beziehung mit jemandem wie Tim zu sein. Emma bemühte sich, keine Frage, doch wer könnte jemals richtig begreifen, was in anderen Beziehungen vor sich ging?

»Nein«, antwortete Clare kopfschüttelnd. »Es ist schwer zu erklären, aber das Problem waren immer Tim und ich. Er hat Grace nie wehgetan und würde es nie tun. Er und ich hatten … haben«, korrigierte sie, »eine toxische Beziehung. Seine ›Liebe‹ zu mir«, hier malte sie Anführungszeichen in die Luft, »war obsessiv, eifersüchtig, isolierend, und ich war sehr lange von ihr abhängig. *Ihr* Band ist ein völlig anderes. Egal, was zwischen ihm und mir passiert ist, er ist immer noch Grace' Vater, und sie liebt ihn.«

Für einen Moment drifteten Clares Gedanken zu glücklicheren Zeiten ab, als ihre Tochter kleiner war. Ihr kamen Bilder von einer kindlichen Grace in den Sinn, die quietschend vor Freude mit ihrem Dad an einem Strand entlanglief. Von dem Mal, als er ihr vor einigen Jahren ein neues Fahrrad gekauft hatte und sie damit vor dem Schultor überraschte. Von den Malen, die er mit ihr über ihren Mathehausaufgaben gesessen und ihr geholfen hatte, alles zu verstehen. Jedwede Fähigkeit zur Freundlichkeit, die Tim besaß, war für seine Tochter reserviert.

»Sei vorsichtig, ja? Exmänner sind normalerweise aus einem Grund ex«, sagte ihre neue Freundin.

Clare sah hinüber und nickte ihr zu. Sie wusste Emmas Sorge zu schätzen und gestand sich selbst ein, dass Tim tatsächlich Grace jedes Mal verletzt hatte, wenn er die Hand gegen deren Mutter erhob … Dann schüttelte sie die Dose Möbelpolitur in ihrer Hand, sprühte etwas auf den Tisch vor sich und polierte ihn, bis sie die Spiegelung von Melborough-Clare in der Platte sah.

Es war der letzte Karton, der ausgepackt werden musste, und ihr blieb noch eine halbe Stunde, ehe Grace aus der Schule kam. Clare holte ihn unter dem Bett hervor, wo sie ihn am Einzugstag verstaut hatte, zog die überkreuzten Laschen oben auf und reihte den Inhalt auf ihrem Bett auf, um ihn zu inspizieren. Alles schien zu fragen, ob es ins neue Haus durfte oder zurück in den Karton wandern würde.

Sie legte ein in Silber gerahmtes Foto von sich und ihrem Vater, aufgenommen vor zehn Jahren, links von dem Karton hin. Daneben folgte ein anderes, ein Familienessen – Clare war zehn und saß ihrer Mutter gegenüber.

Musst du ZWEI Scheiben Toast essen?

Automatisch fuhr Clare mit der Hand über ihren Bauch. Das erste Mal, dass sie sich überfressen und danach übergeben hatte, war kurz nach dieser Aufnahme gewesen, an ihrem elften Geburtstag, nachdem ihre Mutter ihr einen Kuchen mit elf brennenden Kerzen präsentiert hatte, direkt nach dem Ballettunterricht. Die anderen Elevinnen hatten »Happy Birthday« für sie gesungen, und Clare hatte sehnsüchtig den Kuchen angestarrt, wohl wissend, dass er nicht zum Essen gedacht war, zumindest nicht für sie. An dem Abend hatte sie nach der Schlafenszeit heimlich drei Stücke gegessen, eingewickelt in eine rot und weiß gestreifte Serviette, die sie in ihrer Ballettasche nach Hause geschmuggelt hatte. Erst später, als sie die Schuldgefühle zwangen, alles wieder auszukotzen, wich die Scham neuen Gefühlen von Leichtigkeit, Macht und Kontrolle. Ihr Kampf mit dem Essen sollte bleiben bis nach Grace' Geburt, als sie sich Hilfe suchte – nicht von ihrer Mutter, deren Bemerkungen sie nach wie vor trafen, sondern von einer wundervollen Psychiaterin namens Nancy.

Sie nahm das Familienfoto und legte es zurück in den Karton zu dem Hochzeitsfoto, das Tim ihr geschenkt hatte, schloss den Karton und schob ihn mit dem Fuß zurück unters Bett. Das

Bild von ihrem Vater war das einzige, das sie in ihrem neuen Zuhause aufstellen wollte. Es zeigte ihn in Sepiatönen, wie er am Kopfende der Tafel stand, seine Lieblingsnachspeise in den Händen. Clare konnte beinahe diesen altmodischen Nelkenduft riechen, der sie verleitete, in die Küche zu eilen und den Apfelschaumkuchen ihres Vaters zu backen.

Vormittags hatte Jack eine einseitige Vereinbarung für die Garage durch ihren Briefschlitz geworfen, die sie unterzeichnen müsste, und eine Notiz dazu, an was sie denken müsste, wie ein bauaufsichtliches Gutachten und die Versicherung. Sie dachte an ihre vorherige Unterhaltung, bei der er sie fragte, ob sie an Magie glaube, während sie Eier und Zucker schaumig rührte. Sie hatte ihm geantwortet, dass sie es tat, weil sie schon vor sich sah, wie ihre Tanzschule gut wurde. Sie konnte die Stangen, die Spiegel und die Teenager richtig vor sich sehen, die in die erste Position gingen, die Erwachsenen, die durch den Saal Walzer tanzten. Sie konnte es sich vorstellen, und es fühlte sich magisch an. Zugleich hasste sie es, sich Geld von Grace zu leihen, das, wie sie es auch drehte und wendete, von ihrer Mutter kam.

»Hör auf!«, ermahnte sie sich laut, bevor sie weiter in jene Richtung abschweifte, und stemmte beide Hände in ihre Hüften. Sie dachte daran, was Nancy ihr gesagt hätte, und fuhr fort: »Wenn du um Geld gebeten hättest, dann hätte sie es dir gegeben. Das weißt du – nur dass es mit versteckten Bedingungen verknüpft gewesen wäre. Auf diese Weise hast du es, kannst etwas für dich und Grace aufbauen, und du zahlst es Grace zurück. Ja, indirekt kommt es von deiner Mutter – aber ohne Bedingungen …«

Clare begann, die Äpfel zu bearbeiten, sie über sanfter Hitze zu garen und ganze Nelken hinzuzufügen, von denen ihr Vater behauptete, sie würden die Nachspeise »völlig verändern«. Sie nahm ihre einzigen beiden gläsernen Auflaufformen, füllte in jede gleich viel von dem Kompott und bedeckte es mit dem fluffigen Biskuitteig, den sie vorher angerührt hatte. Dann schob sie die Formen für zwanzig Minuten bei hundertneunzig Grad in den Ofen und schaute durch die Glastür zu, wie der Teig aufging. Während sie das Gewürz einatmete, beobachtete sie, wie sich der Teig von cremig-beige in golden verwandelte.

Clare rührte sich erst, als sie das bereits vertraute Knallen der Haustür hörte. Grace war zu Hause.

»Er ist neunundvierzig.«

»Wirklich?«, fragte Clare, die Vanillesauce zubereitete. Sie hatte Jacks Alter geraten, weil sie nicht wusste, dass Grace es kannte. »So sieht er gar nicht aus.«

»Morgen Abend hat er ein Date. Mit einer forensischen Wirtschaftsprüferin. Sie heißt Celeste.«

Clare runzelte die Stirn. »Was ist denn eine forensische Wirtschaftsprüferin?«, fragte sie Grace, die bereits die Teller vom Hauptgang abgeräumt hatte und mit ihrem Dessertlöffel im Anschlag dasaß.

»Keine Ahnung. Was hältst du von ihm?«

Clare hörte auf zu rühren. »Was ich von dem Mann halte, der uns gerettet hat?«

»Ja, aber ich meine von *ihm*! Würden Frauen ihn attraktiv finden?«

Sie gab Grace einen Klaps auf die Finger, als sie ihren Löffel in den Soßentopf tunken wollte. »Er ist nett, scheint freundlich, also ja.«

Grace stöhnte. »Nicht besonders aufregend, Mum.«

Sie zuckte mit den Schultern. »Er ist ein gut aussehender Mann.« Grace reagierte nicht, und Clare hatte das Gefühl, könnte sie die Gedanken ihrer Tochter lesen, würde die sich fragen, wer der Typ ihrer Mutter wäre – jemand, der sie grün und blau schlug? Der dafür sorgte, dass sie jeden Funken Selbstvertrauen verlor? Wie derjenige aussähe, war egal. Er musste bloß sehr schlecht für sie sein. Clare tauchte einen Metalllöffel in die Vanillesoße und gab ihn Grace. »Woher weißt du überhaupt, dass er ein Date hat?«

»Wir haben vorhin bei den Schweinen geredet. Eigentlich will er nicht weg.«

»Ich bin mir nicht sicher, wie gut ich es finde, dass du Jack zu seinem Liebesleben berätst.«

Grace schnaubte. »Tue ich ja gar nicht. Ich habe ihm zwei Apps auf seinem Handy installiert. Was er mit denen macht, ist seine Sache.« Sie schüttelte den Kopf. »Aber diese Celeste ist falsch für ihn.«

»Wie kommst du darauf?«

»Sie hat zwei Teenager zu Hause. Martin kann nicht mit Teenagern.«

»Himmel, Grace, woher willst du das denn wissen?«, fragte sie, und Grace tippte sich mit dem Zeigefinger an die Nase. »Woher weißt du, dass er keine Teenager mag? Mit dir scheint er sich doch ganz gut zu verstehen.«

»Ich bin anders.«

Clare zog die Augenbrauen zusammen. »Bist du«, sagte sie sanft. »Und aus lauter guten Gründen.«

»Mutter, deine Soße klumpt gleich.«

Clare rührte. »Hast du Hausaufgaben?«

»Habe ich immer«, antwortete Grace stöhnend.

»Willst du später mitkommen, wenn du fertig bist, ein paar Flyer verteilen?« Clare nickte zu dem Stapel Flyer, die sie in der Bücherei ausgedruckt hatte.

»Wenn wir gegen halb neun losgehen, ja.«

»Danke. Habe ich dir schon mal gesagt, dass du die Beste bist?«

»Rühr weiter, Mutter.«

Wieder einmal stand Clare vor seiner Tür und fürchtete, allmählich so dämlich auszusehen, wie sie sich vorkam. Aber es war zu spät – sie hatte den Messingklopfer bereits angehoben.

»Hi«, sagte er, als er öffnete. Sofort fiel sein Blick auf die Schale in ihrer Hand. »Wow, Grace bäckt fantastischen Kuchen, und jetzt kommst du mit …«

»Apfelbiskuit.« Sie hielt ihm die Schale hin. »Der Lieblingsnachtisch meines Vaters, nach seinem Rezept.«

»Vielen Dank.« Er sah sie verwundert an, nahm die Schale aber.

»Mein Dad hatte ein Faible dafür, einfach mal etwas für jemanden zu tun, ohne Grund. Eine selbstlose Geste, bevor das überhaupt ein Ausdruck war.«

Jack nickte.

»Wenn er jemanden kannte und dachte, derjenige bräuchte mal einen netten Moment, buk er ihm am liebsten einen Apfelbiskuit.« Clare rang die Hände. »Es hat meine Mutter wahnsinnig gemacht, weil sie meistens ihre Schalen nicht zurückbekam.« Sie lachte nervös.

»Ich werde den restlos verputzen *und* die Schale zurückbringen.«

»O Gott, so habe ich das nicht gemeint.«

»Nein, du hast gemeint, dass deine Mutter es hasste, ihre Schalen dranzugeben. Schon verstanden.« Er schnupperte an dem Dessert. »Das ist sehr nett, danke.«

»Du hast so viel für uns getan, dagegen ist das hier nichts. Ich musste heute nur an meinen Vater denken und wollte … Wie dem auch sei, lass es dir schmecken … Und ich wollte noch sagen, falls ich irgendwas tun kann, wenn du weg bist, ein Auge auf das Haus haben oder so, sag einfach Bescheid.«

Clare schlug die Hände zusammen, was ein lächerliches Echo verursachte. Plötzlich kam ihr der Gedanke, dass er einer Beinahe-Fremden wohl kaum den Schlüssel zu seinem Haus anvertrauen würde. »Ich meine, sicher hast du schon jemanden, der nach dem Rechten sieht …« Sie verstummte und wischte sich die Hände an ihrer Jeans ab. »Frag einfach, falls irgendwas ist«, ergänzte sie schulterzuckend.

»Wenn es ernst gemeint ist, gibt es tatsächlich etwas, was du für mich tun könntest.«

»Immer raus damit«, antwortete Clare und hoffte, es wäre etwas, was sie tatsächlich konnte.

»Es ist wie eine Art Schneeballprinzip«, sagte er. »Du bist so …« Jack zögerte und stellte die Schale auf einen Bücherstapel auf dem Dielentisch. »Na ja, es ist offensichtlich, was dir die Garage bedeutet, und ich weiß, wie dankbar du und Grace für das Haus seid. Da habe ich mich gefragt, ob du eventuell einige Stunden ehrenamtlich für eine Organisation erübrigen kannst, für die ich im Ort arbeite. Das werde ich eine Weile nicht tun können.« Er wurde rot, als wäre es ihm peinlich, um etwas zu bitten.

»Ein Schneeballprinzip. Das hätte meinem Vater sehr gefallen.« Ohne recht zu begreifen, was sie tat, umarmte sie Jack kurz. »Natürlich! Sag mir, was, wo und …«

»Sie machen einmal im Jahr eine Spendenveranstaltung, aber bis dahin sind es noch einige Monate. Ich dachte, es wäre eine Idee, weil du gesagt hast, falls es irgendwas gibt … Die Organisation ist mir sehr wichtig, und …«

Das Klingeln des Handys in seiner Gesäßtasche unterbrach sie.

»Geh ruhig ran«, sagte sie und zog sich bereits zurück. »Wir reden ein anderes Mal darüber.«

Auf dem Weg zur Scheune ging sie das Gespräch im Geiste durch. Von dem Moment an, in dem sie das Foto ihres Vaters mit dem Dessert gesehen hatte, wollte sie etwas zu seinem Gedenken tun, während sie der Welt ein wenig Dankbarkeit zeigte. Sie stand am Beginn eines neuen Lebens, und sie war entschlossen, sich hineinzustürzen – es anzunehmen, zu kämpfen, zu leben, dankbar zu sein und etwas zurückzugeben, selbst wenn es zunächst bloß eine kleine Apfelspeise war. Jetzt schien sich noch eine neue Möglichkeit aufzutun. Sie öffnete die Haustür. Ihr war gleich, wie verlegen sie gewesen war, denn sie hatte seinen Gesichtsausdruck gesehen, als sie ihm die Schale brachte. Er war überrascht gewesen, ja, aber auf gute Weise, als könnte er nicht glauben, dass jemand etwas für *ihn* tat. Clare fand es traurig und hoffte um seinetwillen, dass diese Celeste, wer sie auch sein mochte, freundliche, kultivierte Männer mochte.

In der Dämmerung sah das Dorf sogar noch hübscher aus. Die älteren Gebäude wirkten charmant und geheimnisvoll. Sie waren auf dem Heimweg, nachdem sie in einigen Straßen die Flyer in die Briefkästen geworfen hatten. Grace erwähnte, dass sie immer noch eine Website brauche, und Clare hatte zugestimmt, ihre Tochter eine entwerfen zu lassen. Sie hielten an einer Ampel neben dem Gemeindezentrum, und Clare folgte Grace' Blick zum flutlichterhellten Sportplatz, wo eine Mädchengruppe sich die Schienbeinschützer abnahm und Hockeyschläger einpackte.

»Du solltest hingehen und fragen«, ermunterte Clare ihre Tochter. »Finde heraus, ob es ein Team gibt, eine Liga. Du warst …«

»Ich war, ja. Komm, lass uns nach Hause fahren. Mir ist ein bisschen kalt.«

Clare kannte ihr einziges Kind. Grace hätte nicht so hingesehen, wäre sie nicht interessiert. Es war Tim gewesen, der sie zum Hockey überredet hatte, und in Croydon hatte sie in der Ortsliga der Unter-Sechzehnjährigen gespielt. Doch Clare war nicht so dumm, sie zu drängen. Würde Grace gern mit dem Sport weitermachen, dann war es das Beste, jetzt nichts zu sagen und lieber in Zukunft hier da eine wohlplatzierte Anregung fallen zu lassen. »Danke, dass du mir heute Abend geholfen hast«, sagte sie. »Und, ehrlich, ja, die Website ist eine prima Idee.« Doch ihre Tochter blickte immer noch gedankenversunken aus dem Seitenfenster.

Sollte sie Grace fragen, ob alles in Ordnung war? Bislang hatte sie keine neuen Freunde erwähnt und sehr wenig über ihre alten gesagt. Trotzdem musste Clare sich zurückhalten, denn wenn sie fragte, wie Grace sich an der neuen Schule einlebte, würde sie erst recht dichtmachen. Wenn nötig, würde ihre Tochter mit ihr reden, dessen war sie sich sicher.

Sie berührte den Oberschenkel ihrer Tochter, als sie weiterfuhr. »Es ist spät, aber hast du Lust auf eine Stunde Fernsehen?«

»Ich bin müde, Mum. Und ich habe morgen Schule.«

»Stimmt, ja, ich weiß.«

Plötzlich prasselte ein Schauer auf die Windschutzscheibe.

»Mist«, sagte Grace, die wusste, dass die Scheibenwischer aus dem letzten Loch pfiffen. Clare war froh, dass sie beinahe zu Hause waren. »Du musst die reparieren lassen, Mum. Und erzähl mir nicht, du kannst es dir nicht leisten.«

Clare krümmte sich innerlich, denn sie hatte Grace' einziges Sparguthaben geplündert. Dann fühlte sie eine Hand auf ihrer am Schaltknüppel.

»Es war nicht so gemeint, wie es sich angehört hat«, flüsterte Grace. »Ich meinte bloß, dass du sie reparieren lassen musst.«

»Das mache ich morgen«, antwortete Clare und schaltete den Blinker an, um in die Einfahrt zur Scheune einzubiegen. »Fühlt es sich für dich schon wie zu Hause an?«, fragte sie spontan.

»Ja, das tut es tatsächlich«, sagte Grace. »Sollte es nicht, ist aber so.«

Das nahm Clare als gutes Zeichen. Freunde würden sich mit der Zeit einstellen. Grace ging es gut, und allein das zählte.

Teil zwei

17

Der Name Celeste passt. Auf den ersten Blick scheint sie einen ziemlich himmlischen Körper zu haben. Ihr Wesen hingegen ist ein wenig schroff und aggressiv genug, dass ich achtgebe, sie nie zu berühren, was diesem »Date« sofort den Druck nimmt. Sie hat keine Ahnung, wie panisch ich war, bevor ich hergekommen bin. Ich habe mindestens zehn Textnachrichten geschrieben und wieder gelöscht, um abzusagen. Ich habe mich häufiger umgezogen als ein Model bei einer Show. Und ich fange eben erst an, mich zu entspannen, Minuten nachdem wir bestellt haben, da führt sie mir ihre Beziehungsregeln aus. Während ich zuhöre, rücke ich die Gewürze auf dem weißen Tischtuch in die Mitte, falte meine Serviette neu entlang der Bügelfalten und stelle fest, dass an ihren Regeln nichts Ungewöhnliches ist, außer dass sie zu Beginn des ersten Treffens dargelegt werden.

Ich bemühe mich, freundlich zu sein, sage mir, dass die Dating-Szene schwierig ist und ich erst noch lernen muss, mich in dieser Welt zurechtzufinden, wenn ich die zweite Hälfte meines Lebens nicht allein verbringen will. Celeste kennt sie besser und ist vielleicht deshalb ein bisschen erschöpft davon. Ich jedenfalls bin es jetzt schon und nicke, bevor ich sie sanft unterbreche: »Was ist Ghosting?«, frage ich bei Regel Nummer acht.

Sie hebt eine manikürte Hand an ihr Gesicht, als wollte sie lachen, sieht jedoch meine Miene. »Das weißt du wirklich nicht?«

»Nein, weiß ich wirklich nicht.«

»Heirate mich.« Jetzt lacht sie, und aus purer nervöser Anspannung grinse ich ebenfalls.

»Ich weiß es immer noch nicht.« Fragend neige ich den Kopf zur Seite.

»Schön, da bin ich froh. Ghosting heißt, wenn man mit jemandem ausgeht, vielleicht sogar miteinander schläft, die Telefonnummern austauscht et cetera, und dann hört man nie wieder von dem anderen. Er ignoriert alle Anrufe, wird zum Geist.« Wieder hebt sie die Hand und schwenkt sie dramatisch nach außen. »Ghosting.«

»Das habe ich noch nie mit jemandem gemacht.«

»Schön«, sagt sie wieder und trinkt von ihrem Wein.

»Wenn ich nicht interessiert bin, schlafe ich nicht mit der Person.« Ich kann nicht glauben, dass ich einer praktisch Fremden gegenüber Sex erwähne. Ich rede nicht über Sex. Als junger Teenager bin ich in dem Augenblick aus dem Haus gerannt, in dem mein Vater zum Gespräch über »Vögel und Bienen« anhob. Alice und ich haben nie darüber geredet, weil wir viel zu sehr mit dem Üben beschäftigt waren. Und bei allen Frauen seither, abgesehen von Lynn, kam es selten so weit. Ich war immer extrem unsicher wegen meines fehlenden Körperglieds, obwohl ich hart arbeite, um fit zu bleiben. Ich frage mich, ob Celeste entzückt oder entsetzt wäre, wüsste sie, dass ich in meinem ganzen Leben nur sieben Liebhaberinnen hatte. »Ghosting«, versichere ich, »ist nicht mein Stil.«

»Erzähl mir von dir«, sagt sie. Ich tue es, lasse aber die Anzahl meiner bisherigen Partnerinnen aus und betone stattdessen, dass ich demnächst auf Reisen gehe, weil ich schon weiß, dass Celeste und ich keine Körperflüssigkeiten austauschen werden.

»Warum bist du hier, wenn du im Begriff bist, für sechs Monate zu verschwinden?« Sie kneift die Lippen zusammen, und ihre Verärgerung ist offensichtlich, bevor sie den Kopf schüttelt und ihn senkt.

Ich kann ihr wohl kaum erzählen, dass meine Teenager-Nachbarin mich auf der App angemeldet und mein Profil erstellt hat. Meine Pläne hat sie absichtlich nicht erwähnt. »Das schreckt Frauen ab«, hatte Grace weise erklärt.

»Ich bin auf der Suche nach einer langfristigen Beziehung«, murmelt Celeste, schiebt ihren Stuhl zurück und steht auf. »Bedaure, Jack, aber das wird nicht funktionieren. Ich ersticke es lieber gleich im Keim, sozusagen.«

Ich stehe auf und schüttle ihre ausgestreckte Hand. »Das verstehe ich. Tut mir leid. War nett, dich kennenzulernen.«

Ich esse ihre und meine Vorspeise. Und während ich kaue, stimmt ein Teil von mir Celeste zu. Ich sollte nicht hier sein. Bedeutungsloser Sex war noch nie mein Ding, und ich habe keine Ahnung, warum ich jetzt dachte, er könnte nötig sein. Als ich sie vorhin zum ersten Mal sah, fand ich sie durchaus anziehend, was allerdings vorbei war, sobald wir anfingen, uns zu unterhalten. Trotzdem, mit neunundvierzig noch vor der Vorspeise abserviert zu werden ist ein Rekord.

Grace findet das ganze Debakel zum Brüllen.

»Hast du das gehört, Walnut?«, fragt sie früh am nächsten Morgen über die Hecke hinweg. »Vor der Vorspeise in die Wüste geschickt!«

Ich schlurfe durch den nassen Pferch, den ich eben ausgesprüht habe. »Spotte nicht! Es ist nicht kleidsam.«

»Ich bin mir nicht sicher, ob es das Reisen war«, sagte Grace, die Meisterin der unerbetenen Ratschläge. »Du kannst manchmal so eine Art an dir haben …«

Ich runzle die Stirn.

»Kannst du! Es ist, weil du ein MAKAC bist«, erklärt sie in Anspielung auf den von ihr gegründeten Club der Melborough-Außenseiter. »Auf jeden Fall signalisiert deine Art, dass du nicht interessiert bist.«

»Grace, nimm es mir nicht übel, aber wie verdammt noch mal willst du wissen, was ich bei einem Date signalisiere?« Ich bin gereizt genug, um vor ihr zu fluchen.

»Weiß ich nicht. Ich rate bloß. Und fluch nicht. Das ist nicht kleidsam.« Sie lacht über ihren Witz. »Ich meine ja bloß, dass ich dich überreden musste, das zu machen, und ich bin echt nicht sicher, ob du jemanden kennenlernen willst. Das Dumme ist bloß, dass man dir das ansieht. Man liest es dir am Gesicht ab – oder an deiner Aura.«

»Richtig.« Ich leere das restliche Futter an Pecans Trogende aus.

»Falsch«, erwidert sie kopfschüttelnd. »Es ist falsch.«

Mir fällt meine Unterhaltung mit Ollie ein, und ich gebe nach. »Okay.«

»Also, wie kannst du anders sein?«

Ich stoße ein gequältes Stöhnen aus. »Geh und hilf deiner Mutter, Grace. Sicher braucht sie in der Garage Hilfe.« Seit einer halben Stunde ist eine elektrische Säge aus der Garage zu hören.

»Nee, sie braucht meine Hilfe nicht, Jack. Du schon.«

»Was macht denn *dein* Liebesleben, Grace?«

Sie streckt mir die Zunge raus, und ich grinse.

»Im Ernst, wie läuft es in der Schule?«, frage ich. »Lebst du dich ein?«

»Es ist in Ordnung. Die Jungs sind okay, die Mädchen eher weniger.«

»Sie fühlen sich von dir bedroht.«

Gedankenverloren reibt sie sich den Kopf. »Das bezweifle ich. Aber es ist ja noch früh. Hoffentlich wird es besser.«

»Gab es irgendwelche …«

Sie sieht mich mit großen Augen an. »Irgendwelche was?«

»Beschimpfungen …«

Grace seufzt. »Nicht auf der neuen Schule, jedenfalls nicht direkt. Aber es würde mich nicht wundern.«

»Grace, wenn die Leute grausam sind, sagt das mehr über sie aus als über dich.«

Sie nagt seitlich an ihrer Unterlippe und sagt zunächst nichts.

»Da ist dieser eine Typ. Er ist nur ein *Freund*«, dabei hält sie eine Hand in die Höhe, als müsse sie sich selbst überzeugen, dass er nicht mehr ist. »Er will mir helfen, Mums Website zu gestalten. Wir machen das als Projekt für IT.«

»Super Idee.«

Stille tritt ein, als wir beide zu unseren Häusern auf beiden Seiten der Hecke trotten.

»Magst du Sport?«, frage ich.

»Früher habe ich Hockey in der Liga gespielt.«

»Dann solltest du wieder spielen.«

»Ich weiß nicht, ob ich dafür Zeit habe.«

»Hast du. Du willst nur nicht neu anfangen, sonst nichts. Zur Schule musst du, zum Hockey nicht. Es ist ein bisschen wie mit mir und dem Dating. Weißt du was? Wenn du dich nach einem Hockeyteam erkundigst, gehe ich noch mal zu einer Verabredung.«

Sie grinst.

»Abgemacht?«, frage ich.

Sie reckt eine Faust in die Höhe. »Abgemacht.«

Der Rest des Morgens schleppt sich hin, also nehme ich am Ende einen Zug nach London, um Marsha auf einen Kaffee zu treffen. Wir sitzen in einer Kaffeebar nahe der Kanzlei, umgeben vom Aroma bitterer Bohnen, einer Schar junger Baristas, die alle aussehen, als hätten sie interessantere Instagram-Accounts als ich, und zu vielen Gästen, die zu sehr damit beschäftigt sind, sich gegenseitig zu bemerken. Zwei sengend heiße Americanos und die Kruste eines knusprigen Croissants zu vertilgen kostet Marsha nur zwanzig Minuten, dann fängt sie an, auf ihre Uhr zu sehen, obwohl Wochenende ist. Angeblich ist sie bloß in der Kanzlei, »um bei mir selbst auf dem Laufenden zu bleiben«.

»Tut mir leid. Du weißt, wie es ist. Stan«, sie schneidet eine Grimasse, als sie den leitenden Anwaltsgehilfen in der Kanzlei erwähnt, »ertrinkt in Arbeit. Kannst du nicht bald wiederkommen?« Es ist ein leises Flehen.

Ich blicke mich um, und bei aller Rastlosigkeit bin ich unsicher, ob ich wieder in jenes Leben zurückkehren will, in dem die Leute nichts außer der Arbeit kennen. »Ich weiß nicht genau, ob ich wiederkomme oder ob ihr mich zurückhaben wollt.«

Marsha beäugt mich prüfend. »Jack, wir wollen dich zurück! Du machst nur eine Pause von allem.«

»Ich habe mal nachgerechnet, ob ich schon in den Ruhestand gehen kann, und mir meine Finanzen angesehen.« Habe ich eigentlich nicht, mache ich aber vielleicht.

»Und?« Sie zieht ihre Aktentasche und die Handtasche auf ihren Schoß.

»Ich bin reich«, antworte ich achselzuckend.

»Sei nicht albern, Jack. Du würdest dich langweilen und wahnsinnig werden. Du bist jetzt schon gelangweilt.«

»Wahrscheinlich.« Ich stehe auf. »Warten wir ab, wie ich es in sechs Monaten sehe.«

»Komm zurück. Du fehlst uns. Entschuldige, dass ich mich beeilen muss. Melde dich mal wieder, und poste ganz viele Fotos!«

Als sie geht, mache ich mich auf den Weg zur National Gallery, wo ich Geld für Hochglanzbände ausgebe, die ich nicht brauche und ganz gewiss nicht mitnehmen werde. Beim Herumwandern wird mir klar, dass sie recht hat. Vermutlich werde ich am Ende wieder geradewegs zurück in die Rolle wandern, die ich den Großteil meines Erwachsenendaseins spiele. Denn die Stunden, die ich ohne Arbeit füllen muss, erdrücken mich manchmal. Das Gefühl, das ich jetzt erst als Einsamkeit erkenne, kann einen Tag endlos lang machen.

»Steig in den nächsten Flieger«, rät Ollie mir, als ich ihn vom Zug aus anrufe. Ich versuche, ihm zu erklären, dass alles gebucht ist, und er sagt mir, ich würde nicht zuhören und was die

Frage solle, wenn ich seine Antwort nicht hören will. »Steig ins nächste Flugzeug«, wiederholt er. Sogar Ollie wirkt heute ein bisschen gereizt.

Als ich auflege, bemerke ich, dass die Frau gegenüber zu mir sieht, und ich nutze die Gelegenheit, um meinen Flirtblick an ihr zu üben. Für den Rest der Fahrt schaut sie nicht mehr von ihrem Kindle auf.

»Kannst du auch nicht schlafen?«

Die Stimme erschreckt mich; beinahe falle ich von der oberen Zaunlatte, auf der ich hocke. Es ist ein Lieblingsplatz von mir, einer, an den ich nur gelange, weil ich unten eine große Stufe hinlegen ließ.

Clare kommt näher und lehnt sich an den Zaun.

»Ich schlafe nicht mehr so gut«, antworte ich. »Anscheinend ist das eine Alterserscheinung.«

Sie verzieht das Gesicht.

»Was ist deine Ausrede?«

»Zu heiß«, sagt sie schlicht. »Ist anscheinend auch altersbedingt.«

Ich nicke und trinke einen Schluck aus dem Kaffeebecher in meiner Hand. »Ich mag die Aussicht von hier.« Ich nicke zu den Hügeln voller Heckenreihen und Felder, die bereits im frühen Licht in den unterschiedlichsten Grüntönen erscheinen. »Ungefähr zweihundert Meter in die Richtung gibt es einen Bach. Man kann ihn von hier nicht sehen, aber wenn man genau hinhorcht, hört man ihn.«

Clare sieht hin und lauscht stumm.

»Bevor ihr eingezogen seid, hätte ich jetzt wahrscheinlich laut Tonleitern gesungen.«

»Das solltest du immer noch machen.«

Ich lache. »Es ist fünf Uhr morgens. Selbst wenn es dich nicht stört, Grace bestimmt.«

Sie sieht mich an. »Grace ist beinahe so gut darin, Dinge zu ignorieren, wie ihre Mutter.«

Jetzt verstumme ich. Es fühlt sich an, als hätte sie eben etwas Wichtiges gesagt, doch ich habe keine Ahnung, was sie meint, also zeige ich auf die Thermosflasche unten. »Möchtest du den restlichen Kaffee? Oben ist eine aufgeschraubte Tasse.«

»Kaffee und Aussicht, was für ein idealer Start in den Tag!«

Ich will schon sagen, dass wir eine Menge gemeinsam haben, beide unter Schlaflosigkeit leiden und morgens eine schöne Aussicht und Kaffee mögen. Dann wird mir klar, dass es im Grunde nicht sehr viel ist.

»Wie oft machst du das?«, flüstert sie nun fast. Ich nehme an, es ist eine Verneigung vor dem Chor der Natur, der nun im Hintergrund anhebt.

»Was? Herkommen?«

Sie nickt.

»Was ist das Leben, wenn vor Schicksalslaunen die Zeit fehlt, stehen zu bleiben und zu staunen.«

»Was?«

»Es ist ein Gedicht von W.H. Davies aus meiner Schulzeit. Es beschreibt, was ich lerne, seit ich aufgehört habe zu arbeiten. Einfach stehen bleiben, staunen, tief einatmen. Ich habe Regale voller Ratgeberbücher, wie man entspannt, und jetzt begreife ich, dass ich eigentlich nur aufhören musste.«

Ihre Augenwinkel kräuseln sich. Ich nehme an, sie stellt sich meine Ratgeberbücher vor. »Aufhören zu arbeiten?«, fragt sie.

»Mit allem aufhören … nur für eine Weile.«

»Ich höre nicht auf.« Sie beginnt zu lachen. »Ich fange eben erst an.«

Ich bemerke, dass sie sich zur Garage umdreht. »Und du freust dich, was du auch solltest. Es wird fabelhaft.« Ein leises Verkehrsbrummen von der Umgehungsstraße in der Ferne vermengt sich mit dem Vogelgezwitscher um uns herum. »Erzähl mir einige Sachen von dir, die ich nicht weiß, Clare. Du weißt schon, was du magst, was nicht.«

Sie zögert kurz, bevor sie etwas Kaffee trinkt. »Tatsächlich denke ich darüber in letzter Zeit viel nach – ich denke, ich hatte zu lange vergessen, was *ich* mag … Ich mag Neunzigerjahre-Britpop, guten Kaffee, Obst und Nussschokolade, Drama-DVD-Sets und unabhängig sein. Was ich nicht mag, ist Lesen, Alkohol, gestreifte Sachen und meine Mutter. Du bist dran.«

»Warte mal. Du trinkst nicht, magst keine Streifen oder Lesen?« Die Muttersache erwähne ich absichtlich nicht.

»Ich hasse den Geschmack von Alkohol und den Staub.«

»Staub?« Ich bin verwirrt.

»Bücher. Die sind Staubsammler. Du bist dran«, wiederholt sie.

»Ich liebe Lesen, Jazz, Blues, Bourbon und Symmetrie. Ich hasse Menschenmengen, Lärm und wertende Menschen. Und zufällig mag ich meine Mutter sehr.«

Sie scheint über das nachzudenken, was ich gesagt habe, ehe sie den Kaffeebecher ausschüttelt und wieder auf die Thermosflasche schraubt.

»Es ist kompliziert«, sagt sie.

»So sind Eltern.«

Sie reicht mir die Thermoskanne. »Ich sollte zurückgehen. Danke für das Gespräch. Es tut gut, mit einem anderen Erwachsenen zu reden.«

Ich denke, sie meint, dass sie das Reden mit ihrem Ex vermisst. *Ich verstehe es nicht.* Während meiner kurzen Begegnung mit ihm sagte mir mein Gefühl, dass ich ihm nicht so weit trauen würde, wie ich ihn in meiner Verfassung werfen könnte.

Mit einem Winken geht sie so leise, wie sie gekommen war, und während ich ihr nachblicke, fällt mir auf, dass sie zwar entzückend sein mag, ich aber wirklich nichts mit ihr gemein habe.

18

Instagram

GraceD15 Melborough, Wiltshire

...

Dad und ich!

#hotmadras #curryabend #gleicheaugen

...

Sechs Kommentare:

AliTyler Dein Dad ist #hot!!

Rickxys Du aber nicht!

Carocals Über 1000 Kalorien, Mädchen!

GraceD15 Zur Info: Ich wiege genauso viel, wie ich gewogen habe, als ich mit euch zur Schule gegangen bin. Hört mit dem erbärmlichen Mobbing auf.

ReyaPurdite Richtig so, G xx

– Ursprüngliche Nachricht –
Von: Anfragen@GoLiveHockeyWilts.co.uk
Gesendet: 19. September 2018, 16:55
An: GraceBryanson29@gmail.com
Anhang: Mitgliederinformationen
Re: Hockey-Liga – Deine E-Mail

Hallo Grace,
danke für deine E-Mail von gestern. Ich habe dir einige Informationen über den Club angehängt, die du dir mal ansehen kannst. Im Moment sind unsere Teams vollständig, und es gibt keine freien Positionen, aber wir suchen ständig nach neuen Mitgliedern, und es könnte Chancen auf der Ersatzbank geben. Komm bitte einfach mal zum Training, das ist für alle offen. Ich habe dir auch einige Termine angehängt, von denen du dir einen aussuchen kannst. Falls du kommen willst, schick mir einfach an dem Tag eine Mail, damit ich Bescheid weiß.
Ich freue mich darauf, dich kennenzulernen!
Vi Haynes
Clubsekretärin

WhatsApp Reya & Grace

Wie geht's, G? Hab nichts von dir gehört.

Okay. Lebe mich langsam an der neuen Schule ein x

Kommst du zu meiner Geb.party?

Muss meine Mum fragen, weil ich dann bei meinem Dad schlafen muss.

Wie ist es mit hier?

Ich frage Mum! Bis bald, LG x

19

Clares Telefon hörte nicht auf zu klingeln. Das Studio war noch nicht ganz fertig, doch es gab schon genügend Interessenten nach den Flyern und einem Eintrag in der hiesigen Facebook-Gruppe »Melborough People«, dass sie am nächsten Donnerstag mit ihrem ersten Kurs beginnen würde. Erstaunlich war – oder laut Grace nicht einmal sehr –, dass die meisten Anrufer Erwachsene waren, die Standard und Lateinamerikanisch lernen wollten. »Das ist überall im Fernsehen«, erklärte Grace. »Und es ist dein Alleinwerbungsmerkmal.«

»Alleinstellungsmerkmal«, hatte Clare sie korrigiert. Jetzt ging sie die Hauptstraße im Dorf entlang, und ihre Nerven gerieten ins Flattern. Ja, sie war mal Landesmeisterin gewesen, aber das schien alles so lange her! Nun kämpfte sie mit dem Hochstaplersyndrom, als ihr Telefon erneut läutete. Fast wäre sie nicht drangegangen.

»Clare Bryanson.«

»Du behältst also seinen Namen.«

»Mum …« Ihre Scheidung hatte sich offensichtlich herumgesprochen. Sie blieb stehen, klemmte ihre Einkäufe zwischen ihre Füße und holte tief Luft. »Wie geht es dir?« Es war eher eine automatische Reaktion als ein echter Wunsch, es zu erfahren. Seit Jahren hatten sie nicht mehr miteinander geredet, und dies war das erste Mal, dass *Jean* anrief.

»Mir geht es gut. Hör zu, Clare, ich komme direkt zur Sache. Können wir uns bitte treffen? Es ist viel zu lange her. Wie ich höre, bist du weggezogen.«

Bildfetzen aus der Vergangenheit attackierten ihr Gehirn. Da die Leute um sie herumgehen mussten, zog Clare sich in einen Hauseingang zurück.

»Nein.« Die Antwort kam instinktiv. »Tut mir leid, aber das ist keine gute Idee«, ergänzte sie.

Am anderen Ende war es still, während Leute plaudernd vorbeigingen, ganz mit ihren eigenen Angelegenheiten befasst.

»Mum?« Sie hatte das Gefühl, bei der einen Silbe zu stottern, und erwog, die Frau mit Jean anzusprechen. *Nein, lieber nicht*. Sie würde lieber gar nicht mehr mit Jean reden.

»Es ist zehn Jahre her.«

Sie hörte die Stimme ihrer Mutter kippen, nahm das Flehen wahr und zwang sich, sich auf das ins Glas gravierte Schild neben ihr zu konzentrieren. Onward Motion. Die Einrichtung schien alle möglichen Formen von Reha anzubieten – körperlich wie geistig. Unwillkürlich wanderten Clares Gedanken zu dem einen Mal zurück, dass sie ihre Mutter gebeten hatte, mit ihr zur Therapie zu kommen. Es war die Idee der Ärztin gewesen, und Clare fand sie gut, bis Jean sie am Ende der ersten gemeinsamen Sitzung anschrie: »Das ist nicht MEINE Schuld!« Sogar als Clare mit einer massiven Essstörung kämpfte, war es für Jean ausschließlich um sie gegangen.

»Ich muss jetzt Schluss machen.«

»Clare, kannst du wenigstens Grace erlauben, mich zu sehen? Sie ist bald sechzehn und alt genug, um für sich selbst zu entscheiden.«

Clares Löwinneninstinkt und ihre Angst um ihre Tochter sorgten für einen Kloß in ihrem Hals. Obwohl sie Furcht, Panik und die finanzielle Notlage überlegen ließen, ihre Mutter zu kontaktieren, war sie zu dem Schluss gelangt, dass das Letzte, was sie jetzt in Grace' und ihrem Leben haben wollte, irgendein Einfluss von ihrer Mutter war. Grace war eine starke junge Frau, was Clare an ihrem einzigen Kind bewunderte. Doch sie würde nicht riskieren, dass sie Jean Huttons speziellem Gift ausgesetzt wurde. Sie erinnerte sich, wie Jean einmal mit Grace über ihr Schulzeugnis gesprochen hatte. Ihre Mutter hatte künstlich gelächelt und fast in der ersten Position gestanden: die Hacken zusammen, die Fußspitzen nach außen. »Grace, Schätzchen, natürlich hast du gute Noten, aber stell dir mal vor, wie die wären, wenn du dich richtig anstrengst!«

Nein. Grace hatte genug durchgemacht. Sie war in der Schule mehreren unfreundlichen Bemerkungen über ihren Körper ausgesetzt gewesen. Sie musste die Ehe ihrer Eltern ertragen, zusehen, wie der Vater, den sie liebte, die Mutter misshandelte, die sie liebte. Die Schuldgefühle, die Clare wegen alldem empfand, was Grace gehört und gesehen hatte, drohten sie mal wieder zu überwältigen.

Nein. Sie biss sich auf die bebende Unterlippe. Hier ging es um ihre Mutter, und sie hatte sich aus guten Gründen von ihr entfremdet. Weil sie musste, hatte Clare als Teenager alle erdenklichen Überlebensstrategien entwickelt, um damit umzugehen, dass sie ihre Mutter immerfort enttäuschte. Sie erinnerte sich, wie Jean jeden Körperkontakt strich, wenn sie mit irgendetwas nicht einverstanden war oder Clare auf irgendeine Weise versagt hatte – keine Umarmungen oder Küsse, keine Zustimmung, keine Berührung …

»Nein«, wiederholte sie das einzige Wort, das einen Sinn ergab, und achtete darauf, dass ihre Stimme fest und klar klang. »Ich muss jetzt wirklich Schluss machen, und ruf bitte nicht wieder an.« Sie drückte das Gespräch weg, und das Klicken in der Leitung vibrierte durch ihren Körper. Sofort blockierte sie die Nummer.

Während Clare reglos an der Mauer am Eingang stand, fiel ihr Jacks Zitat vom Stehenbleiben und Staunen wieder ein. Und sie holte tief Luft. Der Name dieser Einrichtung war reine Ironie. *Onward*, vorwärts, war die Richtung, in die sie wollte. *Motion*, Bewegung, war nötig. Sie nahm ihre Einkaufstaschen auf und ging zur Seite, um jemanden durchzulassen. Als die Tür aufging, hörte sie von drinnen eine bekannte Stimme.

Sie blickte hinein und sah Jack, der mit der Empfangsdame lachte. Er hatte sie um Hilfe bei einer Hilfsorganisation gebeten, es aber nie wieder angesprochen. Da sie nicht ertappt werden wollte, wie sie im Eingang herumlungerte, ging sie rasch weg. Von dem Gespräch mit ihrer Mutter pochte ihr Herz. Diese Wirkung hatte Jean auf sie; der Klang ihrer Stimme reichte aus, um die Croydon-Clare wieder hervorzulocken. Clare wappnete sich.

Das durfte sie nicht zulassen.

Im Studio waren keine Handwerker mehr, die Ballettstange war angebracht. Als Clare aufschloss und hineinging, sank sie auf die Knie und fing an zu weinen. Es war umwerfend. Der Raum wirkte mit den Spiegeln an der Wand und dem Licht, das durch die Glastüren hereinfiel, noch größer. Und es waren mehr als genug Strahler in die Decke eingelassen.

Sie holte ihr Handy aus der Tasche und wählte ihre Lieblings-Playlist auf Spotify. Nachdem sie »Shuffle« gewählt hatte, zog sie ihre Schuhe und Socken aus und stellte sich kerzengerade vor den Spiegel. Dann bewegte sie sich zur Musik. Auf Samba-Rhythmen folgten Jive-Takte, danach Cha-Cha-Cha-Schritte, und ihre erneuerte Liebe zum Tanz durchfuhr sie.

Als das letzte Stück verstummte, hörte sie ein Klatschen und drehte sich um. Jack stand an der Tür.

»Ich habe Musik gehört. Entschuldige, ich bin neugierig.«

Weil sie außer Atem war, lächelte sie nur.

»Habt ihr, Grace und du, heute Abend etwas vor?«

Ich will diese Spiegel polieren, dachte Clare.

»Falls nicht, hoffe ich, dass ihr beide zum Abendessen kommt. Ich reise bald ab und dachte, es wäre nett. Als Koch bin ich nicht berauschend, aber meine Burritos sind passabel.«

»Ich sollte *dich* zum Essen einladen.«

Er winkte ab. »Du hast hier genug zu tun.«

»Wenn du sicher bist … das wäre nett. Grace muss noch Hausaufgaben machen, also weiß ich nicht genau …«

»Schreib mir einfach eine Nachricht«, rief er und war fort.

Sie schaute sich um. Zwei Tage bis zu ihrem ersten Kurs. Die Interessierten würden es ausprobieren und dann hoffentlich einen Kurs bis Weihnachten buchen. Clare hatte es sich ausgerechnet – mit viel harter Arbeit könnte sie Grace innerhalb eines Jahres alles zurückzahlen. Danach gab ihr das Papier, das sie für diese Garage unterschrieben hatte, die Option, das Studio gegen eine monatliche Miete zu verlängern. Sie kniete sich erneut hin und sah abermals in den Spiegel. Zwischen Träumen von der Zukunft dachte sie an den bevorstehenden Abend. Mexikanisches Essen konnte sie nicht ausstehen, trotzdem würde sie heute Abend Burritos essen.

»Sie hat die Moves von Jagger drauf.«

Jack hatte versucht, Clare ein Kompliment zu machen, aber Grace schüttete sich aus vor Lachen.

»Versuchst du, cool zu sein, Jack?«

»Ein bisschen. War es schlimm?«

Clare beobachtete Jack und Grace, und ihr wurde bewusst, dass er der einzige Mensch sein dürfte, der Grace oft zum Lachen brachte. Bei Tim war Grace stets großzügig und nachgiebig. Sie wusste, dass sie bei ihrem Vater eine Rolle spielen musste, und wenn sie es gut machte, waren beide zufrieden. Doch seit sie hergezogen waren, fiel Clare bei Grace eine nervöse Anspannung gegenüber Tim auf. Als wollte sie nicht mehr spielen oder zumindest die Regeln ändern. Clare hatte es darauf geschoben, dass sie älter wurde, doch jetzt, als sie ihr unbeschwertes Witzeln mit Jack erlebte, fragte sie sich, ob Grace eine Art Vaterfixierung auf ihren Wohltäter entwickelte.

»Finsteres Gesicht, Mum.« Grace knuffte sie in die Rippen. »Nicht den Kopf hängen lassen! Man könnte ja meinen, du magst kein mexikanisches Essen!«

Jack sah sie vom Herd aus besorgt an. »Du magst doch Mexikanisch, oder?«

»Ich liebe es«, antwortete sie, wobei sie ihrer Tochter einen warnenden Seitenblick zuwarf.

»Wie lange dauert's noch, bis wir essen, Jack?«, fragte Grace.

»Ungefähr eine halbe Stunde.«

»Darf ich dann schnell nach nebenan laufen und noch etwas fertig machen?«

»Ja, klar. Der Tisch ist gedeckt, und ich warte nur, dass die Chilisauce durchgegart ist.«

Sobald Grace draußen war, legte sich Stille über den Raum.

»Ich bin nicht toll in dem hier«, sagte Jack. »Gäste zu bewirten. Es hat eine Stunde gedauert, den Tisch zu decken. Nichts sah richtig aus. Alles war falsch. Es ist einer meiner Tics, dass die Dinge richtig aussehen müssen.«

»Der Tisch sieht schön aus«, sagte Clare nach einem eindringlich musternden Blick. Er kam zu ihr und reichte ihr ein Glas kaltes Mineralwasser.

»Es sieht *präzise* aus. Als wäre der Tisch von einem Offizier gedeckt worden.« Sie kicherte.

»Hat Grace mit dir darüber gesprochen, dass sie eventuell die Schweine versorgt, solange ich weg bin?«

Er dirigierte sie zu einem der Sessel mit Blick in den Garten, und Clare setzte sich. »Sie hat es erwähnt.«

»Hast du Einwände?«

»Natürlich nicht. Obwohl ...«

»Obwohl?« Er spielte mit seinem Handy, bis Musik erklang. Clare hatte mit Jazz, Blues oder klassischer Musik gerechnet und war verblüfft, als leise Snow Patrol spielte.

»Ich wollte sagen, dass sie in den Wintermonaten jeweils im

Dunkeln da wäre, aber …« Sie schüttelte den Kopf. »Ich gehe einfach mit ihr, wenn es dunkel ist.«

»Falls ich lieber jemanden …«

»Nein, nein, sie will das machen. Sie hat sogar aufgehört, Bacon zu essen, seit sie Pecan und Walnut kennt.« Clare lächelte. »Es wird nur komisch, wenn wir beide hier allein sind. Du hast uns nicht nur dieses Glück gegeben. Ich habe mich inzwischen daran gewöhnt, dass du nebenan bist.«

»Hast du sonst keine Familie?« Er stockte kurz, ehe er ergänzte: »Abgesehen von der Mutter, die du nicht magst.«

Clare räusperte sich. »Nur sie. Also keinen, auf den ich zählen kann.« Sie dachte an den Anruf ihrer Mutter morgens und war froh, dass Jack das Thema nicht weiterverfolgte.

»Hältst du dies hier für Glück?«, fragte er stattdessen.

»Unbedingt! Es hätte irgendwem von sehr vielen Leuten passieren können. So viele sehen keinen Ausweg, und manche sind erheblich schlechter dran, als wir es waren …« Clare bemerkte, dass ihre Stimme emotionaler wurde. »Manchmal habe ich ein schlechtes Gewissen, weil es Grace und mir passiert ist. Aber etwas hat dich dazu gebracht, der Organisation die Scheune anzubieten. Etwas hat bewirkt, dass *wir* ausgesucht wurden. Zufall, Glück, Schicksal – alles, denke ich.«

Er nickte, als würde er verstehen, was sie meinte, doch Clare bezweifelte es. Sie versuchte, nicht den offensichtlichen Schluss zu ziehen, denn etwas sagte ihr, trotz seines Geschenks an sie, dass der kultivierte Mann ihr gegenüber wahrscheinlich mit einem Silberlöffel im Mund geboren war. Sie vermutete, dass er nichts als bindungslose Liebe gekannt hatte, dass das Schicksal es gut mit ihm gemeint hatte und er, obwohl er auch viel gearbeitet haben mochte, viel Glück hatte, ohne es zu erkennen.

Als er sich in der Küche bewegte, fiel ihr erstmals richtig auf, wie groß er war. Sie schätzte ihn über einen Meter neunzig, wobei er sich oft leicht gebeugt hielt, als wollte er seine Größe verschleiern. Vor ihm auf der Arbeitsfläche standen lauter leere kleine Schälchen, in denen er wohl die Zutaten bereitgestellt hatte, säuberlich in zwei Reihen geordnet. Als er sie aufstapelte, um sie in den Geschirrspüler zu stecken, stellte sie sich vor, was in seinem Dating-Profil stehen könnte. »Großer Mann mittleren Alters, dunkelhaarig mit grauen Ansätzen, freundlich und witzig, sucht gleichgesinnte Frau für …« Wonach suchte er? »Grace sagte, dass sie dir Dating-Apps heruntergeladen hat. Wie läuft es?«

Stöhnend verzog er das Gesicht. »Furchtbar. Ich bin so schlecht darin.«

»Das glaube ich dir nicht.« Tat sie wirklich nicht. Trotz aller kleinen Eigenheiten, die sie bisher an ihm bemerkt hatte, seiner Liebe zur Symmetrie und Präzision und wie er morgens seinen Schweinen vorsang, war Jack Tate eine angenehme Gesellschaft.

»Glaub es ruhig. Ich bin ein neunundvierzigjähriger Kauz, der die erste Hälfte seines Lebens darüber nachgegrübelt hat, was er sagen soll. Und jetzt platze ich plötzlich mit allem heraus, was mir in den Sinn kommt. Manchmal ist es ideal, meistens verdammt schrecklich.«

Die Rolling Stones erklangen. Clare zupfte an einem winzigen losen Faden am Saum ihrer Jeans. »Vielleicht lacht dir das Glück auch zu.« Sie erhob ihr Glas und tippte es gegen seine Bierflasche.

»Die Wahrheit ist, dass ich nicht sicher bin, ob ich überhaupt zu einem Date bereit bin«, hörte sie ihn sagen. »Andererseits habe ich gelernt, dass es einen kurzsichtig machen kann, das Leben mit niemandem zu teilen. Also taste ich mich mal vorsichtig ran.«

Clare nickte zögerlich. Ihre eigene Erfahrung hatte sie bisher gelehrt, dass es weit besser war, das Leben mit niemandem zu teilen als mit jemandem, der einen unglücklich machte.

»Fehlt er dir?«, fragte Jack. »Der Mann, der seine Jeans bügelt?«

Clare überlegte, wann Jack und Tim sich begegnet waren, und wurde rot bei der Erinnerung daran, wie Tim in der Einfahrt ihren Arm gepackt hatte. »Wenigstens bügelt er sie jetzt selbst. Früher musste ich das für ihn machen.«

»Und?«

»Ich vermisse es, Teil eines Paares zu sein. Ich vermisse, dass er für Grace da ist, aber …« Sie stockte. »Ich vermisse *ihn* nicht. Nicht Tim, den Menschen. Ich war sehr, sehr lange nicht glücklich.«

Sie blickte zur Hintertür und wünschte, Grace würde kommen. Laut über Tim zu reden gehörte nicht zu ihren Gewohnheiten. Es fühlte sich in Ordnung an, ihn im Geiste zu verfluchen, aber ihr Unglück auszusprechen, das war etwas vollkommen anderes – es verlangte, dass sie die Fakten hörte.

Ich war sehr, sehr lange nicht glücklich.

Clare versuchte, es zu verdrängen, all die Verbitterung, die sie empfand, in sich zu verschließen. Nur so konnte sie Grace' Beziehung zu ihm schützen. Da ihr Mund vor lauter Nervosität ausgetrocknet war, leerte sie das Wasserglas. In letzter Zeit geschah etwas mit ihr, an das sie nicht gewöhnt war. Sie sprach – erst mit Emma, jetzt mit Jack. Es war Teil ihrer Wiedergeburt als Melborough-Clare, sagte sie sich. Tim hatte sie von ihren früheren Freunden isoliert, doch jetzt war er nicht mehr da, um es erneut zu tun.

»Glück«, sagte sie und versuchte vergeblich, seinen Blick auf sich zu lenken. »Oder wie immer man es nennen will. Schicksal vielleicht? Es hat uns alle zusammengeführt, und jetzt sind wir Freunde. Also wird es eventuell Zeit, dass es auch dir lacht.« Als er immer noch ihren Blick mied, fragte sie sich, ob sie voreilig war, ob Grace und sie schlicht sein jährliches Wohltätigkeitsprojekt waren. »Du scheinst nicht überzeugt«, sagte sie, nahm eine Serviette vom Tisch in der Nähe auf und fächelte sich damit Luft zu.

»Nein, es ist nur so, dass das Schicksal nicht immer freundlich ist«, sagte er schulterzuckend, wobei er weiterhin nach unten blickte und die Chilisoße umfüllte, von der Clare wusste, dass sie sie hassen würde.

Sie wollte ihn fragen, was er meinte, als die Tür hinter ihr aufging.

»Ich habe auf dem Rückweg nach den Tieren gesehen«, sagte Grace. »Was habe ich verpasst?«

Jack lächelte. »Das Essen ist serviert!«

Was auch eben passiert sein mochte, Clare beschloss, dass sie Freunde *waren* und Wiltshire ohne ihn, so seltsam er war, ein wenig einsamer sein würde.

Als sie um Mitternacht die Waschmaschine belud, ging es ihr auf. Etwas nagte schon an ihr, seit sie sich vormittags in den Hauseingang im Ort zurückgezogen hatte. Gladys! Eine ihrer Tänzerinnen aus dem Ü-70-Kurs in Croydon! Sie hatte Lose für eine Hilfsorganisation verkauft, die ihren Sohn unterstützt hatte. Er war in der Army gewesen und hatte ein Körperglied in der Provinz Helmand verloren. Die Hilfsorganisation … Sie war sicher, dass sie Onward Motion hieß.

Sie hielt sich an der Waschmaschine fest und stemmte sich auf. Jetzt fügte sich alles wie ein Puzzle zusammen. Sein Gang, der manchmal ein wenig humpelnd schien. Dass er in der Praxis der Organisation gewesen war. Sie hatten nie wieder darüber gesprochen, in welcher Hilfsorganisation sie für ihn einspringen könnte, aber Clare war sich sicher, dass sie heute darüber gestolpert war.

Jack, dachte sie, *wusste* sie, als hätte es ihr ein Bild bestätigt, war auch ein Amputierter.

Die ganze Nacht wälzte sie sich hin und her, grübelte nach, ob sie recht hatte und was ihm passiert sein könnte. Sie ärgerte sich über sich selbst, weil sie vorschnell geurteilt hatte, er hätte immer schon Glück gehabt, und ihr Herz bekam einen winzigen Sprung bei dem Gedanken, was er durchgemacht haben mochte.

Leute waren da gewesen. Alle Versicherungen und sonstiger Papierkram waren abgehakt. Grace und sie hatten die Ballettstange und die Spiegel auf Hochglanz poliert. Der gefederte Fußboden war blitzsauber. Es war Donnerstag, und es waren Leute gekommen – elf zur ersten Stunde eines zehnwöchigen Tangokurses für Anfänger. Grace hatte mehrere Umfragen auf der örtlichen Facebook-Seite durchgeführt, und anscheinend wollten die Leute ganz besonders gern Tango lernen. Clare war zwanzig Minuten vor Beginn im Studio gewesen, hatte immer wieder ihre Notizen durchgelesen, sich an der Stange gedehnt und gehorcht, bis sie draußen Stimmen hörte.

Leute waren gekommen, sie wollten tanzen, und Clare platzte fast vor Freude. Ihr Reden, ihr Lachen und ihre Lernbereitschaft befeuerten sie. Es waren lauter Paare, mit Ausnahme von Sheila, die kürzlich verwitwet war, und binnen Minuten nahm Clare sie bei der Hand. »Ich werde Ihr Partner sein«, flüsterte sie.

Sie wiederholte, was sie jahrelang woanders unterrichtet hatte, und musste kein einziges Mal in ihre Notizen sehen. Sie erklärte und zählte die Schritte der Männer und der Frauen vor: lang, lang, kurz, kurz, lang. Sie machte die Tangohaltung vor, das Beugen der Knie, das Gleiten des Fußes auf dem letzten Takt – nein, am Ende der Bewegung waren die Füße leicht ausgestellt, nicht geschlossen. Sie zählte ihnen alles vor, lächelte aufmunternd, wenn sie stöhnten, applaudierte, wenn sie es richtig hinbekamen. Ihr erster Kurs war da, arbeitete mit ihr in ihrem Studio, dachte sie zwischendurch, bevor sie instinktiv dreimal auf den Spiegel neben sich klopfte.

Leute waren gekommen.

20

Ich bin im Bett einer Frau, und ich träume nicht. Nein, ich träume definitiv nicht.

Ich bin im Bett einer Frau, die sich langsam auf mir bewegt, und berühre ihre Brüste. Eine Frau, eine jüngere Frau, ist auf mir, ich bin in ihr, und ich weiß nicht, wie lange ich noch durchhalte. Als sie sich anspannt und aufschreit, komme ich zum ersten Mal seit drei Jahren in jemandem.

Sie steigt von mir und legt ihren Kopf auf meine Brust. Ihr Name ist Laura, und Grace ist schuld, dass ich hier bin. Sie ist schuld, weil dies das Date ist, nachdem wir über die Hecke hinweg die Fäuste zusammengeschlagen hatten. Laura weiß es nicht, aber dies wird die letzte Verabredung sein, bevor ich in gut zwei Wochen in die Staaten abreise. Ich kneife die Augen zu. Eben habe ich fantastischen Sex mit einer schönen Frau gehabt, und ich muss ihr sagen, dass ich sie nicht wiedersehen kann.

Einige Zeit später höre ich ein »Mmm« von meiner Brust und öffne die Augen. Doch als Laura anfängt, meinen Schwanz zu streicheln, muss ich ihr zuflüstern, dass ich geschafft bin und Schlaf brauche.

Sie sieht mich enttäuscht an, legt ihren Kopf aber zurück auf meine Brust.

Das passiert, wenn ein Neunundvierzigeinhalbjähriger mit einer siebenunddreißigjährigen Frau ins Bett geht.

Laura akzeptiert kein Nein und lässt mich nur eine Stunde schlafen. Das weiß ich, weil ich auf den Wecker neben ihrem Bett schaue, bevor sie anfängt, mich wieder zu küssen. Bald sind die Kondome erneut ausgepackt, und wir tun es wieder. Diesmal bin ich oben, und ihre Fingernägel bohren sich in meinen Hintern. Flüchtig überlege ich, ob es eine neue Etikette gibt, wie man eine Frau bittet, sanfter zu sein. Sie stöhnt leise und beginnt kurz darauf, innerlich zu erbeben. Diese Anspannung ihrer Muskeln um mich herum bringt mich fast zum Höhepunkt. Ich denke an Alice und dann an … April. Es ist Aprils Gesicht, das ich bei meinem Orgasmus sehe. Es ist Aprils Hand, die ich auf meinem Rücken glaube, als ich auf Laura sinke.

Ich bin entsetzt. Das fühlt sich falsch an. Und es gibt nur Richtig oder Falsch, deshalb zwinge ich mich, April aus sämtlichen Gedanken zu verbannen, die mit Sex zu tun haben. Allen Gedanken, die etwas anderes als sie als Freundin beinhalten, die mich losgeschickt hat auf diese Reise, zu *leben*. Offensichtlich bin ich entweder kein besonders netter Mensch oder jemand, dessen Lust einem schlummernden Riesen gleich geweckt wurde. Ich tippe auf Letzteres.

Laura macht Tee. Sie ist ein fantastisches Date gewesen. Sie ist Personalerin, charmant, witzig, sympathisch. Sie teilt meine Liebe zur Musik, spielt sogar Klavier. Und sie scheint nicht mal zu bemerken, wie ich meine Prothese anschnalle. Genau die Art Frau, die ich in den letzten Jahren gern mal kennengelernt hätte oder es irgendwann in nächster Zukunft würde, nur nicht gerade jetzt.

Als ich Lauras Wohnung verlasse, tauschen wir unsere Handynummern aus, und ich fühle mich auf der Rückfahrt mies, weil ich weggehe und in meinem Leben kein Platz für mehr als einen One-Night-Stand ist.

All das sage ich ihr nicht.

Mittags ist mir schwindlig wegen all des Chaos. Laura hat bereits geschrieben, und Lynn hat eben angerufen, weil Antony komplett neben der Spur und abgehauen ist. Er wird nicht auf mich hören, trotzdem schicke ich eine Textnachricht an die

Nummer, die ich schon ewig ignoriere, die jetzt aber als Erste in meiner alphabetischen Kontaktliste auftaucht.

Antony, ruf deine Mum an. Sie ist krank vor Sorge.

Fünf Minuten später kommt seine Antwort:

Verpiss dich!

Tue ich. Ich verziehe mich, konzentriere mich darauf, meine Reisemappe zu sortieren, und vergewissere mich, dass meine elektronischen Tickets richtig abgespeichert sind und ich genügend Dollars habe. Ich fange sogar an, meinen Rucksack zu packen. Die verschiedenen Kleidungsstücke habe ich zuvor in symmetrischen Haufen von warmen und kühlen Sachen neben meinem Bett aufgestapelt.

Mein Handy gibt ein »Ping« von sich. Da ich eine obszöne Textnachricht von Antony erwarte, bin ich überrascht, dass es eine von Lynn ist. Beim Lesen wird mir flau.

Das ist deine Schuld. Du hättest nur einmal richtig auf ihn eingehen müssen. Sollte meinem Sohn etwas zustoßen, gebe ich dir die Schuld!

Ich versuche, sie anzurufen, hinterlasse eine Nachricht, aber sie meldet sich nicht. Nun bin ich außerstande, weiter für meine große Reise zu packen, also werfe ich eine Jogginghose, ein Paar Socken, einen sauberen Pullover und eine Jeans nebst meiner Zahnbürste in eine Tasche und gehe zum Auto.

Ollies Haus ist immer schon mein Trostort. Manche Menschen brauchen Stille und Yogamusik in einem Spa-ähnlichen Ambiente, um Stress abzubauen. Ich fahre zu Oliver – wo seine zwei

Kinder auf mir herumklettern, ich ihnen vorm Einschlafen Geschichten vorlesen und hoffen kann, dass Jennifer, mit der er seit fünfzehn Jahren verheiratet ist, mir sagt, dass alles gut wird, während wir hausgemachte Pastete und Kartoffelbrei essen.

»Du hast dich flachlegen lassen!« Oliver tupft sich mit seiner Serviette die Lachtränen aus den Augenwinkeln.

»Ist das wirklich so witzig?«, frage ich Jennifer, auf deren Hilfe ich zähle.

Sie tritt ihn unterm Tisch und macht keinerlei Anstalten, es verstohlen zu tun. »Achte nicht auf ihn. Er ist bloß neidisch. Nichts würde er mehr lieben als eine junge Fremde, die ihn um Sinn und Verstand vögelt.«

»Siehst du sie wieder?«, fragt Ollie, der immer noch fassungslos den Kopf schüttelt.

»Nein.« Mir ist nicht danach, ihm den Rest zu erzählen. »Haken wir das ab. Sie war reizend, und ich würde sie wiedersehen wollen, hätte ich nicht vor, für Monate wegzugehen.«

»Wann willst du los?« Jennifer füllt mir den Rest buttrigen Kartoffelbrei auf, als müsste ich gefüttert werden.

»In siebzehn Tagen.«

»Du musst mir noch deinen Reiseplan schicken«, sagt Ollie und schwenkt seine Gabel in meine Richtung.

»Warum?«

»Damit wir, sollten wir nichts von dir hören oder solltest du dich verirren, wissen, wo wir mit der Suche anfangen müssen.«

»Meine Eltern haben eine Kopie. Sie sind meine nächsten Angehörigen.«

»Ja«, erwidert er und zeigt nun mit dem Finger auf mich, »aber sie werden keinen Kontakt zu dir haben, sofern du nicht gerade bei ihnen bist. Also, wie sollen sie wissen, dass du verschwunden oder von einer Klippe gestürzt bist oder umgebracht wurdest?«

Ich lehne mich zurück, verschränke meine Arme und denke, dass Yogamusik in irgendeinem Spa vielleicht eine bessere Idee gewesen wäre.

»Ollie!« Jennifer versetzt ihm einen Klaps auf die Finger. »Was ist denn in dich gefahren?«

»Was? Ich habe doch recht. Er weiß, dass ich recht habe.« Mein ältester Freund sieht mich an. »Komm schon, du, für den es zwischen Richtig und Falsch nichts gibt, sag, dass ich recht habe!«

Ich sage nichts.

»Ich werde den Kontakt halten«, fährt er fort. »Anrufe, E-Mails, ich will nur wissen, dass es dir gut geht. Es mag dein ›Ich bin fast fünfzig‹-Ding sein, aber es gibt immer noch Dinge, die du tun musst, um sicher zu bleiben. Und dazu gehört, dass wir in Kontakt bleiben und ich eine Kopie deiner Reiseroute bekomme.«

»In Ordnung.«

»Ich meine, ich weiß nicht mal, was du vorhast, außer ›reisen‹. Wohin willst du und warum – verrate es uns.«

Wieder bemerke ich einen strengen Blick seiner Frau zu ihm.

»Was denn?«, fragt er sie. »Ich würde eben gerne Genaueres hören!«

»Zuerst in die Staaten«, sage ich, »danach Europa.«

»Das ist alles? So sieht der Plan aus?«

Ich lache. Er ist schroff und streng, aber ich weiß, dass das seiner Sorge geschuldet ist. Ollie denkt, ich würde weglaufen; wovor, kann ich nicht sagen. Er spricht es ja nie aus. »Alles ist durch Aprils E-Mail ausgelöst worden«, erinnere ich ihn. »Und jedes Mal, wenn ich an mir zweifle, sage ich mir, dass es darum geht, zu *leben*. Doch ich werde nicht mit einer Schulterkamera herumlaufen und mich filmen, wie ich von einer Klippe springe oder im Kajak über Stromschnellen hüpfe.«

»Sehr beruhigend«, murmelt Jennifer.

»Da ist eine Struktur drin.«

»Endlich!«, sagt Ollie und hebt beide Hände gen Himmel.

»Ich habe diese Notizen in einem der alten Planer gefunden, weißt du noch, die, die wir an der Uni hatten?«

Er nickt.

»Da hatten Alice und ich geplant, was wir nach dem Abschluss machen. Wir hatten gesagt, dass wir ein bisschen reisen, bevor wir ... na ja, der Plan war, dass wir noch so was machen, ehe wir ganz erwachsen sind.«

Meine beiden Gastgeber verstummen. Alles ist still, bis auf das gelegentliche Vorbeirascheln von erstem Herbstlaub.

»Wir waren erst bei der Ostküste der Staaten, also, von da starte ich. Boston, New York, Miami, dann New Orleans und die Bahamas. Natürlich will ich auch an die Westküste, angefangen mit San Diego und ...«

»Hältst du das für eine gute Idee?«

»Ich habe gehört, dass San Diego in dieser Jahreszeit schön sein soll«, antworte ich, obwohl ich weiß, dass er das nicht gemeint hat.

Er starrt mich vom anderen Tischende aus an. Die Warnung, dass meine Reisepläne mit Alice keine gute Grundlage für meinen Aufbruch in ein neues Leben sein könnten, bleibt ihm offenbar im Hals stecken.

Jennifer schenkt uns beiden Wein nach und wechselt das Thema. »Wie kommst du mit deiner neuen Nachbarin zurecht? Clare, richtig?«

»Sie ist nett. Ihre Tochter Grace war es, die vorgeschlagen hatte, dass ich mich vor der großen Reise verabreden soll. Sie sagt, dass ich ›ein bisschen unbeholfen‹ bin und Übung brauche.«

Ollie schnaubt. »Kluges Kind. Ich erinnere mich, dass ich sie mochte. Wie alt ist sie noch gleich?«

»Fünfzehn, fast sechzehn. Allerdings ist sie nicht wie andere Teenager, die ich kenne.«

»Na ja, Jack, deine Erfahrung mit Teenagern ist ja auch eher begrenzt«, sagt Jennifer.

»Ja, wir alle wissen, wie prima ich mit Antony klargekommen bin, und sicher fandet ihr beide es damals schlimm.« Beinahe unbemerkt wechseln die beiden einen Blick.

Jennifer streift unterm Tisch ihre Schuhe ab, lehnt sich zurück und hält ihr volles Glas mit beiden Händen. »Du hast es nicht besser gewusst«, sagt sie freundlich.

»Nein, aber ich war ein Idiot. Vielleicht hätte es vollkommen genügt, ihm mit der Polizei zu drohen anstatt ihn tatsächlich zu melden. Ich habe nicht mal versucht, mit ihm zu reden.«

Die beiden schweigen, was eine Menge sagt. In der Stille hallt ihr unausgesprochenes »Und du und Lynn könntet noch zusammen sein, sodass du nicht solch ein trauriges, einsames Elend wärst, das davonlaufen will«.

Ich stoße einen langen Seufzer aus. »Er ist bei mir gewesen«, sage ich, fahre mir mit beiden Händen durchs Haar und reibe meine Kopfhaut, als müsste ich ein nicht vorhandenes Jucken stillen. »Ehrlich gesagt war es eine recht heftige Woche. Ich hatte zum ersten Mal seit Jahren Sex und werde damit enden, dass ich die arme Frau ghoste. Antony ist mitten in der Nacht in mein Haus eingebrochen, nur eben nicht richtig, weil er noch einen Schlüssel hatte. Und Clares Mann, von dem sie geschieden ist, scheint nach wie vor bei ihr aufzukreuzen.« Ich hole Luft und sehe die beiden an.

Ollie runzelt die Stirn. »Wow! Was genau war mit Antony?«

»Wie gesagt, er ist ins Haus gekommen, hat reichlich herumgeschrien und mich wissen lassen, wie wütend er noch auf mich ist. Dann hat er absichtlich Alice' Einhorn zerschmettert, bevor er den Schlüssel durchs Zimmer pfefferte und rausstürmte.«

Jennifer hält sich eine Hand vor den Mund. Ich nehme das kleine blaue Horn aus meiner Tasche.

»Dieses Teil habe ich noch.« Ich beuge mich vor, zeige es ihr, und sie nimmt es, um es zwischen ihren Fingern zu rollen.

»Es ist das magische Teil.« Lächelnd gibt sie es mir zurück.

»Und Clares Ex?« Ollie drückt seine Unterlippe mit Daumen und Zeigefinger zusammen, wie er es immer tut, wenn er beunruhigt ist.

»Es kommt nicht oft vor, dass ich Leute auf Anhieb unsympathisch finde, wie ihr wisst. Verdammt, ich musste bei der Arbeit lernen, nicht vorschnell zu urteilen, aber … mit dem Kerl ist etwas. Ich traue ihm nicht, und obwohl er anscheinend nur kommt, um Grace zu sehen, bin ich misstrauisch. Vermutlich ist mir die Vorstellung zuwider, dass er sich dort fest einnistet, während ich weg bin und nichts dagegen tun kann.«

Jennifer fährt zusammen, als ein schweres Rumsen von oben zu hören ist. »Gehst du?«, fragt sie ihren Mann, der umgehend den Tisch verlässt. »Wahrscheinlich Agatha«, erklärt sie mir. »Sie fällt häufiger mal aus dem Bett. Wir haben ein sehr niedriges für sie, trotzdem …«

Ich nicke und trinke von meinem Wein.

»Jack, Antony ist einfach noch wütend wegen deines Mitwirkens an seiner Verhaftung.«

»Ja, aber warum jetzt?«, frage ich. »Er hat nur eine Jugendstrafe von wenigen Monaten abgesessen. Das ist lange her, deshalb verstehe ich nicht, warum er jetzt auf mich losgeht.«

Sie zuckt mit den Schultern. »Weil er es kann. Weil er angefressen ist. Ich weiß nicht, vielleicht hat es irgendeinen Auslöser gegeben, dass er dich wieder für schuldig an allem hält.«

Oliver kommt zurück. »Aggie. Ihr geht es gut, sie schläft noch tief und fest.« Er setzt sich, trinkt einen Schluck und sieht mich direkt an. »Tja, ich muss dir einige Dinge sagen.«

»Ach du lieber Himmel.« Ich mache mich darauf gefasst zu hören, weshalb ich wahrscheinlich überhaupt hergekommen bin.

»Du musst mit Antony reden. Er ist ein netter Junge, und wenn ihn seine Haft nicht verkorkst hat, will er sicher bloß eine Entschuldigung.«

Dass Ollie seine Haft erwähnt, lässt mich zusammenzucken. »Ich habe ihm eine Textnachricht geschrieben, und er hat geantwortet, ich soll mich verpissen …«

»Könnte der Herr Verteidiger kurz mal den Mund halten?«

Ich beiße mir auf die Unterlippe und schweige.

»Was Clares Mann angeht: Ich habe die Frau kennengelernt, und sie kommt mir nicht vor, als würde sie sich diese Chance ruinieren.«

»Glaube ich auch nicht«, falle ich ihm unweigerlich ins Wort. »Es liegt nicht an ihr, sondern an ihm. Mich würde nicht wundern, sollte er sich einfach wieder bei ihnen einschleichen.«

»Ollie hat recht, Jack«, sagt Jennifer. »Du solltest einer klugen Frau ruhig ein bisschen was zutrauen. Der Mann hat ein Recht darauf, seine Tochter zu sehen. Für mich hört es sich nicht an, als würde er sich irgendwo einschleichen.«

Ich hoffe, sie haben beide recht.

»Du hast etwas Großartiges getan, Jack.« Oliver erhebt sein Glas. »Das sind gute Menschen, Clare und Grace. Sogar die Mitarbeiter bei der Organisation, die sie vorgestellt haben, halten sie für würdige, gute Leute. Du musst ihnen vertrauen.«

In mir tobt der Zyniker, weshalb ich die Augen verenge. Sicher will ich diese ganze Sache mit dem Vertrauen ausprobieren, aber ich weiß nicht, ob ich es kann.

Jennifer steht auf, kommt hinter meinen Stuhl und umarmt mich kurz. Es dauert drei Sekunden, bevor sie sich wieder bewegt, und ich ergreife ihren Arm, der direkt unter meinem Hals ist, weil ich den Moment ein wenig verlängern möchte. »Es ist eine Entscheidung, Jack, ob man vertraut oder nicht. Du musst bloß bereit sein, sie zu treffen«, flüstert sie mir zu, ehe sie sich wieder aufrichtet. »Wer hat Lust auf Rhabarber-Crumble?«

Ollie und ich nicken beide, und sie verlässt das Zimmer. Ein oder zwei Minuten lang lauschen wir seiner »Dinner-Playlist«, dann spricht er über die Klänge von Rag'n'Bone Man hinweg.

»Jack?«

»Mhm?«

»Seit wann weißt du überhaupt, was Ghosting ist?«

Wir lachen beide, und als Jennifer zurückkehrt, möchte ich es ihm erzählen und ihn gerade fragen, was es heißt, dass ich Aprils Gesicht gesehen habe, als ich mit einer anderen Frau schlief. Gewiss würde er alle Punkte verknüpfen und mit einer übertriebenen Version der Wahrheit herauskommen. Es ist gut. Ich habe alles im Griff.

Also erzähle ich den beiden nur von Celestes Beziehungsregeln, und es dauert nicht lange, da heulen sie Lachtränen in ihre Nachspeise.

21

– Ursprüngliche Nachricht –
Von: NorseErik@gmail.com
Gesendet: 10. Oktober 2018, 21:09
An: GraceBryanson29@gmail.com
Re: Website

Grace, ich schlage vor, wir nehmen denselben Provider wie bei der Website, die ich für Dad gemacht habe. Die Software ist sehr nutzerfreundlich und gratis. Kannst du Fotos von dem ersten Kurs bekommen und vielleicht einige alte von ihr als Meistertänzerin?
Wir sollten uns zusammensetzen, den Text für die Homepage besprechen – vielleicht einige Stichwörter von ihr?
Erik

– Antwortnachricht –
Von: Grace Bryanson29@gmail.com
Gesendet: 10. Oktober 2018, 21:20
An: NorseErik@gmail.com
Re: Re: Website

E-Mail? Ich habe versucht, dir eine WhatsApp zu schreiben?!
G

– Antwortnachricht –
Von: NorseErik@gmail.com
Gesendet: 10. Oktober 2018, 21:25
An: GraceBryanson29@gmail.com
Re: Re: Website

Ich hasse Textnachrichten. Ruf mich an oder schreib mir eine E-Mail.
Erik

– Antwortnachricht –
Von: GraceBryanson29@gmail.com
Gesendet: 10. Oktober 2018, 21:35
An: NorseErik@gmail.com
Re: Re: Website

Gut zu wissen. Ich regle das mit dem Kram von Mum. Wollen wir uns am Freitag nach der Schule treffen? Ist vielleicht einfacher, wenn du her zur Scheune kommst. Weißt du, wo das ist?
Grace

– Antwortnachricht –
Von: NorseErik@gmail.com
Gesendet: 10. Oktober 2018, 21:39
An: GraceBryanson29@gmail.com
Re: Re: Website

Jeder kennt die Scheune. Ich muss erst nach Hause, dann komme ich mit dem Rad um halb fünf. Bis dann.
Erik

22

»Du solltest nicht hier sein. Geplant ist, dass du sie erst nächste Woche siehst.« Clare starrte auf seine Hand, die er an ihre Haustür gestemmt hatte. »Und dann bei dir«, ergänzte sie.

Ihre Gesichtsmuskeln verspannten sich, als sie beobachtete, wie er sein Handy aus der Tasche zog, um auf seinen Kalender zu sehen. Es war alles gespielt, Teil seines Dramas.

Entschlossen, sich nicht einlullen zu lassen, sagte sie langsam und deutlich: »Tim, Grace hat Besuch, sie arbeiten an einem IT-Projekt.«

»Ich habe mich geirrt, okay? Ich dachte echt, heute ist Curry-Abend.«

»Ist es nicht.«

»Bist du nicht bei der Arbeit?« Tim klappte seinen Jackenkragen hoch und rieb sich die Hände.

»Heute Abend nicht.«

»Wir wäre es mit einem heißen Getränk? Ich sage kurz Hallo zu Grace und verschwinde wieder.«

Clare blickte hinüber zu Jacks Haus.

»Komm schon, Clare, hier draußen ist es kalt. Eine Tasse Tee und ich bin wieder weg.«

Widerwillig öffnete sie die Tür weiter und ließ ihn rein.

»Sie hat also Besuch, ja?«, flüsterte Tim verschwörerisch. »Männlich oder weiblich?«

»Männlich. Erik. Ein netter Junge. Sie machen ein Projekt zusammen.«

Tim war stehen geblieben und blickte die Treppe hinauf. »Ich muss nicht raufgehen und ihn versprügeln, oder? Ich meine, er ist nicht ihr fester Freund, oder?«

Clare verkniff sich die erste Antwort, die ihr in den Sinn

kam. Sie würde sich nicht auf das einlassen, was er nach einem Wutanfall als »bloß Quatsch« beschreiben würde. Es war Freitagabend, sie hatte die ganze Woche im Pub gearbeitet und ihre ersten Kurse begonnen. Auch wenn es aufregend gewesen war, wollte sie jetzt einfach nur auf dem Sofa ausruhen und Netflix gucken.

Sie schaltete den Wasserkocher wieder ein, hängte einen Teebeutel in einen Becher und beobachtete, wie Tim seine Jacke auszog und sie über eine Stuhllehne drapierte. Er machte wieder Sport, wie sie an seinen Oberarmmuskeln erkannte. Tim sah gut aus, und er roch auch gut. Außerdem wusste sie inzwischen, dass er es absichtlich tat. Jedes Mal, wenn er Grace abholte, gab er sich Mühe, wie ein alterndes Model auszusehen.

»Gestern ist was ganz Komisches passiert.« Er setzte sich an den Esstisch, und sie gab ihm den Becher Tee mit Milch – genau wie er ihn mochte. »Setzt du dich nicht zu mir?«

Sie gab nach und goss sich ein wenig Kräutertee auf, ehe sie sich ihm gegenüber hinsetzte. »Was?«, fragte sie. »Komisches?«

»Deine Mum«, antwortete er und trank langsam einen Schluck. »Sie hat mich angerufen.«

Sofort verkrampfte sich Clares Bauch. »Dich angerufen? Warum das denn? Und woher hat sie deine Nummer?«

»Habe ich nicht gefragt.«

Er sah nicht nur gut genug aus, dass Clare bewusst wurde, was für ein attraktiver Mann er immer noch war, sondern er konnte ihr auch nach wie vor lässig einen explosiven Satz entgegenschleudern. Im Laufe der Jahre hatte sie gelernt, nicht zu reagieren. »Was wollte sie?«

»Habe ich nicht so ganz verstanden.«

»Aber was hat sie gesagt?«

»Irgendwelchen Mist wegen unserer Scheidung. Und bevor du fragst … ich habe keine Ahnung, woher sie es weiß. Ich glaube, es ging darum, dass sie deine Adresse wollte.«

»Hast du sie ihr gegeben?«

»Selbstverständlich nicht.« Er tat gekränkt. »Das würde ich nie machen.«

»Was denkst du, woher sie deine Nummer hat?«, wiederholte sie und fächelte sich Luft zu.

»Wie gesagt, keine Ahnung. Aber wenn ich raten müsste, würde ich sagen, dass Grace sie ihr gegeben hat.«

Und mit diesem einen Satz implodierte Clares Welt.

»Es ist schon einige Monate her.« Grace hockte auf der vorletzten Treppenstufe und hatte trotzig die Arme vor der Brust verschränkt. »Sie hat mich auf Facebook gefunden und mir geschrieben.«

»Und du bist nicht auf die Idee gekommen, dass ich davon wissen will?«

»Nein, weil ich gewusst habe, dass du ausflippst.«

Clare hatte Tim aus dem Haus geworfen, wozu sie allerdings Grace zwingen musste, nach unten zu kommen. Im Hintergrund hörte sie Erik hinter Tim her die Einfahrt hinuntereilen.

»Du hast mich eben wie eine Idiotin dastehen lassen«, sagte Grace wütend.

»Weil du wahrscheinlich eine bist«, fuhr Clare sie an.

Ihre Tochter stand auf und stieg die Treppe hinauf.

»Und wo willst du jetzt hin?« Clare wurde noch lauter. »Ich bin noch nicht fertig. Du erzählst mir jetzt ganz genau, wann und warum sich meine Mutter bei dir gemeldet hat!«

»Hörst du dich reden, Mum?«

Clare rannte die Treppe hinauf und holte sie ein. »Ihr habt es beide hinter meinem Rücken getan!«

Grace schüttelte den Kopf. »Willst du, dass ich dich genauso hasse wie du sie, Mum? Denn das wird passieren!« Mit diesen Worten nahm Grace die letzten Stufen nach oben, und Clare blieb atemlos zurück.

Sie setzte sich hin und kämpfte mit aller Kraft gegen die Tränen, die dennoch kamen. Keine zwei Meter von ihr hatte Grace die Tür hinter sich zugeknallt. Clare biss sich auf den Zeigefinger und ging in den Flur. »Es tut mir leid«, sagte sie durch die Tür.

Nichts, keine Antwort, nur das Geräusch von zugeworfenen Schranktüren und Schubladen. Clare wollte es wieder versuchen, da ging die Tür auf und Grace stürmte an ihr vorbei. »Ich habe Dad gebeten zurückzukommen, er ist draußen. Ich bleibe das Wochenende bei ihm.«

»Warte, Grace …« Clare hielt sich am Treppengeländer fest. »Hör mal …«

»Nein, Mum, du hörst mal. Ich versuche es, okay? Ich verstehe, dass du Dad nicht mehr liebst. Das begreife ich! Und ich verstehe, dass ihr nicht miteinander redet, du und deine Mum. Aber du bist diejenige, die nicht mit Leuten auskommt, nicht ich!«

Clare lauschte den schweren Schritten ihres einzigen Kindes die Treppe hinunter.

»Ich komme am Sonntag wieder«, rief Grace und knallte die zweite Tür heute Abend zu.

Clare lief nach unten, um durch das schmale Fenster in der Diele zu sehen. Grace stieg in Tims Wagen, und er setzte rückwärts aus der Einfahrt. Dann schluchzte Clare in ihren Ärmel, schloss die Augen und hörte die trägen Klänge einer weit weg spielenden Trompete.

Am Samstagmorgen wachte sie mit Kopfschmerzen auf, weil sie zu wenig geschlafen hatte. Sie hatte Grace letzte Nacht eine Textnachricht geschickt. Ihre Tochter hatte nicht geantwortet, aber Tim. Ihr behagte das Gefühl nicht, dass er eine Situation mit ihrer Tochter besser im Griff hatte als sie. Da sie sich für ihren ersten Samstagskurs bereitmachen musste, versuchte Clare, den Vorfall zu verdrängen, und nahm eine heiße Dusche. Sie zog sich ihre Sportsachen an und lief mit einer Wasserflasche in der Hand im Erdgeschoss der Scheune auf und ab, bevor sie sich ihre Mappe nahm und zum Studio ging.

Zwölf Leute hatten sich für den Kurs für zeitgenössischen Tanz angemeldet, die meisten ältere Mädchen aus der Oberstufe von Grace' Schule. Und als sie lautstark eintrafen, wurde Clare wie üblich nervös. Sie war daran gewöhnt, nur nicht an die schrecklichen Hitzewallungen, die ihre Nervosität neuerdings begleiteten. Sie klappte einen Fächer auf und wedelte damit vor ihrem Gesicht. Dabei redete sie sich ein, es würde sie eher verschroben und spanisch wirken lassen, nicht wie eine Frau in den Vierzigern unmittelbar vor der Menopause.

Nach einem kurzen Vorstellen las sie einen kleinen Absatz aus ihrer »Tanzbibel«, einer Unterrichtshilfe, die schon ihre Mutter benutzt hatte. Trotz ihrer vielen Fehler glaubte Clare, kaum etwas sei besser geeignet für die letzten Momente vor dem freien Sprechen als die Anmerkungen ihrer Mutter an den Seitenrändern. »Lass die Gefühle aufwallen … hilf deinem Publikum zu fühlen«, sagte sie sich, als sie sich durch den Raum bewegte.

Die Furcht um ihre Tochter drückte sie durch wilde Armbewegungen aus. Die Ironie, dass ihr kluges, intelligentes Kind womöglich seine Selbstachtung durch den Kontakt zu derselben Frau zerstören ließ, die diese Worte geschrieben hatte, entging Clare nicht, als sie tanzte. Ihr Wunsch, Grace zu halten und vor emotionalem Schaden zu bewahren, durchströmte sie und machte ihre Arme weicher, bis sie schließlich ihren Oberkörper umfingen.

Clare blieb stehen, schaltete die Musik für den Kurs ein und ging zu jedem Mädchen, um allen durch die ersten Schritte zu helfen. Als alle zwölf nach der ersten Schnupperstunde den Kurs bis Weihnachten buchten, war sie erleichtert. Es funktionierte – etwas funktionierte.

»Alles in Ordnung zu Hause?«

Auf diese Frage von Emma war Clare nicht vorbereitet, als sie zur Nachmittagsschicht in den Pub kam.

»Natürlich«, stotterte sie beinahe. »Warum fragst du?«

Sie fühlte Emmas Blick. »Nur weil Erik etwas erwähnt hat.«

»Warte mal.« Clare hielt beide Hände an ihren Kopf. »Erik, der mit k hinten statt mit c, ist *dein* Sohn?« Sie hatte es sich vorher nicht zusammengereimt, obwohl sie gewusst hatte, dass Jan und Emma einen Sohn hatten. Doch sie hatte schlicht angenommen, er wäre deutlich älter als Erik.

»Ja, hast du das nicht gewusst? Und an dem Namen sind die nordischen Götter schuld. Ich wäre auch mit einem c rundum zufrieden gewesen.«

»Alles ist gut«, sagte Clare. »Es war nur ein Missverständnis mit Grace. Teenager, was?«

Sie merkte Emma an, dass ihrer Freundin eine Frage auf der Zunge brannte, sie aber offenbar nicht wagte, direkt zu fragen, ob es Clares Ex gewesen war, der aufkreuzte und ihre Tochter übers Wochenende mitgenommen hatte.

»Sie ist bis morgen Abend bei Tim«, gestand Clare. »Ehrlich gesagt weiß ich nicht, was ich gerade mit mir anfangen soll.«

»Möchtest du eine zusätzliche Schicht arbeiten? Zwar arbeitest du normalerweise sonntags nicht, aber über Mittag ist hier viel los, und, ganz ehrlich, ich hätte zu gerne mal frei – nur dieses eine Mal?« Emma presste die Hände wie zum Gebet zusammen.

»Kein Problem«, antwortete Clare. Sie war froh, nicht allein aus den hohen Scheunenfenstern starren zu müssen, immer wieder zur Uhr zu blicken und zu warten, dass Grace nach Hause kam.

Sie war erst zwanzig Minuten von ihrer Schicht zurück, als ihre Tochter vierundzwanzig Stunden früher als erwartet nach Hause kam. Clare war so begeistert, sie zurückzuhaben, dass sie das mürrische »Morgen habe ich dieses Hockey-Dings« klaglos hinnahm und sie fest umarmte. Sie dachte daran, dass sie Emma nun wegen morgen wieder absagen müsste, und sparte sich alle Fragen für später auf, denn hinter Grace folgte Tim ihr mit ihrer Tasche ins Haus. Innerhalb von Minuten war Grace in der Dusche, und Clare wurde mit Fragen bombardiert.

»Was höre ich da? Der Kerl nebenan verreist für mehrere Monate? Ich meine, versteh mich nicht falsch, der ist schräg, wenn du mich fragst. Und seine ›Freundschaft‹ mit Grace ist doch grundfalsch. Ich freue mich echt, wenn er verschwindet, aber mir gefällt nicht, dass du und Grace ganz alleine hier seid.«

Clare schnappte nicht nach dem Köder. »Wie war sie?«, fragte sie, ohne auf Tims Ausbruch einzugehen.

»Es ging ihr gut, und sie war sogar eine Weile auf Reyas Geburtstagsparty. Keine Angst, ich habe sie um Viertel vor eins abgeholt.«

Ihr kurzer Blick nach oben bewirkte, dass er weiterredete.

»Ich höre doch, wie es in deinem Kopf rattert, Clare. Grace hat mir erzählt, dass sie gefragt hatte, ob sie hingehen darf, und du hattest Nein gesagt. Dass ich hergekommen bin, hatte nichts damit zu tun. Da hatte ich mich bloß geirrt. Sie denkt, dass du glaubst, sie hätte es so geplant.«

Könnte sein, dachte Clare, verwarf den Gedanken aber sofort wieder. »Danke, dass du sie nach Hause gebracht hast.«

»Wir essen noch.« Er klatschte die Hände leicht zusammen. »Grace hat einen Pizzaservice gegoogelt, der in zwanzig Minuten liefert.« Er kehrte ihr den Rücken zu, ging in die Küche und öffnete den Kühlschrank. »Es müsste noch Bier vom letzten Mal da sein. Ah, gut«, sagte er, nahm eines raus und machte es auf. »Ich penne auf dem Sofa, denn ich habe keine Lust, die ganze Strecke wieder zurückzufahren.«

Clare wollte dringend allein mit Grace reden, sich mit ihr aussprechen. Stattdessen fuhr sie sich mit der Zunge über die

Schneidezähne, behielt die Antworten, die ihr einfielen, für sich und ging zur Besteckschublade. Sie schluckte ihre Verärgerung herunter, weil er einfach an *ihren* Kühlschrank gegangen war, und verfluchte sich dafür, dass sie *sein* Bier dort hatte stehen lassen. Sie holte drei Teller aus dem Schrank und stellte sie gleich wieder zurück, denn Tim sagte, sie würden die Pizzen aus den Kartons essen. »Weniger Sauerei«, behauptete er.

Clare widersprach nicht.

Lächelnd betrachtete Clare die Fotos von Grace' Freundinnen auf Instagram und hörte sich deren begeisterten Bericht von ihrer Zeit mit Reya an. Sie hatte entschieden, ihren Verdacht für sich zu behalten, dass Grace alles so eingefädelt hatte, denn sie war einfach froh, sie wiederzuhaben und so glücklich zu sehen. Es traf sie wie ein Schlag ins Gesicht, zu erkennen, was der Umzug für Grace bedeutete und wie sehr ihre Tochter sich bemühte, alles tapfer hinzunehmen.

»Es tut mir leid, Mum. Ich hätte dir von Gran erzählen sollen.«

»Das Verhältnis zwischen deiner Gran und mir ist schwierig.«

Tim neben ihr schnaubte. »Sie ist total durchgeknallt, nicht schwierig«, sagte er und knuffte Clare mit dem Ellbogen an.

»Tim, bitte.«

»Schon gut, reden wir über was anderes.«

»Gran hat es mir schon erklärt«, sagte Grace.

»Hat sie?« Clare bezweifelte es. »Wie?«

»Dass sie Dad hasst und dich zu sehr liebt«, antwortete Grace schulterzuckend. »Sie hat eine ganze Menge gesagt, aber eigentlich läuft es darauf hinaus.«

Clare lachte leise und staunte über die Art ihres Teenagers, heikle Themen zu einer simplen Aussage zusammenzuraffen. Zu leicht könnte Clare die Realität vergessen und sich für einen kurzen Moment einreden, sie wären die Familie, die sie früher waren, und säßen hier einfach so zusammen beim Essen.

»Hassen ist ein ziemlich heftiges Wort.« Tim schnitt eine Grimasse.

»Nein, Dad, sie hasst dich echt.«

»Klar.« Tim sog durch die geschürzte Lippen Luft ein. Clare musste unwillkürlich grinsen.

»Komm, das ist eigentlich nicht neu.«

»Nein, stimmt.« Er ging zum Kühlschrank, um sich das letzte Bier zu holen.

»Grace, es ist spät«, sagte Clare. Sie hörte Bluesmusik von nebenan und sah ihre Tochter gähnen. »Und du warst letzte Nacht lange unterwegs.« Sie stand auf, räumte die Pappkartons zusammen und steckte sie direkt in die Recyclingtonne.

»Ich verstehe nicht, wie du diesen Krach aushältst«, sagte Tim kopfschüttelnd.

»Ich mag ihn«, antworteten Clare und Grace im Chor. »Ab ins Bett, Schatz«, ergänzte Clare. »Du hast morgen früh Schweinedienst.«

»Schweinedienst?«, fragte Tim, nachdem Grace ihnen beiden Gute Nacht gesagt hatte und nach oben gegangen war.

»Sie ist müde und wird sicher sofort einschlafen, nachdem sie so lange auf war.«

»Schweine?«, wiederholte Tim.

»Jack bringt ihr bei, wie sie die Tiere versorgt, wenn er weg ist.«

»Ich mag den Typen nicht«, verkündete Tim, als wäre das neu.

»Und ich bin sicher, dass es auf Gegenseitigkeit beruht. Er ist sehr gut zu Grace und mir.«

»Hmm.«

»Erzähl mir von dem neuen Job«, sagte sie, weil es immer am sichersten war, ihn über sich selbst reden zu lassen.

Sie ließ ihn alles von seinem neuen Posten im Verkauf erzählen. Auf die Einzelheiten achtete sie nicht, beobachtete mehr, wie er es sich auf dem alten Sofa gemütlich machte, zwischendurch aufstand und sich einen Tee machte. Derweil verlor sie sich in der Vertrautheit seiner Stimme und seiner Bewegungen.

»Ich gehe lieber ins Bett«, sagte sie schließlich und schob ihre Ärmel bis zu den Ellbogen hoch. »Es ist spät, und ich muss Emma noch schreiben, dass ich morgen die Mittagsschicht doch nicht übernehme. Die hatte ich zugesagt, als ich dachte, Grace wäre da noch weg.«

»Grace hat mir von dem Hockey erzählt. Ich kann sie hinbringen, dann kannst du zur Arbeit gehen, falls du musst.«

Clare wollte ihn nicht länger hier haben als zwingend nötig. Andererseits hatten sie einen netten Abend verbracht, und es würde bedeuten, dass sie Emma nicht enttäuschen müsste. »Bist du sicher? Ich hole mal das Bettzeug von oben.«

An Grace' Zimmertür blieb sie stehen und sah hinein zu ihrer schlafenden Tochter, deren leises, rhythmisches Atmen wohltuend war. Sie war zu Hause.

Im Wohnzimmer warf sie die Bettwäsche aufs Sofa, nahm ihr Handy und das Wasserglas und drehte sich um. Tim stand direkt hinter ihr.

»Schläft sie?«, fragte er.

Clare nickte.

»Du kannst nicht anders, musst immer als Letztes noch nach ihr sehen.«

»Und das werde ich wohl auch immer tun«, antwortete sie.

»Du fehlst mir. Bleib, trink noch was mit mir.«

»Nein, Tim.« Sie schüttelte den Kopf. »Das tun wir nicht.«

»Hör einfach zu, ja?«

Clare sah, wie sich seine Lippen bewegten, lauschte jedoch der leisen Musik von nebenan. Sie hatte Tims Erklärungen allesamt schon gehört, glaubte ihm kein Wort. Trotzdem sträubte sie sich nicht, als er nach den letzten Bemerkungen über Bedauern und Liebe die Hände an ihre Wangen legte und sie sanft zu sich zog. Sie wollte geküsst werden, jetzt, zu Jacks Musik.

Doch nach dem ersten Kuss wich sie zurück. »Das war falsch«, flüsterte sie. »Tut mir leid.«

»Nein, du willst mich.« Lächelnd drückte Tim seine Fingerspitzen auf seine Lippen.

»Nein.«

»Ein bisschen doch.«

Clare lachte, hielt ihn aber wieder nicht auf, als er erneut nach ihr griff. Auch nicht, als sie fühlte, wie seine Hand unter ihre Bluse glitt und ihre Brust umfing. Croydon-Clare neigte den Kopf nach hinten, als er ihren Hals küsste. Sie liebte diesen Mann nicht mehr, konnte ihn meistens nicht einmal leiden, und als er seine Hände über ihren Körper bewegte, hasste sie sich selbst, weil es sich so gut anfühlte. Sie hasste sich, weil er recht hatte. Sie wollte es. Sie wollte geküsst und gehalten werden, sich in dem Gefühl der Berührung verlieren. Wenig später führte Tim sie durch den Flur zu ihrem Schlafzimmer, und sie bemerkte ihr Spiegelbild in dem Fenster neben der Haustür. Melborough-Clare schloss die Augen.

Morgen früh könnte sie sich richtig hassen.

23

Dinge, die ich nicht getan habe, und Dinge, die ich getan habe …

Dinge, die ich tun müsste, für die ich aber zu feige bin …

Über die grüble ich nach, während ich fraglos mehr in der Gegenwart sein sollte, mehr »im Jetzt«.

Ich *habe* Antony eine verspätete, aufrichtige Entschuldigung geschickt, weil ich nicht gewillt oder fähig war, ihm vor Jahren wenigstens zuzuhören. Ich sollte versuchen, mit ihm zu reden, denn es wäre das Richtige, aber dazu kann ich mich nicht durchringen. Antony hat nicht geantwortet.

Ich *habe nicht* auf Aprils Einladung zum Dinner mit ihr und ihrem Mann reagiert. Das sollte ich, doch ich fürchte, ich würde den ganzen Abend dasitzen und sie mir nackt vorstellen.

Laura habe ich bisher *nicht* ignoriert.

Es ist offiziell: Ich bin ein Weichei, was ich bei meinem Essen im Pub bereue. Laura isst offensichtlich kaum, obwohl ich ihr versichert habe, dass Jans Braten legendär ist. Aus dem Augenwinkel sehe ich Clare hinter dem Tresen, die in unsere Richtung schaut. Laura hat drei Gläser Merlot getrunken, ich drei große Gläser Wasser. Und ich muss mich als Erster entschuldigen, um zur Toilette zu gehen. Im Vorbeigehen nicke ich drei Einheimischen auf den Barhockern zu, von denen ich einen als den hiesigen Schlachter wiedererkenne. Alle haben dunkle Pints Stout vor sich. Vielleicht bin ich überempfindlich, aber irgendwie ahne ich, dass ich ihr Gesprächsthema bin.

»Jack.«

Als ich meinen Namen höre, drehe ich mich um.

»Entschuldige die Störung, aber da ich dich gerade sehe … das Schloss an der Haupttür zum Studio klemmt, und ich habe schon versucht …« Clare sieht verlegen aus, hat die Hände mit den Rücken zueinander verschränkt, sodass ihre Finger nach oben weisen. »Tut mir leid, dass ich es überhaupt erwähne.«

»Ich sehe nach, wenn ich wieder zurück bin.«

Clare nickt und hebt den Kopf. »Danke. Deine Freundin scheint nett zu sein. Ich habe kurz mit ihr gesprochen, als sie die Getränke bestellt hat.«

»Laura ist nicht meine Freundin.« Ich richte zwei Bilder, die schief an der Wand hängen, und trete zurück, um mich zu vergewissern, dass sie jetzt gerade sind.

Clare sagt nichts, und für einen Moment stehen wir beide stumm da. Meine Blase platzt beinahe, als sie mich fragt, wann ich in die Staaten abreise.

»In zehn Tagen«, antworte ich.

»Weiß Laura es schon?« Lachfalten bilden sich in ihren Augenwinkeln, als ich den Kopf schüttle. »Du wirst rot.«

»Ich muss es ihr noch sagen.«

»Sie mag dich.« Wie Clare es sagt, klingt es nach einer Warnung.

»Woher willst du das wissen?«

»Frauen wissen solche Sachen. Bring es ihr schonend bei, ja?«, flüstert sie, bevor sie wieder hinter die Bar geht.

Am Urinal seufze ich vor Erleichterung. Die Wand vor mir ist verspiegelt, sodass ich gezwungen bin, einen Mann in mittleren Jahren anzusehen, dessen Gesicht verrät, dass er keinen Schimmer hat, wie man jemandem etwas schonend beibringt.

Ich beschließe, es bei der Crème brûlée hinter mich zu bringen, und als ich so sanft wie möglich alles gesagt habe, was zu sagen ist, verengt Laura ihre Augen und blickt lange in meine. Mir wird klar, dass ich in Schwierigkeiten stecke. Plötzlich steht sie auf, ruft mit ihrem Handy ein Taxi und ist sichtlich wütend. Mir wird vorgeworfen, sie benutzt zu haben, und die Leute sehen zu uns. Clare starrt zu uns. Laura stürmt aus dem Pub, und spätestens jetzt wird mir bewusst, dass ich es nicht hier hätte tun sollen. Wieder mal – wie schon so oft – höre ich Leute vorwurfsvoll tuscheln. Und wie jedes Mal lähmt mich ihr gedämpftes Raunen. Ich sitze auf meinem Stuhl, mache mich darauf gefasst, mit verschimmelten Tomaten beworfen oder an den Dorfpranger gestellt zu werden, den man zu diesem Zweck eigens in den Pub holt. Doch es kommen keine Tomaten, nur Leute, die hinsehen und dann wieder nicht. Das Nicht-Hinsehen und Schweigen sind beinahe schlimmer.

Clare kommt mit der Rechnung an den Tisch. Sie gibt sie mir direkt in die Hand. »Tut mir leid«, flüstert sie.

Ich nicke, während ich ihr einige Geldscheine in die Hand drücke. »Behalte den Rest«, murmle ich und ziehe mein Bein unter dem Tisch vor.

»Alles in Ordnung?«, fragt sie besorgt.

»Bestens«, lüge ich und gehe. Mir ist klar, dass ich das Bein ein wenig nachziehe; Schmerz schießt mir den Stumpf hinauf.

Im Wagen schlucke ich trocken einige Schmerzmittel. Ich habe keine Ahnung, wie lange ich dort sitze und warte, dass der Schmerz vergeht, als Clare herauskommt und in ihren Wagen steigt. Sie nickt mir zu. Ich schließe die Augen und höre, wie sie die Zündung betätigt, ein Ticken erklingt und wieder aufhört. Sie versucht es mehrmals. Schließlich öffne ich mein Fenster und rufe rüber: »Willst du mitfahren?«

Sie steigt aus ihrem Wagen und in meinen, wo sie sich zu mir dreht. »Du hättest sie lieber nach Hause fahren und es ihr da sagen sollen. Keiner wird gern in der Öffentlichkeit abserviert.«

»Ich habe sie nicht abserviert, sondern ihr gesagt, dass ich für eine Weile ins Ausland gehe.«

Clare schnallt sich an und blickt nach vorn. »Du hast sie abserviert. In der Öffentlichkeit.«

»O Maaaann …« Ich drücke die Zündung und lege meinen Gurt an. »Jetzt erkenne ich, woher Grace das hat.«

Meine einzige Verteidigung ist, dass ich Laura etwas sagen musste, doch das will ich Clare nicht erzählen. »Es war besser so« ist alles, was ich sage.

Ich halte unten an der Einfahrt an und sehe gezielt zum Wagen ihres Ex. »Da ich heute offensichtlich in der Stimmung bin, offen zu reden ... vielleicht solltest du Tim bitten, sich die Studiotür anzusehen.«

Clares Gesicht nimmt eine Farbe an, die ich noch nie erlebt habe.

»Du denkst, dass ich die Scheune nicht verdiene ... und diese Chance auch nicht«, platzt sie heraus.

»Ich mag dich und Grace, Clare ...«

»Aber du glaubst, Tim und ich hätten immer noch was miteinander, was bedeutet, dass jemand anders dies hier mehr verdient hätte.« Ihre Unterlippe bebt.

»Habt ihr?«, frage ich. »Und ist es so?«

Zu meinem hellen Entsetzen fängt sie an zu weinen. Ich habe kein Taschentuch bei mir und schiebe die Hände unter meine Oberschenkel.

Sie sieht mich mit glasigen Augen an. »Ich bin manchmal richtig bescheuert, aber es ist nichts mehr zwischen Tim und mir, und Grace und ich möchten so sehr, dass dies hier klappt, ehrlich.«

»Na gut«, antworte ich achselzuckend. »Du musst deinen Wagen reparieren lassen. Ich kenne da jemanden. Die Nummer schicke ich dir via Text. Und ich sehe mir das Schloss jetzt gleich an.«

Clare blickt zur Scheune. »Er ist jetzt mit Grace da drinnen. Sie haben sich heute ein Hockeyspiel angesehen, und ... ich habe eine Schicht im Pub übernommen, und ... ich weiß nicht. Irgendwie muss ich neue Regeln aufstellen, aber ich ...«

Auf einmal will ich es nicht wissen. Ich möchte ihr glauben und sicher sein, dass sie die richtige Wahl für dies hier war.

Ganz besonders will ich es heute nicht wissen. Die Erschöpfung scheint sich von meinem müden Bein auf meine sämtlichen Knochen übertragen zu haben. Ich will nur noch ins Haus und vor Wiederholungen von *Planet Earth* einschlafen.

Wortlos, weil sie mich zu verstehen scheint, steigt Clare aus dem Wagen und geht die Einfahrt hinauf.

Grace öffnet die Tür und winkt mir zu, was ich verhalten erwidere. Ich fahre weiter zum Haus und überlasse die Bryansons dem, was auch immer als Nächstes geschieht.

Mum hat angerufen und wollte wissen, wann genau ich ankomme. Marsha aus der Kanzlei hat angerufen und wollte wissen, wann genau ich zurückkomme. Beide habe ich sehr knapp abgefertigt. Die Einzige, der ich heute Abend richtig antworte, ist Lynn, nachdem sie mir eine Textnachricht geschrieben hat:

Jack, ich entschuldige mich für meine letzte Nachricht. Ich war wütend und traurig. Antony wohnt bei irgendwelchen Kumpels in der Stadt. Auch wenn er nicht mehr zu Hause ist, scheint es ihm gut zu gehen. Sicher werde ich das nie wissen, aber er wirkt ganz gut. Wollte ich dich nur wissen lassen. X

Ich tippe sofort eine Antwort:

Du musst dich für nichts entschuldigen. Das hätte ich tun sollen und habe es – bei ihm. Ich hätte mich nie so verhalten sollen, doch ich hatte geglaubt, die Polizei zu informieren wäre das Richtige. Aber was ist schon richtig und falsch? Mir wird klar, dass es dazwischen einen Graubereich gibt. Ich weiß lediglich, könnte ich es noch einmal probieren, würde ich anders handeln.

Als ich die Textnachrichten noch einmal lese, jucken mir vor lauter Angst die Handflächen. Ich hoffe, sie denkt nicht, dass ich auf unsere Beziehung anspiele. Mist! Alle möglichen Gerichtsformulierungen fallen mir ein – »um etwaige Zweifel auszuschließen«, »lassen Sie mich explizit darauf verweisen«, »der Verständlichkeit halber«. Meine Daumen legen wieder los.

> Ich sollte dich wissen lassen, dass ich demnächst für mehrere Monate auf Reisen gehe. Wie lange, weiß ich noch nicht. Ich habe ein Sabbatical genommen und beschlossen, mal »richtig zu leben«. Ich hoffe, Antony ist glücklich und du auch. Alles Gute. X

Ich stelle mir ihr Gesicht vor. Dann stelle ich mir vor, was Laura tut, und schüttle den Kopf. Für einen Mann, der sich selten verabredet und nichts von Frauen versteht, war das heute ein Klassiker.

Mit dem Werkzeugkasten und dem Schweinefutter für hinterher mache ich mich auf den Weg zum Studio. Das Schloss ist mit ein wenig Öl wieder gerichtet. Ich nehme mir die Zeit, mir anzusehen, was Clare aus dem Raum gemacht hat. Requisiten sind das einzige Anzeichen von Kursen: einige Spazierstöcke, Zylinder und ein großer Aufblasball, wie sie in Turnhallen benutzt werden. Als ich die Tür wieder abschließe, empfinde ich etwas, von dem ich denke, es könnte Stolz sein. Ich bin stolz auf mich, weil ich finde, dass sie diese wohltätige Gabe wirklich wert ist und ich etwas Gutes getan habe. Sie auch, denn auch wenn ich sie nicht sehr gut kenne, fühle ich hier, was sie mit dem Raum geschaffen hat, der ursprünglich nur ein Auto warm halten sollte, das ich nicht mal brauchte.

Walnut und Pecan drehen durch, als ich mich ihnen nähere. Links neben dem Pferch kann ich im Licht meiner Handy-Taschenlampe eine geduckte Gestalt an der Hecke ausmachen. Ich schütte das Futter in den Trog und bleibe stehen.

»Bist du das, Antony?«, frage ich betont ruhig.

»Hey, Martin, wie geht's? Warum sollte Antony hier draußen bei den Schweinen sein?«

Ich bin ungemein erleichtert. »Grace, was tust du hier draußen bei den Schweinen?« Als ich näher gehe, bemerke ich, dass sie keine Jacke trägt. »Ist dir nicht kalt?«

»Nee.« Sie sieht von ihrem Handy auf. »Junge Leute frieren nicht.« Sie springt beinahe auf, steckt das Handy in ihre Gesäßtasche und lehnt sich auf die Umzäunung des Pferchs. »Hast du das nicht gewusst?«

»Du weißt doch, dass ich nichts von jungen Leuten verstehe.«

»Stimmt. Warum hast du gedacht, dass ich Antony bin?«

»Lange Geschichte. Die erzähle ich dir ein anderes Mal. Ist dein Dad noch da?«

Sie blickt zu den Lichtern der Scheune. »Ist er, sollte er aber nicht. Er bleibt einfach, und …« Sie senkt den Kopf, sodass ihr Haar einen Vorhang um ihr Gesicht bildet. »Es ist meine Schuld. Wäre ich nicht ausgetickt, als Mum ausgetickt ist, wäre ich nicht mit Dad weggefahren. Und dann wäre er nicht immer noch hier.«

Ich habe keine Ahnung, wovon sie redet oder was ich sagen soll.

Sie dreht sich zu mir. Im schwindenden Licht kann ich kaum ihre Augen erkennen. »Sie sind total komisch miteinander. Und Dad ist nett, was fast noch schlimmer ist als … Jedenfalls ist es meine Schuld.«

Das bezweifle ich, aber ich spreche es nicht aus, sondern wechsle das Thema.

»Hast du von den Hockeyleuten gehört? Deine Mum hat gesagt, dass du heute zu einem Spiel wolltest.«

»Habe ich. Nächste Woche darf ich mal zur Probe mitspielen, nur für die Ersatzbank, aber …«

»Das ist super. Von der Bank aus siehst du, wie die anderen es verbocken, und lernst von ihnen.«

»Dad sieht das anders. Er denkt, ich bin besser als alle Spielerinnen, die wir heute gesehen haben, und soll mich nach einem anderen Team umsehen.«

»Aha?«

»Grace?« Wir zucken beide zusammen, als wir Clare von der Hintertür der Scheune rufen hören.

»Komme!«, ruft Grace zurück. »Ich habe ihr vor einer Viertelstunde gesagt, dass ich die Schweine füttern gehe«, erklärt sie mir leise und legt den Zeigefinger an ihre Lippen. »Bis dann, Martin.«

»Bis dann, Grace.« Ich blicke ihr nach, als sie langsam zurück zur Scheune geht. Heute Abend ist sie gebeugt, als wäre es einer der Tage gewesen, an denen es schwierig ist, in ihrem Alter zu sein. Mein Handy meldet eine Nachricht, und ich sehe, dass sie von meinem Instagram-Account kommt. Sofort denke ich, dass Grace ein Foto von den Schweinen gemacht hat, doch als ich es anklicke, ist es ein Bild von Laura mit ihrem Handy in der Hand, auf dem eindeutig ein Foto von mir ist. Ich ziehe die Brille aus meiner Brusttasche und gehe an die Stelle, an der die Sicherheitsstrahler hinten am Cottage anspringen. Mit Daumen und Zeigefinger vergrößere ich das Bild – das Foto auf Lauras Handy ist das, das Grace für mein Dating-Profil benutzt hatte. Und Laura hat eine Nachricht daruntergeschrieben für ihre Follower: »Geht nicht mit diesem Mann aus! Er ist ein Seelenausbeuter!«

Ich muss es mehrmals lesen und starre das Display minutenlang an. *Ein Seelenausbeuter?* Ich bin ja schon vieles genannt worden, aber noch nie Ausbeuter von irgendwas. Sie hat über tausend Follower. Ich schlucke, kehre durch die Terrassentür ins Haus zurück und verriegle sie hinter mir. Drinnen gehe ich ins Schlafzimmer, wo ich hoffe, mein sorgfältig vorbereitetes Packen fortzusetzen.

Ich ziehe die Vorhänge zu und lehne kurz den Kopf hinein, als mein Handy klingelt. Beinahe wage ich nicht, aufs Display zu sehen.

»Grace«, sage ich, als ich schließlich das Gespräch annehme.

»Reagier nicht«, flüstert sie. »Im Ernst, ignorier es, so wie du mir gesagt hast, ich soll die ›Fettklops‹-Kommentare ignorieren.«

»Wie ...«

»Ich habe dich gestalkt, um sicher zu sein, dass du Instagram richtig benutzt, du weißt schon, nur einige tolle Fotos postest. Tust du. Sie nicht.«

Ich höre, wie ich langsam Luft hole. Und Grace kichert.

»Irgendwann musst du mir erzählen, was du ihr getan hast. Ich muss Schluss machen ... Dad geht.«

Als sie auflegt, veranlasst mich ein seltsamer Impuls, nach vorn zu gehen und nachzusehen, ob wirklich die roten Rücklichter vom Wagen ihres Vaters in der Ferne verschwinden.

24

– Ursprüngliche Nachricht –
Von: GraceBryanson29@gmail.com
Gesendet: 14. Oktober 2018, 19:20
An: OldestDancer74@gmail.com
Re: Mum

Gran,
Mum weiß, dass wir Kontakt haben, und ist nicht froh, dass ich hinter ihrem Rücken mit dir rede. Ich hätte es ihr sagen müssen. Kannst du mir erzählen, was zwischen euch passiert ist? Sie will es nicht. Und du antwortest mir auch nicht.
Grace x

– Antwortnachricht –
Von: OldestDancer74@gmail.com
Gesendet: 14. Oktober 2018, 21:06
Re: Re: Mum

Grace, Liebes, es gibt Dinge, die sollte man von Angesicht zu Angesicht besprechen. Treffen wir uns, auch wenn du es bisher ablehnst. Und dieses eine Mal bitte ich dich, es NICHT deiner Mutter zu erzählen, falls wir uns sehen. Ich erzähle dir gerne alles, und ich hatte bereits eine Andeutung gemacht, als ich dir sagte, dass ich sie zu sehr geliebt habe.
Deine dich liebende Grandma x

– Antwortnachricht –
Von: GraceBryanson29@gmail.com
Gesendet: 14. Oktober 2018, 21:32
An: OldestDancer74@gmail.com
Re: Re: Mum

Gran,
es müsste ein Samstagvormittag sein, wenn ich sagen kann, dass ich beim Hockey bin, und es ginge nur in Wiltshire. Kannst du herkommen?
LG Grace x

– Antwortnachricht –
Von: OldestDancer74@gmail.com
Gesendet: 14. Oktober 2018, 21:40
An: GraceBryanson29@gmail.com
Re: Re: Mum

Natürlich, Schatz. Ich komme überallhin, wo du mich brauchst, wann du mich brauchst. Sag mir einfach Bescheid.
Deine dich liebende Grandma x

25

Es war, nachdem sie die schlafende Grace geküsst hatte und selbst auf dem Weg ins Bett war; da hörte sie ein leises Klopfen an der Haustür. Clare packte die oberen Knöpfe ihres Pyjamaoberteils, und ihr Herz schlug schneller. Wer würde so spät noch kommen?

Sie trat an ihr Schlafzimmerfenster und sah Tims Wagen draußen in der Einfahrt. Für einen Moment war sie versucht, ihn zu ignorieren und zu hoffen, dass er wieder verschwinden würde. Seit den frühen Morgenstunden und den ganzen Tag über, im Pub und zu Hause, hatte sie sich verachtet für das, was sie letzte Nacht hatte geschehen lassen. Und früher am Abend hatte sie sich geweigert, ihren Exmann anzusehen, als er ihr seinen Plan darlegte, wie sie wieder zusammenkämen. Da hatte sie Grace ins Haus gerufen, damit er aufhörte zu reden. Er war weggefahren, und jetzt war er wieder hier.

Ihr Handy bimmelte auf dem Nachttisch.

»Ich mache nicht auf«, sagte sie.

»Clare, lass mich rein. Sonst rufe ich Grace an, damit sie mir aufmacht.«

»Was willst du, Tim?« Clare versuchte, nicht genervt zu klingen. Es war alles ihre Schuld. Sie hätte es verhindern müssen. Sie hätte es verhindern können und hatte es nicht.

»Ich möchte, dass du mich anhörst.«

»Tim, ich habe dir den ganzen Abend zugehört, und ich kenne das alles schon.«

»Mach die Tür auf.«

»Nein.«

»Gut, dann wecke ich Grace.«

Clare schüttelte den Kopf. »Bitte, ich gebe dir fünf Minuten, wenn du versprichst, dann zu gehen.«

Stille.

Sie nahm ihren Bademantel und schlich durch den Flur, um die Tür zu öffnen. »Sei bitte leise«, flüsterte sie. »Grace schläft, und ich will nicht, dass sie geweckt wird.«

Tim folgte ihr.

»Sag, was du sagen willst, und geh wieder.« Clare sprach weiterhin leise.

»Letzte Nacht«, begann er, bevor er den Flur hinunterzeigte. »Letzte Nacht habe ich dich in unserem alten Bett gevögelt, und du hast es sehr genossen.«

Clare verzog das Gesicht und hielt ihren Bademantel fest zu.

»Du hast gestöhnt, und ich habe dich so zum Orgasmus gebracht, wie du es magst.« Er kam näher.

»Es war ein Fehler.« Sie sah ihn an. »Etwas Körperliches, das ich gebraucht habe, sonst nichts.« Sie holte tief Luft. Ihr war bewusst, dass er wütend war; sie durfte nicht nachgeben. »Warum kann Sex für einen Mann bedeutungslos sein, für mich aber nicht?« Obwohl sie sich auf gefährliches Terrain begab, hörte sie nicht auf. »Verrate es mir, Tim, denn die letzten Jahre hattest du laufend deine Affären und hast immer behauptet, sie würden nichts bedeuten. Warum geht es nicht in deinen Kopf, dass die letzte Nacht für mich genauso bedeutungslos war? Ich wollte Sex, du warst hier, das ist alles.«

Sie fühlte seine Hand, ehe sie auch nur sah, dass er sich bewegte. Und im Sturz, bei dem sie eine Pflanzsäule umriss, begriff sie, dass er sogar Zeit gehabt hatte, die Faust zu ballen. Sie robbte rückwärts, versuchte, mit ihren rutschigen Füßen Halt auf den Fliesen zu finden, während Tim über sie gebeugt stand.

»Unten bleiben«, befahl er und drückte drohend eine Hand auf ihren Rücken.

»Nein.« Es war ein Wimmern, und als sie versuchte, sich auf alle viere aufzurichten, sah sie, wie er sich tiefer beugte, abermals mit der Faust ausholte und sie auf ihren Rücken schmetterte. Clare schrie auf, fiel wieder hin und spürte, wie sich ihr Zahn in ihre Wange grub.

»Du musst sofort gehen, Dad!«

Durch ihr bereits anschwellendes Auge nahm sie Grace mit ihrem Handy in der Hand auf der Treppe wahr.

»Geh auf der Stelle, oder ich schwöre, ich rufe die Polizei.«

»Grace, Baby, du verstehst das nicht. Ich …«

»GEH!«

Clare beobachtete, wie Grace Nummern in ihr Handy eintippte.

»Ich gehe ja schon, okay!«

Das Haus schien zu vibrieren, als die Tür zuknallte.

Dann fühlte Clare Grace' Arme um sich. Ihre Tochter half ihr auf, und Clare flüsterte: »Hol mir bitte Eis.«

Grace hatte einen Arm um Clare gelegt, die ein Geschirrtuch mit Eiswürfeln an ihr Auge hielt und sich bemühte, ihre weinende Tochter zu beruhigen.

»Das verzeihe ich ihm nie, *niemals*«, schluchzte Grace ein ums andere Mal.

Clare schluckte Blut. Die Stelle, an der sich ihr einer Zahn tief in ihre Wange gebohrt hatte, blutete noch. »Nicht weinen«, sagte sie.

»Er hat es mir versprochen, Mum. Er hat mir versprochen, dass er es nie wieder tut.«

»Es ist meine Schuld.« Clare wollte mehr sagen, doch es kamen keine Worte mehr, und selbst wenn, wie wollte sie ihrer Tochter erklären, dass sie genau wusste, welche Knöpfe sie bei ihrem Vater drücken musste? Ihr war beinahe klar gewesen, was sie tat. Als hätte sie eine Bestätigung gebraucht, dass der nette Tim, der auf ein Curry vorbeikam und auf dem Sofa übernachtete, eine Täuschung war, eine Taktik, um sie zu entwaffnen. Nun, entwaffnet worden war sie. Und sie hatte sich entsetzlich verschätzt. Jetzt hatte sie ein Loch im Mund und ein

Auge, von dem sie aus Erfahrung wusste, dass es noch wochenlang schlimm aussehen würde.

Nicht zum ersten Mal schwor sie sich, nie wieder so blöd zu sein.

Grace nahm behutsam die Eispackung von Clares Auge und fing wieder an zu weinen.

»Halt das«, sagte Grace. »Und drück es auf das Auge.« Clare tat, was sie sagte, während Grace sie zum Sofa führte, bevor sie zurück an die Haustür ging.

»Es tut mir so leid. Ich weiß, dass es schon sehr spät ist«, hörte sie Grace sagen und rief automatisch: »Nein, Grace … bitte …«

»Es ist etwas passiert, und ich brauche deine Hilfe.«

Clare schloss ihr unversehrtes Auge, worauf ein stechender Schmerz durch das andere schoss. Den Rest des Gesprächs hörte sie nicht mehr, nur, dass Grace die Tür öffnete. Gleich darauf kam sie mit mehr Eis.

»Du hättest nicht anrufen sollen …«, begann Clare.

»Du musst zu einem Arzt, Mum.«

»Nein.« Clare wollte aufstehen, sank jedoch sofort wieder zurück, weil Sterne vor ihrem Auge tanzten.

»Hier«, rief Grace, und Clare wollte sich bewegen, als sie Jack sah, der sie betrachtete. Grace brach in Tränen aus. »Ich wusste nicht, was ich tun soll. Es tut mir leid.«

»Schh«, hörte Clare ihn sagen. »Du hast richtig gehandelt. Hol ihr und dir einen Mantel, draußen ist es eisig. Der Wagen steht vor der Tür. Bringen wir sie in die Notaufnahme.«

Kein einziges Mal, dachte Grace, nicht ein einziges Mal, während sie untersucht wurde, als man ihr sagte, sie müsse über Nacht zur Beobachtung bleiben, und ihr riet, am nächsten Morgen direkt zu einem Augenspezialisten zu gehen, kein einziges Mal fragte Jack, was passiert war. Er sagte ihr lediglich, dass Grace über Nacht im Cottage schlafen könnte. Clare war entsetzt und dankbar zugleich. Entsetzt, dass er offensichtlich wusste, was los war, und dankbar, weil sie es nicht erklären musste. Sie könnte nicht ertragen, ihren Anteil laut zuzugeben. Einem Außenstehenden verständlich zu machen, dass es ihre Schuld gewesen war, dass es, hätte sie nicht mit Tim geschlafen, ihn nicht provoziert … Niemand, nicht einmal Grace, verstand ihre Dynamik so wie Clare und Tim. Diese toxische Abhängigkeit war der Grund gewesen, warum sie ihn am Ende verlassen hatte. Die letzten unglücklichen Jahre hatte er ihr erzählt, er würde bloß mit anderen Frauen schlafen, um eine Reaktion von ihr zu provozieren. Und eine Zeit lang glaubte sie es selbst, bis ihr klar wurde, dass sein Verhalten nicht von ihr verschuldet und nicht hinnehmbar war.

Am nächsten Tag standen all die Gründe in ihrem schmerzenden Kopf Schlange, um sie zu erinnern, warum sie die Scheidung gewollt hatte. Sie vergrub sich unter der dünnen Waffelmusterdecke, hoffte, dass Grace zur Schule gefahren war und es ihr gut ging – und dass Jack ihr ein Frühstück gemacht hatte. Grace hatte den schlimmsten Angriff seit Langem miterlebt, und es war das erste Mal gewesen, dass sie eingreifen musste. Clare konnte sich nicht vorstellen, dass das Verhältnis ihrer Tochter zu ihrem Vater je wieder so sein würde wie vorher. Und sie bedauerte, welchen Verlust das für ihre Tochter bedeutete. Das Unausgesprochene – die Misshandlungen, die Clare in ihrem alten Zuhause erfahren hatte – war nun in ihr neues Leben eingezogen und würde nicht wieder verschwinden.

Durch ein Fenster links von ihrem Bett sah sie das Augenärzteteam einige Scans durchgehen. Sie redeten über Clare, blickten hin und wieder zu ihr und zurück auf den Bildschirm mit den Aufnahmen von ihren Augen. Stumm betete Clare, dass sich ihre Netzhaut doch nicht gelöst hatte, wie es der Spezialist vorhin vermutet hatte.

Sie schloss ihr heiles Auge und stellte sich vor, wie ihr neues Tanzstudio wieder schloss, weil sie nicht unterrichten konnte. Und ihr Job im Pub wäre weg, denn Emma und Jan würden nicht wollen, dass eine Irre mit einem Veilchen dort bediente … Alles, was sie, Melborough-Clare, aufzubauen versucht hatte, könnte sich in Luft auflösen, weil sie Sex gewollt hatte. Und weil sie es Tim gegenüber als rein körperliche Sache bezeichnet hatte. Ja, gestand Clare sich, da war alles richtig schiefgegangen – als Tim und sein unkontrollierbares Temperament auf etwas reagierten, was sie gesagt hatte. Und das, schloss sie, war seine Schuld. Sie würde sich für seinen Mist nicht mehr verantwortlich machen.

»Der Scan sieht gut aus«, hörte sie jemanden sagen.

Clare linste über den Deckenrand. »Sind Sie sicher?«

»Absolut«, antwortete der Arzt, dessen Hände nach Desinfektionsmittel rochen. »Üble Hämatome innen und außen, aber das alles heilt wieder, wenn Sie es vorsichtig angehen.«

»Darf ich nach Hause?«

»Ja, allerdings sollten Sie mindestens eine Woche nicht Auto fahren, in Ordnung? Lassen Sie die Schwellung zurückgehen, und achten Sie darauf, ob Sie Sterne sehen. Falls ja, kommen Sie sofort wieder her. Kann jemand Sie abholen?«

Clare mied den Blick des Arztes. Er sagte es beinahe, als meinte er »jemand anders« oder »jemand anders als das Tier, das Sie geschlagen hat«.

»Ja«, flüsterte sie.

»Dann dürfen Sie gehen. Passen Sie auf sich auf, Clare.«

Es war furchtbar. Alles, was sie von wohlmeinenden Leuten hörte, war Subtext. Von Leuten, bei denen sie das Gefühl hatte, sie wollten sagen: »Verlass ihn!« Und sie wollte brüllen: »Hab ich doch schon!«

Rasch zog sie sich an und unterbrach nur zum Luftholen, als eine Hitzewallung sie überrollte. Sie wartete, bis sie verebbt war. Dann rief sie sich ein Taxi und schrieb Grace, dass sie auf dem Heimweg war und zu Hause sein würde, wenn sie aus der Schule kam.

Im Wagen weigerte Clare sich, die vielen Textnachrichten von Tim zu lesen, und löschte sie eine nach der anderen. In ihrer neuen Wut schrieb sie ihm eine Nachricht.

Tim, ich höre nicht mehr zu. Das wird nie wieder passieren. NIE WIEDER. Grace ist in wenigen Wochen sechzehn und alt genug, selbst zu entscheiden, ob sie weiter Kontakt zu dir haben will. Falls ja, und das entscheidet sie, wird es in Zukunft maximal zwei Curry-Abende im Monat geben, und das nur, wenn Grace will. Wenn du nach Wiltshire kommst und über Nacht bleiben musst, gibt es viele Bed & Breakfasts in der Nähe. Von mir hältst du dich fern. Nach dem Abschicken dieser Nachricht lösche ich dich von meinem Handy. Ich habe deine Nummer im Kopf, sollte ich sie in einem Notfall brauchen, aber deinen Mist brauche ich nicht mehr in meinem Leben. C

In der Scheune blieben ihr vierzig Minuten, bis Grace aus der Schule kam. Sie stand vor ihrem Badezimmerspiegel, kippte den Inhalt ihrer Schminktasche ins Waschbecken und fing mit dem Concealer an. Jahre, in denen sie selbst ihr Make-up vor Turnierauftritten gemacht hatte, und die viele Prügel von Tim hatten sie alles über die Schichten gelehrt. Zwei bis drei Schichten Concealer, dazwischen jeweils wenige Minuten warten, gefolgt von der ersten dünnen Lage Grundierung. Danach etwas mehr Concealer auf die dunkelste Stelle und so weiter, bis der Bluterguss abgedeckt war und lediglich die Schwellung blieb.

Sie hörte einen Wagen draußen und blickte durchs Fenster. Halb rechnete sie damit, Jack zu sehen. An der Haustür hielt sie automatisch eine Hand vor ihr Auge. Draußen stand Emma mit einem riesigen Strauß bunter Margeriten.

»Das Make-up ist gut«, sagte Emma mit Blick auf Clares Auge. »Du brauchst eine Sonnenbrille.«

Ehe Clare reagieren konnte, war Emma an ihr vorbei ins Haus gegangen.

»Wow, das ist ja umwerfend hier! Vase?«

»Am Küchenfenster«, antwortete Clare, schloss die Tür und sah auf ihre Uhr.

»Ich habe Grace von der Schule abgeholt. Sie hatten eine Freistunde, und sie ist mit Erik bei uns – sie müssen morgen ihr IT-Projekt präsentieren.«

Ihre Website. Clare schlang die Arme um ihren Oberkörper. »Möchtest du einen Kaffee?«, fragte sie.

»Ich trinke den ganzen Tag Kaffee.« Emma schüttelte den Kopf. »Setzen wir uns und sehen uns diese gigantische Aussicht an.«

Clare nagte an ihrer Unterlippe, als Emma sich aufs Sofa setzte und auf das Polster neben sich klopfte. Clare nahm Platz.

»Geht es dir gut?«, fragte Emma.

Clare nickte.

»Ich kenne dich nicht lange genug, um dir einen Rat zu geben«, sagte Emma, aber Clare hatte das Gefühl, es käme trotzdem einer. »Also lasse ich es. Grace sorgt sich, dass du dir Sorgen wegen der Arbeit machst, deshalb bin ich hier. Tu das nicht. Du bist eine gute Mitarbeiterin.« Sie neigte sich zu Clare und berührte sehr sacht deren Augen. »Und du weißt ja schon, dass es nichts ist, was Eis und Make-up nicht wieder hinbekommen. Die Schwellung wird in ein paar Tagen weg sein.«

»Danke«, flüsterte Clare.

»Weißt du, dass dein Wagen noch auf unserem Parkplatz steht?«

»Ich muss ihn von jemandem durchsehen lassen.«

Emma stand auf. »Gib mir die Schlüssel, dann kann Jan das machen. Er ist super mit Autos.«

»Nein, schon gut. Ich rufe einen Mechaniker. Ich …«

»Schlüssel.« Emma streckte ihre Hand vor.

Clare ging zu ihrer Tasche im Flur und gab ihr die Autoschlüssel.

»Kannst du tanzen?«, fragte Emma. »Deine Kurse geben? Kannst du so herumwackeln?«

Sie grinste. »Diese Woche werde ich etwas weniger wackeln, aber es sollte gehen.«

»Gut«, sagte Emma. »Setzen wir uns wieder und versuchen, nicht über das Offensichtliche zu reden, oder kannst du mir dein Studio zeigen?«

»Natürlich!« Clare nahm ein anderes Schlüsselbund aus ihrer Tasche und ging zur Haustür. »Folge mir!«

Draußen war es kälter geworden, sie fröstelte.

»Väterchen Frost kommt heute Nacht«, sagte sie und sah zu dem sich kräuselnden Rauch, der von Jacks Schornstein aufstieg. Dann fühlte sie, wie Emma sich bei ihr einhakte.

»Wir müssen auch nicht über das Wetter reden. Ich werde nichts fragen. Und ich werde dich auch nicht daran erinnern, dass ich es für eine schlechte Idee gehalten habe, deinen Exmann über Nacht bleiben zu lassen.«

»Tja, wie sich herausstellt, hattest du recht.«

»Aber es wird kälter. Da hast *du* recht.«

Clare lachte, schloss die Tür zum Studio auf und schaltete das Licht ein.

»Das ist fantastisch! Mann, wie aufregend!« Emma klatschte in die Hände.

Unwillkürlich schlug Clare ihre Hände leise zusammen, wie nach einem Applaudieren oder zum Gebet. Sie fühlte sich besser, als würde sie sich über die letzten vierundzwanzig Stunden erheben. Es *war* fantastisch und aufregend, und sie würde dafür sorgen, dass es funktionierte. »Ja, ist es, nicht?«

Emma wanderte umher, nickte, strich mit dem Finger über

die Ballettstange. »Ich erinnere mich an meine Ballettstunden als Kind. Zu gerne wollte ich mein eigenes Kind zum Ballett bringen, aber Erik war nicht dazu zu bewegen.« Sie schaute auf ihre Uhr. »Apropos, ich muss zurück. Grace kann noch bei uns essen, dann bringe ich sie nach Hause, einverstanden?«

An der Tür umarmte Clare sie. Es war nicht geplant, doch es fühlte sich richtig an. »Vielen Dank. Ich hatte niemanden, keine Freundin, und das sehr lange Zeit. Entschuldige, wenn das albern wirkt.«

Emma runzelte die Stirn. »Ich vermute, er wollte es nicht. Und es muss dir nicht peinlich sein. Jan darf dein Chef sein. Ich kann deine Freundin sein.« Sie beugte sich vor und küsste Clare auf die Wange, bevor sie ging. »Ich bringe dir deine Tochter ungefähr um acht. Ruh dich aus!«

Clare schaltete das Licht aus, stand eine Minute lang da und betrachtete die tanzenden Abendschatten. Sie machte sich bewusst, wie weit sie es in kurzer Zeit geschafft hatte. Aber auch, wie weit sie noch kommen müsste, bis sie da war, wohin sie wollte. Anstatt zurück in die Scheune zu gehen, stapfte sie zum Haupthaus und klopfte an die Tür.

Jack öffnete, hielt allerdings einen Finger in die Höhe, um ihr zu signalisieren, dass er noch kurz ein Telefonat beenden musste. Sie wartete an der Tür, während er in die Küche ging und seiner Mutter sagte, er würde sie später wieder anrufen, weil jemand an der Tür sei.

Dann kam er zurück zu ihr. »Du siehst besser aus als beim letzten Mal«, konstatierte er lächelnd. »Komm rein.«

Clare ging nur bis zur Diele. »Ich scheine immerzu Leuten zu danken, besonders dir. Nochmals, danke.«

»Ist das Auge in Ordnung?« Er nahm die Brille aus der Brusttasche, schaute genauer hin und verzog das Gesicht. »Es braucht immer noch Eis.«

»Ich bin hier, denn wenn ich es jetzt nicht sage, werde ich

es aufschieben und mich nie darum kümmern.« Sie atmete tief durch, und in der kalten Luft zwischen ihnen bildete ihr Atem eine Wolke. »Ich hoffe, du kannst noch eine Sache für mich tun – und es ist mir peinlich zu fragen, aber ich vertraue dir und denke … Mist …«

»Was ist?«

»Ich will eine einstweilige Verfügung oder was auch immer ich machen muss, damit er sich mir nie wieder nähert.«

»Bist du dir vollkommen sicher, dass du das willst?«

»Bin ich. Ich denke den ganzen Tag an nichts anderes.«

»Was ist mit seinem Kontakt zu Grace?«

»Tim hat sie nie angerührt, falls du das meinst. Seine …« Sie stockte. »Seine Wut, sein Zorn, egal, wie wir es nennen wollen, hat sich immer nur gegen mich gerichtet.«

»Ich meinte, seinen Zugang zu ihr.«

»Das muss sie entscheiden. Ich kann ihr nicht verbieten, ihn zu sehen – höchstens vorschlagen, es einzuschränken. So seltsam es für einen Außenstehenden sein mag, sie himmelt ihn an und er sie. Obwohl sie hasst, was er getan hat, wozu er fähig ist, würde sie es noch mehr hassen, ihn nicht zu sehen. Grace kann unglaublich viel verzeihen … Ich habe ihm schon geschrieben, dass er sie, sofern sie will, alle vierzehn Tage sehen kann. Wenn er herkommt, übernachtet er in einem Bed & Breakfast und kommt nicht in meine Nähe.«

»Hast du Angst?«

Clare schluckte bei der Frage. »Um mich manchmal, nie um sie, wenn sie bei ihm ist. Aber ich mache mir Sorgen darum, wie sich der Vorfall letzte Nacht auf sie auswirkt.« Sie zog ihr Handy aus der Jeanstasche und zeigte ihm die Textnachricht an Tim.

Nachdem Jack sie gelesen hatte, nahm er sein eigenes Telefon von dem Dielentisch auf und sagte: »Ich muss dir auch einen Text zeigen.«

Sie las.

Jack, kann man irgendwas Juristisches unternehmen, um Dad von Mum fernzuhalten? Er soll nie erfahren, dass ich gefragt habe, aber es muss sich etwas ändern.

»Oh …« Clare ließ die Schultern hängen.

»Komm doch rein und setz dich? Ich mache mir einige Notizen.«

»Jack.« Im Vorbeigehen ergriff sie seinen Arm. »Das *muss* von mir kommen. Er muss glauben, dass es von mir kommt, und darf nie von dieser Nachricht von Grace hören. Ich will sie nicht noch mehr in unseren Mist verstricken als ohnehin schon. Es muss von mir kommen, okay?«

Während Jack nickte und sie zur Sitzecke neben seiner Küche führte, dachte Clare daran, dass sie noch nie jemand gefragt hatte, ob sie Angst vor Tim hätte. Sie war überrascht, dass sie es bejaht hatte. Jetzt, da sie es laut eingestanden hatte, blieb ihr keine andere Wahl, als etwas zu unternehmen.

26

Ich bin kurz wieder zurück an meinem alten Schreibtisch in der Kanzlei, und Mabel kommt strahlend lächelnd herein.

»Dein Herr ist draußen«, sagt sie. »Soll ich ihn reinbitten?«

»Gib mir zwei Minuten«, antworte ich, »und biete ihm nichts an. Er ist kein Herr und wird nicht lange hier sein.«

Exakt zwei Minuten später lässt sie Tim Bryanson in seiner gebügelten Jeans ins Büro. Ich stehe nicht auf.

»Nehmen Sie Platz, Mr. Bryanson«, sage ich, ohne von den Papieren vor mir aufzublicken. Als ich es tue, versucht er, mich mit einem tödlichen Blick einzuschüchtern. »Sie wollten mich sprechen?«, frage ich.

Er schleudert mir die einstweilige Verfügung auf den Schreibtisch. Innerhalb von Minuten nach der Zustellung hatte er angerufen und eine Besprechung verlangt. »Das ist ein Haufen Bockmist«, faucht er.

Ich verkürze diesen Austausch. »Leugnen Sie, Ihrer Exfrau gegenüber jemals gewalttätig geworden zu sein, Mr. Bryanson? Denn ich rate Ihnen, vorsichtig zu sein. Ihre Tochter rief mich am Abend des letzten Zwischenfalls an, und ich selbst habe beide ins Krankenhaus gefahren. Ich habe mehrere Zeugen unter dem Krankenhauspersonal, die Ms. Bryansons Verletzungen bestätigen werden.«

»Sie genießen das richtig, was?«

»Ich bin mir nicht sicher, was Sie meinen.«

»Sie! Der edle Ritter auf dem hohen Ross. Sie denken, dass Sie sie mit auf Ihre Burg schleppen können.«

»Ich denke, Sie wissen genau, wie und warum Ms. Bryanson und ich uns kennengelernt haben.« Ich lasse die Wahrheit über ihre Scheidung, Clares Umstände und ihren Bezug zu der Hilfsorganisation einwirken.

»Sie haben ihr ein Tanzstudio gebaut …«

Ich beiße mir auf die Zunge.

»Sie benehmen sich, als wenn …«

»Warum genau sind Sie hier, Mr. Bryanson?«

Er nimmt seine Papiere wieder auf. »Ich hole mir meinen eigenen juristischen Rat!«

Nun sehe ich ihm in die Augen. »Das ist Ihr gutes Recht. Bis dahin …«

»Was wollen Sie, Tate? Meine Frau? Meine Familie?«

Ich kann nicht anders. »Was wollen Sie, Mr. Bryanson? Ihre Frau hat sich von Ihnen scheiden lassen. Sie will ihr Leben führen, und das könnte ein gutes Leben sein. Sie können sich entscheiden, es ihr zu lassen. Und Sie können entscheiden, dass *beide* es lieben.«

»Sie wissen doch einen Scheiß von Familie, Sie scheinheiliger Arsch!«

Ich wurde schon Schlimmeres genannt.

»Das würde Ihnen so passen, oder? Es würde Ihnen passen, wenn ich einfach verschwinde.«

Ja, würde es. Gott vergib mir, aber es würde. Ich würde wirklich gern zu meiner Reise aufbrechen, ohne an dich zu denken, du widerwärtiger Kerl!

Meine Hände liegen flach auf dem Schreibtisch vor mir, und ich sehe, wie er sich mir gegenüber hinsetzt.

»Ich will Grace sehen.«

»Den Bedingungen nach werden Sie erkennen, dass Sie Grace bis zu zweimal monatlich sehen dürfen, wozu sich Grace vorerst bereit erklärt hat. Grace wird bald sechzehn, also sollte sie irgendwann in Zukunft entscheiden, Sie nicht sehen zu wollen …« Ich zucke mit den Schultern.

»Grace wird mich immer sehen wollen.«

»Kann sein, aber vielleicht langweilt es sie auch ein wenig, Ihre Fäuste in Aktion zu sehen. Haben Sie mal überlegt, wie schwierig es für Ihre Tochter ist, Ihre Handarbeit anzusehen?«

»Bilden Sie sich ja nicht ein, irgendwas über mich und meine Tochter zu wissen!«

»Ich weiß, dass sie eine fantastische junge Frau ist, die sich sehr überzeugend als stark darstellt, aber niemand sollte …« Ich breche ab, weil mir ein Bild von Grace mit ihrem marmeladengefüllten Kuchen einfällt, den sie mit zur Einweihung unseres MAKAC-Vereins brachte und von dem ich überfahren wurde. »Sie ist ein Kind.« Ein Teil von mir will an das Gute in ihm appellieren, doch er ballt die Fäuste auf seinem Schoß, und plötzlich wird mir klar, dass dieser Mann nichts lieber täte, als mich zu verprügeln. Was ich mir teils sogar wünsche. Ich würde dafür sorgen, dass er sich nie wieder in der Grafschaft blicken lassen darf.

»Sie wissen einen Dreck über Grace, über mich und sie. Sie *versteht* es. Sie versteht mich.«

Die Andeutung, dass es Grace prima geht, ganz gleich, was für eine Hölle sie durchgemacht hat, lässt mich rotsehen, und meine Antwort kommt, bevor ich sie filtern kann.

»Ach ja? Es war Grace, die zuerst zu mir kam. ›Kann man irgendwas Juristisches unternehmen, um Dad von Mum fernzuhalten?‹ Das war die Nachricht, die sie mir geschrieben hat, nachdem Sie ihre Mutter krankenhausreif geprügelt haben.«

Er kneift die Lippen zu zwei schmalen Linien zusammen. »Sie lügen«, sagt er. »Sie wollen mich schikanieren. Grace würde das nie tun. An allem ist diese Schlampe Clare schuld. Und *Sie*. Stecken Ihre Nase in Sachen, die Sie nichts angehen. Sie sind ein verfluchter Lügner.«

Da ist er, dieser aggressive Ausdruck, den die zierliche Clare gesehen haben musste, bevor seine Fäuste ihr Ding machten. Wir starren einander an, und ich fordere ihn mit meinem Blick heraus, es ruhig zu tun, damit ich zurückschlagen kann.

Ich hatte noch nie das Bedürfnis, gewalttätig gegenüber jemandem zu werden. Nicht einmal in diesem Raum, wo ich schon alle möglichen Leute kennengelernt habe. Nicht einmal damals, als Alice starb und ich vor Gericht zusah, wie der Mann, der sie umgebracht hatte, eine meines Erachtens läppische Strafe dafür bekam, dass er sie tötete, mich verstümmelte und … Trotzdem bin ich hier und frage mich, ob ich dieses erbärmliche Exemplar von einem menschlichen Wesen nicht einfach grün und blau schlagen darf. Ich könnte es, bin schon mal deutlich größer als er. Zum Teufel mit der Tatsache, dass er zwei Beine hat. Und ich verstehe nicht, warum es mir keine Angst macht. Warum es mir richtig vorkommt, etwas so Falsches zu tun. Zum ersten Mal in meinem sorgsam konstruierten Leben sind mir die Konsequenzen komplett egal.

Ich warte.

Dann ist der Moment vorbei. Er steht abrupt auf, als hätte er sich verbrannt. Als hätte er meine Gedanken gehört. Als würde ihm auf einmal bewusst, dass er, sollte er reagieren, alles verlieren könnte. Ehe er sich umdreht und weggeht, zeigt er mit dem Finger auf mich. »Das hier ist noch nicht vorbei.« Seine Stimme ist kaum mehr als ein Raunen.

Nachdem die Tür zugeknallt ist, mache ich eine rüde Handgeste und stoße eine Tirade an Kraftausdrücken aus, von denen ich vergessen hatte, dass ich sie überhaupt kenne. Und die ganze Zeit verdränge ich, dass ich das nicht hätte sagen dürfen. Clare hatte mich gebeten, Grace nicht mit reinzuziehen. Sie hatte mir ausdrücklich gesagt, dass es hier einzig um sie ging.

»Scheiße!« Ich stehe auf, packe den Affen mit zugehaltenem Mund und schleudere ihn durchs Zimmer.

Seit dem Treffen mit Bryanson heute Morgen ist mir der Appetit vergangen. Vorher konnte ich nicht mal eine Scheibe Toast herunterbekommen, und jetzt reizt mich auch der Gedanke an ein Mittagessen nicht. Ich bin in meinem Schlafzimmer und lege saubere Sachen zusammen, die ich mitnehmen will. Dabei fällt mir auf, dass ich zwar noch auf der Suche nach meinem *emotionalen* Grau sein mag, meine Kleidung hingegen schon in diversen Nuancen von Schiefer-, Nebel- und Bleigrau gehalten ist. Na gut, es gibt einige weiße Hemden, doch die meisten legeren Sachen sind grau. Ich zähle meine Shorts. Eine schwarze, drei graue und alle höllisch trübe, sollte ich jemals mutig genug sein, in der Öffentlichkeit eine kurze Hose zu tragen. Die T-Shirts sind vier weiße, zwei schwarze und sieben graue. Warum habe ich das bisher nie gesehen?

Ich schiebe alles zu einer Seite, fahre in den Ort und brauche nur anderthalb Stunden, bis ich wieder an derselben Stelle an meiner Bettkante stehe. Im Nu habe ich alle Einkäufe ausgewickelt und sehe ein Mischmasch aus bunten Kleidungsstücken vor mir, in denen ich vor Alice' Geburtstagsfeier nicht hätte tot gesehen werden wollen. Auf dem Etikett des Shirts steht »Cerise«, und mein leerer Magen verkrampft sich ein wenig. Bevor ich es mir anders überlegen kann, falte ich alles so klein wie möglich zusammen und lege das einzige farbige Teil, das ich seit Jahren besitze, ganz obenauf. Ich habe entschieden, dass Alice' orangefarbene Baseballkappe meine Augen vor der Sonne in Florida schützen soll. Das war es – jetzt sind die Sachen für die wärmeren Reiseziele bereit. Das Hemd in Cerise bleibt vorerst auf einem Bügel im Schrank.

Es ist das Erste, was ich April erzähle, als ich ihr später schreibe. Ich berichte ihr von meinen neuen bunten Sachen, meinem Rucksack voller Regenbogenfarben. Von meiner neuen dunkleren Seite sage ich ihr nichts. Sie muss nicht wissen, dass ich zum ersten Mal im Leben daran dachte, jemanden zu verletzen. Und all das an nur einem Tag.

Sie hat von sich aus den Kontakt gehalten, aber bislang konnte ich das Dinner mit ihrer Familie vermeiden. Mir ist auch gelungen, jedwede Sexfantasien mit ihr zu ersticken, indem ich auf mich selbst eingeredet habe. *Du bist nicht in April verliebt. Du hast lediglich einen verständlichen Sexkater von Alice, wenn du in Aprils Nähe bist, weil sie ihr so ähnlich ist.* Und sosehr ich es auch vermeide, Alice' Doppelgängerin persönlich zu treffen, erkenne ich jetzt die Unterschiede in ihren Nachrichten und auf den Fotos, die sie mir von sich und ihrer Familie schickt. Alice hatte grüne Augen, Aprils sind braun. Alice hatte einen hellen Teint und dunkle Haare, während Aprils Haar dunkelblond und ihr Teint blasser ist. April ähnelt ihrer Mutter, und Alice kam eher nach ihrem Vater.

Also ist das Letzte, was ich April heute schreibe:

Danke, dass du mir jene erste E-Mail geschickt hattest. Dass du dich interessierst. Und entschuldige, dass ich ein Wiedersehen vermeide. Du bist ihr so ähnlich, deshalb finde ich es schwierig. Wenn ich von meinen Reisen zurück bin, komme ich euch besuchen. Dann dürft ihr mich bekochen, du und Greg, und ich erzähle euch alles.

Sie antwortet mit einem einzelnen »x«.

»Hübsches Hemd«, sagt Clare augenzwinkernd, als ich das in Cerise trage.

Es ist Wochenende, und bei einer Spendenveranstaltung von Onward Motion hat Clare, die mich an unsere Unterhaltung über ehrenamtliches Engagement erinnerte, angeboten, beim Tee- und Kaffeeausschank zu helfen. Ich habe sie allen vorgestellt, und sie erzählt, dass eine alte Tanzschülerin von ihr für dieselbe Organisation im letzten Jahr Tombolalose verkauft hatte. Wir staunen, wie klein die Welt ist, und am Ende des Abends vereinbart Clare mit der Managerin Pam, einmal die Woche herzukommen und für diejenigen Amputierten, die können und wollen, einen Tanzkurs anzubieten. Mir erklärt sie, damit wolle sie ihr Hilfsangebot wahr machen, doch wie sie mich ansieht, als wir gehen, und sagt: »Es ist das Mindeste, was ich tun kann«, bringt mich dazu, den Blick abzuwenden.

Sie weiß nichts. Kann sie gar nicht. Keiner in diesem Ort weiß etwas, ausgenommen das Personal hier, und ich kann mir nicht vorstellen, dass jemand von ihnen Gelegenheit oder das Verlangen gehabt hätte, mit Clare über meinen fehlenden Unterschenkel zu reden.

Auf der Rückfahrt im Wagen ist sie high vor Lebensfreude. Neuerdings haben wir beide aufgehört, über ihre Dankbarkeit zu reden, und angefangen, von Gelegenheiten zu sprechen und wie seltsam es ist, dass wir beide an einem Punkt sind, an dem sich die Dinge verändern. Ich freue mich auf meine bevorstehenden Reisen, und sie ist überglücklich mit ihrer Tanzschule. Tim nicht mehr sehen zu müssen scheint einen enormen Effekt auf sie zu haben. Sie wirkt unbeschwerter, glücklicher.

Wir erreichen die Einfahrt zu unseren Häusern, und sie sagt: »Park einfach bei dir, ich gehe das Stück zurück.« Als ich den Motor ausschalte, öffnet sie die Beifahrertür und sieht mich an. »Möchtest du noch auf einen Drink mit rüberkommen?«

Ich gebe einen gequälten Laut von mir. »Das letzte Mal, dass ich bei dir etwas getrunken habe …«

»Kein Problem, wenn du lieber nicht willst.«

»Doch, natürlich. Aber kein Sekt. Nie wieder!«

»Gin. Ich habe irgendwo noch eine Flasche Gin.«

»Gin ist gut.«

Bald sitzen wir im Wohnbereich vor dem Holzofen, trinken beide sehr starken Gin Tonic, und sie platzt damit heraus: »Bist du amputiert?«, fragt sie. »Falls ich mich irre, tut es mir leid, aber ich glaube, etwas an deinem Gang bemerkt zu haben, das du meistens gut verbirgst.«

Es gibt keinen Grund zu leugnen, also beuge ich mich vor

und ziehe mein linkes Hosenbein ein wenig hoch. »Meinst du dieses alte Ding?« Ein Teil der Prothese ist zu sehen. »Das bin ich«, ergänze ich. »Es wissen aber nicht viele.«

»Wie ist das passiert? Oder willst du lieber nicht darüber reden?«

»Nicht heute Abend«, antworte ich kopfschüttelnd. »Es war ein Unfall, vor langer Zeit.«

Sie will nicht nachhaken und schweigt einen Moment, bevor sie sagt: »Du reist morgen ab. Ich weiß, dass du die Schweineversorgung mit Grace geklärt hast, und ich habe ein Auge auf das Cottage, aber brauchst du sonst noch irgendwas?«

»Tatsächlich gibt es zwei Dinge.«

Sie zieht die Augenbrauen hoch. »Raus damit.«

»Lass ihn nicht zurück in dein Leben.«

Langsam atmet sie durch den offenen Mund ein.

»Du hast es so weit gebracht.«

Wie ich es schon oft bei ihr gesehen habe, wenn sie unsicher ist, was sie sagen soll, fängt sie ihre Unterlippe mit den Zähnen ein.

»Und das Zweite ist … darüber habe ich nachgedacht, als du vorhin in dem Zentrum gesagt hast, dass du diesen Tollpatschen vielleicht einige Tanzschritte beibringen kannst.«

Prompt ist sie auf den Beinen. Offensichtlich kommt es ihr sehr viel leichter vor, einem Amputierten Tanzen beizubringen, als sich ganz von ihrem Ex fernzuhalten, selbst wenn sie es will.

»Wann, wenn nicht jetzt?«, sagt sie. »Komm. Ein Walzer, denke ich. Ein Wiltshire-Walzer!« Sie zieht mich nach oben und bringt meinen Arm in die richtige Position. »Jetzt aufgepasst. Es ist schwieriger, als es aussieht.«

Während ich mich mühsam konzentriere, fühlt sie sich federleicht in meinen Armen an. Sie zählt einen Takt an und erklärt die Grundschritte. Es spielt keine Musik, sondern ich orientiere mich ganz an dem Rhythmus, den sie vorgibt, als sie mir gegenübersteht und klatscht. Ich höre hin, achte auf sie, und sanft gleitet sie zurück in meine Arme. Kichernd streckt sie meine Arme weiter und sagt mir, dass meine Beine beide gut sind, man jedoch noch an meinem Oberkörper arbeiten muss. Sie schlägt vor, es mit Musik zu probieren, doch ehe sie sich abwendet, drücke ich ihre Hand fest, weil ich sie nicht loslassen will. Es ist so unwillkürlich wie ein Erschauern, wie ein Schluckauf, aber es ist da. Fragend blickt sie zu mir auf und scheint gleichzeitig zu verstehen.

Ich küsse sie. Sie erwidert es. Alle nervösen Nervenenden in mir drängen mich aufzuhören, jedoch sagt mir jede Synapse in meiner angeblich so ausbeuterischen Seele, ich solle es nur ja nicht tun.

Bis der Wagen, der Grace draußen absetzt, rückwärts aus der Einfahrt fährt und laut »Gute Nacht« gerufen wird, bin ich bereits zur Hintertür hinaus. Sehr vorsichtig und schuldbewusst schleiche ich den Weg hinauf zum Pferch und der Lücke in der Lorbeerhecke. Die Schweine wühlen laut mit den Schnauzen in der Erde neben mir, als ich zurück hinauf zur Scheune sehe. Mein Herz rast. Ich weiß nicht, was ich zu sehen erwartet habe – Clares Silhouette am Hauptfenster vielleicht. Doch ich gehe langsam weiter durch meinen Garten und versuche, meinen Herzschlag zu bändigen, nicht über das nachzugrübeln, was eben passiert ist.

Morgen verlasse ich diesen Ort, und ich weiß instinktiv, dass es gut ist, mich sofort auf anderes zu konzentrieren.

Denn was eben geschehen ist, war eine ganz schlechte Idee.

Es war wunderschön; eine Nacht, wie ich sie nie zuvor erlebt habe – und trotzdem eine sehr schlechte Idee.

Ich beschließe, es niemals Oliver zu erzählen.

Und Grace darf es nie erfahren.

Tim Bryanson würde mir ein Messer in mein pochendes Herz rammen, sollte er es jemals herausfinden.

Ollies Worte wecken mich mitten in der Nacht, und ich setze mich schweißgebadet auf.

Du hast solch eine Angst vor dem Schicksal, dass du nichts dem Zufall überlässt. Was bedeutet, dass alles geplant ist und kein Platz mehr für Spaß bleibt.

Nichts an dem, was zwischen Clare und mir passiert ist, war geplant, und jeder Moment davon war besonders und spaßig. Trotzdem fröstle ich kurz vorm Morgengrauen und denke an den anderen Teil. Hätte ich nicht schon vor abzureisen, jetzt würde mein Fluchtimpuls einsetzen. Ich würde vor dem Schicksal fliehen wollen, weil ich mich weigere, mir von ihm noch einmal jemanden rauben zu lassen.

Und endlich sehe ich ein, dass ich mich deshalb seit Alice weigere, jemanden zu sehr zu mögen.

27

»Es ist unmöglich. Was schenkt man einem Mann, der alles hat?«

Clare beantwortete Grace' Frage nicht. Während sie durch die Geschäfte wanderten, versuchte sie, dem gestrigen Abend mit Jack einen Sinn abzuringen. Sie hatte keine Ahnung, was passiert war. Sie hatten getanzt, und im nächsten Moment ... Sie überlegte, wann, falls überhaupt jemals, Tim sie das letzte Mal mal so angefasst hatte. Eine Hand, die sanft ihr beschädigtes Gesicht berührte; ein Zeigefinger, der die Linie ihrer Lippen nachmalte, ein zärtlicher Kuss. An der Zärtlichkeit dieses Mannes war nichts Unbeholfenes, nichts Unsicheres an seinen Bewegungen. Jede anfängliche Verlegenheit wegen seines fehlenden Unterschenkels schien zu verfliegen, sobald sie beieinanderlagen.

»Mum ...«

»Weißt du was, wir müssen ihm kein Geschenk kaufen. Ich denke, es wäre ihm bloß unangenehm, und wenn es schwer ist, müsste er es sowieso hierlassen.«

»Das sage ich doch! Fahren wir nach Hause. Ich möchte meine Hausaufgaben vorm Hockey fertig haben. Und ich bin fast sicher, dass ich heute spielen darf!«

Minuten später standen sie an einer Ampel auf dem Weg nach Hause. Clare entging nicht, wie aufgekratzt Grace wegen des Spiels war, dennoch konnte sie nur an Jack denken. Zwischen ihnen war mehr gewesen als Sex. Es war, als würden sie den Körper des anderen seit Jahren kennen, wüssten genau, wie sie miteinander umgehen mussten. Clare biss sich auf einen Fingernagel. Es war lächerlich. Sie musste sich zusammenreißen. Sie hatte mit einem Mann geschlafen, der nicht Tim war.

Natürlich fühlte es sich anders an. Natürlich kam es ihr besonders vor. Jack war anders, weiter nichts. Jetzt war nicht die Zeit, irgendwas anderes zu denken, egal, wie verdammt gut es gewesen war, mit ihm intim zu sein. Er war ihr Vermieter, ihr guter Samariter, ihr *Freund*. Und sie hatte nicht viele Freunde. Vor allem wollte sie ihre Gefühle von keinem Mann mehr abhängig machen, erinnerte sie sich und setzte sich gerader hin. Sie war Melborough-Clare.

»Mum?«

»O-oh …«

»Was?«, fragte Grace.

»Das Wort ›Mum‹ mit einem Fragezeichen dahinter.«

»Wir sollten wahrscheinlich über Gran reden. Darüber, was ich gemacht habe.«

»Wahrscheinlich«, stimmte Clare zu. »Aber das haben wir bisher vermieden, und solch ein Gespräch braucht mehr Zeit.«

Grace erwiderte umgehend: »Wir haben Zeit.«

»Was ist, wenn ich dich anbrüllen will, weil du Dinge hinter meinem Rücken tust? Das könnte ewig dauern.«

»Was ist, wenn ich zurückbrüllen will, weil du es unmöglich machst, dich auf den Kopf zu zu fragen? Mum, was auch passiert ist, ich war damals fünf … jetzt bin ich fast sechzehn.«

Fast sechzehn. Das dürfte nicht wahr sein, dachte sie, während Grace' Leben, dessen Großteil sie mit *beiden* Eltern verbracht hatte, wie ein Episodenfilm in ihrem Kopf ablief.

»Vermisst du deinen Dad?«, fragte Clare.

»Es ist unfair, das Thema zu wechseln.«

»Manchmal habe ich ein schlechtes Gewissen, weil er nicht mehr so viel in deinem Leben ist.«

»Mum! Ich habe immer gesagt, dass es richtig war, dich von ihm scheiden zu lassen. Jetzt hör auf, auszuweichen.«

»Ich denke, er fehlt dir mehr, als du zugibst.«

»Er fehlt mir, klar. Ich vermisse nicht, dass alles immer nach ihm gehen musste. Euer Streiten fehlt mir nicht. Und ganz sicher vermisse ich nicht zu hören, wie er dich schlägt.«

Clare zuckte zusammen.

»Er ist Dad. Ich werde ihn immer lieben, aber nein, ich vermisse ihn nicht so sehr, wie du anscheinend glaubst. Also, Gran …«

»Die Sache mit deiner Gran und mir …« Clare fühlte, wie ihr Mund trocken wurde, und nahm einen Schluck Wasser aus der Flasche in der Mittelkonsole, bevor sie sich die Lippen benetzte. »Die Sachen mit Mum und mir …« Nun schüttelte sie den Kopf. Kleine Schauer durchfuhren sie, als wollte sie selbst nicht glauben, was sie als Nächstes sagte. »Es ist nicht nur *eine* Sache.« Nachdem sie sich auf die Wortwahl festgelegt hatte, blickte sie hinüber zu Grace. »Es geht um eine ganze Reihe von Gefühlen und Vorfällen, und wenn jahrelang eines auf das andere folgt, summiert es sich irgendwann zu einer großen … toxischen Masse.«

»Und was heißt das? Wie?«

Clare wusste, dass Grace nicht zufrieden wäre, ehe sie alle Antworten hatte. Einzelheiten, die selbst nach all den Jahren schwer in Worte zu fassen waren. »Seit ich ein kleines Kind war«, begann sie, »ungefähr fünf oder sechs Jahre, war nichts, was ich tat, gut genug. Dauernd wurde ich kritisiert, und nie bekam ich mal irgendeine Bestätigung. Ich wurde nie dem Maßstab gerecht, den sie bei mir ansetzte.«

Grace runzelte die Stirn. »Sie war bloß Tanzlehrerin. *Du* warst eine Landesmeisterin.«

»Das kam erst später.« Clare holte tief Luft und atmete langsam durch den gespitzten Mund aus. »Und zu einem gigantischen Preis.«

Sie fuhr den Hügel hinauf und schwieg für eine Weile.

»Ich habe es nie jemandem erzählt, abgesehen von der Therapeutin, bei der ich nach deiner Geburt war, einer wunderbaren

Frau namens Nancy.« Ihr Magen verkrampfte sich. »Als Teenager litt ich einige Jahre unter Bulimie. Ich wollte unbedingt so wenig wiegen, wie ich laut Mum wiegen durfte, unbedingt die Turniere gewinnen, wie es von mir erwartet wurde, unbedingt die Zustimmung der Frau bekommen, die ich stets enttäuschte. Selbst als ich älter war und mit dir schwanger wurde, schrie sie mich an: ›Sei eine Mutter oder eine Tänzerin. Beides kannst du nicht.‹«

Grace hob eine Hand an ihren Mund, wo ihre Fingerspitzen an ihrer Unterlippe verharrten. »Hattest du dein … Problem verheimlicht? Ich meine, vielleicht hat sie es schlicht nicht gewusst.«

»Doch, sie wusste es. Ich hatte ihr erzählt, dass ich Schwierigkeiten hatte, sie sogar gebeten, mit zu einer Therapiesitzung zu kommen – bei einer anderen Therapeutin, die Dad mir zu finden geholfen hatte. Da muss ich achtzehn gewesen sein. Jedenfalls wurde das fies.«

Clare bog in die Einfahrt ein, und als sie den Gang rausnahm, legte Grace ihre Hand auf Clares. Sie schienen den gleichen Pulsrhythmus zu haben, es erinnerte Clare daran, wie sie durch eine Nabelschnur verbunden gewesen waren; an die Male, die sie ihren Bauch gestreichelt, ihrem Baby vorgesungen und zu den kleinen Tritten getanzt hatte, die sie damals trösteten.

Sie hatte ihre Wahl getroffen und nie bereut. Sie hatte sich entschieden, Mutter zu sein.

»Du erinnerst dich nicht an deinen Grandad, oder?«, fragte sie Grace.

»Nur wenig.«

»Ich habe ihn angebetet. Richtig vergöttert. Mum war eifersüchtig, weil er all meine Aufmerksamkeit bekam.«

»Aber hast du … *liebst* du sie?«

Clare ging nicht auf die Gegenwartsform ein. »Ich betete sie an. Aber heute? Heute ertrage ich es nicht, sie in meinem

Leben zu haben. Es ist schwer gewesen, doch mir geht es besser ohne sie.« Sie blickte Grace an, die versuchte, Clares Worte zu verarbeiten, und auf deren jungem Gesicht sich Zweifel spiegelten.

»Doch nicht für immer, oder?«

»Soweit es Mum betraf, musste ich gewinnen. Wozu sonst tanzen? Sie und Dad haben sich deswegen dauernd gestritten. Und dann, als ich deinen Dad kennenlernte, war er wie eine Zuflucht für mich – eine Flucht vor ihrem Streit, vor dem Wettstreit. Natürlich hat Mum ihn gehasst. Alles, was mich vom Siegen ablenkte, war schlecht.«

Clare tätschelte das Bein ihrer Tochter. »Hör mal, ich wollte eigentlich nie über dies hier reden. Aber du hast ein Recht zu erfahren, warum ich so empfinde, wie ich es tue. Mir wäre es lieber, du hättest keinen Kontakt zu deiner Großmutter, weil sie es versteht, einen an sich selbst zweifeln zu lassen, bis man nicht mehr weiß, wer man ist oder war. Und weil ich dich nicht in der Nähe von jemandem wissen will, der imstande ist, dein Selbstvertrauen zu zerstören. Ich mag die junge Frau, die sich vor meinen Augen entwickelt. Sie ist freundlich, fähig, und obwohl sie sich selbst für ›komisch‹ hält, lernt sie, an sich zu glauben.«

Grace wurde rot und versuchte zu lächeln.

»Du bist fast sechzehn. Ich kann dir nicht verbieten, Jean zu sehen, aber mir wäre es lieber, du würdest es nicht tun. Und falls doch, *muss* ich davon wissen. Keine Aktionen mehr hinter meinem Rücken.«

Ihre Tochter wurde noch röter.

»Und was auch geschieht, du musst respektieren, dass ich sie nicht in *meinem* Leben will.«

Zögerlich nickte Grace. »Ehrlich gesagt kenne ich sie gar nicht, Mum.« Sie schlang die Arme um ihren Oberkörper. »Offensichtlich war sie an Weihnachten und Geburtstagen immer nett zu mir, obwohl ich nichts davon wusste, und ich habe ihr genug bedeutet, dass sie den Kontakt zu mir gesucht hat. Aber ich kenne sie nicht.«

»Keiner kennt Jean, nicht richtig, nicht einmal Jean. Dad tat es und hat sich irgendwie blind gegenüber ihrem übertriebenen Ehrgeiz gestellt. Er hat sie wirklich geliebt.«

»Vielleicht hat er etwas gesehen ...«

Clare hörte die naive Hoffnung in Grace' unbeendetem Satz.

»Erzähl mir, was passiert ist, dass du aufgehört hast, sie zu sehen. Alles, was du gesagt hast, scheint vor Jahren passiert zu sein, und dann, als ich ungefähr fünf war ...« Noch ein unbeendeter Satz. »Bitte, Mum, wenn ich entscheiden soll, ob ich Kontakt zu ihr habe oder nicht, brauche ich *alle* Fakten.«

Clare blinzelte. »Erinnerst du dich an die eine Reise nach Disney World in Florida, als du klein warst?«

»Selbstverständlich.«

»Dein Dad und ich hatten zwei Jahre darauf gespart. Vor der Reise war das Verhältnis zwischen deiner Gran und mir sehr angespannt, weil ich nach deiner Geburt mit dem Turniertanzen aufgehört hatte, und sie lag mir ständig in den Ohren, dass ich wieder auf Turniere muss, obwohl dort lauter jüngere und viel bessere Tänzerinnen als ich waren. Ich habe unterrichtet und mich um dich gekümmert, doch als du in die Schule kamst, gab sie keine Ruhe mehr, bis wir kurz vor der Reise nach Orlando einen gewaltigen Krach hatten.«

»Am Ende ging es wieder ums Tanzen? Das war der Tropfen, der das Fass zum Überlaufen brachte?«

Ihre Tochter klang verwirrt, ungläubig, und Clare sah sie an. »Nicht ganz«, antwortete sie. »Während wir weg waren, hatte Grandad seinen Unfall.« Sie tupfte sich einige Schweißperlen von der Oberlippe. »Wie du weißt, fiel er von einer Leiter und kam mit einer Kopfverletzung ins Krankenhaus.« Clare entschied sich für eine leicht bearbeitete Version der Wahrheit.

»Wir waren in Disney World unterwegs, amüsierten uns, während er starb. Ohne mit mir zu reden, hatte meine Mutter die Erlaubnis erteilt, alle Maschinen abzuschalten, die ihn am Leben erhielten. Wie sie sagte, hätten sie die zwölf Stunden nicht warten können, die ich gebraucht hätte, um zurückzukommen. Dad war Organspender, und anscheinend war es das, was er gewollt hätte.« Plötzlich kamen ihr die Tränen. »Er war ein großartiger Mann, der beste, den ich kenne, und ich hatte keine Chance mehr, seine Hand zu halten. Ich konnte mich nicht von ihm verabschieden. Sie hätte warten können. Ich hatte mich erkundigt. Die Ärzte sagten, solange er weiter beatmet wurde, blieben die Organe intakt.«

Grace schwieg, als Clare sich übers Gesicht wischte.

»Das war der letzte Tropfen nach Jahren von ihrem Mist, und jetzt weißt du es. Da ist zu viel Schmerz gewesen, es ist zu viel Zeit vergangen. Einfach zu viel passiert.«

Clare schaltete den Motor aus, und beide stiegen schweigend aus dem Wagen. Im Gäste-WC gleich am Eingang der Scheune putzte Clare sich die Nase und vermied es, in den Spiegel zu sehen. Sie stützte sich an der Kante des kleinen Waschbeckens auf, während sie im Geiste mit ihrem Vater sprach. »Was meinst du, Dad? Hätte ich ihr erzählen sollen, dass Mum mir nicht einmal von dem Sturz erzählt hatte?« Es hatte keinen dringenden Anruf gegeben, keine Nachricht auf ihrer Mailbox vor der einen, in der Jean gesagt hatte: »Clare, hier ist deine Mutter. Du musst nach Hause kommen. Dein Vater ist tot.« Die Erklärungen mit der Organspende waren erst später gekommen, als sie wieder in England war.

Sie rieb sich die Schläfen mit den Handballen. »Hätte ich ihr erzählen sollen, dass Mum mir als Erstes sagte, ich wäre in Florida fett geworden, oder dass sie aussuchte, was ich zu deiner Beerdigung anziehe? Oder dass sie Tim sagte, er wäre dort nicht willkommen?«

Clare strich sich übers Haar. »Nein, ich glaube auch, dass sie genug gehört hat. Ja«, flüsterte sie. »Ich weiß, dass ich recht habe …«

»Ich bin mir wirklich nicht sicher.« Clare bemühte sich, ihre Stimme zumindest nicht ganz so unsicher klingen zu lassen. Es war eine gute Idee von Emma, dass sie einen Abend sich und ihr Tanzstudio einigen einflussreichen Einheimischen vorstellte, weil es sich so herumsprechen würde. Nur bescherte ihr allein die Vorstellung einen Kloß im Hals. Sie sprach nicht gern vor Publikum …

»Ich mir aber!«, sagte Emma. »Ich bin mir sicher! Komm schon. Es ist bloß eine lockere Unterhaltung über alles, was du machst. Du erzählst es einer Gruppe von Freundinnen, die sich schon seit Jahren kennen, insgesamt neun Leute – und alle sind interessiert! Letztlich musst du nur kurz von dir erzählen, dass du mal Landesmeisterin warst, welche Kurse du anbietest, und vielleicht kurz ein paar Bewegungen zu Standard- und Lateinamerikanischen Tänzen vorführen. Du könntest es im Studio machen. Das ist eine gute Idee, Clare! So lernen dich gut vernetzte Leute kennen, und es spricht sich herum.«

»Ich kann besser tanzen als reden.«

»Das machst du doch im Schlaf. Du bist schon auf internationaler Bühne aufgetreten! Komm schon, keiner erwartet eine Slideshow. Nur eine lockere Unterhaltung. Ich gehe davon aus, dass du mehr Schüler bekommst, aber vor allem werden sie alle anfangen, mit ihren Freunden zu reden.«

Clare lag in einem heißen Schaumbad, während sie mit Emma telefonierte. »Ich überlege es mir.«

»Ich schlage dir keine Wurzelbehandlung vor, Clare.«

Ihr Kinn sackte auf ihre Brust. »Tut mir leid. Du versuchst zu helfen, und es ist eine super Idee.«

Emma lachte. »Dank mir hinterher. Ich mache einen Termin klar und sage dir Bescheid.«

Danach hörte Clare nur noch den Wählton. Das war eine von Emmas Schrullen, wie ihr aufgefallen war. Sie verabschiedete sich nie am Telefon, sondern legte nach ihrem ihrer Meinung nach letzten nötigen Satz einfach auf.

Clare lehnte sich zurück und begann zu planen. Emma hatte recht. Sie schlug nur eine lockere Unterhaltung übers Tanzen vor. Es wäre nicht mehr und nicht weniger, als ihre Freundin vorschlug.

Sie steckte ihre Ohrstöpsel wieder ein und blickte zur Uhr, während sie einer alten *Desert Island Discs*-Ausgabe mit David Attenborough lauschte. Um Viertel vor sechs zog sie sich für ihren Kurs um halb sieben an und malte sich aus, sie wäre die berühmte Tänzerin, die ihre Mutter sich immer gewünscht hatte, und würde in eine Radiosendung eingeladen. Die Moderatorin würde sie interviewen und bitten, sich acht Musikstücke auszusuchen, die ihr etwas bedeuteten, und Clare stellte fest, dass in ihrer Fantasie eines davon Jacks Trompetensolo zu »Summertime« wäre. Sie würde in der Sendung erzählen, wie sie diese Version zum ersten Mal gehört und sie für sie einen Zeitpunkt markiert hatte, an dem sich ihr Leben zum Besseren veränderte.

Sie verließ die Scheune mit einem Thermosbecher Kaffee in der einen und einer Wasserflasche in der anderen Hand, doch anstatt das Studio aufzuschließen und die Musik für den Kurs bereitzumachen, ging sie den Weg zum Cottage entlang und läutete. Sie wusste, dass sein Taxi bald kommen sollte. Als er öffnete, war sie froh, dass es keinen peinlichen Moment gab, nur ein Lächeln und eine Umarmung zum Abschied. Sie klopfte ihm dreimal auf den Rücken, legte eine Hand an seine Wange und küsste ihn sanft auf den Mund. »Pass auf dich auf«, flüsterte sie, ehe sie sich abwandte.

»Du auch auf dich. Clare?«, rief er ihr nach. »Du auch auf dich, okay?«

Sie nickte. Den Subtext verstand sie klar und deutlich: *Halt dich fern von ihm. Nicht nachgeben.*

Sie winkte ihm zu.

Melborough-Clare hatte alles im Griff.

28

– Ursprüngliche Nachricht –
Von: GraceBryanson29@gmail.com
Gesendet: 24. Oktober 2018, 10:19
An: OldestDancer74@gmail.com
Re: Treffen

Gran,
es tut mir leid. Hier ist einiges passiert, und es ist keine gute Zeit für ein Treffen. Ich möchte Mum nicht belügen. Das fühlt sich einfach falsch an.
Tut mir ehrlich leid.
Grace x

29

Ich bin in einem Starbucks in der Lexington Avenue, und mir gegenüber stillt eine Frau ihr Baby. Sie hat eines dieser speziellen Tücher über das Baby gehängt, doch das Saugen ist laut. Eine kleine Faust taucht unter dem Tuch hervor und legt sich auf die andere Brust der Mutter. Ich versuche, nicht zu glotzen und weiter meine *New York Times* zu lesen. Ich drehe mich ein wenig seitlich, schiebe meine Brille höher, aber die Schrift verschwimmt vor meinen Augen.

Die Geräusche des Säuglings werden lauter. Ich gehe lieber, nehme meinen Kaffee und wandere hinaus auf die Straßen von Manhattan, wo es bitterkalt ist und regnet. Den Kopf gegen die Regenböen gesenkt, gehe ich durch den Library Walk, betrachte die Messingplaketten auf dem Gehwegpflaster, die alle kleine literarische Weisheiten enthalten. Als ich überlege, was mich so beunruhigt hat, kommt mir eine Naturdoku in den Sinn, die ich kürzlich im Fernsehen gesehen habe und in der gezeigt wurde, wie Pinguine das Essen für ihre Jungen auswürgen. Ich hole die Handschuhe aus meiner Tasche und stopfe die Zeitung in eine Recyclingtonne in der Nähe.

Seit einer Woche bin ich in Manhattan und war schon auf der windigen Freiheitsstatue, habe mir Ellis Island angesehen, was ich sehr beeindruckend fand, und war gestern Abend in einer Vorstellung von *Hamilton* am Broadway. Ich habe jede Minute hier genossen, genau wie vorher in Boston, wo ich plangemäß bei Michael's Deli ein Sandwich mit Corned Beef und saurer Gurke gekauft und es auf einer der Rasenflächen von Harvard gegessen habe. Beinahe konnte ich sie an meiner Schulter flüstern fühlen.

Jetzt bin ich auf dem Weg zur öffentlichen Bücherei, doch etwas veranlasst mich, in einem vernagelten Hauseingang mitten in Manhattan stehen zu bleiben und darüber nachzudenken, wie Pinguine ihre Jungen füttern. An die junge Mutter mit ihrem Kind zu denken. Und an Alice. Bedauern hat, wie ich aus jahrelanger Erfahrung weiß, einen großen Appetit. Es kann einen langsam auffressen, einen Bissen nach dem anderen, wenn man es lässt. Ich huste in meine Handschuhe, bevor ich die Hände zusammenschlage. Kein Bedauern. Nicht hier. Nicht jetzt. Ich habe einen Job zu erledigen. Also gehe ich zur Zentralbücherei in der Fifth Avenue, wo ich an ihrer Stelle eine Kurzgeschichte schreiben werde.

Es waren einmal ein Junge und ein Mädchen. Die beiden liebten sich sehr und planten, für immer zusammen zu sein. Dann starb das Mädchen, und der Junge blieb mit einem wackligen Bein zurück. Er bemühte sich, ein Leben für sich aufzubauen und sie zu vergessen, doch er hing in dem Moment fest, als sie ihn verlassen hatte. Bis ihre Schwester ihm sagte, dass er sich befreien müsse und leben. *Er tat eine GROSSE Sache und ging fort von seinem Zuhause, um die weite Welt zu sehen und Liebe in sein Leben zu lassen. Wobei Liebe, wie er erkannte, nicht nur die romantische Sorte war, auch wenn er sich dieser Sorte endlich öffnete. Liebe, fand er heraus, gab es in so vielen Augenblicken, wenn er sich nur erlaubte, wirklich zu fühlen.*

Ende

Bevor ich in die Staaten kam, hatte ich einen Hubschrauberrundflug über Manhattan gebucht und ein kleines Vermögen bezahlt, um der einzige Passagier zu sein. Nun werde ich nicht nur nervös – meine Nerven gehen vollends auf Grundeis. Vorher bin ich von der Bücherei aus bis zur 34th Street gegangen, wo ein halb nackter Typ mit einem Stetson und einer Gitarre auf der Straße sang und mich für eine Weile zum Lachen brachte. Ich nahm ein gelbes Taxi zur Battery, und jetzt, nach einem Haufen Sicherheitsanweisungen, hört der Pilot Greg auf dem Weg zur Maschine nicht auf zu reden. Wahrscheinlich, weil er sieht, wie blass ich bin.

Ich versuche, cool zu bleiben, als ich neben ihm hergehe, doch sobald ich im Cockpit sitze, erwäge ich, den Gurt zu lösen, den er mir angelegt hat, und zu fliehen. Ich bin noch nie mit einem Hubschrauber geflogen. Die einzigen Flugreisen, die ich je gemacht habe, waren in einem Flugzeug, und dort suche ich mir möglichst einen Platz im vorderen Kabinenteil aus.

»Nervös?«, fragt Greg schließlich. Ich kann nur nicken. Momentan kann ich so gut wie sämtliche Reiseportal-Kommentare zitieren und weiß, was mich erwartet. Es wird einen Start geben. Wir werden nach Süden um Governor's Island fliegen und dann nördlich rechts an der Freiheitsstatue vorbei. Ich habe gewusst, dass wir über Wasser fliegen würden, und jetzt habe ich das Gefühl, mein Darminhalt verflüssigt sich.

»Alles gut«, wiederhole ich in meinem Kopf wieder und wieder. »Alles gut«, sage ich zu Greg, als der Hubschrauber aufsteigt und nach links schwenkt.

Ich halte meine Augen geschlossen und meinen Schließmuskel fest gespannt, während ich Gregs Stimme aus den Kopfhörern lausche. Er hat eine angenehme Stimme, die man unter anderen Umständen als beruhigend bezeichnen würde. Wahrscheinlich könnte sie mich wunderbar bei meinen morgendlichen Tonleitern begleiten. Ich zwinge mich, an einige schlimme Dinge zu denken, mit denen ich im Leben fertigwerden musste – zum Beispiel an den Bryanson-Idioten mit der gebügelten Jeans –, damit es mir gelingt, diesen großartigen Moment zu schätzen. Nach einer Weile atme ich ruhiger, öffne ein Auge, sehe einen Ausschnitt von der Freiheitsstatue und kneife es gleich wieder zu.

»Wollen Sie den ganzen Flug über die Augen zukneifen?«

Ich höre den Anflug eines Lachens in Gregs Frage mitschwingen.

»Wahrscheinlich«, murmle ich.

»Sie sind Brite, wo bleibt Ihre berühmte Haltung?« Ebenso gut hätte er mich »Weichei« nennen können.

Ich beiße die Zähne zusammen und öffne die Augen. Wasser. Sehr viel Wasser.

»Ellis Island ist direkt hinter uns und der Freedom Tower rechts.«

Ich versuche hinzusehen und muss zugeben, dass die Gebäude und die Skyline aus dieser Höhe eindrucksvoll sind. Wir fliegen an der Nadelspitze des Turms vorbei, und ich stimme Gregs geraunten »sagenhaft« zu. Wobei ich die Geschwindigkeit, mit der unter uns der Hudson vorbeirauscht, nicht mit einschließe.

»Waren Sie schon im Square?«, fragt Greg. »Ich habe Knicks-Karten fürs Wochenende.«

Brav blicke ich zum Madison Square Gardens.

Er lacht, was ein wenig in meinem Ohr kribbelt. »Empire State, Chrysler rechts, und gleich sehen Sie die Intrepid unten.«

Nur weil ich wirklich die Intrepid sehen will, das Kriegsschiff, das links an der Insel Manhattan im Dock liegt, schaue ich hin; und nur weil ich nach unten zu dem Wasser sehe, das es umgibt, entleert sich mein Mageninhalt in Gregs Schoß.

»Heiliger Strohsack!«, ruft er. Zum Glück bleibt seine von Erbrochenem bedeckte Hand auf dem Steuerknüppel, während er versucht, den halb verdauten Blaubeermuffin von seiner Hose zu streifen. Ich wische mir den Mund mit einem Taschentuch, ehe ich es ihm gebe, mich entschuldige und ihm sage, dass es vollkommen in Ordnung ist, wenn er früher umkehren will.

Im Hotel lege ich mich zunächst hin. Anschließend wandere ich geschlagene zehn Minuten im Zimmer auf und ab und frage mich, warum ich einen Hubschrauberflug gebucht habe, obwohl ich genau wusste, dass ich es hassen würde. Schließlich setze ich mich und blicke durch das Panoramafenster auf das winterliche Manhattan. Unter mir erstreckt sich der frostglitzernde Central Park. Ich versuche zu ergründen, warum ich so frustriert bin, und mir fällt lediglich ein, dass ich mir eher wie ein Tourist vorkomme, nicht wie ein furchtloser Reisender. Der Reiseplan, der sich fest in mein Gehirn eingebrannt hat, sieht Dinge für mich vor, die Alice und ich gemeinsam tun wollten. Ollie hielt es von Anfang an für eine Kateridee und meinte, so bliebe ich nur weiter in der Vergangenheit stecken. Jetzt überlege ich, ob er recht hat. Um mich abzulenken, stelle ich mir alle möglichen idiotischen und fantastischen Umwege vor, die ich nehmen könnte, nachdem ich die ersten Pflichtstationen absolviert habe. Reiten in Montana. Ich könnte ein Pferd reiten. Wyoming. Ich google Wyoming und denke, ja, das sieht gut aus. Nebraska, einzig wegen des hübschen Klangs. Alaska, weil ich dort die warmen Sachen aus meinem Rucksack tragen könnte.

Ich poste ein Foto von dem Hubschrauber mit Greg und mir auf Instagram, wo ich noch verteufelt nach *Top Gun* aussehe – aufgenommen, bevor ich ihn vollgekotzt habe. Ich markiere Marsha und Grace und hoffe, Laura sieht es sich nicht an. Als Hashtag wähle ich #NYCadventures. Der Schnappschuss, den ich von mir hochgeladen habe, wie ich ein Sandwich vor den Harvard-Gebäuden esse, hat einige Kommentare geerntet, durch die ich mich scrolle. Laura hat gepostet: *Ich hoffe, du erstickst dran. #soulusurper.* Okay, also sieht sie sich mein Instagram an.

Sofort werden meine Daumen aktiv:

Laura, mir tut leid, dass ich dich verletzt habe, aber lass bitte die Aggressionen auf Instagram. Ich hätte dir gleich sagen sollen, dass ich diese Reise plane – du hast recht. Ich habe dich gekränkt, und dafür entschuldige ich mich, doch ich habe niemandes Seele ausgebeutet. Diese Reise ist mir aus sehr persönlichen Gründen wichtig, also hör auf – bitte! Es tut mir leid. Vielleicht kann ich es dir irgendwann besser erklären.

Den Text verschicke ich, bevor ich ihn auch nur noch einmal überflogen habe, und seufzend stelle ich fest, dass ich mit Manhattan fertig bin. Ich tippe eine Anfrage in die Website der Airline und habe binnen Minuten meinen Flug nach Miami morgen Abend umgebucht in einen, der in drei Stunden geht. Ich werde sie überraschen.

Meine Eltern werden begeistert sein.

Ich nehme ein Taxi vom Flughafen, und bald überqueren wir die Rickenbacker Bridge zur Key Biscayne. Vor mir liegt die Insel, auf der meine Eltern seit ihrem Umzug von West-Florida vor drei Jahren leben. Als ich das Seitenfenster ein Stück öffne, atme ich die weiche Luft der Biscayne Bay ein und bedaure, dass ich sie hier nur einmal für ein kurzes Wochenende besucht habe. Ich freue mich darauf, einige Zeit mit ihnen in ihrem kleinen Stück vom Paradies zu verbringen. Ich drehe mich im Wagen um und mache ein Foto von Miamis Skyline zwischen dem türkisblauen Himmel und dem Meer. Das schicke ich Clare über WhatsApp. Auf meine letzten Nachrichten hat sie nicht reagiert, und ich spüre eine gewisse Kälte. Falls ich recht habe, bereut sie, was passiert ist; sie weiß nicht, was sie sagen soll, während ich ihr normal Nachrichten schicke, keine Andeutungen mache, es quasi ignoriere. Vielleicht nervt sie das – wer weiß –, aber sollte ich wetten, dann vermute ich, sie ist angefressen von meinen letzten Worten, sie solle sich von ihrem Arschloch-Mann fernhalten. So oder so verschwende ich darauf jetzt keine Hirnzellen, denn ich atme den Duft des Key-Biscayne-Abenteuers ein.

Panik. Anders lässt sich der Gesichtsausdruck meiner Mutter nicht beschreiben, als sie die knarzende Tür öffnet. Nein, zuerst ist da Verwirrung, auf die dann direkt Panik folgt. Ich umarme sie kurz, nur für eine Sekunde, bevor sie wieder verlegen ist. Ich stelle den Rucksack und den Rollkoffer in der mit Marmor gefliesten Diele ihrer Wohnung ab und staune, als ich unter der Klimaanlage stehe, dass ich Stunden zuvor noch gefroren habe.

»Habe ich was durcheinandergebracht? Du bist einen Tag zu früh, oder?«, sagt Mum endlich.

»Ich wollte euch überraschen. Wo ist Dad?«

Sie wischt sich beide Hände an ihrem Tennisdress ab, und mir fallen die geschwollenen Fingerknöchel an ihrer rechten Hand auf. Das warme Klima war einer der Gründe, warum sie hergezogen sind; es tut ihrer Arthritis gut. »Mit seinen Golffreunden unterwegs«, antwortet sie.

»Unterwegs?« Ich blicke auf meine Uhr. Dad ist vierundsiebzig und sollte um diese Zeit normalerweise Mittagsschlaf machen.

Sie bringt mich ins Wohnzimmer. »Ich rufe ihn an.« Mum starrt mich an, als könne sie nicht ganz glauben, dass ich hier bin. »Sieh einer dich an.« Sie wuschelt mir durchs Haar, wie sie es tat, als da noch die weichen Locken waren, nicht der kurze Schnitt, den ich heute trage. Und sie schnalzt tadelnd mit der Zunge, sowie sie den Bart berührt, den ich mir stehen lasse. »Grau«, murmelt sie. »Ich glaub es ja nicht. Setz dich, Sohn, setz dich. Ich rufe nur kurz deinen Dad an. Wo ist mein Telefon?«

Sie klopft an die schmale Seitentasche ihres Rocks und geht in die Küche. Dass sie ihr Handy gefunden hat, höre ich, denn ihre Stimme dringt durch die Tür. Ich setze mich auf eines ihrer cremeweißen Ledersofas. Mir gegenüber befinden sich Glasschiebetüren zum Balkon mit Blick auf den Swimmingpool und Garten für die Hausgemeinschaft unten. Sie ist offen, die Fliegentür jedoch zu, um die Moskitos draußen zu halten, die so gern Dads süßes Blut saugen. Jenseits des Balkons, auf dem meine Eltern praktisch das ganze Jahr über gern ihre Mahlzeiten einnehmen, wiegen sich Palmkronen in der warmen Brise und singen Grillen. Es ist wie auf einer tropischen Postkarte mit Musik.

»Also, Schatz!« Wieder fährt sie mir im Vorbeigehen durchs Haar. »Kann ich dir was zu trinken anbieten? Was zu essen?«

»Ich habe im Flugzeug gegessen, Mum. Aber ein Gin Tonic wäre schön. Oder mehrere, denn ich kann immer noch nicht schlafen.«

»Das ist kein Jetlag, Schatz. Es ist das Alter.« Sie lacht, als sie zurück in die Küche geht. »Und, was hast du so getrieben? Ich will alles hören!«

Nachdem sie mir meinen Drink gegeben hat, setzt sie sich auf das Sofa gegenüber. »Du siehst gut aus«, sagt sie. »Wenn auch ein bisschen müde.«

»Mir geht es gut.« Ich proste ihr stumm zu. »Ich lerne, die Zeit ohne Arbeit zu schätzen.«

»Bist du sicher, dass das alles ist? Nur eine Auszeit?«

Ich lächle. »Freu dich nicht darauf, dass ich früh in den Ruhestand gehe, Mum. Es gibt noch zu vieles, was ich machen will. Und wenn ich mich tatsächlich zur Ruhe setze, wird es nicht hier sein.«

Der Gin ist stark genug, dass ich beim ersten Schluck das Gesicht verziehe, aber der zweite ist herrlich, und als das Glas fast leer ist, haben wir über Boston geplaudert, und ich habe gestanden, Greg vollgekotzt zu haben. Mir fällt auf, dass mein Vater immer noch nicht zu Hause ist. Ich will gerade nachfragen, da höre ich, wie die Wohnungstür aufgeschlossen wird, und Sekunden später werde ich nach oben gezogen und sehr herzlich umarmt.

Als ich wieder sitze, steht er noch vor mir und sieht mich lächelnd an. »Nichtstun bekommt dir«, sagt er.

»Hab ich ihm auch gerade gesagt«, stimmt Mum ihm zu, die hinter ihm steht. An meinem alternden Vater ist nichts Altes oder Gebeugtes.

»Und dir die Sonne und das Golfen«, antworte ich.

Er setzt sich neben Mum; gemeinsam betrachten sie mich wie eine Laborratte in einem neuen Versuch. Der Fairness halber sei erwähnt, dass es wirklich lange her ist, seit wir uns zuletzt gesehen haben.

Mehrere Gins später erzählt Dad mir, dass sie jetzt Fahrräder haben und oft die Straße runter zum Leuchtturm am Bill Baggs Park radeln, um dort ein Picknick zu machen. Wir könnten das morgen machen. Für einen Sekundenbruchteil denke ich, er schlägt vor, dass ich auch Fahrrad fahre, und frage mich, ob ein kurzes Schwenken meines linken Fußes nötig ist. Nicht, dass ich es jemals mit der Prothese hinbekommen hätte, aber hier, nach diversen Gins, fühlt sich alles möglich an. Oder wir könnten fahren, ergänzt er nach einem bösen Blick von Mum und fragt gleich, ob mir ein fauler Tag am Crandon Beach lieber wäre. Es gibt einen Park direkt daneben, in dem Pfaue frei herumlaufen, ob ich das noch wüsste? Nein, hatte ich vergessen. Ich gähne, aber Dad bemerkt es nicht, sondern erzählt uns, wie er letzten Monat mit seinem Freund Javier Golf spielte und am Rande des Greens ein Krokodil war. Ob ich wüsste, dass kürzlich eines von denen einen Hund gefressen hat? Wusste ich nicht. Ich schlucke das nächste Gähnen und versuche, ihn zwischen zwei Geschichten zu erwischen. »Entschuldige, Dad, ich bin erledigt. Macht es euch was aus, wenn ich ins Bett gehe?«

»Natürlich nicht«, antworten sie im Chor, und es hat sofort etwas Tröstliches. Das machen sie oft, eine Frage gemeinsam beantworten, gleichzeitig mit denselben Worten – eine Art Vokalsynchronizität, und ich liebe es. Ich wünsche ihnen eine gute Nacht, werfe ihnen Luftküsse zu und schleppe mein Gepäck in das Gästezimmer neben ihrem Schlafzimmer.

Es ist makellos vorbereitet. Obwohl ich zu früh hier bin, ist das Bett frisch bezogen und duftet nach Rosmarin. Auf einem Bügel innen an der Tür hängt ein Bademantel. Und ein Paar Frottee-Hausschuhe, die sie aus irgendeinem Hotel mitgenommen haben müssen, sind in einem Netzbeutel unten am Fußende. Im angeschlossenen Bad ist ein Korb mit Toilettenartikeln. Ich nehme mir die kleine Zahnbürste und die Pasta und putze mir damit die Zähne, weil ich keine Lust habe auszupacken. Meine Erschöpfung setzt ein, und als ich ins Bett steige, höre ich gedämpfte Stimmen aus dem Wohnzimmer und empfinde das Gefühl von Sicherheit, das immer noch eintritt, wenn ich meine Eltern in der Nähe weiß.

30

Clare war nicht neugierig. Schon als Teenager wollte sie nie den Badezimmerschrank oder die Schubladen von Eltern durchsuchen, deren Kinder sie sittete. Wie kam es, dass sie, als sie nun ins Cottage ging, um ihre Glasauflaufform zurückzuholen, auf einmal in Jacks Schlafzimmer stand? Er hatte ihr den Schlüssel gegeben, damit sie ein Auge auf das Haus hatte, die Pflanzen drinnen goss, und ebendieser Schlüssel schien ihr jetzt die geballte Hand zu versengen. *Geh*, befahl sie sich, als sie mit den Fingern über die Kommode strich. Auf der Kommode stand ein silbergerahmtes Foto von einer jungen Frau, aufgenommen bei einem Popkonzert. Ihr langes Haar fiel ihr beim Tanzen um das Gesicht. Auf der Bühne hinter ihr leuchtete in Neonfarben »1988 ROCKS«. Hinten auf dem Bilderrahmen stand ein Wort – Alice. Clare wurde rot, als würde ihr plötzlich bewusst, dass sie herumschnüffelte, und sie verließ das Zimmer.

In der Diele drehte sie sich um, denn es klingelte an der Tür. Clare rieb sich die Arme, weil sich unter ihrem Pullover die kleinen Härchen aufrichteten. Sie hatte seinen Schlüssel und sah lediglich nach dem Rechten, sagte sie sich, während sie öffnete.

»Hallo«, sagte eine Frau, die Clare nicht erkannte, und spähte über ihre Schulter. Allein ihr Gruß verriet einen Welsh-Valley-Akzent.

»Hi«, antwortete Clare. »Was kann ich für Sie tun?«

»Ich …« Die Frau spielte mit den Fransen an ihrem Schal und wickelte sie mit beiden Händen auf. »Ich wollte zu Jack.«

Sie musterte Clare. Clare trug eine alte Tanzhose, die sie nur noch zum Putzen anzog. Ihre blonden Locken, die an den Ansätzen nachgefärbt werden mussten, hatte sie mit einem von

Grace' leuchtend orangefarbenen Haargummis zu einem losen Zopf gebunden.

»Er ist nicht hier«, sagte sie.

»Oh.« Die Enttäuschung stand der Frau deutlich ins hübsche Gesicht geschrieben. Clare schätzte sie auf Mitte vierzig. Sie war schlank, groß, elegant in einem maßgeschneiderten Hosenanzug und hatte kurzes, rotbraunes Haar. »Ich hätte ihm vorher schreiben sollen. Ich war beruflich in Oxford und dachte, ich komme mal vorbei.«

»Sind Sie Alice?«, fragte Clare, die aus unerfindlichen Gründen so tun wollte, als kenne sie sich in Jacks Leben aus.

»Was? Nein!« Die Frau runzelte die Stirn. »Wissen Sie, wann er nach Hause kommt?«

»Nicht genau«, antwortete Clare verlegen, zog die Tür hinter sich zu und schloss ab. Die Frau trat verwundert zurück.

»Er ist doch noch nicht weg, oder? Ich meine, ist er schon auf Reisen?«

»Entschuldigen Sie, aber wer sind Sie?«, fragte Clare.

Die Frau legte eine Hand an ihre Brust. »Ich bin Lynn. Ich … Jack und ich sind alte Freunde.«

»Aha«, sagte Clare und zog ihre Strickjacke zu, um den Bleichefleck zu verbergen. Sie spürte die Bedeutung in den Worten »alte Freunde« und zögerte. »Nun …« Wenn sie alte Freunde waren, würde sie doch wissen, wann er abreisen wollte.

»Und Sie?«, drehte die Frau auf einmal den Spieß um. Nun sah sie Clare offen misstrauisch an.

»Wir sind Nachbarn.« Sie nickte zur Scheune.

»Ah, Sie sind die Frau mit der Tochter. Die Tänzerin.«

Clare sah, wie bei Jacks alter Freundin der Groschen fiel, und sie beschloss, dass sie keine Bedrohung darstellte. Keine Bedrohung für irgendwas – weder für das Haus noch für Jack. Oder sie. Sie war bloß eine Tänzerin, Mutter und Nachbarin.

Die Fremde nickte, als erinnere sie sich genau an den Moment, in dem Jack ihr erzählte, was er mit der Scheune getan hatte und wer genau Clare war.

»Ja«, flüsterte sie, denn die war sie. Eine tanzende Nachbarin. Weitere Einzelheiten brauchte Lynn nicht zu erfahren. »Ich habe für Jack ein Auge auf das Cottage.«

Clare fragte sich, ob diese Freundin ihr anmerkte, dass sie in seinem Schlafzimmer gewesen war. Sie fragte sich, ob sie bemerken würde, dass Jack kürzlich in ihrem Schlafzimmer gewesen war. Und ob diese Lynn und Jack mehr als Freunde waren, ob sie ein Paar gewesen waren. Ihr Instinkt sagte ihr, dass sie es waren.

»Schade, dass ich ihn verpasst habe … Ach, na ja.« Lynn lächelte. »Dann fahre ich mal lieber nach Hause.«

»Nach Wales?«

»Wo soll ich mit diesem Akzent sonst hin?«

»Er ist schön«, antwortete Clare und erwiderte das Lächeln. »Möchten Sie vielleicht noch einen Kaffee, ehe Sie fahren?«

Lynn schaute hinüber zu Clares Zuhause und nickte.

»Es ist komisch, dies hier fertig zu sehen. Als Jack und ich zusammen waren, da war es nur ein Hirngespinst. Er wollte immer etwas aus der alten Scheune machen …«

Also waren sie ein Paar, dachte Clare. »Er hat es wirklich gemacht, etwas damit, meine ich.« Sie schwenkte eine Hand durch den Raum. Sie war unsicher, wie viel Lynn über Grace' und ihre Umstände wusste, warum sie hier war, und war nicht geneigt, es ihr zu erzählen.

»Und wann waren Sie und Jack zusammen?« Sie schlug sich eine Hand vor den Mund. »O Gott«, murmelte sie durch ihre Finger. »Das wollte ich wirklich nicht laut sagen.«

Lynn lachte. »Oh, das ist Jahre her. Doch in letzter Zeit …« Sie stockte. »In letzter Zeit ist er einfach ein guter Zuhörer … Ich habe einige Probleme mit meinem Sohn, Antony.« Clare sah den Schmerz in ihren Augen.

»Wie alt ist er?«

»Neunzehn, benimmt sich aber eher wie zwölf …«

»Ich kämpfe mit dem umgekehrten Problem. Meine Tochter ist fünfzehn, benimmt sich aber eher wie zweiundzwanzig – oder zweiundvierzig. Manchmal bemuttert sie mich.« Sie betrachtete Lynn und versuchte, sie sich neben Jack vorzustellen. Ja, es passte. Äußerlich wären sie ein schönes Paar. Die Frau wirkte klug, wie jemand, der ihm intellektuell gewachsen war. »Wo haben Sie sich kennengelernt?«, fragte sie und beobachtete, wie Lynn in ihre Erinnerungen abtauchte.

»Durch die Arbeit«, antwortete sie und bewegte ihre Finger leicht über ihre Oberlippe. »Ich bin Stenografin, war ihm einige Male bei Gericht begegnet und … na ja, wir verstanden uns sehr gut.«

Clare nickte.

»Er hat einen brillanten juristischen Verstand, wissen Sie, und ein unglaubliches Gespür für das Recht, eine Nase dafür, was richtig und was falsch ist.« Lynn trank von ihrem Kaffee. »Wir waren lange Zeit gut zusammen, bis es nicht mehr so gut war.« Schulterzuckend sah sie Clare an. »Hör mich einer an. Entschuldigen Sie. Das alles wollen Sie gar nicht hören. Er ist ein guter Mann, und ich mag ihn immer noch sehr.«

Clare blickte zum Zaun. »Wie hat er sich mit Antony verstanden?«, fragte sie, weil sie an Jacks Art mit Grace dachte.

»Nicht so gut. Ich schätze, man könnte sagen, dass es deshalb in die Brüche gegangen ist. Und ich wollte ihn vor seiner Abreise sehen, weil …« Sie leerte ihre Tasse. »Jetzt quassle ich schon wieder! Erzählen Sie mir von sich, Clare.«

Unbewusst sah Clare zur Uhr, was Lynn natürlich bemerkte. »Tja, wie lange haben Sie Zeit?«, versuchte sie, es unbeschwert zu halten. »Ich bin Tänzerin, und mein neuer Ü-70-Kurs fängt in vierzig Minuten an.«

»Oh, dann sollte ich Sie wirklich nicht länger aufhalten …«

Clare legte eine Hand auf Lynns Arm, als sie aufstehen wollte. »Meine Kurse halte ich in der Garage ab, also ist es nicht weit, und, ehrlich, meine Lebensgeschichte dauert nur zwei Minuten.« Sie lächelte.

»Sie geben in der Garage Kurse?« Lynn wirkte überrascht.

»Na ja, es ist jetzt keine Garage mehr. Ich habe sie in ein Tanzstudio umgebaut.«

»Oh.«

Mit diesem einen Laut fühlte Clare sich abgewertet und hatte Mühe, sich nicht sofort zu verteidigen. Für sie bedeutete dieses »Oh«, dass die Fremde sie für eine Versagerin hielt. Eine Fremde, die mit Jack einen Abschnitt seines Lebens geteilt hatte. In ihrem Kopf hörte Clare den unausgesprochenen Vorwurf, auch wenn unwahrscheinlich war, dass Lynn über ihre genauen Umstände Bescheid wusste. *Ach, es reicht also nicht, dass der Mann Ihnen und Ihrer Tochter umsonst ein Zuhause gibt, nein, Sie müssen sich auch noch seine große Garage unter den Nagel reißen?* Eine Hitzewallung überkam sie, die ihren Oberkörper hinauf bis in ihre Wangen zog.

»Das ist ja klasse«, ergänzte Lynn, doch Clare kaufte es ihr nicht ab. »Über-Siebzigjährige, die tanzen? Wie toll. Was tanzen sie?«

»Walzer.« Sie blickte zu der Uhr an Lynns Handgelenk. »Heute ist die erste Stunde für diese Altersgruppe, aber ich unterrichte alle möglichen Altersgruppen in Standard und Lateinamerikanisch.«

»Als ich hier gewohnt habe, hätte ich mir so eine Tanzschule gewünscht. Ich habe oft gedacht, wie es wohl wäre, wenn Jack und ich … aber, Sie wissen ja, das Bein.«

Sie fischte, dachte Clare. Sie wollte herausfinden, ob Clare von Jacks Bein wusste.

»Na ja, er kann verteufelt gut Walzer tanzen, trotz des Beins.« Clare sah sie direkt an, bis Lynn als Erste den Blick abwandte. »Ich sollte mich wohl fertig machen«, sagte sie. »Die fleckigen Putzsachen ausziehen.« Sie fragte sich, warum sie das gesagt hatte. Und ärgerte sich, weil sie sich vor dieser Frau klein machte.

»Ja, natürlich. Danke für den Kaffee.« Clare nahm Lynn den leeren Becher ab, als sie aufstand. »Ich bin froh, dass Sie hier sind«, ergänzte Lynn. »Jack geht es viel besser, wenn er Leute um sich hat. Manchmal vergräbt er sich so sehr in die Arbeit, dass er sich zu Hause vollkommen isoliert.« Sie wickelte sich ihren Schal zweimal um. »Es war sehr nett, Sie kennenzulernen, Clare.«

»Hat mich auch gefreut.« Clare brachte sie zur Tür und winkte Lynn nach, als sie die Einfahrt hinauf zu ihrem Wagen ging.

Als sie außer Sicht war, schloss Clare die Tür, lehnte sich von innen dagegen und atmete tief durch. »Was war das denn?«, fragte sie sich laut und ging den Flur hinunter zu ihrem Schlafzimmer. »Sie ist eine nette Frau, war total höflich, und du benimmst dich am Ende wie eine Idiotin.« Sie schaute aus dem Fenster. »Jemand war dazu bestimmt, dieses Glück hier zu haben. Warum verdammt noch mal nicht du, Clare?«

Eine Stunde später waren ihre Gedanken ganz woanders. Nancy und Stanley konnten nicht tanzen, bemühten sich aber dennoch so entschlossen, dass Clare kichern musste. Die Witwen Norma und Babs waren gemeinsam gekommen und wirbelten durch den Raum wie alte Profis. Und Gene, der nichts von dem Stepptalent oder dem Aussehen seines Namensvetters aufwies, war in dieser ersten Stunde Clares Partner. Doch bei Hilda und Ernest, die seit einundfünfzig Jahren ein Paar waren, ging ihr das Herz über. Sie bestanden darauf, ihr nach der Stunde ihren Jitterbug zu zeigen, und Clare hielt den Atem an, bis sie am Ende begeistert applaudierte.

»Es tut so gut, wieder zu tanzen!«, sagte Hilda, als sie wieder bei Puste war. »Ernest hört nicht mehr so gut, jedenfalls keine Wörter. Aber manchmal scheint er Musik zu hören.«

Clare hob eine Hand an ihren Hals.

»Er sagt, dass es die Vibrationen im Fußboden sind«, erklärte Hilda und hakte sich bei ihrem Mann ein. »Nächste Woche um dieselbe Zeit?«, fragte sie, und Clare bejahte stumm, ehe sie die beiden umarmte.

Nachdem alle gegangen und Hilda und Ernest mit einem Taxi weggefahren waren, kniete Clare sich hin und berührte den gefederten Fußboden, der Ernest zu hören geholfen hatte. Melborough-Clare tippte dreimal leicht auf den Boden, ehe sie auf die Uhr schaute und dann in die Ecke mit den zehn Stapelstühlen, die Emma ihr geliehen hatte. Ihr blieb noch eine Stunde, bis sie zu einer Gruppe übers Tanzen reden sollte, von der ihre Freundin versicherte, sie würde es in den richtigen Kreisen weitererzählen. Clare brauchte nichts weiter zu tun, als über das zu sprechen, was sie kannte, und ihre Leidenschaft zu vermitteln … Und ihr war schlecht vor Angst.

Doch neunzig Minuten später hatte sie kein Problem damit, dass neun Augenpaare auf sie gerichtet waren, als sie über ihre Liebe zum Tanz redete. Die Worte waren tief in ihrer Seele verwurzelt und kamen so leicht und selbstverständlich wie die Bewegungen, die sie vormachte. Bei Letzteren waren ihre Augen geschlossen.

»Beim Tanzen geht es um mehr als die Bewegung nach vorgegebenen Schritten! Man kann nicht bloß die Füße im Takt der Musik bewegen. Richtig schön tanzt man nur mit *Hingabe*«, sagte sie. »Man gibt sich der Bewegung, der Geschichte des Tanzes hin. Leben, Tanzen – *immer* geht es um Hingabe.«

Im Laufe des Abends bemerkte sie, wie sich die Mienen veränderten. Anfangs hatten alle höflich gelächelt, waren vielleicht bloß da, weil Emma sie darum gebeten hatte, und interessierten sich eher vage fürs Tanzen. Nach einer Viertelstunde aber hatte Clare ein gebanntes Publikum, als sie zunächst den Tango und danach den Walzer vormachte.

Unwillkürlich musste sie an Jack denken. »Der Walzer«, erklärte sie, während sie langsam durch den Raum tanzte, »ist ein einfaches Eins-Zwei-Drei. Wunderbar fließende Drehungen mit jeder Menge Heben und Senken. Er ist ein schwindelerregender Freudentanz.«

Hinterher schrieb Clare sich die Namen und Telefonnummern derjenigen auf, die an einem Kurs interessiert waren. Als eine der Frauen sie bat, vor der hiesigen Gruppe des Women's Institute zu sprechen, sagte Clare bereitwillig zu. Da waren keine sabotierenden Gedanken, keine Zweifel, ob sie das könnte. Überwältigt von der Begeisterung für alles in ihrem neuen Leben dachte sie an Hilda, Ernest und ihre anderen ersten Schüler. Sie dachte an die Waliserin, die sie heute bei Jack kennengelernt hatte, die ihm einmal etwas bedeutet hatte und es wahrscheinlich immer noch tat. Sie dachte an den berauschenden, freudigen Tanz mit Jack. Und während sie sich von den letzten Gästen verabschiedete und das Studio abschloss, stellte sie für sich fest, dass dieses Leben ohne Tim ein ganz neues Kapitel war – ein neuer, einsamer Tango, dem sie sich vollständig hingeben konnte.

Ohne ständig auf der Hut sein zu müssen.

Freudig, dachte sie, als sie den Weg hinaufging. *Das nehme ich gerne.*

31

Mum sitzt bereits auf ihrem Lieblingsschaukelstuhl auf dem Balkon, als ich aus dem Gästezimmer komme. Sie liest Zeitung und hat ihre Brille – die an einer bunten Perlenkette um ihren Hals hängt – weit vorn auf der Nase. Ich gehe hinter ihr vorbei, wobei ich sie kurz aufs Haar küsse. Schnell greift sie nach meiner Hand.

»Schon zwei Küsse«, sagt sie lächelnd. »Da kann eine Frau ja gierig werden.«

»Guten Morgen.« Ich gieße mir einen Kaffee ein.

»Hast du geschlafen?«, fragt sie.

»Ich habe so gut geschlafen wie noch nie seit meiner Ankunft hier drüben, danke. Ist Dad wieder weg?«

»Das freut mich … Dein Dad ist los, um frisches Gebäck zu holen. Ich dachte, wir tun mal so, als wären wir in Paris. Steht das auf deinem Reiseplan? Sag bitte Ja. Oh, wie gern würde ich da mitkommen!«

Sie meint es nicht ernst, und ich lache. »Es war auf meinem Reiseplan, ist es noch … Ich bin mir nicht sicher.«

Mum runzelt die Stirn. »Nicht sicher?«

Der Kaffee ist schwarz, dampfend heiß und bitter. »Ich habe einen Plan, der zwei Kontinente einschließt, erst diesen, dann Europa.«

»Paris«, sagt sie verträumt. »St. Germain …«

»Aber ich habe flexible Tickets, also bin ich nicht festgelegt. Seit ich nicht mehr arbeite, ist mir klar geworden, dass ich dies hier teils tue, um zu sehen, wie ein Leben *ohne* festen Plan aussieht.«

Sie blickt mich über den Rand ihrer Gleitsichtbrille hinweg an. »Sieh einer dich an. Richtig erwachsen.«

»Ich bin fast fünfzig, Mum.«

»Papperlapapp! In meinem Kopf bist du permanent zwanzig.«

Ich denke an alles, was ich seit zwanzig erreicht habe, und schlucke die Erwiderung herunter, die früher gekommen wäre. Mum hat meine beruflichen Erfolge gefeiert, doch wie jede Mutter hat sie sich stets gewünscht, ich würde mein Privatleben mit jemandem teilen. Interessant ist, dass ihr statisches Bild von mir aus der Zeit rührt, in der ich mit Alice zusammen war.

Dad kommt mit genügend Gebäck für eine Armee, und wir sitzen und reden. Ich fühle mich wohl und bin froh, dass das Verhältnis zu meinen Eltern nach wie vor so entspannt ist.

»Genug von mir«, sage ich. »Wie geht es euch gesundheitlich? Ich habe letzte Nacht gehört, wie du immer wieder zum Klo gegangen bist, Dad.«

Die beiden wechseln einen Blick, dann antwortet Mum: »Du kennst doch deinen Vater. Der pilgert dauernd herum.«

Mich überkommt eine leise Panik, weil ich fühle, dass meine Mutter mich belügt. Meine Fantasie geht mit mir durch. Ich fürchte, dass er Prostatakrebs haben könnte. Und ich muss daran denken, wie er gestern Abend dieselbe Geschichte ein paarmal wiederholte – vielleicht lässt sein Gedächtnis nach. Kürzlich hatte ich einen Mandanten, der wegen Totschlags angeklagt war, nachdem er eine Frau an einer Bushaltestelle überfahren hatte. Es war ein schrecklicher Unfall und ein furchtbar trauriger Fall. Bei dem Mann war gerade eine Alzheimer-Erkrankung diagnostiziert worden, und seine Frau hatte nicht einmal gewusst, dass er das Haus verlassen hatte. Doch ich hake nicht nach, denn ich bin ja erst seit wenigen Stunden hier.

»Lust auf eine Runde heute Vormittag?« Mein Vater grinst hoffnungsvoll.

»Dad, ich hasse Golf. Das tat ich schon, als ich das erste Mal hier war.«

»Jaja, ich weiß …«

Was, wenn mit ihm etwas nicht stimmt?

»Weißt du was?«, schlage ich vor. »Wie wäre es, wenn wir nur neun Löcher versuchen? Bevor es zu heiß wird? Danach lade ich euch zum Mittagessen ein.«

»Hervorragend!« Dad klatscht in die Hände. »Du kannst meine alten Schläger nehmen. Ich habe mir letztes Weihnachten neue gekauft.«

»Die habe *ich* dir gekauft«, korrigiert Mum ihn.

»Jaja«, antwortet er.

»Wie ist deine neue Nachbarin?«, wechselt Mum das Thema, bevor ich eine Chance habe, über Dads möglicherweise schwindenden Verstand nachzudenken.

»Super«, sage ich und blicke hinaus zu den sanft im Wind schwankenden Palmen. Ich kann meine Mutter nicht ansehen, denn sie würde sofort erkennen, dass ich mit Clare geschlafen habe.

Wie bereits geahnt, ist meine Runde über neun Löcher chaotisch, und mein Vater entschuldigt sich mehrmals bei seinen beiden Freunden für mein erbärmliches Spiel. Javier, ein kleiner, rundlicher Mann mit einem dichten Schopf silbergrauem Haar und zwei Ohrringen im faltigen linken Ohrläppchen, wird am Donnerstag zweiundsechzig. Das erzählt er mir mehr als einmal, während er den Golf-Buggy über den Platz lenkt. Er lebt seit vierzig Jahren in »unseren Vereinigten Staaten von Amerika«, hat aber immer noch einen leicht spanischen Akzent. Der siebenundsechzigjährige Mason ist ein Meter neunzig groß und geht ein wenig nach links geneigt; er ist der Erbe eines Wurstimperiums und hält es für nötig, mir seit zwei Stunden die Feinheiten bei der Herstellung eines guten Würstchens zu erklären. Und während ich erfolglos mit Dads alten Schlägern zu schlagen versuche, muss ich an Pecan und Walnut denken. Als wir fertig sind und alle auf einen erfrischenden Drink ins

Clubhaus gehen, winke ich ihnen zu und verspreche, gleich nachzukommen.

Ich rechne den Zeitunterschied nach; zu Hause ist es jetzt sieben Uhr morgens, also schicke ich eine kurze Textnachricht an Grace, um mich nach den Schweinen zu erkundigen. Sie antwortet binnen Sekunden und meldet, dass es ihnen gut geht, aber ob mit mir irgendwas sei? Es bringt mich zum Schmunzeln. Ich danke ihr und erkundige mich nach ihr und ihrer Mum. Sie schreibt, es ginge auch ihnen gut, obwohl sie mich vermissen. Plötzlich habe ich einen Kloß im Hals und antworte nicht. Zu Hause ist alles gut.

Mit Daumen und Zeigefinger reibe ich meine Augenlider, bevor ich um die Ecke in die holzvertäfelte, klimatisierte Lounge des Clubhauses gehe. »Wer möchte einen Drink?«, frage ich die Ruheständler.

»Die sind schon unterwegs, Junge«, sagt der Würstchenerbe, als ich mich zu meinem Dad setze. »Wir haben ein Bier für dich bestellt«, fügt er hinzu. Als die Getränke kommen und die Männer sich unterhalten, bitte ich die Kellnerin sehr diskret um ein Glas Mineralwasser. Ich fahre, und Dad hat offensichtlich vergessen, dass ich dann niemals trinke. Keinen Tropfen. Null. Ohne dass es einer von ihnen mitbekommt, gebe ich der Kellnerin mein Bier zurück und signalisiere ihr, nichts zu verraten. Anscheinend versteht sie es und kommt wenig später mit meinem Wasser zurück.

»Ich bin nur durstig«, sage ich zu Javier, der als Einziger zu mir sieht.

»Eher ein stiller Typ, was?«, fragt er. »Redest nicht gern über dich, oder?« Er erwartet nicht, dass ich auf seine Fragen antworte, schätze ich, und ich nehme mir einige Erdnüsse. »Dein Dad denkt, dass du eine Art Midlife-Crisis hast. Du weißt schon, lässt eine tolle Karriere hinter dir und … warte mal, habe ich das richtig verstanden? Hast du nicht auch ein Haus verschenkt?«

Eine Midlife-Crisis, interessant … »Nicht ganz«, sage ich. »Das Haus ist eine philanthropische Geste an eine Hilfsorganisation, begrenzt auf ein Jahr. Und ich habe meine Karriere nicht hinter mir gelassen, sondern mache eine Pause.«

»Was passiert, wenn du hinterher nicht wieder zurückwillst?«

Ich lecke meine salzigen Finger ab und zucke mit den Schultern. »Dann mache ich irgendwas anderes. Ich mag mittleren Alters sein, aber ich bin nicht bereit, in den Ruhestand zu gehen.«

»Gewiss nicht«, sagt er. »Du bist in der Blüte deiner Jahre! In deinem Alter habe ich eine Neunundzwanzigjährige geheiratet. Sie hat sich drei Jahre später scheiden lassen, und ihre Anwälte haben ihr geholfen, dass sie mich richtig ausbluten ließ. Trotzdem, verdammt, der Sex war gut.« Javier zwinkert.

Mir wird schlecht. Den Gedanken an eine Neunundzwanzigjährige an meiner Seite finde ich ziemlich Furcht einflößend. Und wenn ich eines in den letzten paar Monaten gelernt habe, ist es, dass Sex mit einer Frau Ende dreißig recht sensationell sein kann, obwohl sie mich jetzt auf Instagram hasst. Sex mit einer Frau in den Vierzigern allerdings ist regelrecht überwältigend … Clares Gesicht erscheint vor meinem geistigen Auge.

»Hast du jemanden? Eine Frau in deinem Leben?« Javier sieht mich aufmerksam an.

»Nein.«

»Solltest du aber«, sagt er, bevor er abrupt aufsteht und zur Toilette geht.

Dad hat unsere Unterhaltung stumm beobachtet. »Wollen wir nach Hause?«, fragt er, und etwas sagt mir, dass er müde von der Vormittagsaktivität ist. »Deine Mutter hat Essen vorbereitet, weil sie meint, sie isst lieber zu Hause. Es sind alle herzlich eingeladen.«

Zehn Minuten später sind wir in der Apartmentanlage, in der sie alle wohnen. Die anderen Männer lehnen freundlich ab und bestehen darauf, dass wir uns »Familienzeit« gönnen.

»Interessante Typen«, sage ich. Dad geht voraus, und ich folge ihm den Weg zwischen üppigen tropischen Pflanzen entlang. »Kennst du Javier schon lange?« Ich muss lauter reden, um die Insekten zu übertönen.

»Er ist der Präsident unserer Gemeinschaft«, erklärt Dad, ohne meine Frage zu beantworten.

Ich kratze mich am Kopf. »Wohnt er schon so lange hier wie du und Mum?«

»Seine letzte Frau hat ihn ausgenommen. Ich habe sie nie gemocht.«

Ich versuche zu ergründen, warum er meine Frage nicht beantwortet, als er im Aufzug den zweiten Stock drückt, obwohl sie im dritten wohnen. Ich drücke die richtige Taste, und er tippt sich kopfschüttelnd mit dem Handrücken an die Stirn.

Als ich mich zu Mums Salat setze, der heute mit Walnüssen und Pecannüssen ist, vermisse ich mein Zuhause wieder. Ich frage meine Eltern einfach auf den Kopf zu:

»Dad, geht es dir gut?«

Wieder entsteht eine winzige Pause, in der meine Mutter zu ihm sieht, ehe er mich anschaut und beide sich gleich verblüfft geben.

Da nichts kommt, richte ich die Frage an meine Mutter: »Mum, ist Dad krank?«

»Soweit ich weiß, nicht, Jack.« Sie zieht den Kopf ein und scheint zu überlegen, was diese Frage ausgelöst hat.

»Was fragst du denn da, Junge? Ich bin bei bester Gesundheit«, sagt Dad schließlich.

Ich esse ein wenig Salat. »Es fühlt sich nur ein bisschen komisch an.«

»Ich verstehe nicht, was du meinst, Schatz«, kommt von Mum.

»Es ist alles gut, mein Sohn«, bestätigt Dad.

Seufzend kaue ich einen Brocken, der Mozzarella zu sein scheint. Aus dem CD-Player in der Ecke klingt leiser Jazz.

»Hast du keinen Hunger?«, fragt Mum. »Ich hätte wahrscheinlich erwähnen sollen, dass wir jetzt beide Vegetarier sind.«

»Alles okay, danke.«

»Wir möchten dringend alles über deine Pläne hören«, wechselt sie wieder das Thema. »Wo willst du als Nächstes hin? Wie lange bleibst du?«

»Ich bin ja gerade erst angekommen.«

»Ja, Schatz, natürlich, so meine ich es auch gar nicht. Wir haben uns so gefreut, dich hier zu haben, nicht wahr, Joe?«

Dad kämpft mit einer Walnuss zwischen seinen falschen Zähnen und nickt lediglich energisch.

»Wir freuen uns für dich.« Mum wieder. »Wir sind sogar neidisch, denn wir hätten das vor Jahren machen sollen, stimmt's, Joe? Wir hätten reisen sollen.«

»Ihr seid nach Amerika gegangen, als ihr nicht viel älter wart als ich jetzt, Mum.«

»Ja, sind wir, nicht? Und das war damals solch ein Abenteuer!«

Ich erinnere mich, wie sie es mir erzählten. Ich war Anfang dreißig, beruflich bereits gut aufgestellt und wohnte in meiner eigenen Zweizimmerwohnung mit Blick auf Battersea Park, die ich mit einer hohen Hypothek gekauft hatte. Sie hatten mich gewarnt, dass der zweite Stock ohne Fahrstuhl keine gute Idee für mich wäre, aber ich hatte mich in den roten Backsteinbau mit den hohen Decken und den Originalkaminen verliebt. Ich fühlte mich sehr erwachsen und war entschlossen, ihnen das Gegenteil zu beweisen. Zufällig hatten sie recht, und nach einem Jahr verkaufte ich die Wohnung wieder. Zuvor indes hatte es jenen Abend gegeben, an dem sie mich besuchen kamen und ich glaubte, sie wollten nur sehen, wie es mir ging. Ich kochte ein Abendessen, und mittendrin verkündeten sie, dass sie auswandern würden. Einfach so. Noch heute ist da dieses Gefühl, von ihrer Entscheidung überfahren worden zu sein. Die beiden Menschen, die immer für mich da gewesen waren, wären es auf einmal nicht mehr. Ich legte mein Besteck hin – betroffen von dem Verlust und der Tatsache, dass ihnen überhaupt nicht bewusst zu sein schien, wie ich empfand.

»Spielst du noch?«, fragt Dad, und ich weiß, dass er die Trompete meint.

»O ja.«

»Und singst?«

»Etwas weniger, seit ich Nachbarn habe.«

Er fängt leise zu singen an, die langsamen Baritontonleitern, die er mir früher beibrachte, und ich stimme ein. Bald stehen wir beide und geben eine Vater-Sohn-Version von »Ol' Man River« zum Besten. Mum klatscht, und für einige Minuten ist es wie früher – bloß ohne Fleisch.

Später an dem Abend verdränge ich meine Zweifel und rufe Clare an, weil ich nicht schlafen kann. Ich bin nur ein Freund, der eine Freundin anruft.

»Jack?«

»Ja, hi, wollte nur mal hören, wie es läuft. Ich kann nicht schlafen.« Ich sage nicht: *Warum hast du nicht auf die Fotos reagiert, die ich dir geschickt habe?*

»Wie geht es dir?«

Ich versuche zu deuten, ob es steif klingt, als sie rasch weiterspricht. »*Wo* bist du? Bist du schon bei deinen Eltern?«

»Ich bin auf jeden Fall bei Leuten, die behaupten, meine Eltern zu sein, aber ganz sicher bin ich mir nicht.«

Ich kann ihr Lächeln *hören*.

»Was meinst du?«

»Es ist alles ein bisschen komisch.«

»Fang mal von vorn an«, sagt sie.

»Es war einmal ein schüchterner, fähiger Junge, der geliebt wurde. Er war privilegiert. Seine Eltern hatten nur das eine Kind und haben ihn vergöttert.«

»Mist!«, ruft sie. »Das ist wirklich der Anfang. Okay, ich mache es mir bequem.«

»Er ging auf die besten Schulen, hatte eine Mutter, die immer für ihn da war, und einen Vater, der viel beruflich unterwegs war, es aber dennoch schaffte, Zeit für ihn zu finden. Sitzt du schon bequem?«

»Ja. Ich liege auf meinem Bett.«

Sie sagt es, als wollte sie andeuten, dass ich ja genau weiß, wo es ist.

Ich stocke. »Der Junge war ein talentierter Musiker ...«

Und wir reden weiter, angefangen mit meiner Erzählung, wie Dad mir Trompetespielen beigebracht hat, bis hin zu meiner Sorge um ihn. Ich mache einen Witz über die Leute, die ich hier kennengelernt habe, und sage, dass ich das Gefühl habe, am Set von *Cocoon* gelandet zu sein.

»Es ist schön, von dir zu hören«, sagt sie nach einer Weile in einem Ton, der sich anfühlt, als würde dieses Gespräch bald enden. Ich stelle fest, dass ihre Stimme beruhigend auf mich wirkt, und möchte nicht auflegen.

Wir haben bisher nicht über unseren gemeinsamen Abend gesprochen. Er steht zwischen uns, stellt für keinen von uns ein Problem dar, doch wir besprechen auch nicht, was er bedeutet hat – oder zumindest, was er mir bedeutet hat. Es war das erste Mal seit viel zu langer Zeit, dass ich wirklich etwas mit all meinen Sinnen erlebte. Das möchte ich ihr sagen, will sie jedoch nicht zwingen zu erklären, was es ihr bedeutet hat oder auch nicht. Wozu? Ich bin hier, sie ist dort, und die Tatsache, dass sie es nicht erwähnt, veranlasst mich zu denken, dass sie es ebenso wie ich unter Erinnerungen an etwas Nettes abspeichert, das nie wieder vorkommen wird.

»Wie hoch ist die Chance«, fragt sie aus heiterem Himmel, »dass wir uns unter anderen Umständen begegnet wären?«

»Du hättest irgendwas hochgradig Illegales tun können.«

»Okay, aber ich denke eher an die Rolle, die Zufall und Schicksal in unser aller Leben spielen.«

Ich schweige.

»Ich meine, wir haben schon darüber geredet, oder vielmehr: Ich habe. Weißt du noch?«

Sicher. Es war am Burrito-Abend.

»Zufall«, sagt sie, »hat mit Glück zu tun, mit fallenden Würfeln, doch es könnte auch sein, dass der Zufall für oder gegen etwas wirkt.« Sie scheint keine Antwort zu erwarten, denn sie ergänzt schnell: »Und Schicksal ist eher etwas, was wir nicht kontrollieren.«

Mir war bestimmt, Alice zu verlieren und zum Amputierten zu werden. Ist es Zufall oder Schicksal, was April dazu brachte, mir jene E-Mail zu schicken, oder was Clare und Grace an meine Tür geführt hat? Ich bin mir nicht sicher. »Das Schicksal macht mir eine Riesenangst«, gestehe ich. »Keine Kontrolle zu haben. Laut Ollie hat mich das zu einem Kontrollfreak gemacht.«

Ich höre ihr sanftes Atmen am anderen Ende. »Erzähl mir, was dir passiert ist, Jack«, flüstert sie.

Und ich mache es. Ich erzähle ihr, was mir passiert ist, alles über Alice und wie sehr ich sie geliebt habe, über den Unfall und Alice' Tod.

Ich erzähle ihr *fast* alles.

32

Der erste Schock an Grace' Geburtstag war, dass Clare morgens mit dem Gedanken an Jack aufwachte, der »die Liebe seines Lebens« verloren hatte und was das für ihn hieß. Seit sie zuletzt gesprochen hatten, verstand sie endlich, dass er weglief und zugleich mit Höchstgeschwindigkeit auf etwas anderes, Aufregendes zu. Und sie musste lächeln.

Der zweite Schock des Tages war die Postkarte. Es war ein typisches Touristenbild von London mit Big Ben und dem Parlament vorn und einer gekritzelten Nachricht von Tim auf der Rückseite.

Ich weiß, dass ich exkommuniziert bin, wollte dir aber sagen, dass ich £ 100 für Grace' Geburtstagspizzaabend auf dein Konto überwiesen habe. Tim

Als sie die Karte auf der Fußmatte unter dem Briefschlitz fand und Tims Handschrift erkannte, hatte sie die Luft angehalten, jedoch beim Lesen gleich wieder ausgeatmet. Das Geld bedeutete, sie musste ihre Kreditkarte nicht belasten. Sie war erleichtert – denn sie wünschte sich, dass Grace den bestmöglichen sechzehnten Geburtstag hatte.

Der dritte Schock kam, als ihre Tochter sie bat, ihr wenige Stunden vor dem Treffen mit Freunden in der örtlichen Pizzeria mit dem Make-up zu helfen. Es war nicht die große Freundesgruppe, auf die Clare insgeheim gehofft hatte, aber Grace wirkte mehr als glücklich mit ein paar Mädchen vom Hockey, Reya, die aus Croydon kam, und Erik. Grace schminkte sich nicht, hatte bisher nicht einmal Wimperntusche benutzt, und Clare bemühte sich, ihr Staunen zu verbergen. »Natürlich«, sagte sie lächelnd. »Willst du meines holen?«

Grace rannte durch den Flur, und schon jetzt spürte Clare, dass sich ihre Tochter veränderte.

»Deine Haut«, sagte sie keine fünf Minuten später, »ist so glatt wie ein Babypo.«

»Ist die nicht ganz faltig?«

»Nein, ist sie nicht, Schatz.«

Clares strikte Anweisung, dass es hinterher aussehen müsste, als wäre sie nicht geschminkt, erwies sich zum Glück als überflüssig. Grace wollte gar nicht wie die meisten anderen jungen Mädchen aussehen – mit hauchdünnen, nachgemalten Brauen, aufgeblasenen Lippen und dick angemalten Augen. Sie legte eine getönte Feuchtigkeitscreme auf, einen winzigen Strich Eyeliner, zwei Lagen Mascara, einen Hauch helles Rouge und etwas matten Lippenstift.

Sobald alles fertig war, lief Grace zum Spiegel in der Diele. »Gut gemacht, Mum«, sagte sie strahlend. »Danke! Denkst du dran, dass wir Reya zwanzig Minuten vorher am Bahnhof abholen müssen?«

»Ja, habe ich nicht vergessen.«

»Und, Mum.« Grace' hübsch geschminkte Lippen umspielte ein Lächeln. »Danke auch für den Pizzaabend. Damit und mit dem neuen Handy ist es für dich ganz schön teuer.«

Es wäre so leicht, dachte sie, all den Dank einzusacken und sich zur Mutter des Jahres ausrufen zu lassen. »Dein Dad hilft«, sagte sie. »Er hat Geld geschickt.«

»Hat er? Er hat mir schon den Klamottengutschein geschickt.« Grace zog die Augenbrauen hoch. »Wow …«

»Ja, dachte ich auch, aber er bezahlt die Pizza, und du solltest dich bei ihm bedanken.«

»Mach ich noch.«

Clare sah sie kritisch an.

»Ehrlich, ich schreibe ihm nachher.«

»Ja, vergiss es nicht.« Clare knuffte sie im Vorbeigehen. »Ich weiß, dass du noch sauer auf ihn bist, aber …«

»Wir reden miteinander, Mum, also keine Sorge. Ich bin nur noch nicht bereit, ihn zu sehen, aber ich rufe ihn an.«

»Und es wird heute Abend nichts getrunken. Gar nichts, klar? Ich will nicht, dass du auch nur einen Tropfen Alkohol trinkst.«

Grace blinzelte ein wenig zu hastig, bevor sie murmelte: »Natürlich nicht.«

»Ich meine es ernst, Grace.«

»Mum, du weißt, dass Reya nicht trinkt, ich nicht trinke, Erik in einem Pub lebt, wo er es könnte und es trotzdem nicht tut. Und die anderen Mädchen sind nett. Du würdest sie mögen. Hör auf, dir Sorgen zu machen.«

Clare entging nicht, dass ihre Tochter die Abstinenz der anderen Mädchen nicht bestätigt hatte, ließ es aber gut sein. Es war immerhin ihr Geburtstag.

Nachdem sie die Teenager sich selbst überlassen hatte, ging Clare die Hauptstraße entlang zum Pub, wo sie sich mit Emma verabredet hatte. Der kurze Weg machte ihr wieder bewusst, wie wichtig ihr dieser Ort geworden war, in dem sie jetzt lebte. In dem gedrungenen Gebäude der Bücherei mit den Fenstern zu beiden Seiten der Eingangstür hatten sich Grace und sie letzte Woche zum monatlichen Lesekreis angemeldet. Grace hatte die Nase gerümpft angesichts des dicken Romans, den sie lesen »mussten«, aber Clare, die Bücher immer als bloße Staubfänger gesehen hatte, las neuerdings jeden Abend vor dem Einschlafen eine Viertelstunde lang.

Onward Motion wurde von einer hellen Straßenlaterne erleuchtet. Drinnen war niemand zu sehen. Am nächsten Morgen war Clare dort mit Pam, der Leiterin, verabredet, um zu besprechen, wie genau sie mit Tanzen aushelfen konnte. Sie dachte an das Mal, als sie Jack drinnen gesehen hatte, während sie sich bei ihrem Telefonat mit Jean in den Hauseingang zurückzog. Und an den Tag, an dem sie beim Tee- und Kaffeeausschank aushalf, hinterher mit Jack zu Hause Walzer getanzt hatte und … Sie dachte an Jack und wie sie es vermisste, ihn in der Nähe zu haben. Es war gut gewesen, gestern Abend mit ihm zu telefonieren, dennoch hatte sie sich danach ihren Entschluss ins Gedächtnis gerufen, den sie gefasst hatte, als er abreiste: ihn auf Abstand zu halten. In den ersten Wochen hatte er Fotos und Texte geschickt, und sie hatte ihm nicht jedes Mal geantwortet, weil er frei sein sollte zu tun, was er tun musste – genau wie sie.

Vor dem Pub blieb sie stehen und blickte zum überfrorenen Dach und dem schwachen Licht aus einer der beiden Fenstergauben oben. Sie schob die Hände tiefer in ihre Jackentaschen und entsann sich an das erste Mal, dass sie Jan begegnet war. Er war ein Wagnis eingegangen, indem er sie einstellte. Melborough und die Menschen hier waren so freundlich zu ihr gewesen, und dass sie diesen Ort liebte, war wie eine Erleuchtung für sie. Noch nie hatte Clare einen Ort geliebt. Croydon war ein Zuhause gewesen, aber sie hatte es weder gemocht noch verabscheut. Es war schlicht das Viertel gewesen, in dem sie wohnte. Vor Melborough hatte sie das Gefühl überhaupt nicht gekannt, irgendwo hinzu*gehören*. Exakt das empfand sie hier. Sie passte zu diesem Ort und diesen Leuten.

Im Pub zog sie ihre Jacke und die Handschuhe aus und setzte sich auf den letzten freien Barhocker, während Emma ihr einen Softdrink einschenkte. Es war ruhig, »aber nicht ganz so ruhig, dass ich mich zu dir vor die Bar setzen könnte«, sagte Emma, als Clare ankam.

»Drüben alles klar?«, fragte Emma, und Clare nickte.

»Alles gut, auch wenn Erik mir leidtut – vier Mädchen und ein Junge …«

»Der feuchte Traum eines jeden Teenagers«, entgegnete Emma, bevor sie sich über den Tresen beugte und flüsterte: »Und was sagst du zu Grace und Erik? Du weißt schon, dass sie ›zusammen‹ sind?«

Clare rieb sich die Brust mit ihrem Handballen und nahm ihr Glas auf. Sie hatte keine Ahnung gehabt. Natürlich verbrachten die beiden viel Zeit miteinander, zuerst mit dem gemeinsamen IT-Projekt für ihre Website, die kürzlich online geschaltet worden war. Anscheinend hatten sie nicht nur das World Wide Web zusammen erkundet. Wie hatte sie das nicht merken können? Sie schüttelte den Kopf und murmelte: »Mist.«

Emma runzelte die Stirn. »Bist du dagegen?«

»O Gott, nein! Nicht gegen Erik, nein, nur ... ich habe nichts gewusst. Wie konnte ich das nicht mitkriegen?« Sie war sprachlos und hatte schon wieder eine Hitzewallung, weshalb sie sich entschuldigte.

Auf der Damentoilette stützte sie sich mit beiden Händen auf dem Waschbecken auf, ließ das kalte Wasser laufen, spritzte sich etwas davon ins Gesicht und tupfte es mit einem Papierhandtuch ab.

»Diese bescheuerten Hitzeschübe«, sagte sie, als sie wieder an den Tresen kam.

Emma nickte mitfühlend. »Ich weiß, und die bleiben jahrelang.«

»Du bist eine wahre Freundin!«

»Entschuldige, aber es ist ja sinnlos, irgendwas daran zu beschönigen.«

Clare griff nach Emmas Arm. »Bist du aber wirklich. Du bist mir eine Freundin, und dafür bin ich sehr dankbar.«

»Sicher? Ich hatte nicht damit gerechnet, dass du zum Klo rennst, wenn ich erwähne, dass mein Sohn und deine Tochter ein Paar sind.«

»Wann ist sie denn bloß auf einmal erwachsen geworden?«,

jammerte Clare übertrieben. »Wann zur Hölle bin ich alt geworden?«

»Älter«, korrigierte Emma. »Wir sind nicht alt, bis wir so aussehen wie diese faltigen Hunde und Hilfe bei den nötigsten Dingen brauchen. Dann sind wir vielleicht alt.«

Clare versuchte, sich auf Emmas Worte zu konzentrieren. Dass sie in der Blüte ihres Lebens wären. Dass Jan Marathon lief und Emma sich noch sehr gründlich überlegte, was sie mit dieser Blüte anfing.

»Emma, du denkst doch nicht«, unterbrach Clare sie. »Du denkst nicht, dass Erik und Grace ... du weißt schon ...« Sie sprach aus, was ihr durch den Kopf ging, seit sie auf die Toilette geflohen war. Sie hatte nicht gewusst, dass die beiden zusammen waren, also woher sollte sie wissen, ob sie miteinander schliefen?

»Nein!«

»Du würdest es mir erzählen, oder? Und bist du sicher, dass du es wissen würdest?«

»Ich würde es dir sagen, und ich würde es wissen. Erik und ich sind uns sehr nahe.«

»Ich dachte auch, Grace würde mir alles erzählen, trotzdem hatte ich keinen Schimmer, dass sie und Erik zusammen sind.«

»Sie schlafen nicht miteinander«, insistierte Emma.

»Sag mir, dass ich eine gute Mutter bin ... Hältst du mich für eine gute Mutter?«, platzte Clare heraus, während Emma einige Gläser mit einem Geschirrtuch polierte.

Emma betrachtete sie. »Soweit ich es sehen kann«, sagte sie vorsichtig. »Du bist eine gute Mutter. Warum?«

»Meine Mutter war beschissen in dem Job«, antwortete Clare, bevor sie ihr Glas leerte. »Ihr ist auch nie irgendwas aufgefallen.«

»O Mann, Mädchen, du solltest wirklich anfangen zu trinken.« Sie nickte zu Clares leerem Glas. »Im Ernst, nimm einen

Wodka-Tonic. Der könnte dir helfen, nicht so viel Zeit in deinem Kopf zu verbringen.« Sie legte ihre Hand auf Clares. »Ich weiß, was du durchgemacht hast. Zwar keine Einzelheiten, die ich auch nicht wissen muss, aber die Reise von deiner Mum via Tim bis hierher muss aus den Akten gelöscht werden.« Sie zeigte auf Clares Kopf.

»Ich könnte mit allem fertigwerden, nur nicht damit, Grace zu enttäuschen.« Clare schob ihr Glas auf Emma zu. »Ihr Glück ist entscheidend für den Umzug, für all dies hier.« Sie schwenkte eine Hand zum Raum. »Für die Arbeit.«

Emma zuckte mit den Schultern. »Tja, auf mich wirkte sie sehr glücklich, als ich sie gestern aus Eriks Zimmer kommen sah. War 'n Witz, nur ein WITZ!« Lachend schüttelte sie den Kopf und ging einen Gast am anderen Ende der Bar bedienen.

Und Clare erlaubte sich zu schmunzeln. Es *war* ein bisschen witzig.

Onward Motion war definitiv der richtige Ort am nächsten Morgen. Sie hatte jedes Gespräch über Erik mit Grace gemieden, indem sie ihr zulächelte und ganz allgemein fragte, ob alle am Abend ihren Spaß gehabt hatten. Gleich nach dem Mittag waren sie und Reya in den Ort gefahren, weil Reya ihren Zug zurück nach London bekommen musste. Clare war zur Hilfsorganisation gegangen, wo sie hoffte, etwas von dem zurückgeben zu können, was ihr diese Gemeinschaft gegeben hatte, die sie lieben gelernt hatte, und dieser Einrichtung, die Grace' und ihrem Wohltäter etwas bedeutete.

»Hier sind mehr Leute, die tanzen lernen können und denen damit geholfen werden kann, als solche, für die es keine Option ist«, versicherte Pam ihr. »Ja, wir haben einige, deren Einschränkungen es langfristig unmöglich machen, aber bei den meisten ist das nicht der Fall, und sie sind echt interessiert.« Sie lächelte, bevor sie die Stirn runzelte. »Der Haken ist, dass es sehr viel Zeit braucht. Sie können nur mit zwei Leuten gleichzeitig arbeiten, vorausgesetzt, die beiden haben ähnliche Voraussetzungen, und im Idealfall wäre es wohl besser, Einzelstunden zu geben. Was ich meine: Wie viel Zeit könnten Sie hierfür erübrigen?«

Clare hielt den Atem an. Das hatte sie schon befürchtet, seit ihr die Idee gekommen war. Sie wollte es machen, wirklich, aber wie sie es effektiv tun wollte, ohne dass es ihr die Zeit wegfraß, in der sie Geld verdienen musste, war ein anderes Thema.

»Ich möchte das machen, also schaffe ich mir die Zeit«, sagte sie und nickte. »Denken Sie, dass ich die Leute kennenlernen könnte, die interessiert sind? Dann kann ich eher einschätzen, wie ich es am besten angehe.«

»Natürlich, können wir jetzt gleich machen. Ich habe eine Liste, und einige von ihnen sind gerade hier. Und Simon, unser Therapeut, der heute nicht hier ist, möchte mit Ihnen über eine Idee für eine Spendenkampagne reden.«

»Kein Problem. Gehen wir.« Clare lächelte, als sie Pam aus dem Büro folgte.

Beim Abendessen blickte Clare hinaus zum mondklaren Himmel.

»Was ist los, Mum? Du bist heute Abend in einer komischen Stimmung«, sagte ihre Tochter.

»Entschuldige, ich bin ein bisschen in Gedanken.« Clare schob ihr Essen mit der Gabel von einer Tellerseite zur anderen. »Und wie war dein Geburtstag? Die Party? Hattet ihr heute Spaß in der Stadt, du und Reya?«

Grace' Strahlen verriet alles. »Genial! Es war perfekt – nur einige wichtige Leute, und sie alle mochten Reya. Und sie findet es klasse hier. Wir haben alle viel gelacht.«

»Und wie findet Reya Erik?«

»Den findet sie süß!« Grace' Wangen glühten, und sie legte die Hände zusammen, als würde ihr eben klar, dass in ihrer Welt alles gut war.

»Freut mich«, sagte Clare.

»Und ich habe Dad angerufen und mich bedankt. Er war sehr still, aber wir haben einen Curry-Abend verabredet, mal sehen, wie es geht … Also, warum bist du in Gedanken?«

»Ich war heute bei Onward Motion. Es war ziemlich beeindruckend zu sehen, wie Leute es mit solchen unterschiedlichen Herausforderungen aufnehmen.«

»Bist du sicher, dass es eine gute Idee ist?«

»Was?«

»Na, ob du helfen kannst? Sie brauchen keine Gutmenschen da, die Mitleid mit ihnen haben.«

»Grace!« Clare rückte ihren Teller weg.

»Das kam völlig falsch raus, entschuldige. Ich meine nur, dass du es nicht richten kannst, Mum. Du kannst ihre Probleme nicht beseitigen.«

»Was ich auch nicht vorhabe oder erwarte. Ich hoffe, die Freude am Tanzen mit Leuten zu teilen, die es versuchen wollen.«

»Okay, also …« Grace faltete die Hände und sah Clare mit Tims Augen an. »Was ist dann das Problem?«

»Das Problem ist, dass ich jetzt weiß, was gebraucht wird, und mich frage, woher ich die Zeit nehmen will. Es geht nicht nur um einige Stunden. Es ist eine Verpflichtung. Eine große.«

Ihr war bewusst, dass Grace mehr Erklärung erwartete, aber sie wollte nicht zugeben, dass sie Angst hatte. Was ihr heute erst klar geworden war, als sie die Furcht der Leute gesehen hatte. Sie hatte es in ihren Augen wahrgenommen: eine Mischung aus Vorfreude und Furcht. Und als sie die sah, hatte sie beschlossen, sie würde es machen. Irgendwie würde sie es möglich machen.

»Ich helfe dir, einen Plan zu machen«, sagte Grace, die an ihr vorbeiging und sie auf den Hinterkopf küsste. »Und ich helfe hier zu Hause mehr. Es müsste neben den Tanzkursen und dem Pub laufen, was bedeutet, dass du die Abende und die Teilwochenenden, die du freihast …« Grace zuckte mit den Schultern. »Tja, die hast du dann wohl nicht mehr frei.«

Clare blickte ihrer Tochter nach, die die Treppe hinaufging. Der Tochter, die in der Zeit hier so sehr gewachsen war und die anscheinend auch hierhergehörte. Lebenswichtig war, dass Clare weiterhin genug Stunden arbeitete, um für die Gegenwart wie die Zukunft genug Geld zu verdienen und um ihrer Tochter zu zeigen, dass sich Dinge mit ein wenig Glück und viel harter Arbeit immer verändern ließen.

Ein Sam-Cooke-Song über Veränderungen fiel ihr ein, und weil sie den Text nicht genau konnte, summte sie die Melodie beim Abräumen des Tisches. Die hatte Jack oft auf seiner Trompete gespielt. Bis jetzt waren alle Veränderungen gut für Grace und sie gewesen, und sie war entschlossen, einiges von der Freundlichkeit zu vergelten, die Jack und Melborough ihnen erwiesen hatten.

33

WhatsApp Erik & Grace

Willst du darüber reden?

Ich denke, du hasst Texten. Und darüber reden ist schräääääg.

Grace, mir wäre wohler, wenn ich weiß, dass alles gut ist. Du hast nicht Nein gesagt. Du sollst nur wissen, dass ich, wenn du Nein sagst, das total verstehe und ...

Dir ist klar, dass ich nicht Nein gesagt habe, oder? Erik! Ich habe nicht Nein gesagt.

Aber wünschst du dir vielleicht, du hättest?

Ich hätte es vielleicht, hättest du alles gewollt.

OK. Nein. Natürlich nicht. Ich meine.

Jetzt werde ich rot. Bist du zufrieden?

Sorry. Da ist noch was, bei dem ich möchte, dass du Ja sagst ...

Na?

Würdest du Ja sagen, wenn ich dich bitte, meine feste Freundin zu sein?

Wenn du mich fragst, ob ich deine feste Freundin sein will, ja, dann würde ich Ja sagen.

Echt! Bist du sicher?

Ich habe Ja gesagt. Jetzt schon zweimal. Ich bin sicher.

War nur ne Frage … Also, ja?

Klar. Warum nicht ☺

34

Hier zu sein, zu sehen, wie sich die Leute mit einem Lächeln begrüßen, sogar mich, einen Fremden, weckt die Frage in mir, ob es an der Sonne liegt. An all dem natürlichen Serotonin. Oder haben mich auch unter dem grauen Londoner Himmel dreißig Jahre lang Leute angelächelt, und ich habe es nie bemerkt? Es ist, als hätte ich eine Schutzschicht getragen, die mich vor Spott schützte und über Jahre dafür sorgte, dass mich das Schicksal höchstens sanft küsste. Doch das Problem bei einer Rüstung ist, dass zwar nichts und niemand zu mir durchdringt, ich mich allerdings auch darin verstecken kann. Unwillkürlich frage ich mich, wie oft ich ein Lächeln verpasst habe.

Über dies und anderes denke ich nach, als ich an Franks Leine ziehe. Er ist ein weißer West Highland Terrier, und da ich meinen Aufenthalt in Florida ein wenig verlängert habe, gehe ich täglich mit ihm spazieren, seit Mason nach einem Sturz ins Krankenhaus musste. Meine Eltern wären gern eingesprungen, haben jedoch beide eine Hundehaarallergie. Javier ist verreist, und so komme ich ins Spiel: der amputierte Dogwalker mit dem sehr flexiblen Flugticket. Zum Glück ist der Hund klein. Heute schlendere ich am Crandon Beach entlang. Es ist heiß, und ich habe mir die orangefarbene Baseballkappe weit in die Stirn gezogen, um mein Gesicht zu beschatten. Außerdem habe ich mich durchgerungen, Shorts zu tragen.

Es gibt einen Bohlenweg über den Sand, auf dem ich recht gut klarkomme; trotzdem bleibe ich stehen, als ich den Strand erreiche, denn meine heutige Sportprothese verträgt sich nicht mit Sand. Die Luft ist frisch und salzig, und ich setze mich auf eine Bank am Ende des Pfades, um der abklingenden Flut zu lauschen. Es ist so friedlich, dass ich mich zwingen muss, nach einer Viertelstunde weiterzugehen. Frank läuft brav mit, als ich ihn zurück zum Ort führe. Ich komme an einer Reihe von Bistros, Cafés und Restaurants vorbei und atme das Aroma frisch gegrillter Makrelen ein. Bei Betty's Diner sind Hunde zwar erlaubt, doch ich bleibe in der Sitznische dicht am Fenster und winke Mum zu, die mit einer der Kellnerinnen an der Bar spricht.

»Schatz«, sagt sie, als sie kommt und mich auf die Wange küsst. »Ich habe uns je ein kleines kaltes Bier bestellt.« Sie rutscht auf die abgewetzte rote Lederbank, legt beide Hände auf den Resopaltisch und lächelt. Mir fällt auf, dass ihr üblicher dunkelrosa Lippenstift in die feinen Fältchen um ihren Mund verlaufen ist. »Also, was gibt's?« Typisch für Mum, direkt zum Punkt zu kommen.

»Ich dachte, es wäre nett, hier mittagzuessen. Wir haben noch keine Zeit zu zweit gehabt.«

»Eine reizende Idee, Schatz.«

Die Kellnerin bringt uns zwei eiskalte Gläser Budweiser und fragt, ob wir schon bestellen wollen.

»Ich nehme eine Portion Pommes«, antwortet Mum. Sie isst wie ein Spatz.

»Ich habe Hunger. Ich nehme bitte den Veggie-Burger und Pommes.«

Mum grinst zustimmend, und als die Kellnerin wieder verschwindet, lege ich meine Hand auf ihre. Frank schlabbert laut aus dem Wassernapf unterm Tisch.

»Gott, du wirst mir fehlen, wenn du wieder weg bist.« Ihre Hand zuckt. »Ich gewöhne mich daran, dich hier zu haben. Bist du sicher, dass du nicht vorzeitig in den Ruhestand gehen willst?«

Es kommt selten vor, dass ich eine Frage prompt beantworte. Jahre vor Gericht haben mich gelehrt, ein oder zwei Sekunden lang zu überlegen und das Gesagte zu analysieren. Ist es eine Suggestivfrage mit einem Subtext oder nur das, was es scheint?

Mir kommt mein Zuhause in den Sinn: das Reetdach-Cottage mit Pecan und Walnut, Ollie und seine Familie. Und ich denke an andere Freunde – Clare, Grace, Marsha, Lynn und April.

»Jack?«

»Nein, Mum, noch werde ich mich nicht zu euch in die Sonne von Florida gesellen.« Die strahlt draußen wie eine Bronzemünze am wolkenlosen blauen Himmel. »Ich verstehe wirklich, warum ihr hier seid. Ihr habt Wärme, Sonne, gutes Essen und Freunde. Es ist ein großartiges Leben.«

»Wir haben großes Glück, auch wenn ich, wie du weißt, von jeher denke, dass wir uns unser Glück selbst schmieden.« Sie sieht mir in die Augen. »Also, raus damit. Du wolltest mich offensichtlich allein sprechen. Was liegt dir auf dem Herzen?«

Ich räuspere mich. »Ich frage mich eher, ob dir etwas auf dem Herzen liegt.«

»Du bist hier nicht bei Gericht, Schatz. Lassen wir die Wortspiele.«

Das Essen kommt sehr schnell. Mum nimmt ein langes dünnes Pommes-Stäbchen auf und saugt das Salz ab. Ich weiß nicht, wie ich sie am besten frage, ob etwas mit Dad nicht stimmt. Und weil ich das Gefühl nicht loswerde, dass es so ist, weiß ich, sie würden mich schützen wollen. In ihren Augen bin ich, der einzige Sohn, ihr kleiner beschädigter Junge.

Schließlich spreche ich es aus: »Mum, falls Dad krank ist, würde ich es ehrlich lieber wissen.«

Sie reißt die Augen weit auf. »Das schon wieder?«

»Du musst es mir sagen.«

»Jack …«

»Er ist vergesslich, wirkt nervös in meiner Gegenwart«, unterbreche ich sie. »Hat er Alzheimer?«

Sie lässt die Schultern hängen. »Selbstverständlich nicht«, sagt sie, und ich erkenne, dass sie die Wahrheit sagt. »Wie kommst du darauf?«

Ich zähle die Beispiele für seine Vergesslichkeit seit meiner Ankunft auf, sein seltsames Verhalten mir gegenüber. Meine Mutter hört aufmerksam zu, und ich weiß, dass sie ehrlich ist, als sie erklärt: »Mit deinem Vater ist rein gar nichts, was mit mir nicht auch wäre. Wir werden schlicht beide alt, Jack.«

Das Einzige, was bei diesem Mittagessen klar wird, ist, dass meinem Vater medizinisch nichts fehlt und mir dieser Veggie-Burger nicht schmeckt.

»Hast du nicht gesagt, du hast Hunger?« Mum blickt zu den Resten auf meinem Teller.

»Ich hätte mir einen richtig saftigen Hamburger bestellen sollen.«

Sie lacht. »Du warst schon als Kind ein schwieriger Esser. Immer musstest du das haben, was dein Dad und ich ›Präzisionsessen‹ nannten. Alles gleichmäßig auf dem Teller angerichtet.«

Ich kratze ein imaginiertes Jucken an meinem Unterarm.

»Weißt du noch, wie du mit Fußball angefangen hattest?«

Ich weiß, was kommt, noch bevor sie es sagt. Als Stürmer sollte ich Tore schießen, doch ich musste immer abwechselnd rechts, dann links treffen … Symmetrie.

»Du warst ein komischer kleiner Kerl.«

Ich nicke.

»Und all diese kleinen Nuancen schienen ausgeglichen, als du Alice kennenlerntest.«

Ich gable einige lauwarme Pommes auf und kaue langsam. *All diese kleinen Nuancen.*

»Sie fehlt dir immer noch, oder? Sogar nach so langer Zeit.«

Automatisch wandert meine Hand an die Prothese.

»Entschuldige. Dein Dad und ich sorgen uns bloß um dich.« Jetzt habe ich das Gefühl, der Spieß würde umgedreht. »Ich finde es furchtbar, dass du allein bist. Bist du nicht einsam?«

»Mum, ich bin normalerweise sehr beschäftigt. Da habe ich gar keine Zeit, einsam zu sein.« Es ist eine gigantische, grellbunte Lüge, und bedrückende Stille senkt sich über uns.

»Aber du bist mal ein wenig aus jener Welt ausgebrochen, erlaubst dir, Luft zu holen. Diese Reise ist wunderbar, wenn du weißt, was du dir von ihr erhoffst.«

»Erfahrung«, sage ich. »Es geht darum, meine sehr bequeme Nische zu verlassen und die weite Welt zu kosten.« Fast zitiere ich Aprils E-Mail.

Mum sieht nachdenklich aus. »Das klingt beinahe wie eine Reise nach Oz.«

»Was?«

»*Der Zauberer von Oz*, dein Lieblingsfilm als Kind.«

Jedes Weihnachten klebte ich an dem winzigen Fernseher, aber bevor ich etwas sagen kann, redet sie weiter.

»Tja, du hast schon ein großes Herz. Eines der klügsten Gehirne, die ich kenne, besitzt du auch schon. Also muss es Mut sein, worauf du aus bist.«

»Ich schätze, wir alle brauchen Mut.«

»Immer. Täglich, genau genommen. Hin und wieder müssen wir ein Risiko eingehen.« Mum verstummt kurz. »Wie seltsam, dass du dir solche Sorgen um deinen Dad machst. Denn er sorgt sich um dich.«

»Warum?« Ich denke die Version seines Freundes von dem, was ich derzeit tue: *Lässt eine Karriere hinter dir und verschenkst ein Haus.*

»Dein Vater denkt, dass du vielleicht schwul bist.« Sie blickt zu ihren Fingernägeln an der Tischkante. »So, jetzt habe ich es gesagt. Er wird mich umbringen, aber so ist es.« Sie sieht mich wieder an. »Und dass du nicht wagst, es uns zu sagen. Deshalb sage ich dir, dass es keine Rolle spielen würde. Für ihn nicht und auch nicht für mich. Ich mag sogar das rosa Shirt, das du anhast.«

Ich bin sprachlos, bringe keinen Mucks heraus. Ich bin frustriert, dass sie es denken, und wütend, dass sie mich nie zuvor fragen konnten oder wollten. Langsam atme ich aus. Frank stupst an mein gesundes Bein, als wollte er sagen, dass es Zeit wird zu gehen.

»Ich bin nicht schwul, Mum. Ich habe mich nie für Männer interessiert, glaube allerdings nicht, dass es etwas wäre, was ich nicht erzählen oder auf das ich nicht stolz sein könnte. Ich mag schon immer Frauen. Um ehrlich zu sein, fasse ich nicht, dass ihr denkt, ich würde euch das verheimlichen.«

Sie zuckt mit den Schultern. »Habe ich nicht. Ich habe ihm gesagt, dass er sich irrt. Aber manchmal ist es schwer, Dinge zu erzählen, und er macht sich Sorgen. Das mit Alice ist so lange her, Schatz. Wir beide sorgen uns bloß, weiter nichts.«

»Ihr habt von Lynn gewusst. Ich *habe* andere Beziehungen gehabt.« Nun fühle ich deutlich, wie ich rot werde. Denn das stimmt eigentlich nicht. Ich bin fast fünfzig, und es hat bisher nur Alice und Lynn gegeben sowie eine Handvoll Frauen, mit denen es nie zu einer Beziehung kam. Von ihnen wissen meine Eltern nichts. »Frank muss mal«, behaupte ich abrupt und lege genug Geld auf den Tisch. Ein wenig verlegen stelle ich mich vor die Nische.

»Wir gehen?« Mum nimmt ihre Handtasche und steht auf. »Fahr mit mir nach Hause. Die Sonne ist jetzt am heißesten.«

»Nein, ich gehe lieber zu Fuß. Es ist ja nicht weit.«

Sie nimmt mich in die Arme. »Ich habe dich verärgert«, flüstert sie. »Das tut mir leid. Ich will doch nur …« Sie weicht zurück und sieht zu mir hoch. »Dein Dad und ich wollen doch nur, dass du glücklich bist. Bei allem, was wir tun und sagen – oder nicht sagen –, geht es uns einzig darum. Und, nein, das bedeutet nicht, dass er krank ist und wir es verstecken. Ist er nicht. Schatz, wenn diese Reise dir Glück bringt, ist es klasse. Wir möchten einfach nicht, dass du einsam bist.«

Ich küsse sie aufs Haar. »Wir sehen uns in der Wohnung.«

»Willst du wirklich laufen?«

»Ja.«

»Glück ist es, wonach du suchst.« Sie zögert. »Und das findest du, indem du den Mut hast, die Dinge loszulassen, die dich unglücklich machen.«

Ich rücke die leeren Bier- und Wassergläser in eine Reihe.

Mum lacht. »Immer dasselbe!«

»Ich begleite dich zum Wagen.«

Sie hakt sich bei mir ein. »Erinnerst du dich, wie du damals die Uni gewechselt hast, um näher bei uns zu sein?«

Hierauf muss ich nicht antworten.

»Wir waren fast jedes Wochenende bei dir, nur zu Besuch, um zu helfen und dir zu signalisieren, dass wir da waren.«

Ich denke an jene Zeit und ringe mir ein Nicken ab.

»Wir hatten Angst um dich. Besonders ich, denn ich wusste, wie brutal das war, was dir zugestoßen war, und ich war unsicher, ob du dich jemals davon erholen würdest.« Sie bleibt stehen, dreht sich zu mir und schirmt ihre Augen mit einer arthritischen Hand ab. »Die letzten Jahre habe ich stolz beobachtet, wie erfolgreich du bist, und ich habe mir eingeredet, dass ich unrecht hatte. Hatte ich es wirklich?«

Mum blinzelt langsam, und ich bin beinahe hypnotisiert.

»Jack?«

Langsam atme ich aus. »Ich fühle mich immer noch verantwortlich. Wäre ich nicht gefahren … Hätte ich nicht um die Zeit gehen wollen … Wäre sie nicht bei mir gewesen … Hätte ich mich einfach umgedreht, als ich sie zum ersten Mal gesehen hatte …« So habe ich noch nie mit meiner Mutter geredet. »Was geschehen ist, hat dafür gesorgt, dass ich nie wieder richtig riskiere zu lieben.«

»Oh, mein armer Junge!«

Die Szene ist schon fast Hollywood-verdächtig. Meine alte

Mutter, die sich weinend an mich klammert, während ich mich anstrenge, nicht zu weinen. Frank kläfft, als wollte er fragen, was mit uns los ist.

»Mum, ich muss jetzt gehen. Ich brauche die Luft, in Ordnung? Kannst du nach Hause fahren?«

Sie nickt, streicht mir sanft über die Wange und steigt in ihren Wagen. Ich schaue ihr nach, als sie wegfährt, dann gehe ich so langsam zurück, wie Frank es mir erlaubt. Bald bin ich wieder auf der Bank am Strand.

Schwul … Ich atme die salzige Luft ein. Das ist der Schluss, zu dem meine Eltern gekommen sind: dass ich meine wahre Sexualität verheimliche. Ich kann mich nicht entscheiden, ob ich wütend oder überrascht bin, muss aber zugeben, dass wir nicht oft richtig reden. Und alles, was sie sehen, ist ein Mann, den sie lieben und der seit fünf Jahrzehnten lebt, ein etwas eigenartiger, aber liebevoller Mann, der die meiste Zeit außerhalb seines Berufs allein verbringt. Ein einsamer Mann. Und ich fühle ihre Sorge um mich wie zum ersten Mal. Ich teile sie nicht, aber ich fühle sie. Ihre Worte hallen mir durch den Kopf: *Du findest es, indem du die Dinge loslässt, die dich unglücklich machen.*

Plötzlich wird mir bewusst, dass ich bereits am Tor von Oz stehe – und das schon seit geraumer Zeit. Mir war immer klar, dass ich mir, indem ich mich an das Leben geklammert habe, wie es mit Alice gewesen wäre, ein anderes Leben versperrt habe. Dennoch konnte ich sie nie aufgeben. Zwischen Fingern und Daumen rolle ich das winzige Einhorn, während ich in der Zeit zurückgeworfen werde zu jener letzten Nacht und dem geparkten Mini.

»Du bist dir sicher, oder? Du musst dir sicher sein, dass du das willst. Alice, sieh mich nicht so an … Es ist dein Leben, dein Abschluss, der aufgeschoben werden müsste.«

»Du hast gesagt, dass du glücklich bist.« Sie rückt die orangefarbene Kappe auf ihrem Kopf zurecht und sieht mich an.

»Bin ich! Ich möchte nur, dass du dir sicher bist …«

»Wahrscheinlich ist es naiv, aber ich war mir nie sicherer. Wir können das. Tun wir es, Jack. Und ich denke, es ist ein Mädchen.«

»Ein winziges Du.« Ich ziehe sie in meine Arme. »Ich liebe dich.«

»Wir lieben dich auch«, sagt sie und küsst mich.

Sehr langsam atme ich aus, als würde ich sie hinaus aufs Meer blasen, und anstatt mich zu bremsen, an den letzten Resten von ihr in meinem Kopf festzuhalten, befreie ich sie. Ich befreie sie beide. Ich befreie mich von all dem »Was wäre wenn?« und dem schmerzlichen Verlust, den sie zurückgelassen haben. Bevor ich gehe, lege ich ihre Kappe auf die Bank, den verblichenen Schirm zum Meer gerichtet.

Eine knappe Stunde später klopft Dad an die Tür und kommt herein. Offensichtlich hat Mum mit ihm gesprochen. Er hat einige Papiere in der einen Hand, seine Trompete in der anderen und setzt sich neben mich auf die Bettkante.

»Schwul?« Ich ziehe die Augenbrauen hoch. »Echt?«

»Es leuchtete irgendwie ein … Ich bin ein alter Mann und dachte, du glaubst, ich könnte komisch reagieren. Fürs Protokoll: würde ich nicht.«

»Fürs Protokoll: Ich bin ein heterosexueller Fast-Fünfzigjähriger, der versucht, sein Leben in der Mitte noch mal neu anfangen zu lassen. Also hattest du unrecht und Mum recht.«

»Deine Mutter hat immer recht …« Er greift nach meiner Trompete auf dem Regal und reicht sie mir zusammen mit einem der Blätter in seiner Hand. »Ich spiele den Bass.«

Die Noten sind eine Version des Beatles-Songs »All You Need is Love« für zwei Trompeten. Ich schüttle den Kopf. »Ich bin eingerostet.«

»Macht nichts«, erwidert er schulterzuckend. »Probieren wir es.«

Das Arrangement beginnt damit, dass wir beide mit einigen Akkorden der »Marseillaise« anfangen, bevor Dad den Background-Bass übernimmt und ich die Melodie spiele. Im Geiste singe ich den Text mit. Wir stimmen unsere Instrumente aufeinander ein bis zum einstimmigen Ende. Als wir fertig sind, lege ich meinen Arm um ihn, denn in den zweieinhalb Minuten, die wir gespielt haben, wurde ich daran erinnert, mit welchen Grundsätzen ich großgezogen wurde. *Liebe ist alles, was wir brauchen …* Das Telefon summt neben mir, und ich bin versucht, nicht einmal hinzusehen, mich noch ein wenig länger in dem Moment zu suhlen. Doch als ich ihren Namen lese, gehe ich ran.

Und in diesem Moment verarscht mich das Schicksal mal wieder, einfach, weil es das kann.

35

Die Idee hatte ihr keine Ruhe mehr gelassen, seit sie mit Jack telefonierte und er mit ihr darüber sprach, dass er bei seinen Eltern war. »Eltern sind wichtig. Wir haben sie nicht ewig.« Seine harmlosen Worte hatten Clare auf eine Weise beunruhigt, die er nie verstehen könnte. Und nun war es, als hätte jemand sie in Neonfarben vorn in ihren Verstand gemalt – ein richtiges Graffiti: ELTERN SIND WICHTIG.

Ihre Gefühle für Jean hatten sich nicht geändert, doch sie hatte festgestellt, dass auch sie sich in letzter Zeit durchs Leben bewegt hatte, ohne Dinge bei Grace zu bemerken, die sie hätte wahrnehmen müssen. Ihre Vernunft sagte ihr, dass es etwas vollkommen anderes war, wenn sie nichts von Grace' Freund mitbekam. Anders als Jean, die Clares psychische Probleme als Teenager ignorierte. Trotzdem war der Hauch eines Zweifels gesät, und sie fragte sich, ob wirklich alles so schlimm gewesen war, wie sie es erinnerte. Sie versuchte, diesen Gedanken zu verdrängen. Es gelang ihr nicht. Er blieb und nagte an ihr.

Ihre Mutter war wieder in ihrem Kopf eingezogen.

Clare parkte den Wagen in der breiten Allee in Crystal Palace und blickte über die Straße. Sie stieg aus und beschloss, sich noch eine Chance zu geben, sich anders zu besinnen und wieder umzukehren. Einst war das gepflegte edwardianische Haus ihr Zuhause gewesen. Nach dem Tod ihres Vaters ließ ihre Mutter den ersten Stock zu einer Wohnung umbauen und verkaufte sie.

Als sie nach oben schaute, sah Clare eine Reihe Stofftiere auf der Fensterbank des Raumes, der früher ihr Kinderzimmer gewesen war. Mit schwitzenden Handflächen stand sie auf dem schmalen Weg zwischen ordentlich gemähten Rasenflächen, auf die das knisternde Laub der Platane neben ihr gefallen war.

Exakt an dieser Stelle hatte sie vor vielen Jahren ihren allerersten Kuss von Malcolm Bonner bekommen. Sie öffnete die Pforte und ging auf die kürzlich gestrichene Haustür mit dem Messingklopfer zu, der in der tief stehenden Herbstsonne schimmerte. Nachdem sie den Klopfer betätigt hatte, wischte sie ihn automatisch mit ihrem Jackenärmel wieder blank.

Als die Tür aufging, schnappte Clare nach Luft. Die Frau vor ihr war ihre Mutter, jedoch nicht so, wie Clare sie in Erinnerung hatte. Jean Hutton, Extanzguru, Exmutter, jemand, der ihr auf den Rücken schlug, wenn sie sich nicht vollkommen gerade hielt, und sie wöchentlich wog, stand nun leicht gebeugt in einem grünen Pullover und einer dunkelblauen Jeans vor ihr. Ihr Haar, das Clare selten anders als zu einem straffen Knoten gebunden gesehen hatte, fiel ihr weiß und in sanften Locken über die Schultern.

»Clare.« Sie nickte, als hätte sie ihre Tochter erwartet, und Clare rang mit ihrem Fluchtinstinkt. Sie war so weit gekommen … »Komm doch bitte rein.« Clare beobachtete, wie ihre Mutter durchging zum Wohnzimmer. Sie schloss leise die Tür hinter sich und schritt behutsam über die Fliesen, die sie zuletzt vor über zehn Jahren betreten hatte.

Sie lehnte ein warmes oder kaltes Getränk ab, machte keinen Small Talk, sondern blieb nahe bei den Glasschiebetüren stehen, von wo aus sie die Vögel zu benennen versuchte, die draußen in einem kleinen Vogelhäuschen hockten. Zwei Rotkehlchen, ein Distelfink … Die Rasenfläche, einst ihr Garten, war einem vollständig gepflasterten Bereich gewichen.

»Ist leichter zu pflegen«, sagte ihre Mutter, die ihre Gedanken zu lesen schien. »Ich habe es vor einigen Jahren machen lassen. Tiere habe ich hier aber immer noch. Igel. Es gibt ein paar Löcher im unteren Zaun, und ich repariere sie absichtlich nicht. Meistens kommen aber Katzen.« Sie lachte kurz. »Verwilderte Katzen und auch Füchse, wenn ich ehrlich bin.«

Clare schwieg, die Hände tief in ihren Taschen vergraben.

»Ich bin froh, dass du gekommen bist.«

Ungefragt zog Clare sich einen Stuhl vom Esstisch vor und setzte sich, ohne die Jacke abzulegen. Sie bemühte sich, nicht an die vielen Schlachten zu denken, die sie an diesem Tisch ausgetragen hatte. »Ich bin mir nicht ganz sicher, warum ich es getan habe«, antwortete sie ehrlich.

»Du bist hier, weil ich deine Mutter bin und du mein einziges Kind bist.«

Clare sah die Frau an, die sie zur Welt gebracht hatte. »Ich bin hier, weil ich weiß, dass du Kontakt zu Grace gehabt hast.« War das der Grund? Sie wusste, was immer sie zu Grace zu sagen hatte, wäre auch in einer knappen Textnachricht zu erledigen gewesen. Deshalb suchte sie nach einer Antwort, die in diese Situation passte und die ihr während der langen Fahrt schon nicht eingefallen war.

Die blasse ältere Frau wurde rot. »Ich musste«, antwortete sie, ohne eine Erklärung anzubieten.

»Tja, deine Bedürfnisse waren schon immer wichtiger als meine. Oder ihre.«

»Du bist nicht den weiten Weg gekommen, um zu streiten, oder?« Ihre Mutter setzte sich ihr gegenüber hin. Clare sagte nichts.

Sie schwiegen sich an, untermalt vom Vogelzwitschern draußen und dem Brummen des Boilers in der Küche nebenan. Neugierig wollte Clare hinstarren, die Falten im Gesicht ihrer Mutter betrachten, die bei ihrer letzten Begegnung noch nicht da gewesen waren, fürchtete jedoch, dass sie nicht aufhören könnte, hätte sie einmal angefangen, also fixierte sie weiter das Sideboard neben ihnen. Es war alt, aus uralter Wurzelnuss und seit vielen Jahren im Familienbesitz ihres Vaters. Wenn sie die rechte Tür öffnete, würde sie sie wieder fest andrücken müssen, weil sich das Holz mit der Zeit verzogen hatte. Hinter jener Tür befände sich ein Stapel Fotoalben aus ihren Wettkampfjahren. Oder vielleicht auch nicht. Vielleicht hatte ihre Mutter keine Verwendung mehr für solche Erinnerungen.

»Und wie bekommt dir das Landleben?«, brach Jean die unangenehme Stille.

»Gut.«

»Gesprächig wie eh und je, was?«

Clare ärgerte sich.

»Es war ein Witz. Du bist immer so empfindlich!« Ihre Mutter stand auf und strich sich mit beiden Händen die Jeans glatt. »Ich mache mir eine Tasse Tee. Willst du wirklich nicht?«

Clare schüttelte den Kopf und schaute sich im Zimmer um, solange ihre Mutter in der Küche war. Sie begriff erst, wonach sie suchte, als sie feststellte, dass es nirgends zu entdecken war. Keine Spur von den frühen Jahren der Familie in Jeans Leben. Kein einziges Foto mehr – keines der Bilder, die ihr Vater von ihnen bei Strandurlauben aufgenommen hatte, keines von ihr bei Turnieren. Clare schluckte. Das einzige gerahmte Foto war eines von einer Frauengruppe, die wie ein Kegelverein aussah, in dem alten Esszimmer der Familie. Inmitten der Gruppe lächelte ihre Mutter.

Jean kehrte mit einem Tablett zurück, auf dem eine Teekanne, zwei Porzellanbecher und ein kleines Milchkännchen standen. »Falls du es dir anders überlegst«, sagte sie und stellte das Tablett zwischen sie.

»Du hast mich gefragt, ob ich zum Streiten gekommen bin.« Clare blickte zu ihr. »Die Antwort lautet Nein. Aber ich habe einige Dinge zu sagen, da ich schon mal hier bin.«

Jean schenkte sich Tee ein, lehnte sich auf ihrem Stuhl zurück und verschränkte die Arme.

»Was Grace betrifft«, begann Clare, »will ich nicht, dass du Kontakt zu ihr hast, *erst recht nicht* hinter meinem Rücken. Grace ist alt genug, um selbst zu entscheiden, ob sie Kontakt zu dir will, doch falls ja, dann unter meiner Aufsicht. Und es wäre ohne meinen Segen.«

Jean Hutton verengte die Augen. »Es scheint ein bisschen … kontrollierend, wenn ich das sagen darf.«

»Mit Tim und dir habe ich von den Besten gelernt. Entweder so oder gar nicht.«

»Traust du mir nicht?«

»Nein, und ich habe Grace erzählt, warum nicht.« Clares Augen blitzten, forderten ihre Mutter geradezu heraus, ihr zu widersprechen.

»Was glaubst du denn, was ich tun würde?« Ihre Mutter hob beide Hände. »Und überhaupt, was habe ich denn getan? Ehrlich, was?«

Lärm hallte durch Clares Kopf. Fetzen von Geschrei in diesem Zimmer, das von den Hauswänden abprallte. Und, schlimmer noch, das Echo der stummen Schreie, die ihr nie über die Lippen gekommen waren. Sie mied den harten Blick der anderen Frau, indem sie die Augen schloss.

»Clare, hör mal …« Nun schlug Jean einen ruhigeren Ton an. »Es war schwierig zwischen dir und mir. Du warst immer …«

»Siehst du, Mum, da liegst du bereits falsch.« Clare riss die Augen auf und legte beide Hände an ihren Kopf. »Wenn du eine echte Unterhaltung über früher willst, fang nicht mit ›*Du* warst immer …‹ an. Wie wäre es mit: ›Es tut *mir* leid, Clare. *Ich* war dir wahrlich nicht die beste Mutter.‹«

Jean Hutton starrte sie an, als hätte sie den Verstand verloren.

»Oder vielleicht könntest du es sogar damit versuchen, Mum: ›Hör mal, ich habe mein Bestes getan, aber es war nicht toll.‹«

»Du hast meine Frage nicht beantwortet.« Ihre Mutter seufzte. »Ich weiß nicht, was du von mir willst.«

Clare lachte, stand abrupt auf, hob ihre Tasche vom Boden auf und hängte sie sich über die Schulter. »Habe ich eben gesagt. Du musst dich für so vieles entschuldigen, ehe wir auch bloß den Hauch einer Chance haben, zu …«

»Für was genau entschuldigen?«

»Du hast mich viel zu hart gedrillt. Viel zu lange. Tanzen war das Einzige, zu dem ich Zugang hatte, und du hast mir während meiner gesamten Kindheit deine Liebe und deine Zustimmung vorenthalten.« Ihre Stimme brach. »Das Einzige, was dich jemals zum Lächeln brachte, war, wenn ich einen Pokal gewann. Es gab keine Clare, nur Jeans Zögling. Und als Teenager, als ich mich so anstrengte, dir zu gefallen, hast du mich von allen Freunden isoliert.«

»Nichts davon habe ich getan.« Jean schüttelte vehement den Kopf.

»Ich wurde die Gewinnerin, die du wolltest, und es reichte immer noch nicht. Als ich Tim kennenlernte, war ich so weit, dass ich alles gemacht hätte, nur um von dir wegzukommen.« Clare schluckte und drängte die Tränen zurück. »Ich hatte keinen Funken Selbstwertgefühl mehr übrig. Jede Intuition, die ich hätte haben müssen, die mir hätte sagen müssen, dass ich mich auf die nächste katastrophale Beziehung einließ, war weg.«

»Und das ist *meine* Schuld? Verrate mir mal, wo dein so über alle Maßen angebeteter Vater während alledem war?«

»Lass es!« Clare zeigte mit dem Finger auf sie. »Wag es ja nicht, dich zu verteidigen, indem du Dad angreifst! Ich war krank, Mum, und er war derjenige, der mich geliebt hat und versucht hat zu helfen.«

Jean schürzte die Lippen.

»Und da du schon von Dad sprichst: Du weißt, was du getan hast, als er starb … oder vielmehr *nicht* getan hast. Das war schlicht unverzeihlich.«

Nun wandte ihre Mutter den Blick zum Garten.

»Mum.« Sie wartete, bis Jean sie wieder ansah. »›Lieb nie

jemanden und bekomm nie Kinder. Menschen, die du liebst, werden dich immer enttäuschen.‹«

Wieder schüttelte Jean den Kopf.

»›Sei Mutter oder Tänzerin. Beides kannst du nicht.‹ Deine Worte. Zu mir.«

»Das habe ich nie gesagt. Du irrst dich.«

Clare atmete aus. »Es war ein Fehler herzukommen. Ich habe keine Ahnung, warum ich es gemacht habe.«

»Ich auch nicht«, konterte ihre Mutter. »Mir scheint, dass du nach vorn sehen musst, Clare. Es ist nichts verkehrt daran, in einem Kind Ehrgeiz zu wecken! Das habe ich getan, und du beleidigst mich noch deswegen. Was tust du denn jetzt? Ach ja, tanzen. Du unterrichtest Tanz. *Ich* habe dir das gegeben. Keiner sonst, und ganz gewiss nicht dein Vater. Und Tim? Ich habe den Mann nie gemocht, aber er hat dir ein gutes Leben gegeben, und auch davor bist du weggelaufen. Wie heißt der neue Kerl noch? Jack, richtig? Ich gebe ihm sechs Monate, bis du wieder weg bist. So bist du eben, Clare.«

Clare sah bunte Lichtblitze am Rande ihres Sichtfelds, während sie versuchte, ihre Gefühle im Zaum zu halten. So viele Erwiderungen kamen ihr in den Sinn, doch keine schaffte es über ihre Lippen. Sie nickte, bevor sie schließlich sagte: »Dich hat nie interessiert, wie mein Leben war. Natürlich denkst du das.«

Die Szene war eine Neuauflage von vielen früheren. Jean hatte erneut trotzig die Arme verschränkt und würde nie irgendein Fehlverhalten gestehen. Der unangerührte Tee wurde kalt. Während Clare den Vorwürfen ihrer Mutter lauschte, beruhigte etwas in ihr das Adrenalin, das sie durchströmt hatte, seit sie angekommen war. Jean würde sich nie ändern. Obwohl Clare das immer gewusst hatte, erkannte sie heute, dass sie es auch nicht mehr brauchte. Es war, als hätte das kleine Mädchen in ihr nach jahrelangem Weinen keine Tränen mehr übrig. Sie fühlte, wie sich etwas in ihr verschob, vom Vorher-Moment – in dem ein kindlicher Teil von ihr sich bis heute nach einer Versöhnung mit ihrer Mutter sehnte – zu einem Nachher-Moment – aus dem Clare verändert hervortrat. Hier gab es für sie nichts außer mehr Schmerz.

»Ich gehe jetzt, Mum.«

Ihre Mutter rührte sich nicht. Sie sah Clare nicht an, flehte sie nicht an zu bleiben. Als Clare die Tür zur Diele öffnete, fragte sie sich, ob dies das letzte Mal war, dass sie einander sahen. Und im Stillen akzeptierte sie, dass es, falls ja, so sein sollte.

Vor dem Studio standen acht Frauen und zwei Männer an, die laut plauderten.

»Entschuldigt«, sagte Clare, als sie die Tür aufschloss. »Ich saß im Verkehr fest.«

Sie wiederholte ihre Entschuldigung, doch keiner schien sie zu hören, als alle nach drinnen strömten und ihre Mäntel auf die Haken hängten, die Jack für sie angebracht hatte. Ihre Taschen stellten sie darunter.

Von allein begannen sie, sich aufzuwärmen, während Clare auf ihrem Handy nach der richtigen Playlist suchte, bis sie in die Hände klatschte und rief: »Fangen wir an!«

Bald brachten die Samba-Übungen alle zum Lachen, und Clare schob sämtliche Gedanken an ihre Mutter weit von sich. Stattdessen konzentrierte sie sich darauf, diese besonderen Momente ihres neuen Lebens auszukosten. Craig, der größere von den beiden jungen Männern, hatte überhaupt kein Rhythmusgefühl.

»Ich bin der Sohn von zwei verklemmten Klerikern«, erklärte er. »Wir dürfen unsere Hüften nicht kreisen lassen!«

Diese Gruppe war immer witzig, fand Clare, als sie ihn langsam instruierte. Das Ergebnis war zum Brüllen, und unweigerlich musste sie mit den anderen lachen.

Nachdem sie die Bewegungen mit Shirley vorgeführt hatte, einer der begabteren jungen Frauen, legte Craig die Hände an seine Wangen und nickte weise. »Na dann!«, sagte er.

Nach dem Kurs lud die Gruppe sie wie üblich ein, noch mit in den Pub zu kommen. Sie war schon drauf und dran, sich wieder zu entschuldigen, da bremste sie sich. Es war Freitagabend und Tim in Wiltshire – Grace und er waren zusammen aus. Am nächsten Morgen hatte sie um neun Uhr einen Rock-'n'-Roll-Samstag, aber ihr blieb Zeit für eine Stunde mit ihren Schülern. Sie verzichtete aufs Umziehen und versprach, sie im Pub zu treffen. Dann stieg sie in ihren Wagen.

Emma war hinterm Tresen und bestand darauf, dass Clare für die erste Runde nichts bezahlte. Clare blies ihr einen Kuss zu und trug das Tablett zum Tisch, bevor sie ihr Mineralwasser mit Zitrone erhob. Es war viel los, der Restaurantbereich voll besetzt, und im Schankraum gab es nur noch Stehplätze. Clare landete neben dem Fenster, durch das sie wenige Monate zuvor nach drinnen gesehen und sich vorgestellt hatte, dort mit einer Gruppe von Freunden zu sitzen. Wie viel war in der Zwischenzeit geschehen, und hier war sie …

Clare zuckte zusammen. Dort vor dem Fenster war Tim. Sie hielt den Atem an, drehte sich zur Tür und sah, wie sie geöffnet wurde und er langsam hereinkam. Er lächelte in ihre Richtung. Schweißperlen traten Clare auf die Oberlippe und die Stirn. Obwohl sie wusste, dass er sich heute Abend mit Grace traf, hatte sie nicht damit gerechnet, dass sie ihn sehen würde.

Sie entschuldigte sich bei Craig, sagte, dass sie nach Hause müsse, und ging zum Tresen. »Emma?«

Emma antwortete stumm: »Bin gleich bei dir«, und zapfte ein Pint zu Ende.

»Ich …«

Tim stand auf der anderen Seite der breiten Bar, und Clare

versuchte, sich zu erinnern, wie viel Abstand er laut Gesetz von ihr halten musste. Die Erinnerung verschwamm, während sie sich umdrehte und sich hektisch ihren Weg durch die Menschenmenge bahnte.

Sie war schon die Straße hinaufgefahren und parkte in ihrer Einfahrt, als Emma anrief. »Wo bist du hin?«

Clare mühte sich mit zitternder Hand ab, den Wagen zu verriegeln und ihre Haustür aufzuschließen. Alle Lichter brannten. »Tim ist da«, sagte sie zu Emma.

»Mist.«

»Grace?«, rief Clare.

»Oben«, hörte sie die Antwort und lehnte sich an die Küchenzeile, um sich aufrecht zu halten.

»Ist alles in Ordnung?«, fragte Emma.

»Mir geht es gut.« Sie holte tief Luft.

»Tim, ich nehme an, er heißt hinten genauso wie du?«

»Ja, warum fragst du?«

»Hier ist ein Typ an der Bar, der über Nacht bleibt. Vor zwei Wochen war er schon mal da, aber er heißt Tim Hutton.«

Clare schüttelte den Kopf. Sie hätte es ahnen müssen. Der Pub hatte drei Gästezimmer. »Das ist mein Mädchenname.«

»Ich schicke ihn weg«, sagte ihre Freundin streng.

»Nein, lass, Emma. Irgendwo muss er über Nacht bleiben.«

»Tja, in Zukunft werden wir ausgebucht sein.« Dann ergänzte Emma: »Und ich lasse ihn wissen, dass ich weiß, wer er ist.«

»Bitte nicht!« Clare hörte selbst die Spur von Angst in ihrer Stimme. »Lass es.«

»Na gut. Tja, solange er hier unten trinkt, ist er zumindest nicht bei dir und belästigt dich.«

Clare dankte ihr, legte auf und zog ihre Jacke aus, bevor sie sich aufs Sofa fallen ließ. Es war ein seltsamer Tag gewesen.

»Gran hat gemailt … und gesagt, dass du bei ihr warst.«

Der Wechsel von der Panik wegen Tim zur Sorge, was Jean gesagt haben könnte, machte Clare beinahe schwindlig. »Ach, hat sie, ja?«

Ihre Tochter stand im Türrahmen zum Flur.

»Warum bist du so früh zu Hause?«, fragte Clare, die beschloss, Tim nicht zu erwähnen.

»Es war ein *schräger* Abend.« Grace schüttelte nachdenklich den Kopf.

»Wie das?«

Grace lachte nervös. »Ihm gefällt nicht, dass ich einen festen Freund habe.«

»Was soll ich sagen? Väter und ihre kleinen Mädchen.«

»Es ist blöd und heuchlerisch.«

»Heuchlerisch?«

»Egal. Gran? Du warst bei ihr?« Grace ging durch den Raum und füllte ihr leeres Glas mit kaltem Wasser aus dem Kühlschrank.

»Ja, ich war bei ihr. Und ich hätte es dir erzählt – noch verarbeite ich es selbst.«

Draußen bellte ein Fuchs.

»Und?«

»Es war so, wie ich erwartet hatte.« Clare hörte, wie das Glas auf die Arbeitsfläche gestellt wurde, bevor Grace sie von hinten umarmte. »Die Worte ›Es tut mir leid‹ kommen im Vokabular meiner Mutter nicht vor.«

»Wirst du sie wiedersehen?«

»Nicht freiwillig, nein.«

»Kannst du ihr wirklich nicht vergeben?«, fragte Grace. »Das hätte ich von dir echt nicht gedacht, Mum. Ich habe darüber nachgedacht, und ich bin nicht sicher, ob ich auf ihre letzte E-Mail antworte.«

Clare legte sich aufs Sofa. »Grace, ich habe ihr gesagt, dass du sechzehn bist und es bei dir liegt, aber wenn du Kontakt zu ihr hast, *muss* ich es wissen. Wie ich schon gesagt habe, wäre es mir lieber, wenn nicht …«

Grace stand mit dem Rücken zum Holzofen und wirkte gedankenverloren. »Wenn du mal genauer darüber nachdenkst, Mum, hast du irgendwie deine Mum geheiratet. Ich meine, Dad …«

»Nicht …« Das hatte Clare bereits vor Jahren erkannt und musste nicht daran erinnert werden. »Ich bin mir nicht sicher, wie gut ich es finde, dass du Psychologie im Prüfungsjahr als Wahlfach hast.«

»Nein, ich meine es ernst. Du bist von Gran weg und hast Dad geheiratet«, fuhr Grace fort, als hätte sie Clare nicht gehört. »Und apropos Dad, er hat heute Abend total genervt. Deshalb habe ich mich früher von ihm nach Hause bringen lassen.«

Clare fiel auf, dass sich Grace' Ton veränderte. »Warum?«

»Es ist noch nicht wieder alles richtig zwischen uns, und dann sagt er mir heute, das nächste Mal soll ich nach Croydon kommen und seine neue Freundin kennenlernen.«

»Aha.«

»Ich weiß aber wirklich nicht, ob ich das will.«

Clare kaute an einem Fingernagel, und prompt hallte ihr »Lass das! Das ist eine ekelhafte Angewohnheit!« von ihrer Mutter durch den Kopf.

»Ich glaube nicht, dass ich es will«, sagte Grace.

Clare ging zum Kühlschrank und zapfte sich ein großes Glas Wasser. »Mach dir keine Gedanken um mich oder wie ich mich fühlen könnte, denn für mich ist es mehr als gut, wenn sich dein Dad neu orientiert.« Sie trank einen Schluck, bevor sie noch einen Eiswürfel hinzufügte und das Getränk mit dem Finger umrührte, einfach, weil sie es durfte.

36

Nach der Landung miete ich mir einen Wagen. Es ist eine lange Fahrt, und weil ich auf dem Flug kaum geschlafen habe, bin ich müde. Grüne Weiden fliegen an mir vorbei, und der Schneeregen wie auch das voll aufgedrehte Gebläse im Wagen erinnern mich daran, dass ich wieder in England bin.

Ich fahre die M4 nach Wales, vorbei an der Ausfahrt nach Hause, und nur wenige Stunden nach meiner Landung in Heathrow passiere ich das Ortsschild von Lynns Dorf. Als sie und Antony bei mir lebten, hatte Lynn das zweihundert Jahre alte Cottage vermietet; nach unserer Trennung vor drei Jahren ist sie zurück dorthin gezogen. Ich parke am Straßenrand, lasse mein Gepäck im Wagen und klopfe an die Tür. Sie öffnet und fällt mir sofort in die Arme. »Danke«, murmelt sie an meinem Hals. »Tut mir leid, aber ich wusste nicht, was ich sonst tun soll.«

»Es war richtig von dir.« Ich trete ein Stück zurück und sehe sie an. »Wo ist er?«

Die Anklagepunkte sind klar. Antony sitzt mir gegenüber auf einem Stuhl am Küchentisch, trotzig die Arme vor der Brust verschränkt und doch irgendwie zerknirscht. Er bewegt eine Hand, spielt mit der Wachstuchdecke und knickt eine Ecke des orange-grünen Musters zu Plisseefalten. Ich bin das Juristenchinesisch durchgegangen und habe ihm erklärt, was passieren wird. Es wird eine Anhörung geben, bei der ich ihn vertrete. Ohne irgendwas zu versprechen, sage ich ihm, dass ich alles tun werde, was ich kann, um ihm eine Gefängnisstrafe zu ersparen. Antony starrt auf den Fußboden, als würde er die uralten Fliesen zählen. Dann fängt er an zu weinen. Seine Mutter beobachtet alles hinter uns, eine Faust auf ihren Mund gepresst.

Mehr kann ich nicht sagen. Der Jetlag holt mich ein, und ich bin erschöpft. »Ich muss mich kurz mal hinlegen, ist das in Ordnung?«, frage ich Lynn.

»Ja, danke, Jack.« Antony wischt sich die Wange mit dem Handrücken.

»Gerne.« Im Vorbeigehen berühre ich seine Schulter und drücke sie sanft. »Ich werde mein Bestes tun.« Lynn führt mich die schmale Treppe hinauf – eine steile, mit erbsengrünem Teppich ausgelegte Treppe. Oben wendet sie sich nach rechts und bringt mich zu ihrem kleinen Schlafzimmer.

Ich sehe mein Spiegelbild und stöhne. »Gott, ich sehe beschissen aus!«

»Mir gefällt es«, sagt sie und streicht flüchtig über meinen Bart. »Hast du kein Gepäck?«

Ich werde rot. »Ich hatte gedacht, dass ich in einem Bed & Breakfast wohne.«

Sie sieht mich gequält an. »Bitte nicht. Ich …«

Draußen rauscht das Meer, und sie beendet ihren Satz nicht. »Ich hatte vergessen, wie schön es hier ist.« Ich ergreife ihre Hand und drücke sie. Ihr Cottage aus dem 19. Jahrhundert ist in die Felsen geschlagen, mit Blick auf das Meer. Neben dem Fenster ist ein kleiner Schreibtisch, der gleichzeitig als Arbeitsplatz und Frisierkommode dient. Durchs Fenster sehe ich wild tosende Wellen, so anders als der ruhige Ozean, den ich in Key Biscayne zurückgelassen habe. »Draußen ist es aber rau heute«, sage ich.

»Hier drinnen auch.« Sie versucht zu lächeln. »Schlaf ein bisschen.«

»Weck mich in einer Stunde«, bitte ich sie und setze mich auf ihre Bettkante. »Ich muss heute noch einige Leute anrufen.«

Sie nickt, schließt die Tür, und ich bin allein. Ich ziehe meine Jeans aus, nehme die Prothese ab und streife meinen einen Schuh ab, um mich auf die Tagesdecke zu legen. Mit geschlossenen Augen versuche ich zu schlafen. Ein wenig Ruhe wird mir Kraft geben, und die brauche ich für Antonys Verteidigung. Weit über der Promillegrenze ist er in einen Garten gepflügt, in ein Haus gekracht und hat nur knapp die drei Bewohner verfehlt. Sie werden ihn einsperren wollen, weshalb Lynn letztlich mich angerufen hat. Mit meinem müden Verstand bemühe ich mich, eine Verteidigung zu entwerfen, fast erschrocken, dass ich es überhaupt versuchen will.

Als Nächstes höre ich Lynns leises Klopfen an der Tür. »Ich sollte dich wecken.« Sie späht ins Zimmer, bevor sie hereinkommt.

Stöhnend setze ich mich auf. Mir wird bewusst, dass ich nur Boxershorts trage.

»Du hättest dich ins Bett legen sollen«, sagt sie. »So erkältest du dich ja.«

»Lynn!«

Sie hat ein kleines Tablett bei sich.

»Ich kann nicht hierbleiben. Es wäre zu verwirrend. Für Antony und für dich. Verdammt, im Moment sogar für mich.«

»Trotz seines Verhaltens ist mein Sohn ein Erwachsener. Und ich liebe es, dich zu verwirren.« Sie reicht mir einen Kaffee. »Ich habe ihn stark gemacht. Und hier ist eine Scheibe Toast. Ich war mir nicht sicher, ob du Hunger hast. Brauchst du sonst noch was?«

Ich sehe sie an und frage mich, ob ich mit ihr, wäre ich ihr jetzt und nicht damals begegnet, dauerhafte Liebe zu Hause oder sogar in diesem Cottage am Meer gefunden hätte. »Nein«, antworte ich. »Das ist super. Ich mache nur ein paar Anrufe und schreibe einige E-Mails. Kann ich hier arbeiten?«

»Wenn du mir die Autoschlüssel gibst, lasse ich Antony dein Gepäck reinholen.«

»Lynn …«

»Jack …«

»Es ist …«

»Ich brauche dich hier. Bitte, bleib. Ich habe dich nie um irgendwas gebeten.«

Draußen krachen die Wogen gegen die Felsen, weshalb ich lauter reden muss. »Du hast mich gebeten, meine Reise abzubrechen und nach Hause zu kommen, um deinen Sohn zu verteidigen.«

»Abgesehen davon. Das und dies hier sind eigentlich dasselbe.«

Ich ziehe meine Jeans heran, greife in die Tasche und werfe ihr die Schlüssel zu. »Sag ihm, er soll nur den Rucksack und die Laptoptasche holen.«

Angezogen und am Schreibtisch blicke ich hinaus zur schäumenden See, als Antony hereinkommt und mir die Laptoptasche gibt, bevor er den Rucksack unters Bett schiebt. Er bleibt im Zimmer, als wollte er noch etwas sagen.

»Mum hat es mir erzählt«, sagt cr.

»Was?«

»Von dir.«

»Nur Gutes, hoffe ich.« Ich bemühe mich immer noch, dem Jungen ein Lächeln zu entlocken, der seine Zukunft hinter Gittern sieht.

»Ich meine, wie du dein unteres Bein verloren hast.«

Ich lege die Hände auf meine Oberschenkel und blicke wieder aus dem Fenster. »Ach so.«

»Du hättest nicht kommen sollen«, sagt er. »Es wühlt nur den ganzen Mist wieder auf.«

Das Zimmer ist klein genug, dass ich die Hand ausstrecken und ihm auf den Arm klopfen kann. »Du hast es selbst gesagt. Ich habe ein halbes Bein. Und es gibt nicht viele Tage, an denen ›der Mist‹ nicht aufgewühlt wird.«

Stille tritt ein, gefüllt von Möwenkreischen und dem Wasser, das gegen die Felsen kracht.

»Ich habe dir gesagt, dass ich mein Bestes tun werde, und das werde ich.«

»Ich kann nicht ins Gefängnis gehen«, sagt er; seine Stimme bricht.

»Bist du bereit, einen Entzug zu machen?« Es ist die Frage, die ich ohnehin stellen wollte, nur nicht ganz so früh. Aber jetzt ist sie heraus. Und den Richter zu überzeugen, dass Antony ein besserer Bürger werden könnte, indem er einen Drogen- und Alkoholentzug macht, hilft möglicherweise.

Antonys Augen blitzen. »Ich bin doch kein beknackter Süchtiger.«

Ich bleibe ruhig, denn ich muss an das letzte Mal denken, als er in mein Haus eingebrochen ist. »Doch, bist du. Du trinkst zu viel, und das laut deiner Mutter, die dich anbetet, schon seit Jahren. Du hast dich betrunken hinters Steuer gesetzt, was dem Herumlaufen mit einer geladenen Waffe gleichkommt. Du hättest jemanden töten können. Du hast das gemacht, Antony.«

Seine Unterlippe bebt.

»Erinnerst du dich, dass ich mich bei dir für das entschuldigt habe, was ich getan hatte?«

»Ja, weiß ich.« Sein Ton ist schroff, doch ich merke ihm an, dass er panische Angst hat.

»Damals hattest du gedealt und Drogenprobleme. Und auch nach deinen wenigen Monaten in Haft hattest du Probleme mit Drogen.«

Er lacht zynisch. »Da drinnen gibt es mehr Drogen als hier draußen.«

»Mag sein. Was ich dir zu erklären versuche, und das so behutsam wie möglich, ist, dass du Probleme hast. Deine Lieblingsdroge gegenwärtig scheint Wodka zu sein.«

»Fick dich.«

Ich stehe auf. »Gleichfalls. Wenn du mich lässt, kann ich dir helfen.«

»So wie damals?«

»Nein.«

Uns trennen nur Zentimeter.

»Lass mich dir helfen«, flüstere ich.

Schnell wendet er das Gesicht ab, damit ich die Tränen nicht sehe. »Ich weiß, ich hätte jemanden verletzen können … oder schlimmer.«

»Ja.«

»Dafür wollen die mich bezahlen lassen.«

»Kann sein. Vertraust du mir?«

Er antwortet nicht.

»Du musst mir vertrauen.«

»Ich traue keinem.«

»Nicht mal deiner Mutter?«

»Außer ihr«, widerspricht er inbrünstig.

»Sie vertraut mir – hilft das?«

Widerwillig nickt er.

Ich angle das in Papier eingewickelte Einhorn aus meiner Tasche und lege es auf den Schreibtisch.

»Was ist das?«

»Pack es aus.«

Seufzend hebt er es hoch, wickelt das Horn aus und starrt es sekundenlang an, bis er es erkennt. In seinen Augen schimmert etwas wie Angst auf.

»Ich habe sie geliebt, die Frau, die mir das geschenkt hat. Sie ist bei dem Unfall gestorben, der mir dies hier eingebracht hat.« Ich zeige auf mein Bein. »Ich *hasse* Leute, die betrunken fahren.«

»Ich habe doch gesagt, dass ich …«

»Aber ich war weg, um mir anzusehen, was mir die weite Welt beibringen kann. Und weißt du, woran ich dabei unter anderem erinnert wurde?«

Er schweigt.

»Dass die meisten Menschen gut sind. Bist du ein guter Mensch, Antony?«

»Möchte ich sein.«

»Würdest du in ein Programm gehen? Ich werde dich persönlich sponsern, wenn du es mir versprichst.«

Er hockt sich auf die Bettkante. Zunächst höre ich nur das Wellenrauschen draußen. »Warum solltest du das tun?«

»Weil ich es kann. Und es genau deshalb sollte.«

Er sieht mich wieder an. »Ich habe immer nur gewollt, dass Mum stolz auf mich ist, und irgendwie versau ich es mit jedem Tag mehr. Es wird immer unwahrscheinlicher, dass ich es schaffe.«

»Ich werde versuchen, dir eine Chance zu geben. Und jetzt geh, ich habe zu arbeiten.« Als er geht, klappe ich meinen Laptop auf. »Wie ist der WLAN-Code hier?«

»Badboy1998.« Er stockt, eher er hinzufügt: »Danke.« Dann ist er weg.

Ich tippe den Code ein, und da wird mir klar, was er bedeutet. Zwanzig Jahre alt. Dem Gesetz nach ist er ein Erwachsener, während er tatsächlich ein unglückliches Kind im Körper eines Mannes ist. Jemand, dessen Vater ihn und seine Mutter verließ, um eine neue Familie in Dubai zu gründen. Jemand, der mit dem Liebhaber seiner Mutter, mir, zusammengelebt hat, und auch ich war unfähig zu begreifen, was es heißt, ein Vater zu sein. Ein junger Mann, der Fehler gemacht hat, es weiß und Hilfe braucht, dem Teufelskreis zu entkommen.

Es ist alles getan, was mir einfällt, und ich presse die Finger auf meine Augenlider. Es ist Ebbe und inzwischen dunkel geworden.

»Ich werde Antony vor dem Gefängnis bewahren«, flüstere ich dem Bärtigen im Spiegel zu, bevor ich nach unten zu der Familie gehe, die ich einst beinahe hatte.

37

WhatsApp Reya & Grace

Er liebt dich!

Tut er nicht!

Er liebt dich!

Er liebt mich nicht!

Doch, er liiiiiebt dich!

TBH, lieber soll er mich nur sehr mögen.

Er mag dich SEHR!

Gut. Ich mag ihn auch ;)

Alles ist gut

Jo ☺

38

»Ich verglühe«, sagte Clare zu ihrer Ärztin. »Ich bin erschöpft und verbrenne regelmäßig von innen heraus. Warum erzählt uns davon keiner, wenn wir jünger sind? Warum muss ich alles auf Google nachsehen?«

Ihre Ärztin, eine reizende Frau namens Ishita Ramdhani, gab einen abfälligen Laut von sich. »Halten Sie sich bitte von Google fern. Wir machen einige Bluttests und prüfen Ihre Hormone. Ich muss das fragen: Könnten Sie schwanger sein?«

Clare saß vollkommen still da und blickte zu den Fotos auf dem Regal der Ärztin. Drei Kinder, alle Jungen, alle mit strahlend weißem Lächeln. Hübsche Kinder, deren Augen denen ihrer Mutter ähneln.

»Mrs. Bryanson?«

»Miss, bitte, oder Clare, noch besser«, antwortete sie. »Könnte ich, bin ich aber nicht. Ich habe dauernd meine Regel, und ich habe mich so furchtbar gefühlt, dass ich in den letzten acht Tagen schon zwei Tests gemacht habe. Beide negativ.«

Dr. Ramdhani nickte. »Na gut, dann nehmen wir Ihnen jetzt Blut ab und sehen nach, was los ist. Sie haben keine erhöhte Temperatur, kein Fieber, also wird es wahrscheinlich die einsetzende Menopause sein, wie Sie vermuten. Wir messen mal die Hormonwerte. Haben Sie Durchfall?«

»Nein, ich will nur schlafen.«

Seit dem Treffen mit ihrer Mutter hatte Clare keine Nacht mehr durchgeschlafen.

»Und es gibt nichts, was Ihnen besondere Sorgen macht?«

Fast lachte sie. »Abgesehen von einem prügelnden Ex, einer Teenager-Tochter, einer entfremdeten Mutter, einem neuen Unternehmen und den nahenden Wechseljahren? Nein, gar nichts.«

»Falls Sie mal mit jemandem reden wollen …«

Clare wurde rot. »Nein, nein, mir geht es ehrlich gut, solange Sie mein spinnendes Thermostat wieder hinbekommen.«

Lächelnd reichte Dr. Ramdhani ihr einige Faltblätter. »Lesen Sie die. Hormonersatztherapie ist nicht für jede Frau etwas, und Ihre Familiengeschichte könnte beeinflussen, ob Sie die überhaupt nehmen dürfen. Beispielsweise wäre eine Kontraindikation, wenn eine nahe Verwandte Brustkrebs hatte. Aber das besprechen wir alles, wenn die Blutwerte da sind, und dann ist es Ihre Entscheidung.« Sie neigte den Kopf zur Seite. »Bleiben Sie weg vom Internet. Falls Sie Fragen haben, fragen Sie mich nächstes Mal.«

Clare steckte die Papiere in ihre große Tasche.

»Ich mache ein bisschen Druck beim Labor. Also …« Die Ärztin tippte auf ihrer Tastatur. »Ich trage Sie für Donnerstag um zwölf ein?«

»Ich habe einen Kurs um Viertel vor eins.«

»Es geht ganz schnell.«

Clare nickte, und wie auf Stichwort überkam sie eine Hitzewallung. »Ist gut. Bis Donnerstag. Danke.«

Als sie zurückkam, hockte Simon Metcalfe von Onward Motion auf der niedrigen Mauer vor dem Studioeingang. Er war in Anzug und Krawatte, und neben ihm wartete seine Frau Lisa. Clare hörte die beiden lachen, als sie auf sie zuging.

»Guten Morgen!«, sagte sie in der zittrigen Stimme einer Frau, der Minuten zuvor so heiß gewesen war, dass sie mit offenen Fenstern gefahren war. Und jetzt kroch ihr die Novemberkälte in die Knochen. »Holla, du hast dich aber schick gemacht!«

Er lächelte und tippte mit dem Stock an seine Füße. »Habe ich! Und die hier hat mir mein Dad geliehen. Er war früher Tänzer und hat die gleiche Schuhgröße.«

Clare blickte nach unten zu den glänzenden schwarzen Schnürschuhen und wollte ihm nicht sagen, dass die Tanzschuhe von jemand anderem wahrscheinlich das Unbequemste waren, was man wählen konnte. »Super!«, sagte sie, öffnete die Tür, und Simon hakte sich bei Lisa ein, um ihr nach drinnen zu folgen. »Seid ihr bereit?«, fragte sie, als sie ihre Tasche abstellte und die Heizung aufdrehte.

Lisa führte Simon zu einer Reihe mit drei Stühlen, dirigierte ihn auf einen und setzte sich neben ihn. Sie war eine stille Frau, die viel lächelte, und aus ihrem Blick sprach die Liebe zu dem Mann, der im Alter von sechs Jahren erblindet war. Simon Metcalfe wurde geliebt.

»Wie du an meiner Aufmachung erkennst«, Simon schwenkte eine Hand über seinen Körper, »kann ich es kaum erwarten.«

»Hätte ich es geahnt, ich hätte mir ein Kleid angezogen«, erwiderte Clare lachend, während sie auf ihrem Handy nach dem Stück suchte, das sie gemeinsam ausgesucht hatten: Tschaikowskys »Schwanensee«-Walzer.

Bevor sie auf »Play« drückte, ging sie zu den beiden und zog den freien Stuhl vor sie, sodass sie ihnen gegenübersaß.

»Wir haben den Raum vollkommen drauf«, begann Simon. »Ich habe jeden Meter, jeden Winkel gelernt. Ist alles hier drin.« Er tippte sich an die Stirn.

»Hast du?« Clare verkniff sich ein »Wie?«, doch er schien es trotzdem zu spüren.

»Lisa hat letztes Mal alles ausgemessen und danach in unserem Garten abgesteckt, damit ich mir die Schritte nach einem Raster einprägen kann«, erklärte er stolz. »Wir haben geübt.«

Als er die Idee bei Onward Motion aufbrachte, war Clare unsicher gewesen. Sie hatte ein wenig Zeit bei der Organisation verbracht und mit Pam besprochen, wie sie helfen könnte, und da war er ihr mit seinem weißen Stock auf dem Korridor entgegengekommen. Verwundert war sie stehen geblieben, denn bis dahin hatte sie nicht gewusst, dass der Psychiater des Zentrums, Mr. Metcalfe, blind war.

»Clare, richtig?«, hatte er gesagt. Sie hatte sich sofort gefragt, woher er es wusste, doch bald erkannte sie, dass er gelernt hatte, Signale mit seinen anderen Sinnen zu lesen. Sie vermutete, dass es etwas mit ihrem Parfüm oder ihrem Gang zu tun hatte.

Er hatte sie in sein Büro gebeten und ihr die Idee zu etwas erklärt, von dem er hoffte, dass es dem Zentrum Spenden einbringen könnte. Sie würde ihm Tanzen beibringen, seine Frau filmte es, und sie würden jede Stunde auf YouTube posten. Lisa, die in der PR arbeitete, würde darauf achten, dass sie sowohl in die regionale wie in die überregionale Presse kamen und dort hoffentlich ein wenig Wirbel machten. Und der letzte Tanzfilm sollte live laufen und einen Spendenlink für das Zentrum haben. Der Plan war, mehr Öffentlichkeit für Onward Motion und die Arbeit zu gewinnen. Das Geld war zunächst zweitrangig, auch wenn sie hofften, dass es Spenden einbrachte.

Pam, die Leiterin, war begeistert gewesen. Simon und Lisa gefiel die Idee ebenfalls sehr gut, und sogar Grace, die fragte, ob Erik und sie den Filmschnitt für die Internet-Postings als Teil ihres Medienprojekts für die Schule machen dürften, schien Feuer und Flamme. Dennoch war Clare anfangs nervös. Könnte sie das? Dass sie im Zentrum half und mit denjenigen tanzte, die es versuchen wollten und konnten, war eine Sache. Aber es überall im Internet zu posten war etwas anderes. Fast schon hörte sie Tims Spotten. *»Was glaubst du eigentlich, wer du bist?«*

»Seid ihr so weit?«, fragte sie.

Simon holte tief Luft, drehte sich zu Lisa und küsste sie auf die Wange. »Ich folge Ihnen, Ma'am«, sagte er und hielt Clare seine Hand hin.

Sie hatten sich darauf geeinigt, dass Clare führen würde, doch er erwies sich als Naturtalent. In dieser wie auch den vorherigen Stunden zählte sie die Schritte laut mit, aber er hielt sich glänzend. Und Clare lächelte, als sie sich über den Boden bewegten, und zwinkerte Lisa zu, als sie an ihr vorbeikamen.

»Du hast geübt«, sagte Clare grinsend. »Wollen wir mal einige Einzelübungen probieren? Ich kann dich im Spiegel sehen, aber ich würde gern ein wenig auf Abstand gehen und dein Heben und Senken überprüfen. Ich werde direkt neben dir sein und alles mitmachen. Du kennst den Raum inzwischen. Vertrau dir. Vertrau mir.«

»Tue ich.«

Und mit diesen Worten tanzte er los, und Clare bewegte sich neben ihm her, die Hände wie zum Gebet zusammengelegt und zur Stelle, sollte Simon stolpern. Sie hätte seine Einschränkung nie bemerkt, wenn sie nicht davon gewusst hätte, so groß war sein Selbstvertrauen.

»Reines Schauspiel«, sagte er später, als sie ihn lobte. »Ich habe schreckliche Angst, Fehler zu machen … und mich zu blamieren, von dir ganz zu schweigen.«

Instinktiv ergriff Clare seine Hand. »Du wirst weder das eine noch das andere tun. Wir haben es drauf.«

»Und wir müssen die letzte Szene nicht live machen«, ergänzte Lisa. »Wir können …«

»Wir haben gesagt, live, und dann machen wir es auch live«, unterbrach Simon sie. »Wie du weißt, lasse ich nicht locker.« Er legte seine freie Hand auf ihre.

»Sehr gut.« Clare lachte.

»Richte Grace bitte aus, dass ich ihr das Material nachher schicke«, sagte Lisa. »Heute Abend.«

Clare verabschiedete sich von ihnen und blickte ihnen nach, bevor sie sich auf einen Stuhl in der Nähe setzte. Wie schon auf dem in der Arztpraxis rückte sie auch auf diesem hin und her. Sie hatte abgenommen und konnte ihre Knochen auf der Sitzfläche fühlen. Anders als in den stressigen Jahren des

Turniertanzes, in denen sie abwechselnd gehungert und Fressattacken gehabt hatte, war sie heute von Natur aus schlank und hatte Mühe zuzunehmen. Ihr Blick fiel auf ihr Spiegelbild, und sie stand auf, um sich ihre Steppjacke über den Kopf und die Schultern zu hängen. Draußen regnete es, und während sie über den Kiesweg zur Scheune lief, nahm sie sich vor, sich drinnen den käsigsten Käsetoast zu machen.

Clare surfte auf Tims altem Tablet, das zu Grace' geworden war und sich jetzt, seit sie Grace einen Smartphone-Vertrag zum Geburtstag geschenkt hatte, eher wie Clares anfühlte. Sie wollte gerade wieder »prämenopausale Symptome« googeln, bremste sich aber. Mit zweiundvierzig Jahren fand sie es beunruhigend, dass ihre Eizellen möglicherweise überflüssig wurden. Es schien ihr wie eine Verspottung ihrer Weiblichkeit, für die sie noch nicht annähernd bereit war. Sie versuchte, es zu verdrängen, und installierte sich stattdessen WhatsApp auf dem Tablet.

Sobald die App geladen war, erschien mit einem »Ping« eine Fotonachricht. Das Bild blieb nur drei Sekunden, ehe es verschwand.

Drei Sekunden. Drei Sekunden, in denen ihr speiübel wurde. Drei Sekunden, gefolgt von weiteren zehn, in denen sie begriff, dass sich Grace' WhatsApp hier wieder installiert hatte. Und in denen sie sich sagte, dass sie sich nicht rühren durfte. NICHT, befahl sie sich streng. Du führst diese Unterhaltung nicht mit ihr, ehe du Zeit hattest, die Fakten zu verdauen.

Sie schloss die Augen, und das Bild war noch da. Eriks ausgestreckter Arm, als er ein Selfie machte. Sein anderer Arm um Grace' Schultern gelegt – ihre nackten Schultern. Eine Bettdecke war hochgezogen, verhüllte sie allerdings nicht ganz, denn ihre linke Brust spitzte seitlich heraus. Es war Grace' Bettdecke in Grace' Zimmer mit dem durchgehenden Fenster im Hintergrund und ihrem unverwechselbaren pinkfarbenen Moskitonetz um das Bett. Grace' nackter Körper. Und so gut wie sicher war es Eriks nackter Körper neben ihr unter der Decke. Hier im Haus. Ein Selfie von Grace und Erik nach dem Sex.

Plötzlich begann Clare zu weinen. Sie zog ihre Beine auf dem Sofa dicht an sich, schlang die Arme um sie. Grace und Erik schliefen miteinander, und sie hatte nichts gewusst. Das Kind, das ihr der liebste Mensch auf der Welt war und von dem sie geliebt wurde, hatte nicht mit ihr darüber gesprochen.

Tränen liefen über ihre Wangen, doch ehe sie sich verrückt machte und sich einredete, als Mutter versagt zu haben, wischte Clare sie verärgert weg. *Was weinst du denn?* Die Antwort hatte, wie sie schnell feststellte, nichts mit der Tatsache zu tun, dass Grace ihr nichts erzählt und sie nichts geahnt hatte. Teenager *sollten* einige Geheimnisse vor ihren Eltern haben, ermahnte sie sich. Es war eher, dass eine Frau gewöhnlich in solchen Momenten eine beste Freundin oder ihre Mutter anrief oder mit ihrem Ehemann oder Partner, im Idealfall dem Kindsvater, darüber sprach. Clare weinte, weil ihre Mutter nicht infrage kam. Ihr Exmann kam nicht infrage. Er hatte Clare von all ihren Freundinnen isoliert, und sie hatte es zugelassen. Ihre neueste und einzige Freundin war Emma, Eriks Mutter, also ebenfalls keine Option.

Sie war allein, und diese Einsicht traf sie mit Wucht. Zwar war sie entschlossen, unabhängig zu sein, nur bedeutete das eben auch, allein mit allem fertigzuwerden. Ganz allein. Ohne Hilfe. Und manchmal hallte ihr diese Erkenntnis unangenehm durch den Kopf.

Bevor Clare sich wieder gefangen hatte, erschien Grace an der Tür.

»Mum? Ist alles in Ordnung?«

»Ja, klar.« Sie nahm die Beine vom Sofa und klopfte auf den Sessel neben sich. Brav setzte ihre Tochter sich.

»Hast du geweint?«

Clare sah sie an, prägte sie sich ein. Ihr Haar war seit dem Umzug sehr lang geworden. Es war schimmernd blond und sah voll und gesund aus. »Dein Haar ist richtig hübsch. Hast du es geföhnt?«

»Ja. Was ist, Mum? Ist was mit Dad?«

Clare schüttelte den Kopf. »Nein, bloß Hormone.« Sie schluckte. Die erdrückende Wahrheit, dass die junge Frau vor ihr immer schon sehr weise für ihr Alter gewesen war, hing schwer über ihr. Vielleicht musste Grace es sein, oder aber die Weisheit war irgendwie in ihrer DNS. Vielleicht hatte sie deshalb in einem Alter Sex, in dem Clare sie noch für zu jung hielt. »Wolltest du dir einen Toast holen?«, fragte sie.

Grace schien die Hormon-Erklärung zu schlucken. »Hast du was von Jack gehört?«, fragte sie.

Clare verneinte stumm.

»Normalerweise ist er aktiv auf Insta, aber jetzt ist da schon ewig nichts mehr von ihm.« Schulterzuckend stand Grace auf, und Clare griff nach ihrer Hand.

»Mach bitte auch zwei Scheiben Toast für mich. Und, Gracie?«

»Ja?«

Ihre Gedanken überschlugen sich. Tue ich es? Tue ich es nicht? Sollte ich? »Ich weiß, dass du mit Erik schläfst.«

»O Gott!« Grace riss ihre Hand weg.

»Nicht«, bat Clare sie. »Ich will dazu nur sagen, sei bitte vorsichtig. Erste Liebe ist etwas Wunderschönes, solange sie nicht bedeutet, dass man mit einem Kind endet, das keiner von euch geplant hat.«

»Mum!«

»Sieh mich an, Grace.«

Grace war feuerrot, schüttelte den Kopf, sah sie aber an.

»Ich liebe dich, und Erik ist ein großartiger junger Mann. Ich bin nicht so alt, dass ich mich nicht mehr erinnere, wie es war, sich zum ersten Mal richtig zu verlieben.« Sie versuchte zu lächeln. »Ich bitte dich nur, vorsichtig zu sein, immer.«

»Ich bin nicht blöd, Mum.«

Als Clare ihre Tochter in ihre Arme zog, sträubte Grace sich nicht. Sie strich über das Haar, das sie einst zu einem Pferdeschwanz gebändigt oder zu einem Bauernzopf geflochten hatte, und trauerte jenen Tagen nach. »Das weiß ich doch. Du bist alles andere als blöd. Doch wenn uns eines verleitet, dumme Dinge zu tun, dann ist es die Liebe.«

39

»In letzter Zeit habe ich mich am Meer so wohlgefühlt, dass ich mich frage, warum ich im ländlichen Wiltshire lebe.« Antony und ich gehen am Strand entlang. Es ist Ebbe. Vor Tagen habe ich erklärt, dass Sand nicht meine Lieblingsoberfläche ist, erst recht nicht feuchter Sand mit unebenen Wellenabdrücken von der Flut. Seitdem sind wir auf dem Weg geblieben. Antony hat den Kopf gesenkt, und das nicht nur gegen die Kälte; es ist die Haltung eines schlaksigen jungen Mannes. Seine Hände sind in den Taschen seiner tief sitzenden Hose vergraben. Zwei Freunde von ihm, mit denen er häufig abhängt, scheinen sich genauso zu kleiden und zu halten. Neben ihnen komme ich mir steinalt vor.

»Zieh doch her, zurück zu Mum.«

Verblüfft sehe ich ihn an. Ich habe Lynn bereits gesagt, es wäre zu verwirrend. »Deine Mum und ich sind nicht …«

Er kneift den Mund zusammen; irgendwie vermittelt es mir das Gefühl, ich würde ihn wieder enttäuschen.

»Es ist kompliziert«, sage ich.

»Ist das nicht immer so?«

Da ist eine Spur von Resignation in seinem Tonfall, als würden alle älteren Erwachsenen Dinge unnötig kompliziert machen. Wahrscheinlich irrt er damit nicht.

»Das Meer«, sage ich und deute mit dem Kopf in Richtung Wasser. »Es kommt jeden Tag rein und geht wieder raus. Eine sehr simple, unkomplizierte Existenz.«

»Bis sich die Verwerfungslinien verschieben und es zu einer Flutwelle kommt.«

»Ein kluger Hinweis, junger Luke.« Hierüber muss er lachen.

»Magst du *Star Wars*?«, fragt er.

»Und wie!«

»Ich kann dir ein Game zeigen, wenn wir zurück sind.«

»Es gibt ein Game dazu?«

»Es gibt zu allem ein Game.«

Ich willige ein, mit ihm zu spielen, vorausgesetzt, er spielt hinterher mit mir ein altmodisches Brettspiel. Alles, um ihn zu beschäftigen und von dem Gerichtstermin morgen abzulenken.

»Wie war sie, deine Freundin?«

Ich muss kurz überlegen, weil ich nicht sicher bin, wen er meint. Ja, er spricht von Alice.

»Die Frau, die du geliebt hast«, sagt er, falls ich noch Zweifel habe.

Er ist neugierig. Ich glaube nicht, dass ihm der leichte Vorwurf in den unausgesprochenen Worten bewusst ist – *die Frau, die dich davon abhielt, meine Mutter so zu lieben, wie sie es verdient.*

»Es ist alles sehr lange her.« Ich hebe mein Gesicht dem leichten Sprühregen entgegen, der gerade eingesetzt hat. »Sehr lange.«

»Erinnerst du dich nicht an sie?«

Ich erinnere mich an ihre türkisgrünen Augen, an die winzigen Lachfalten, die das linke umrahmen, nicht jedoch das rechte. Ich erinnere mich an ihr Lächeln, das sie wegen ihrer Zahnlücke vorn gehasst hat, während ich es liebte. Ich erinnere mich an ihren Moschusduft von dem Herren-Aftershave, das sie immer trug. Auf ihrer Haut roch es richtig. Ich erinnere mich an die Biegung ihres Rückens, wie sie kicherte, wenn ich sie unter den Achseln berührte. »Ich erinnere sie«, sage ich zu Antony. »Durchaus. Doch es ist alles sehr lange her.«

»Du hast dein Leben verschwendet, Mann.« Antony hat einen Stock aufgehoben und zieht ihn wie ein Kind hinter sich her. Er grinst, als er meine fragende Miene sieht. »Ich weiß, ja, ich habe gut reden.«

»Hoffentlich bekommst du die Chance, dich zu ändern.« Ich hoffe bei Gott, dass wir morgen ein gutes Ergebnis erzielen und er erkennt, wie viel Glück er hat.

»Ich hasse, was ich getan habe«, murmelt er. Wir sind fast wieder beim Haus, und ich bleibe unwillkürlich stehen. Antony lehnt sich an eine Mauer und spricht aus, was er wohl schon länger zu sagen geplant hat: »Und jahrelang habe ich dich gehasst, dabei hätte ich dich nie in so eine Situation bringen dürfen. Du hast dich für das entschuldigt, was du gemacht hast, und mir tut es auch leid.«

Nachdem wir zuletzt viel Zeit miteinander verbracht haben, überkommt mich das Gefühl, dass ich hier und jetzt das Richtige sagen muss. Es versetzt mich zurück in den Gerichtssaal, wo jedes Wort sorgsam gewählt sein will.

Ich lege meine Hände auf seine Schultern und blicke ihn an. »Ich denke, dass du ein junger Mann mit einem riesigen Potenzial bist. Ich denke, du hast die Orientierung verloren, und Leute, wahrscheinlich dein Dad und ich, haben dich im Stich gelassen. Du hast Fehler gemacht, und die Fehler, die wir begehen, besonders die großen, müssen zählen. So abgedroschen es klingen mag: Wir müssen aus ihnen lernen. Ich denke, das wirst du, hast du bereits, und ich freue mich ehrlich darauf, den jungen Mann zu sehen, der du in fünf Jahren sein wirst.«

Sein Adamsapfel hebt und senkt sich, und er sieht nach unten. »Ich denke, dass ich nie vergessen darf, wie kurz ich davor war, alles zu verkacken.«

Instinktiv umarme ich ihn und flüstere in seine Beanie: »Auch das nicht, Kumpel. Auch das nicht.«

Als ich ihn loslasse, blickt er immer noch nach unten. »Wenn es richtig schlimm kommt, weißt du, falls es nicht klappt …«

Ich versuche, ihn nicht zu unterbrechen, weil er diese Möglichkeit bedenken muss.

»Auch wenn du nicht mit Mum ›zusammen‹ bist, passt du auf sie auf, oder?«

»Deine Mum ist eine starke Frau, aber, ja, natürlich.«

»Und du glaubst wirklich, dass … dass ich … dass wir«, korrigiert er sich, »dass wir das hinkriegen?«

»Tue ich.«

Er seufzt erleichtert. »Mein Dad hat bisher nicht angerufen. Er weiß Bescheid, aber kein Anruf.«

»Wahrscheinlich wartet er, was passiert, damit er weiß, was er sagen soll.«

»Er könnte anrufen und mir viel Glück wünschen. Er könnte anrufen und sagen: ›Du bist ein dämlicher Idiot und verdienst, eingesperrt zu werden.‹ Er könnte einfach anrufen.«

»Eltern können einen manchmal bitter enttäuschen.«

»Er ist ein Arschloch. Und hör mal, ich bin dankbar, dass du jetzt hier bist, aber du hast bei der Daddy-Nummer auch nicht geglänzt.«

Das sitzt. »Weiß ich.« Vor der Haustür ziehe ich meinen Handschuh aus und krame in der Tasche nach dem Schlüssel, den Lynn mir gegeben hat. »Die hatte ich damals nicht drauf.«

»Und was ist jetzt anders?«

Bei dieser Frage wird mir klar, dass sich etwas verändert hat. Obwohl meine Reise durch die weite Welt unterbrochen wurde, hat bereits eine Veränderung bei mir eingesetzt, und er sieht es. Eventuell heißt »die Welt sehen« gar nicht, dass man sich zwangsläufig weit wegbewegen muss. »Kannst du es mir sagen?« Es interessiert mich wirklich.

»Du hörst zu«, antwortet er, was mich nicht sonderlich beeindruckt. Bei der Arbeit muss ich immer ein guter Zuhörer sein. »Und ich denke auch«, fährt er schulterzuckend fort, streift seine dicke Jacke ab und hängt sie drinnen an die Tür, nachdem ich geöffnet habe, »dass du Mum und mich besser als Einheit erkennst. Was sie tut, wirkt sich auf mich aus und umgekehrt. Früher hast du nie an sie gedacht. Du wolltest bloß, dass ich bestraft werde.«

Wieder zucke ich ein wenig zusammen. Die Wahrheit tut weh.

Antony ist schon halb die Treppe rauf. »Ich rufe dich, wenn ich die PlayStation aufgebaut habe«, sagt er.

Ich ziehe meine dicken Sachen aus und blicke ihm nach. Als ich ihn rufen höre, trotte ich hinter ihm her und bete, dass den Todesstern zu zerstören leichter wird, als ihn morgen vor Gericht zu verteidigen.

Später, bevor Lynn von der Arbeit zurück ist, sage ich Antony, dass ich wegmuss und gegen neun zurück bin. Seiner Mutter lasse ich eine Nachricht da. Ich fahre zu meinem Haus, schleiche mich im Schutz der Dunkelheit hinein, um meine gereinigte Robe zu holen. Drinnen ist es eisig, und fröstelnd sehe ich nach dem Thermostat in der Diele. Er ist so eingestellt, dass die Heizung morgens und abends jeweils für ein paar Stunden anspringt, wie ich es Clare gezeigt hatte. Ein Griff an den eiskalten Heizkörper sagt mir, dass der Timer hakt.

Mich überkommt etwas, womit ich nicht gerechnet habe. Eine Sehnsucht nach Vertrautem, nach meinen Sachen um mich herum: das Ticken der alten Standuhr meines Dads, der afghanische Läufer im Flur, bei dem ich immer aufpasse, dass ich nicht über den aufgebogenen Saum stolpere, das Mondlicht, das zu beiden Seiten der Tür durch die Buntglasscheiben fällt und tanzende Farbspiele auf die gegenüberliegende Wand wirft.

Konzentrier dich, weise ich mich zurecht und riskiere, ein Licht im Schlafzimmer einzuschalten, um schneller zu finden, wonach ich suche. Nachdem ich die Gerichtssachen auf einen Stuhl in der Diele gelegt habe, taste ich auf dem Bücherregal daneben nach dem Schlüssel. Ich kann unmöglich wieder gehen, ohne Walnut und Pecan gesehen zu haben. Mit der Taschenlampe meines Handys leuchte ich mir den Weg zum Pferch und bin froh, dass der Lorbeer ein wenig gewachsen ist.

Die beiden quieken los, sobald sie mich kommen hören. »Schhh«, sage ich zu ihnen. »Hallo!« Ich streichle ihre Schnauzen und empfinde ein unerwartetes Stechen in der Brust. Es sind Futter und Wasser in ihren Trögen sowie reichlich Heu unter dem Wellblechdach auf der einen Seite des Pferchs. »Wie es aussieht, sorgt Grace gut für euch zwei«, flüstere ich und blicke zur Scheune. Dort ist alles dunkel, als wären sie nicht zu Hause. Doch sicherheitshalber möchte ich vermeiden, dass sie von dem Quieken aufgeschreckt werden, werfe Walnut und Pecan Luftküsse zu und verschwinde.

Wir spielen Monopoly. Es ist eine alte Ausgabe, die Lynn ganz hinten in einer Wohnzimmerschublade hatte. Wir beide haben seit Jahren nicht mehr gespielt, und Antony ist ein sehr schwacher Bankier, denn Lynn, die uns alle innerhalb einer halben Stunde bis an die Kante mit Hypotheken belastet hat, gewinnt. Wir bewegen uns alle auf »Los« zu, wandern drei Felder zurück, nehmen Bankdividenden ein und reisen zu diversen Bahnhöfen. Als Antony eine der abgegriffenen goldenen Karten aufnimmt und laut vorliest: »Du kommst ins Gefängnis. Geh nicht über Los und nimm keine £200 ein«, halten wir alle die Luft an. Beinahe rechne ich damit, dass er das Spielbrett umwirft und »Blödes Spiel!« schimpft, wie er es getan hätte, als wir vor Jahren zusammenlebten.

»Darf ich mir eine andere nehmen?« Er sieht von mir zu seiner Mum, ehe er die Karte unter den Stapel schiebt und die nächste aufnimmt. »Du kommst aus dem Gefängnis frei«, liest er. »Besser. Die behalte ich.«

»Nimm sie dir morgen mit«, schlägt Lynn vor. »Als Glücksbringer.«

»Wenn wir ihn vor dem Gefängnis bewahren, wird es nicht umsonst sein«, sage ich, weil es sich richtig anfühlt und gesagt werden muss.

»Ich behalte sie trotzdem«, sagt er. »Ich weiß!« Er hebt eine Hand und steckt die Karte ein. »Selbst beim besten Ergebnis morgen geht die Arbeit dann erst los.« Abermals sieht er uns beide an. »Und damit ihr es wisst, ich habe seit einer Woche nichts getrunken und auch nichts genommen oder geraucht, seit du hier bist.« Hier ruht sein Blick auf mir.

Lynn und ich schweigen; sie drückt seinen Arm. Ich bin dran und nach meinem Zug pleite.

»Deine Mutter hat meine Reserven geplündert. Zeit, zu Bett zu gehen.« Gähnend strecke ich mich. »Morgen wird ein wichtiger Tag.« Ich klopfe Antony im Vorbeigehen auf die Schulter und sage Lynn, dass ich nach oben gehe.

Zwanzig Minuten später liegen wir beide im Bett, und ich erwarte mehr Fragen zu meiner Verteidigung und wie es morgen wird. Sie muss dauernd vergewissert werden, weshalb mich überrascht, was sie fragt. »Hast du sie gesehen, als du da warst?« Lynn hat sich an mich geschmiegt und liegt in meiner Armbeuge. Ich weiß genau, wen sie meint, dennoch verwirrt mich ihre Frage. »Ich habe sie übrigens kennengelernt«, sagt sie. »Kurz nach deiner Abreise. Ich hatte in Oxford zu tun und habe auf dem Rückweg bei dir reingeschaut, weil ich nicht wusste, dass du schon weg warst.«

»Aha?« Mir scheint diese Reaktion angebracht.

»Wir haben in der Scheune einen Kaffee getrunken. Die sieht fantastisch aus.« Lynn hat eine Hand auf meine Brust gelegt. Das tun wir. Wir kuscheln abends, mehr nicht. Sie bestand darauf, dass ich im Haus bleibe, also hatten wir ein Gespräch – nichts passiert. Wir sind nur zwei Freunde, die sich helfen. Es ist nicht immer einfach gewesen, weil sie so schmerzlich vertraut ist. Und heute Abend weiß ich schon, dass ich mich nach dem Vertrauten sehne.

»Und? Hast du sie gesehen?«, fragt sie wieder.

»Nein. Es war alles dunkel. Ich habe mich bloß reingeschlichen und bin wieder weg.« Was wahr ist. Ich lasse lediglich aus, dass ich sie nicht sehen wollte, weil ich keine Ablenkung gebrauchen konnte. Und als Lynn mich küsst, wie sie es jede Nacht tut, verhindere ich, dass es weitergeht, wie ich es jede Nacht tue. Nur ist es heute schwierig, und das sage ich ihr.

»Warum heute mehr als sonst?«, flüstert sie.

»Ich möchte heute mit dir schlafen, weil wir uns so gut kennen und es sich schön anfühlen würde. Ich will es nicht tun, weil es mich ablenken würde, wenn ich es morgen früh bereue. Und ich brauche morgen einen klaren Kopf.«

Sie dreht sich von mir weg, aber weil das Bett schmal ist, ist nun ihr Rücken an meiner rechten Seite. Ihre kalten Füße sind an meinem einen Fuß, und ich fühle, wie sie ihre Hand in meine schiebt. »Ich weiß, dass du einen klaren Kopf brauchst, aber nur dass du es weißt, du würdest es nicht bereuen.«

Sie umklammert meine Hand, und ich schließe die Augen und versuche, nicht im Geiste all die Fallnotizen durchzugehen, die ich immer wieder gelesen habe. Alles ist bereit. Abgesehen von dem vorbereiteten Fall, den ich morgen vorbringen kann, liegt alles bei den Göttern des Zufalls.

40

Als Tim mit der Überschrift »DRINGEND« mailte, öffnete Clare die Nachricht über Stunden nicht. Bei Tim konnte dieses Wort alles bedeuten, von ausgegangener Milch bis hin zu seiner Klage gegen die einstweilige Verfügung, die sie gegen ihn erwirkt hatte; oder er wollte ihr etwas über die gegenwärtige Regierung vorjammern. Den Tag über hatte sie ein Engegefühl in der Brust, bis sie schließlich dachte, es wäre besser, zu wissen, was er wollte, als sich irgendwas auszumalen. Sie öffnete die E-Mail, wobei sie wütend machte, dass er sogar, wenn sie ihn nicht sah, in gewissen Momenten Macht über sie hatte.

Er teilte ihr in Großbuchstaben mit, dass er sie sehen müsse. Er müsse über Grace reden, und das mit ihr persönlich. Ihm sei klar, dass die Verfügung es verbot, doch er bitte sie nur, ihn dies eine Mal zu sehen. Es gehe um ihre Rolle als Eltern, und das ließe sich nicht am Telefon klären.

Obwohl sie beunruhigt war und wusste, dass sie ihn nicht treffen sollte, überwog ihre Sorge um Grace. Clare wählte einen belebten Pub nahe Paddington Station. Dort wären viele Menschen um sie herum, sodass er sich von seiner besten Seite zeigen musste.

Als sie den Pub betrat, sah sie ihn schon in einer leeren Nische sitzen. Clare blickte sich nach einer anderen Option um. Das war zu nahe. Wenn er ihr in einer Nische gegenübersaß, könnten sie sich berühren; er könnte die Hand nach ihrem Arm ausstrecken oder sein Bein nach ihrem. Bei dem Gedanken lief ihr ein Schauer über den Rücken.

»Das ist mir ein bisschen zu nah«, sagte sie und blieb in vier Schritt Entfernung von der Nische stehen.

»Du bist zu spät, und wir haben Glück, überhaupt noch einen Sitzplatz zu bekommen.« Er hob den Kopf von seinem Handy und schaute sich in dem vollen Pub um.

Clare wischte sich die Schweißperlen von der Oberlippe, die sich dort sofort bei seinem Anblick gebildet hatten.

Tim hielt die Hände in die Höhe. »Fünfzehn Minuten, Clare, okay?«

Sie setzte sich an den Rand der Bank ihm gegenüber und sah noch einmal nach. Der nächste Ausgang war der, durch den sie hereingekommen war.

»Was willst du trinken?«, fragte er. Er hatte ein Pint Lager Shandy in der Hand.

»Kaffee«, antwortete sie. »Schwarz und stark.«

Tim rutschte über seine Bank und ging zur Bar, wobei er sehr leicht ihre Schulter streifte.

Ihre Sinne waren in Alarmbereitschaft, als würde gleich etwas Übles geschehen. Jacks Worte, als sie die einstweilige Verfügung entwarfen, fielen ihr wieder ein. »Wenn du das machst, musst du dabeibleiben. Keine Treffen mit ihm. Keine Abweichungen.«

Nachdem Tim ihr den Kaffee hingestellt hatte, setzte er sich wieder. »Grace hat mir erzählt, dass du Jean gesehen hast.«

»Habe ich.«

»Hasst sie mich noch?«

Clare wurde wütend. Zehn Sekunden – und es ging nur noch um ihn. »Keine Ahnung. Du wolltest über Grace reden. Ich bin hier. Rede.«

Tim wirkte, als wollte er es sich zunächst für den Nachmittag auf der Bank bequem machen. »Will ich. Um es einfach auszudrücken: Sie hat sich verändert. Ich verstehe, dass sie ein neues Leben hat. Nicht das, was ich für sie wollte, wohlgemerkt«, ergänzte er zornig dreinblickend. »Aber sie … sie ist distanziert, selbst wenn sie bei mir ist. Ich glaube, es liegt an diesem Typen, mit dem sie rumhängt. Sie sagt, dass er ihr fester Freund ist. Sie ist doch zu jung, um einen festen Freund zu haben, oder? Ich traue dem Kerl nicht.«

»Und deshalb wolltest du mich ›Dringend‹ sehen?«

Sie wollte aufstehen, und er machte Anstalten, ihren Arm zu packen, hob jedoch wieder beide Hände. »Entschuldige, schon gut. Ich wollte das nicht. Aber das *ist* dringend, okay?«

»Grace könnte sich verändert haben, seit du mich krankenhausreif geprügelt hast, Tim. Ich bezweifle, dass es irgendwas mit Erik zu tun hat.«

Tim verzog das Gesicht. »Sie ist viel zu jung, um …«

»Um was, Tim?« Clare hörte, dass sie genervt klang, was sie gewöhnlich bei ihrem Ex zu vermeiden versucht hätte. Flüchtig fragte sie sich, in welcher Stimmung Tim heute war. Wenn sie ihm von Erik erzählte, würde er in die Luft gehen, sodass sie fliehen müsste. Oder er würde einfach dasitzen und es richtig mit ihr besprechen, was sie jedoch für wenig wahrscheinlich hielt. »Sie sind zusammen.« Sie wählte ihre Worte mit Bedacht, nahm die Speisekarte vom Tisch und fächelte sich damit Luft zu.

»Ich habe kein Problem damit«, sagte er schulterzuckend. »Sie wird erwachsen. Aber da ist noch was, und ich weiß nicht, was das ist. Ich spuck's einfach aus, ja? Die haben keinen Sex, oder? Dafür ist sie auf keinen Fall reif genug.«

Clare musste ein Lachen unterdrücken. Ihr prügelnder, selbstverliebter und manchmal kindischer Mann hielt ihre gemeinsame Tochter, die ihrem Alter weit voraus war, für zu unreif für eine Beziehung? Das war wirklich zum Brüllen. Dennoch glaubte sie nicht, dass sie ihn jetzt zum ersten Mal belügen könnte? Das war bizarr, bedachte man, wie viele Lügen er ihr erzählt hatte. Und sie hatte ihn nie, kein einziges Mal angelogen. Eigentlich stand ihr da eine klitzekleine Lüge zu. »Nein«, sagte sie. »Das würde ich wohl wissen.«

Ich weiß es. Aber dein Drama brauche ich nicht.

»Würdest du? Würdest du es überhaupt mitkriegen, Clare? Ich meine, du bist so mit deinem neuen Leben beschäftigt. Du hast ja nicht mal …« Er sackte auf der Bank nach hinten, hob abermals die Hände und ließ den unausgesprochenen Vorwurf in der Luft hängen.

»Ich bekomme alles von Grace mit, danke sehr, und ihr geht es gut.« Clare sprach mit zusammengebissenen Zähnen. »Sie ist ein zufriedener, gut angepasster Teenager und hat eine Menge Veränderungen in ihrem Leben verkraftet. Vielleicht ist es deine neue Freundin, auf die sie nicht besonders scharf ist. Abgesehen von deiner Handarbeit an meinem Gesicht könnte die vielleicht der Grund für ihre Distanziertheit sein.«

Sie hielt seinem starren Blick stand, legte es darauf an, dass er als Erster wegsah. Als er es tat, wertete sie es als kleinen Triumph. Sie trank von ihrem Kaffee.

Wenig später lehnte er sich erneut nach vorn, und unwillkürlich wich Clare zurück.

»Louise ist süß. Meine Freundin. Du würdest sie mögen«, sagte er.

»Tja, zum Glück werde ich sie nie kennenlernen müssen.« Ihr war klar, dass er sie nur nicht angriff, weil sie zusammen in der Öffentlichkeit waren.

»Wie geht es deinem schicken Kerl?«

Clare verdrehte die Augen. »Mein *Vermieter* ist auf Reisen.«

»Hat er dich doch ganz allein gelassen. Ich habe dir ja gleich gesagt, dass mir die Idee von Anfang an nicht gefallen hat.«

»Pech. Meine Entscheidung. Und wir sind nicht ganz allein.« Die zweite Lüge fiel Clare ungleich leichter. »Wir haben einen Panikknopf mit direkter Verbindung zur Polizei. Jack bestand darauf, bevor er abgereist ist.« Er hatte auf nichts dergleichen bestanden, aber Clare wollte nicht eines Nachts aus ihrem Fenster blicken und Tim in der Lorbeerhecke lungern sehen, nachdem sie nun einmal von der Regelung abgewichen war – trotz Jacks Rat.

»Der verdammte heilige Jack.«

»Lass es, Tim.«

»Du solltest etwas über den heiligen Jack wissen.«

Clare warf ihm einen warnenden Blick zu. »Wir sind hier, um über Grace zu reden.«

»Und du hast mir versichert, dass alles in Ordnung ist, also glaube ich dir.«

»Gut.« Sie stellte ihre Kaffeetasse ab. »Dann gehe ich jetzt mal.« Sie stand auf und zog ihre Handschuhe aus der Tasche.

»Setz dich.«

»Nein.« Sie atmete tief durch. »Du befiehlst mir nicht mehr, was ich tue, Tim.«

»Setz dich. Ich will dir etwas von deinem heiligen Jack erzählen. Glaub mir, das willst du hören.«

Für eine Sekunde schloss sie die Augen und sank zurück auf die Sitzkante.

»Dein heiliger Jack«, fuhr er fort. »Ich weiß, dass ich mich hier nicht mit Ruhm bekleckere, aber ... Dein heiliger Jack ist mir ähnlicher, als du wissen willst.«

Clare lachte ungläubig.

»Ich war bei ihm in seiner Kanzlei, Lincoln's Inn, sehr schick.«

Clare merkte, dass sie die Stirn runzelte. »Und?«

»Er ist ein Lügner, der heilige Jack. O ja, nur um mich auf die Palme zu bringen, hat er mir erzählt, dass Grace mit diesem ganzen juristischen Scheiß angefangen hat. Ich habe nicht reagiert, weil ich ja weiß, dass Grace das nie tun würde, aber das Spannende ist, dass er der war, der mich schlagen wollte. Das habe ich in seinen Augen gesehen.«

Ihr wurde schwindlig. Sie versuchte zu begreifen, was Tim gesagt hatte. *Jack? Gewalttätig? Nein.*

Sie wandte den Blick ab und betrachtete eine Gruppe von Leuten an der Bar. Eine Frau saß auf einem Barhocker, aus dessen Polster seitlich die Füllung hervorquoll.

Jack hatte Tim erzählt, dass Grace mit der einstweiligen Verfügung zu tun gehabt hatte, obwohl sie ihn ausdrücklich darum gebeten hatte, es nicht zu tun.

Die Frau an der Bar schlang ein Bein provozierend um die des Mannes auf dem Hocker neben ihr. Ihr Gesicht war in die entgegengesetzte Richtung gewandt, und sie schien mit einem anderen Mann rechts von ihr zu flirten. Menschen sind komisch, dachte Clare.

»Jetzt ist er nicht mehr so brillant, oder?« Tim stand auf, zog seine Jacke an und wickelte sich seinen Schal um. »Siehst du, Clare, du hattest es so eilig, von mir wegzukommen, dass du nicht richtig aufgepasst hast. Oder?«

»Wenn hier irgendwer lügt, dann du.«

Clare erstarrte, als Tim sich zu ihr beugte und sie aufs Ohr küsste. »Du weißt, dass ich die Wahrheit sage.«

Sie fröstelte.

»Wir sehen uns, schöne Clare«, sagte er und ging.

Es dauerte, bis sie ihren Beinen zutraute, sie zum Bahnhof zu tragen. Auf der Fahrt stellte sie fest, dass sie nicht warten konnte. Als die Arztpraxis anrief, wo sie bliebe, hörte Clare sich die Nachricht an und ignorierte sie. Sie wählte Jacks Nummer.

»Oh, Clare, tut mir leid, ich kann gerade nicht reden. Kann ich dich später zurückrufen?«

Sie konnte diverse Leute im Hintergrund hören und fragte sich nun, wie spät es an der amerikanischen Westküste sein mochte. »Es dauert nicht lange. Ich muss dich was fragen, und du musst ehrlich sein.«

»Was ist?«

Clare versuchte, ihren Ärger zu verbergen, weil er wollte, dass sie sich kurzfasste. »Hast du Tim von Grace' Textnachricht erzählt, dass sie eine einstweilige Verfügung für mich wollte? Als ich dich um Hilfe gebeten habe, hast du mir versprochen, es nicht zu erwähnen, sie rauszuhalten. Und warst du kurz davor, ihn zu schlagen, wie er behauptet?«

Stille. Clare nagte an ihrem Daumennagel.

»Ich ruf dich zurück.« Es hörte sich an, als würde er auf Abstand von allen anderen dort gehen. »Ich kann es erklären.«

»Nein, kannst du nicht«, erwiderte sie. »Wir hatten eine Abmachung. Du hast gewusst, dass ich diese Sicherheit brauche, und ich bin dir dankbar, aber das hier ändert alles. Du hast eine Grenze überschritten, Jack, die Freunde nicht übertreten. Das Letzte, was ich jetzt gerade gebrauchen kann, ist jemand, dem ich nicht trauen kann.«

Clare drückte das Gespräch weg. Später hörte sie sich seine Nachricht an, dass er sie um eine Chance bat, ihr zu erzählen, was genau vorgefallen war. Und auf dem gesamten Heimweg fragte Clare sich, was sie zu Leuten zog, die sie enttäuschten. Bei ihrer Mutter hatte sie keine Wahl gehabt, ihren Mann hatte sie sich ausgesucht. Und Jack – obwohl sie ihm ewig dankbar für das wäre, was er für Grace und sie getan hatte, wurde es Zeit, sehr weit auf Abstand zu ihm zu gehen. Was sie bisher nicht vorgehabt hatte. Aber sie musste ernsthaft die Kontrolle über ihr Leben übernehmen.

Zu Hause saß sie mit Grace beim Nachmittagstoast, ohne an ihr Handy zu gehen. Gegen Abend fühlte Clare eine ungekannte Wut in sich aufsteigen, die ihr die Haare zu Berge stehen ließ. Benommen stand sie auf, schnappte sich ihre Jacke von einem Stuhl in der Nähe, schaltete die Außenbeleuchtung ein und nahm auf dem Weg nach draußen den Eimer mit dem trockenen Schweinefutter auf. Schon von der Tür aus konnte sie das Quieken hören – Grace hatte die beiden nicht gefüttert, als sie nach Hause kam. Clare kochte innerlich. Beim Pferch füllte sie den Trog. Dann blickte sie zum Himmel, formte aus ihren Händen einen Trichter vor ihrem Mund und schrie ihren Zorn hinauf.

Wie konnte Tim es wagen? Sie presste die Handballen auf ihre Schläfen. Während ihrer Ehe hatte Tim geglaubt, er wüsste es am besten, doch im Nachhinein erkannte sie, dass er ihr gesamtes Leben kontrolliert hatte. Er hatte sie genau dahin gebracht, wo er sie haben wollte, sie von ihren Freunden isoliert und sogar gut gefunden, dass sie sich von ihrer Mutter entfremdet hatte. Und jetzt war es ihm gelungen, auch einen Keil zwischen Jack und sie zu treiben.

Sie sah zu Jacks dunklem Cottage. Jack hatte sie ebenfalls manipuliert. Wie konnte er das tun?

Sie nahm den Eimer auf, und als es zu regnen begann, legte sie den Kopf in den Nacken. Aus dem Augenwinkel sah sie, dass Grace aus ihrem Fenster zu ihr schaute. Zweifellos legte sie sich ihre eigenen Entschuldigungen zurecht. Clare fluchte leise. Sie war es leid, dass alle ihr eigenes Ding machten. Sie war es leid, dass andere entschieden, sie wüssten, was das Beste für sie war.

Schluss damit.

In der Küche streifte sie ihre Schuhe ab und tappte über den beheizten Fußboden zu einem Haken unten an der Treppe, an dem sie ihre Jacke aufhängte. Von oben hörte sie: »Tut mir leid, Mum. Ich hätte das noch gemacht.«

Auch sie ignorierte Clare.

Nachdem sie sich mit dem Üben einer neuen Choreografie eines Lateinamerikanischen Tanzes in Schweiß gebracht hatte, wischte sie sich mit einem Handtuch ab, als Grace an der Studiotür erschien.

»Hast du dich schon beruhigt?«, fragte sie.

»Du hättest die Schweine füttern müssen.«

»Wann habe ich das je nicht gemacht?«

Clare fielen ein paar Gelegenheiten ein, aber sie hatte keine Lust zu streiten.

»Ich wollte dir das hier zeigen und dich erinnern, dass du mich zum Hockey fahren musst.« Grace kam zu ihr. Ihre Sporttasche hatte sie schon über der Schulter. »Erik und ich haben vorhin daran gearbeitet, Lisa hat es schon gesehen.« Sie sah ihre Mutter von der Seite an. »Ich dachte, ich gebe dir mehr Zeit zum Runterkochen, deshalb habe ich es erst an sie geschickt. Jedenfalls hat sie es abgesegnet – und jetzt siehst du es noch mal, bevor alles online geht.«

Grace drückte »Play« auf ihrem Handy, und Clare sah und hörte eine editierte Version von Simons bisherigen Tanzstunden. Grace und Erik hatten die jeweils neunzigminütigen Stunden auf knapp unter drei Minuten zusammengeschnitten und das Wesentliche perfekt eingefangen. Da war Unterricht, Spaß, und dazwischen kam irgendwie auch Simons Behinderung ins Spiel, ohne zu sehr zu dominieren oder von der Begeisterung abzulenken, mit der er lernte.

»Gefällt es dir?«, fragte Grace. »Lisa möchte das erste gleich online stellen und die nächsten jeweils gestaffelt bis zum großen Finale.«

»Ich finde es großartig.« Clare wischte sich die Augen mit ihrem Handtuch. »Danke, und tut mir leid wegen vorhin. Ich hatte einen harten Tag.«

Ihre Tochter zuckte mit den Schultern. »Hockey? Ich habe deine Autoschlüssel mitgebracht. Hast du deinen Haustürschlüssel?«

»Ja, entschuldige. Ich hatte vergessen, dass du heute Abend Training hast.«

Auf der Fahrt plauderte Grace, und Clare blickte kurz hinüber, ehe sie ihr dreimal aufs Bein klopfte.

Dankbarkeit, sagte sie sich. Sie sollte dankbar für dieses wundervolle menschliche Wesen sein, auf das sie sich immer verlassen konnte. Der Rest würde sich ergeben.

41

– Ursprüngliche Nachricht –
Von: GraceBryanson29@gmail.com
Gesendet: 23. November 2018, 21:02
An: BadBarrister@TateTravels.com
Re: Foto von deinen Babys

Hi!
Wie ist New Orleans? Wäre ich doch in New Orleans! Müsste ich doch nicht in die Schule! Wäre doch schon Weihnachten!
Ich warte auf massenhaft Fotos auf deinem Insta! Wo bleiben die? Ich habe da auch die angehängten Fotos von W & P eingestellt.
Ich dachte, du willst vielleicht den Link zu Mums ersten Stunden mit Simon haben (Erik und ich haben die geschnitten). Sie sind gerade live gegangen!
LG Grace x
MAKAC-Vorsitzende

42

Es läuft gut, sieht vielversprechend aus. Also, Antonys Situation …

Ich hingegen musste sämtliche Ressourcen aktivieren, die ich besitze. Clare kann nicht ahnen, wie ungünstig das Timing ist, und es ist nicht ihre Schuld. Ich versuche, jemandem zu helfen, bei dem ich vor Jahren versagt hatte, und das Letzte, was ich jetzt gebrauchen kann, ist zu hören, was ich außerdem noch falsch gemacht habe. Sie denkt, dass ich eine Grenze übertreten habe, und ich bin richtig genervt. Ihr Handy ist ausgeschaltet, und sie will mich nicht erklären lassen, was mit ihrem Mistkerl von Exmann war. Ja, ich wollte ihn schlagen, aber ich habe es nicht getan. Ja, ich habe ihn mit der Wahrheit über Grace provoziert, und das hätte ich nicht tun dürfen, aber … Was glaubt sie eigentlich, wer sie ist? Sie hätte mich wenigstens sagen lassen können, was passiert ist, bevor sie auf Ghosting umschaltet. Oder wie immer man es nennt, wenn ich zu erklären versuche und sie nicht mal zuhören will. Und ich ignoriere die hartnäckige Frage, was zum Teufel sie überhaupt mit Tim zu schaffen hatte.

Lynn merkt, dass etwas ist, legt eine Hand auf meinen Arm und fragt mich, ob es mir gut geht. Ich nicke ein wenig knapp, deshalb küsse ich sie auf die Wange. »Es hat nichts mit dem Fall zu tun«, versichere ich ihr und reibe mir über das glatt rasierte Kinn. »Gut.« Ich richte meine Robe und zwinkere ihr und Antony zu. »Wir sehen uns auf der anderen Seite.«

Ehe einer von ihnen genau sagen kann, was war, ist es vorbei. Er hat seinen Führerschein für fünf Jahre verloren und eine zweijährige Bewährungsstrafe, mit der Bedingung, einen Entzug zu machen und Sozialstunden abzuleisten. Ich hatte ihn vorher gewarnt, was das heißen könnte – wir waren uns beide einig. Doch Lynn ist nicht auf den Wagen vorbereitet, den ich organisiert habe, damit er ihn nach dem Urteil und einer langen Umarmung wegbringt. »Ich dachte …«, beginnt sie immer wieder, ohne den Satz zu beenden.

Später am Abend essen wir mitgebrachtes Essen an ihrem winzigen Küchentisch, und sie fragt: »Willst du wieder auf Reisen gehen?«

»Weiß ich nicht genau«, antworte ich so ehrlich wie möglich.

»Danke für das, was du getan hast. Ich hatte Angst, dich anzurufen – nach dem, was du durchgemacht hast, nach …«

»Es ist mein Job. Obwohl ich mir nicht hundertprozentig sicher bin, dass ich das immer machen werde.«

»Du kommst wieder zurück.« Ihr Lächeln soll mich bestärken. »Es liegt dir im Blut. Du wolltest schon immer Unrecht korrigieren.«

»Ach ja?«

»Ja.« Sie teilt den restlichen Weißwein auf unsere Gläser auf.

»Ich möchte weiterreisen«, beginne ich. »Meine Reise beenden, doch etwas hat sich verändert. Es ist, als hätte ich einen Blick auf alles geworfen, was vorher war, um mir vorstellen zu können, was das Nächste sein wird, falls das einen Sinn ergibt. Laut Ollie denke ich zu sehr in Schwarz oder Weiß und habe kein Gefühl für die Grautöne.«

Lynn lacht. »Ich liebe Ollie! Allerdings hat er nicht *ganz* recht.«

Fragend sehe ich sie an.

»Am meisten kämpfst du in deinem Privatleben«, erklärt sie. »Vielleicht hängt es damit zusammen, dass du ein Einzelkind bist, denn das Gleiche beobachte ich bei Antony. Ihr beide tut euch mit den Graubereichen in eurem Gefühlsleben schwer.«

Ich trinke von meinem Wein. »Habe ich dich auch enttäuscht? Damals? Ich meine, ich weiß, dass es nach der Geschichte mit Antony vorbei war, aber … vorher?«

»Du warst einfach abwesend«, antwortet sie schulterzuckend. »Emotional. Ich habe es versucht, aber du hast ganz in der Vergangenheit festgesteckt.«

Ich leere mein Glas. »Stimmt«, gestehe ich. »Aber ich habe sie losgelassen. In Florida habe ich am Strand gestanden und sie losgelassen.«

Es laut auszusprechen ist nicht leicht, und Lynn sagt nichts, obwohl ihr »wurde auch Zeit« auf der Zunge liegen dürfte.

Sie steht auf, räumt die Teller weg, und gemeinsam bewegen wir uns in einem mittlerweile vertrauten Tanz durch den kleinen Raum. Sie belädt die Spülmaschine, ich packe die Essenskartons und die Flasche ins Recycling.

»Wird einem einmal richtig das Herz gebrochen«, sagt sie, ohne aufzusehen, »ist man hinterher nie wieder ganz.« Nun blickt sie zu meinem Bein, bevor sie die Arme um meinen Hals legt. »Du bist ein guter Mann, Jack Tate. Und du verdienst es, glücklich zu sein. Du musst es dir nur erlauben.«

Gott, sie riecht und klingt gut, und ich weiß, dass diese Frau mich immer noch liebt. Hätte ich einen Schalter in mir mit der Aufschrift »LIEBE LYNN MIT DEM HÜBSCHEN WALISER AKZENT FÜR IMMER«, ich würde ihn jetzt umlegen, ihn einschalten und dann mit einem Hammer zerschmettern, damit er für immer in dieser Stellung bleibt und wir eine Chance haben. Sie küsst mich auf den Mund, und jeder Teil von mir reagiert. Als sie mich die enge Treppe hinaufführt, geht mir aller erdenkliche Mist durch den Kopf. Mit ihrer Bemerkung über das gebrochene Herz hat sie nicht nur dich gemeint, rede ich mir ein. Es könnte auch um sie gegangen sein. Vielleicht hast du ihr das letzte Mal ihr Herz gebrochen. In dem Fall tu dies hier nicht, denn du hast keinen Schalter!

Trotzdem tue ich es. Ich mache es, weil wir beide einsam sind und ich nicht immer wieder denken darf, dass es eine miese Idee ist, mit einer Frau zu schlafen.

Am Montag, als Lynn bei der Arbeit ist, ertappe ich mich dabei, wie ich die Links öffne, die Grace mir geschickt hat, und sehe mir die Tanzstunden von Simon bei Clare an. Sie sind beachtlich, und während ich sie staunend betrachte, schweifen meine Gedanken zu meiner ersten Begegnung mit Simon vor ungefähr zehn Jahren. Ich war zu ihm gegangen, weil er dort im Zentrum war und alle Physiotherapeuten davon redeten, was für ein genialer Therapeut er ist, der so vielen ihrer Amputierten geholfen hat, mit ihrem körperlichen Verlust klarzukommen. Nach nur einer Stunde bei ihm entschied ich, dass es nichts für mich ist. Ich erinnere mich nicht mehr im Einzelnen, aber er hatte mir einige unangenehme Fragen gestellt, und ich war nicht bereit für mentale Tiefenforschung.

Ich halte das Video auf meinem Tablet an, sodass ein Bild von den beiden in einer Walzerdrehung gefriert. Und ich stelle fest, dass ich mir wünsche, an Simons Stelle zu sein. Nicht, weil er Clare in den Armen hat, sondern weil er mit einem Überschwang tanzt, den ich mir bei ihm nie vorgestellt hätte. Er scheint vollkommen sorgenfrei, auch wenn er es meines Wissens nicht ist. Jede seiner Bewegungen wirkt gemessen und selbstsicher, obgleich er ein Zögern empfinden muss, das man ihm nicht anmerkt. Seine blinden Augen sind auf Clare gerichtet. Er *sieht* sie. Clares Kopf ist leicht nach hinten geneigt; sie lächelt in die Kamera, und mir wird bewusst, dass ich ihr meine Wahrheit erzählt habe, nicht ihm. Ihr habe ich meine kaputte Vergangenheit enthüllt, und ich frage mich, ob Simon damals auch schon mein gebrochenes Ich *sehen* konnte.

Als das Handy klingelt, nehme ich Ollies Anruf an. Die letzten vierzehn Tage hatte ich ihn mit kurzen Textnachrichten abgespeist.

»Er lebt!«, ruft Ollie, bevor er mir die Hölle heißmacht, weil ich meinen Teil der Abmachung, in Kontakt zu bleiben, nicht eingehalten habe.

»Herrgott, Jack!« Ich muss das Telefon auf Abstand halten, als ich ihm schließlich erzählt habe, wo ich bin und warum. »Steig in ein Flugzeug und ab da hin, wo du sein sollst. Was denkst du dir nur?«

Ich antworte nicht, weil es eine rhetorische Frage ist.

»Und geh zwischendurch nicht nach Hause.«

»Nein, Sir.«

»Schlaft ihr in einem Bett, Lynn und du?« Aus irgendeinem Grund hat Ollie aufgehört zu brüllen und flüstert nun.

»Lynn und ich schlafen im selben Bett.«

»Ach, um Himmels willen, Jack!« Er stöhnt, und wieder sage ich nichts. »Ich schätze, ich sollte wohl fragen, ob es dir gelungen ist, den ›Einhornjungen‹ vor dem Knast zu bewahren.«

»Sei nicht fies.«

»Muss ich dich daran erinnern, wie sauer du warst, als der Typ in dein Haus eingestiegen war?« Ollie klingt restlos bedient.

»Er ist im Entzug, hat eine Bewährungsstrafe bekommen und seinen Führerschein für fünf Jahre verloren.«

»Steig ins Flugzeug, Jack«, wiederholt Ollie. »Du willst dich vorwärtsbewegen, nicht zurück.«

»Werde ich.«

»Versprich mir, dass du es in den nächsten vierundzwanzig Stunden tust.«

»Äh …«

»Na gut, achtundvierzig.«

Ich lache. »Wird gemacht.«

»Und fahr nicht nach Hause!«

»Nein.«

»Ich vertraue dir, Jack. Beende, was du angefangen hast, und sei es, dass du direkt nach Europa fliegst und nicht noch einmal in die Staaten.«

Ich höre Agatha und Rory im Hintergrund »Dadd-yyy!« krähen.

»Du solltest Schluss machen«, sage ich zu ihm.

»Melde dich«, sagt er, während die ersten Kindertränen fließen. »Wenn du in Paris oder wo auch immer bist, ruf mich an.«

»Geht klar. Grüß Jennifer und die Kinder von mir.«

Ollie legt als Erster auf.

Nachdem der Fall, bei dem sie stenografiert, abgewiesen wurde und sie früher Feierabend hat, gehen Lynn und ich Hand in Hand den Weg am Strand bei ihrem Cottage entlang. Wir sind gegen die Elemente gewappnet: sie in einem pelzgefütterten langen Mantel mit gesteppter Kapuze, die ihr Gesicht umrahmt, ich in meiner wärmsten Jacke und mit einer Beanie.

»Das hier«, sagt sie und hebt unsere vereinten Hände, »ist früher nie passiert. Als wir zusammen waren, hast du jede Form von öffentlicher Zuneigungsbekundung gehasst.«

Sie hat recht. In zweierlei Hinsicht. Erstens gab es eine Zeit, in der ich es gehasst habe, in der Öffentlichkeit Händchen zu halten, und zweitens ist es das, was ich für sie empfinde – Zuneigung, sogar Liebe.

»Du reist ab, oder?« Sie blickt hinaus zu den tosenden Wellen.

Für einen kurzen Moment überlege ich zu verneinen und ihr zu sagen, dass ich bei ihr bleibe und wir gemeinsam lernen können, Brot zu backen, und Malkurse mit Schwerpunkt Meereslandschaft machen.

»Ja.« Ich drücke ihre Hand. »Es ist nicht …«

»Nein.« Sie legt einen Finger auf meine Lippen und lehnt ihre Stirn an meine. »Lass es. Ich bin froh, dass du zurückgekommen bist, als ich dich gebraucht habe.«

»Ich werde immer kommen, wenn du mich brauchst.« Sanft küsse ich sie. »Immer.«

»Aber du wirst nicht bleiben.«

Ich schüttle den Kopf.

»Ich werde nicht versuchen, dich zu überreden, dir nicht erzählen, dass wir ein schönes Leben zusammen haben könnten. Ich werde dir nicht erzählen, dass es mit uns damals nur wegen Antony nicht funktioniert hat und …«

Eine Möwe landet direkt neben uns, und ich möchte schwören, dass sie so groß ist wie eine Hauskatze. Sie sieht uns vorwurfsvoll an, kreischt einmal und fliegt davon.

Ich kann Lynn nicht sagen, dass unsere Beziehung nicht nur wegen Antony gescheitert ist. Ich kann ihr nicht sagen, dass ich bei unserer Trennung überzeugt war, die wahre Liebe würde ich nur ein einziges Mal im Leben finden, und die hatte ich mit Alice gehabt. Ich kann Lynn nicht erzählen, dass ich bis vor Kurzem, bis April mich vom Gegenteil überzeugte, mit dieser Überzeugung gelebt habe. Ich kann ihr nicht sagen, dass ich mich wie eine Art Schmetterlingspuppe fühle, weil ich jetzt glaube, dass es mehr geben kann. Das alles kann ich ihr nicht sagen, weil ich sie hinreichend liebe, um sie nicht zu verletzen. Nur nicht genug, um zu bleiben.

43

Clare schlich sich in die Kapelle am Ende der Hauptstraße, wo das Quietschen ihrer Turnschuhsohlen auf dem Stein das einzige Geräusch war. Abgesehen von ihr war noch ein alter Mann da, der im stummen Gebet vor dem Beichtstuhl kniete. Sie schlüpfte in eine polierte Kirchenbank. Es hing noch Weihrauchduft in der Luft, der sich in ihren Rachen legte, als sie zu beten versuchte. Doch die letzten paar Stunden wollten ihr nicht aus dem Kopf.

»Raus damit«, hatte sie zu Dr. Ramdhani gesagt, die wenig angetan war, dass Clare die beiden letzten Termine versäumt hatte. »Verraten Sie mir, wie dieses Verbrennen von innen nach außen auf Latein heißt.« Innerhalb von Sekunden versagte Clares lebenslang trainierte Fähigkeit, sich vor schwierigen Wahrheiten zu verstecken, und sie schluchzte wie ein Kleinkind. Wie sich herausstellte, gab es einen nicht sehr lateinischen Namen für alles, was sie in letzter Zeit fühlte: Schwangerschaft. Ja, versicherte Dr. Ramdhani ihr, während sie ihr Papiertücher reichte, zu Beginn der Wechseljahre hatten Frauen Hitzewallungen, und, ja, auch in diesem Alter konnten Frauen immer noch schwanger werden.

Neben ihr kam eine alte Frau mit einem Kopftuch in Paisleymuster aus dem Beichtstuhl, und Clare fragte sich, ob Leute mittleren Alters oder jünger überhaupt noch zur Beichte gingen. Sie wollte nicht allzu lange darüber nachdenken. Der Anschlag mit den Beichtzeiten schien sie nachgerade anzuschreien, als sie an der Kirchenpforte vorbeiging. Und hier war sie …

Clare stand auf, betrat den Beichtstuhl und kniete sich hin.

Eine sanfte Stimme begrüßte sie in melodischem Schottisch durch das Gitterfenster.

Automatisch faltete Clare die Hände. »Vergib mir, Vater, denn ich habe gesündigt. Es ist … lange her, seit ich zuletzt gebeichtet habe.«

»Kein Problem.«

Clare zögerte. »Ich bemühe mich sehr, der beste Mensch zu sein, der ich kann, Vater, doch es gibt Zeiten, in denen ich unfreundliche Gedanken habe. Ich denke, andere sehen mich als jemanden, den sie benutzen können.«

Stille.

Jack kam ihr in den Sinn. Es belastete sie, dass sie mit ihm geschlafen und jede Vorsicht außer Acht gelassen hatte, als sie eben dabei war, sich von ihrer Vergangenheit zu befreien.

»Ich habe mit zwei Männern geschlafen«, erzählte sie dem Priester. »In derselben Woche.«

Hinter der Holzabtrennung hörte sie den Mann auf seinem Sitz hin und her rücken. »Verstehe.«

»Und jetzt bin ich schwanger.« Clare nahm die Hände herunter, packte den Sims vor sich und lehnte ihren Kopf an die Abtrennung.

Die Stille, als der Priester über ihre Worte nachdachte, hatte beinahe einen leisen Puls. Irgendwann dachte Clare, sie würde sich vielleicht in die Ecke hocken und anfangen, sich zu wiegen.

»Das ist eine schwierige Situation«, antwortete er schließlich. »Doch ein Kind ist ein Geschenk Gottes.«

Clare schloss die Augen. Was zur Hölle tat sie hier? Sie war erwachsen, arbeitete zwar noch daran, die passende Reife zu erreichen, aber dies hier musste sie sich nicht anhören. Und wäre sie vergewaltigt worden … wäre das Kind dann auch noch ein Geschenk Gottes? Ihre Religion sagte ihr, es war, jedoch das Leben hatte ihr gezeigt, dass die Dinge nicht immer so einfach lagen.

Clare stand auf, öffnete die Tür und rannte beinahe hinaus auf die Straße. Keine lateinische Bestätigung, kein Kreuzzeichen und auch nicht zehn Jahre Rosenkranzbeten würden die Fakten ändern. Und was die Buße anging – sich auszudenken, was sie tun sollte, wäre schon mehr als genug.

Clare hatte den Schweinen mehr Futter gebracht, weil sie glaubte, dass sie es in der Kälte brauchen könnten, und Pecan und Walnut verschlangen alles. Eines von ihnen – welches, konnte sie nicht genau sagen – sah sie an, als wollte es fragen: »Ist das alles? Wo bleibt der Rest?«

Sie lehnte sich auf den niedrigen Zaun und blickte zu den Stoppelfeldern und den unregelmäßigen Reihen von Sträuchern, welche die leicht überfrorenen Felder trennten. Ihr Atem stieg in Wolken von ihren geschürzten Lippen auf. Sie hatte keine Ahnung, was sie tun sollte. Als problembelasteter, magersüchtiger Teenager hatte sie sich Hilfe gesucht. Als sie die Wahrheit über ihre Ehe nicht mehr leugnen konnte, hatte sie gewusst, was zu tun war. Als sie ihre Mutter wiedersah, hatte sie es ebenfalls gewusst.

Clare zog ihre Wollmütze tiefer über die Ohren und legte eine von einem Handschuh verhüllte Hand auf ihren Bauch. Was sollte sie tun? Sie war zweiundvierzig Jahre alt, schwanger und nicht sicher, wer der Vater war. Ihre Mutter hatte einen Ausdruck für solche Frauen. Als sie zurück zum Haus ging, senkte sie beschämt den Kopf.

In der Küche begann sie, das Abendessen zuzubereiten. Sie sprach laut mit sich selbst, während sie Karotten schälte, wägte das Pro und Kontra eines zweiten Kindes in ihrem Alter ab. Das Tanzstudio, das eben zu wachsen begann, würde leiden. Simons nächste Stunden waren online, und die Resonanz war noch größer geworden; lokale Radio- und Fernsehsender baten um Interviews, und am nächsten Tag sollte das Finale gefilmt werden. Clares Plan, sich Vollzeit auf die Tanzschule zu konzentrieren, schien machbar.

Sie wusch und schnitt den Brokkoli. Sehr eisenhaltig, sagte

sie sich, und im selben Augenblick kam ihr ein Bild von Tim und ihr beim »Bumsen«, wie er es nannte, in den Sinn, sodass sie abrupt innehielt und sich an die Arbeitsplatte klammerte. Sie durfte keinen neuen Grund haben, sich wieder an ihn zu ketten, dachte sie, während ihre Fingerknöchel weiß wurden.

Und was, wenn es Jacks Kind war? Der Mann hatte möglich gemacht, dass sich ihr Leben so sehr zum Besseren veränderte, doch letztlich hatte auch er sie im Stich gelassen.

»Du musst es laut sagen«, befahl sie sich, trat ans Fenster und rang die Hände. »Sprich die andere Option aus, damit du zuhören musst.« Unwillkürlich legte sie beide Hände über ihre Ohren. Sie konnte nicht. Sie brachte es nicht mal über die Lippen, weil sie wusste, dass sie es nie könnte.

Clare schloss die Augen. Trotz der langen Liste an Kontras war das Pro, dass es ein neues Leben gäbe. So, wie sie über beide Vaterfiguren dachte, könnte sie es nur allein durchziehen. Es könnte nur gehen, indem sie keinem von ihnen etwas sagte.

Der Gedanke blieb, auch als sie eine Hand auf ihr pochendes Herz legte und sich bewusst machte, dass sie damit so schlimm wäre wie die beiden zusammen.

»Hast du von Jack gehört?«

»Nein«, antwortete Clare. Sie legte mit Grace gemeinsam Wäsche zusammen. »Wann kommt Erik?«

»Er müsste gleich hier sein.«

»Ich kenne jemanden, der sich fast freut, dass der Vater krank ist und den Curry-Abend abgesagt hat.« Clare knuffte sie lachend.

»Wahrscheinlich wollte Dad bloß was mit Louise machen. Ich kaufe ihm dieses ›Mir geht's nicht so toll‹ nicht ab. Und du hast gar nichts von Jack gehört?«

»Nein! Gott, du bist wie ein Terrier!« Wie üblich verfiel sie aufs Leugnen. »Warum fragst du?«

Ihre Tochter zuckte mit den Schultern. »Er hat nicht auf meine E-Mail geantwortet. Meinst du, ihm könnte was passiert sein?«

»Natürlich nicht.« Sie gab Grace einen Stapel ihrer sauberen Sachen.

»Er könnte einen schrecklichen Unfall gehabt haben.«

Clare dachte, dass das Schicksal niemals so grausam wäre. *Ein* furchtbarer Unfall war mehr als genug für ein Leben. »Ihm geht es gut, und er amüsiert sich bloß«, sagte sie, da klingelte es.

Als Grace öffnete, hörte Clare zwei Stimmen – die von Erik und die seiner Mutter.

Emma erschien. »Ich habe ihm erlaubt, für eine Stunde vorbeizukommen, weil er noch lernen muss, und da dachte ich, ich leiste dir Gesellschaft. Ach ja, und ich habe dir das Kleid mitgebracht.«

Clare wartete, bis die Teenager oben verschwunden waren, dann ging sie auf Emma zu, nahm ihr das geliehene Kleid ab und hängte es über die Sofalehne, bevor sie die Freundin umarmte. »Wie schön, dich zu sehen.« Beinahe brach sie in Tränen aus, als Emma sie an sich drückte. »Ich habe Mist gebaut«, flüsterte Clare. »Und ich kann wirklich eine Freundin gebrauchen.«

Es war wunderbar gewesen. So wunderbar, dass Clare, sollte alles andere komplett den Bach runtergehen, für den Rest ihres Lebens jederzeit die Augen schließen und sich daran erinnern könnte, dass sie zu einer exquisiten Tanzdarstellung beigetragen hatte. Sie hatte Simon beigebracht, aufs Tanzen zu vertrauen. Seine Haltung wie auch seine Schritte waren tadellos gewesen. Und das schimmernde rote Kleid, das sie sich von Emma geliehen hatte, war traumhaft ausgeschwungen, als sie sich durch den Raum drehten. Simons Lächeln hatte keinerlei Ähnlichkeit mit dem frustrierten Ausdruck bei den vielen Proben gehabt, bei denen er laut mitgezählt hatte. Sein echtes Lächeln gaukelte den Zuschauern vor, es wäre ganz leicht gewesen. Dabei war es für ihn alles andere als leicht gewesen, doch Simon lernte die Schritte und perfektionierte den Tanz mit derselben Hingabe, mit der er zu leben schien. Er ließ es mühelos aussehen, als Blinder ganz auf eine Fremde zu vertrauen, obwohl es eine gewaltige Anstrengung gewesen war.

Es hatte nur eine Live-Aufnahme gegeben, vor der sie ewig geredet hatten. Clare zählte das Raster mit ihm. Er fragte nach dem Kleid, wollte, dass sie die Farbe beschrieb. »Klatschmohn«, hatte sie gesagt. »Es ist die gleiche Farbe und schwingt auch wie Klatschmohn im Wind.« Das hatte ihm ein Lächeln entlockt.

Während sie den Film zum hundertsten Mal anschaute, sah sie die Klicks in die Tausende steigen. Pam hatte ihr vorhin schon erzählt, dass auch Spenden eingingen; inzwischen waren über fünfzehnhundert Pfund zusammengekommen. Clare gönnte sich diesen Moment, um ein wenig stolz auf ihre gemeinsame Errungenschaft zu sein – Simons und Lisas, Grace' und Eriks und ihre.

Heute hatte sie einen Tag ohne Kurs geplant, weil sie sich eingestehen musste, dass sie erschöpft war und einen ruhigen Tag brauchte, um einigen Papierkram aufzuholen. Das Postfach auf ihrer Website quoll über mit Anfragen, die beantwortet werden mussten, und als sie einen Stapel Schneckenpost durchging, einschließlich einiger Rechnungen, die sie noch nicht angesehen hatte, bildete sie drei Haufen. *Recycling, Erledigen, Ablage*. Im Hintergrund lief eine Playlist, während sie methodisch alles durchging und dankbar war, zum ersten Mal im Leben die alleinige Kontrolle über ihre Finanzen zu haben.

Sie lehnte sich zurück und rieb sich mit einer Hand den verspannten Nacken. Dank Jack saß sie hier und versuchte zumindest, ihr Leben in den Griff zu bekommen. Ohne ihn ... Sie wollte nicht einmal daran denken, wo sie ohne ihn wäre. Das hatte Emma betont und ihr erklärt, sie wäre zwar unbedingt dafür, dass Melborough-Clare ihre Zukunft ohne Mann sah, und Jack sei ein Idiot gewesen. Trotzdem sei sie der Ansicht, Clare würde überreagieren.

Clare lockerte die Spannung in ihrem Nacken, nahm ihr Handy auf und schickte eine Sprachnachricht an den Mann, dessen Kind sie eventuell erwartete.

Jack, ich möchte das hinter uns lassen, was passiert ist, aber auch, dass du verstehst, was es für mich bedeutet hat. Ich hatte eine Mutter, die durch mich ihre Träume lebte, ohne mich jemals zu sehen. Ich habe einen Mann geheiratet, den ich zu lieben glaubte und der mich nur kontrollieren wollte. Da gibt es ein Muster, was ich erst jetzt erkannt habe, und deshalb war das, was du hinter meinem Rücken getan hast, nachdem ich dich ausdrücklich gebeten hatte, es nicht zu tun ... wieder wie eine Manipulation für mich. Es ist wichtig ... Gott, ich weiß nicht mal, wie ich das sagen soll ... Ich schätze, was ich zu sagen versuche, ist, dass ich solch ein Glück hatte, eine Chance auf ein neues Leben zu bekommen. Deswegen möchte ich, dass jeder Moment, jede Person zählt. Neue Freunde müssen Menschen sein, denen ich vertrauen kann, bei denen ich ich selbst sein kann, denn das will ich wirklich, Jack, das Ich sein, das in mir ist – irgendwo. Ich hoffe, du verstehst, was ich meine. Ich bin immer noch wütend auf das, was du getan hast, aber ich will es nicht sein. Also lass uns versuchen, es hinter uns zu lassen und Freunde zu bleiben.

Eine Weile später fühlte sie, wie jemand an ihrer Schulter rüttelte. »O verdammt! Ich muss eingeschlafen sein.« Sie rieb sich die Augen und blickte zu ihrer Tochter auf.

»Wir müssen reden«, sagte Grace finster.

»Was ist los?« Clares Mutterinstinkt war umgehend in Habachtstellung, und sie neigte sich so schnell vor, das ihr schwindlig wurde.

Grace wedelte mit etwas in der Hand. »Wann wolltest du mir das sagen?«

Clare begriff nicht, was geschah, bis Grace ihr das Ding in den Schoß schleuderte. Es war ein Brief vom »Ablage«-Stapel mit dem Logo von der Arztpraxis. Ihr wurde mitgeteilt, dass sie einen Hebammentermin verpasst hatte, und man bot ihr einen neuen an.

»Ich kann das erklären.« Sie wurde panisch, und ihre Stimme zitterte.

»Spar es dir, Mutter.« Grace ging weg und schnappte sich ihre Jacke von der Rückenlehne eines Stuhls.

»Grace!« Clare rappelte sich auf. »Bitte, ich wollte es dir erzählen.«

Ihre Tochter drehte sich wutentbrannt zu ihr um. »Und mir hältst du Vorträge über Safer Sex!«

Clare wollte auf sie zugehen, doch Grace hob eine Hand, um sie zu stoppen.

»Komm mir ja nicht nahe!«, brüllte sie. »Ich nehme an, es ist von Dad. Verrate mir nur, ob es passiert ist, bevor er dich in diesem Raum krankenhausreif geschlagen hat oder danach.«

Clare fehlten die Worte. Ihr Mund war ausgetrocknet. »Ich kann es erklären«, krächzte sie.

»Wie kommst du darauf, dass ich es hören will? ›Du kannst es erklären‹!« Grace zog den Reißverschluss ihrer Jacke zu, legte eine Hand auf die Klinke der Hintertür und schrie: »Warum zur Hölle sollte ich auf irgendwas hören, was du sagst?«

Clare kniff die Augen zu, als die Tür knallte, und stützte sich auf der Sofalehne ab, bevor sie Grace nach draußen folgte. Die Sicherheitsstrahler sprangen an, und Clare konnte ihre Tochter am Zaun des Schweinepferchs lehnen sehen.

»Behältst du es?«, rief Grace, ohne sich umzudrehen.

Clare blieb stehen.

»Ich habe nachgerechnet«, fuhr ihre Tochter fort. »Es ist noch früh genug. Du könntest …«

»Ja, könnte ich.« Clare fröstelte in der eisigen Luft. »Aber ich kann nicht.«

»Solltest du.«

Sie schlang die Arme um ihren Oberkörper. Obwohl Grace schon so viel durchgemacht hatte, hatte sie mit einem Schock gerechnet, aber nicht mit dieser Vehemenz.

»Pass ja auf Dad auf«, sagte Grace beinahe drohend. »Er wird sich wieder in unser Leben zurückschleichen, in deines und das von diesem armen Kind.« Sie legte eine Pause ein und wandte sich zu Clare um. »Er hat dich geschlagen. Ich musste meinem eigenen Vater mit der Polizei drohen! Und du bist im Krankenhaus gelandet. Du kannst unmöglich denken, dass ein anderes Kind das auch erleben soll.«

»Ich bin nicht mehr mit deinem Dad zusammen, Grace.«

Ihr Lachen troff vor Sarkasmus. »Nein, nur gerade noch genug, um dich von ihm schwängern zu lassen.«

Clare schluckte ihre Tränen herunter. »Ich bin nicht mehr mit ihm zusammen«, wiederholte sie. »Und die Dinge sind nicht immer so einfach, wie sie scheinen.«

»Bist du schwanger oder nicht?«, brüllte Grace.

»Ja.«

»Und ist es von Dad?«

Clare schwieg. Ihr das zu erklären würde es noch schlimmer machen.

»Dann solltest du es loswerden. Simpler geht es gar nicht.«

Mit diesen Worten ging ihre Tochter zurück in das Zuhause, das sie sich beide eingerichtet hatten.

Clare stand so still da, wie es ihr bibbernder Körper erlaubte. Es war nichts zu hören außer dem fernen Verkehrsbrummen und dem beinahe rhythmischen Wühlen der Schweineschnauzen in der Erde. Langsam ging Clare auf die Scheune zu, wobei sie ihre Schluchzer durchschüttelten. Noch nie in ihren sechzehn gemeinsamen Jahren hatte Grace sie so angesehen – vollkommen bitterlich enttäuscht. Clare erkannte diesen Ausdruck, schrak vor ihm zurück. Sie hatte ihn oft genug in Jeans Augen gesehen.

Teil drei

44

WhatsApp Sprachnachricht an Erik

Du hast mich gefragt, was los ist. Tja, hier kommt's – meine Familie. Fangen wir mit Mum an. Ich kann dir nicht sagen, warum, aber sie macht mich wahnsinnig. Und dann Dad. Ich habe mich eben mit ihm gefetzt, weil er angefressen ist, dass ich einen festen Freund habe. Ich glaube, die kapieren nicht mal, dass sie die Erwachsenen sind. Dabei will ich nur Hockey spielen. Und mit dir zusammen sein. Entschuldige das Gejammer.
Bis später. Bist du gegen acht hier?

WhatsApp Sprachnachricht an Jack

Hallo Jack, hier ist Grace.
Wo bist du? Es ist Dezember, also New Orleans, glaube ich – wahrscheinlich spielst du schon in einem Jazzclub, was ein Jammer ist, denn ich habe eine Anzeige in der Melborough-Facebook-Gruppe für einen Trompeter gesehen, die ideal für dich wäre! Ich suche den Link raus und schicke ihn dir, falls du früher nach Hause kommen willst. Hoffentlich hast du eine super Reise. Wie war das Schwimmen mit den Schweinen in der Karibik?! Deine Schweine vermissen dich.

– Ursprüngliche Nachricht –
Von: GraceBryanson29@gmail.com
Gesendet: 3. Dezember 2018, 22:10
An: BadBarrister@TateTravels.com
Re: Facebook Anzeige

Jack, aus irgendeinem Grund kann ich die Anzeige nicht verlinken. Hier sind die Details:
Dringend gesucht: Trompeter für sechsköpfige Band. Wir sind eine hiesige Band, die vor sechs Jahren gegründet wurde. Wir mögen Rhythm and Blues, Jazz – spielen hauptsächlich zum Spaß, aber manchmal auch zu besonderen Anlässen. Falls du Musiker bist und zu uns passt, ruf Jane an unter 05553367912.
Grace x

45

Das Haus riecht muffig, und obwohl die erste Heizung, die ich anfasse, warm ist, friere ich, als ich mein Gepäck in die Diele ziehe. Das meiste lasse ich dort, trage nur meinen Rucksack mit den schmutzigen Sachen in den Wirtschaftsraum. Nachdem ich die Waschmaschine angestellt habe, gehe ich direkt zum Kühlschrank, wo immer eine Flasche Wein kalt steht. Dann sinke ich mit einem vollen Glas in der Hand aufs Sofa.

Ich bin zu Hause. Es fühlt sich gut an, und ich nehme mir die Zeit, den vertrauten Raum einzuatmen. Lynn schwirrt durch meine Gedanken. Es war nicht leicht, sie zu verlassen. Auf dem Rückweg über die M4 habe ich mich immer wieder gefragt: Was nun? Ich habe mein Gepäck in der Diele gelassen, weil ich es nicht ins Schlafzimmer bringen konnte. Damit hätte ich bestätigt, dass ich bleibe, und das will ich nicht. Was würde April denken? Was würde Alice denken? Was Ollie denken würde, weiß ich. Ich schließe meine müden Augen und frage mich wieder – was denke *ich*?

Um den Lärm in meinem Kopf zu dämpfen, öffne ich die letzte E-Mail von Grace auf meinem Handy und lese sie mehrmals. Mir liegt Jazz eher als Rhythm and Blues, aber ich rufe trotzdem an.

Na los, Zufall, kommst du raus zum Spielen?

Später, als ich es mir ansehe und Darren, James, Danny, Brenda und Jane am Abend treffe, liegen meine Nerven blank. Bald wird offensichtlich, dass ihre Anzeige ideal für mich war – sie sind eine entspannte Gruppe, die zum Spaß zusammen spielt und nur selten auftritt. Als ich ihre Probe höre, verpufft jedwede Anspannung, und mir wird klar, dass ich es kaum erwarten kann, bei ein oder zwei Stücken direkt mitzuspielen.

Janes »Mustang Sally« ist wirklich sehr gut. Ihre Version von »Summertime« versetzt mich geradewegs zurück in den Moment, als Clare und Grace einzogen und der Gelbsenf noch auf den Hügeln hinter den Häusern blühte.

»Möchtest du bei ›In the Mood‹ mitmachen?«, fragt der Mann, von dem ich glaube, dass er Danny heißt. Ich brauche keine zweite Einladung.

Ich steige auf die Behelfsbühne hinten in seiner schallisolierten Garage, wobei ich so schnell bin, dass sich mein Kunstfuß auf einer der Stufen verdreht und ich einen Aufschrei unterdrücken muss. Ich nehme den Platz ein, den sie mir zuweisen. Ich vergesse den Schmerz, als meine Finger sich bewegen und meine Lunge explodiert. Mein Sound klingt mit den anderen Instrumenten, und ich inhaliere die perfekte Synchronizität, fühle etwas, das ich kaum erkenne. Hoffnung. Ja, es ist Hoffnung, die mein Herz flutet, und es reagiert, schlägt lauter und stärker. Könnte es in diesem vollkommenen Moment sprechen, es würde sagen: »Na, hallo, Hoffnung, wo hast du die letzten dreißig Jahre gesteckt?«

Stunden später wollen sie mich. Ich will sie auch, obwohl ich zugeben muss, dass ich nicht sicher bin, ob ich sie *jetzt* will. Mir entgeht nicht, dass sie alle ein bisschen verwundert sind, weil ich zu ihrer Probe gekommen bin und trotzdem nicht sofort ihr Angebot annehme. Ich erkläre ihnen, dass das Timing nicht so ideal ist. Noch mehr verdutzte Mienen. Und enttäuschte. Ich bitte sie um einige Tage Bedenkzeit und sehe schon, dass ein paar von ihnen zweifeln. Sie denken, ich sei unzuverlässig. Ich versichere ihnen, dass ich gern dazustoßen *würde*, während mein Herz ihnen entgegenschreit, dass ich es tun *werde*. Sie stimmen zu, mir einige Tage zu geben, aber ich weiß bereits, dass sie wahrscheinlich weggehen und zu dem Schluss kommen werden, dass ich ein Irrer bin.

Zu Hause packe ich die Fish & Chips, die ich gerade gekauft habe, zum Warmhalten in den Ofen und öffne die Terrassentür in meinem Wohnzimmer. Es ist saukalt, aber ich weiß, was ich tue, als ich »Rhapsody in Blue« in die Nacht trompete. Es klingelt an der Tür, und ich lächle.

»Du bist zu Hause!« Grace zögert nur kurz, ehe sie mir um den Hals fällt. Dann tritt sie einen Schritt zurück, zieht ihren zu großen Fleece-Pulli nach unten und schiebt beide Hände tief in die Tasche. »Du bist früh zurück. Bleibst du?«

Lachend sehe ich sie an. »Du siehst anders aus.« Ihre Frage beantworte ich nicht. »Ganz erwachsen. Muss Liebe sein ... Ich hab die Fotos auf Instagram gesehen.«

Sie wird rot, lächelt aber so entzückend wie ihre Mutter.

»Wie geht es euch beiden?«

»Ich habe nichts von dir gehört«, sagt sie stirnrunzelnd. »Ich habe dir getextet und eine E-Mail geschickt, und als keine Antwort gekommen ist, habe ich Angst gehabt, dass du einen Unfall hattest.«

»Tut mir leid, ich bin nicht dazu gekommen – es war eine etwas verrückte Woche.«

»Egal!« Sie scheint ehrlich froh zu sein mich zu sehen. »Komm mit rüber! Mum arbeitet heute nicht, und wir wollen gleich essen.« Sie zieht an meinem Arm, aber ich bleibe stehen.

»Nicht heute Abend, Grace. Ich habe einen Jetlag.« Die Lüge kommt mir mühelos über die Lippen.

»Bitte, nur zum Essen! Mum würde sich so freuen, dich zu sehen. Und du würdest mir einen Gefallen tun. Sie macht mich wahnsinnig.« Wieder zieht sie an meinem Arm. »Komm schon. Du weißt, dass du es willst.«

»Ich habe Pommes im Ofen.«

Es ist ein lächerlicher Einwand, und sie lacht laut. »Vergiss die!«

»Ja, sollte ich. Okay, ich mache nur kurz den Ofen aus.«

»Zieh eine Jacke über.« Sie reibt sich die Hände. »Es ist verdammt kalt draußen.«

Ehe ich mich's versehe, spaziere ich zur Scheune.

»Ich habe dich gewarnt. Pecan und Walnut sind sehr fett geworden«, sagt sie entschuldigend, und ich frage mich, ob sie Absätze trägt oder sich nur gerader hält, denn ich könnte schwören, dass sie größer ist.

»Du siehst nicht mehr wie ein MAKAC aus«, sage ich.

»Du auch nicht.« Sie grinst. »Vielleicht lösen wir uns auf. Mum?«, ruft sie, als sie als Erste in die Scheune geht. »Er *war* es! Habe ich doch gesagt. Jack ist zurück!«

Clare kommt aus ihrem Schlafzimmer, und ich sage verlegen: »Nicht so richtig zurück, nur, nun ja, für eine Weile hier, denke ich.«

»Willkommen zu Hause«, sagt Clare und haucht einen Kuss neben meine Wange. »Grace dachte, sie hätte dich spielen gehört, und ... und jetzt bist du hier!«

»Er isst mit uns«, erklärt Grace und geht voraus in die Küche, sodass ihre Mutter und ich allein zurückbleiben. Ich höre, wie noch ein Gedeck aufgelegt wird.

»Sie hat darauf bestanden«, sage ich zu Clare.

»Ja, kann ich mir denken. Du siehst gut aus.«

Ich schaue ihr in die Augen und erkenne, dass sie lächelt. Sofort entspanne ich mich. Ja, sie hatte mir eine Nachricht geschickt, dass sie versuchen würde, mir meinen Fauxpas mit Tim zu vergeben, aber das ist nicht dasselbe, wie sie zu sehen und zu hoffen, dass sie es getan hat. Und es ist schwer einzuschätzen. Clare ist eine harte Nuss. An ihr ist nichts offensichtlich oder einfach, daher schätze ich, dass ich es erst am Ende des Abends wissen werde.

Bald sitze ich bei einem sehr schwachen Gin Tonic und höre mir ihre etwas unbeholfene Unterhaltung an, während wir Shepherd's Pie essen. Ich könnte mich irren – immerhin war ich schon länger nicht mehr mit ihnen zusammen –, aber irgendwas scheint zwischen ihnen nicht zu stimmen.

»Also ging dein Tanz mit Simon online und ist zu einer Internet-Sensation geworden!«, sage ich zu Clare, als eine unbehagliche Pause eintritt.

Sie antwortet angemessen begeistert, auch wenn wenig über den tatsächlichen Tanz gesagt wird. Alles dreht sich um Grace, wie sie und Erik die Videoproduktion übernommen haben und Grace den Social-Media-Account eingerichtet hat und pflegt. Es ist, als wollte Clare, dass Grace hört, wie stolz sie auf sie ist. Und während ich zuhöre, stelle ich mir ihre innere Stimme vor: *Du solltest in New Orleans sein. Warum bist du hier?* Ich hoffe, sie kann nicht hören, was *ich* denke, denn ich erinnere mich, wie sie ihren Kopf nach hinten bog und ein wenig schluchzte, als ich ihr geschundenes Gesicht küsste. Ich erinnere mich, dass ich ihren Duft geliebt habe, und es dauert einen Moment, bis mir klar wird, dass ich laut etwas über ihr Parfüm gesagt habe.

Grace sieht mich an und rümpft die Nase ein wenig zu einem »Hä?«-Ausdruck.

»So haben Simon und ich uns kennengelernt«, übernimmt Clare die Kontrolle über den Moment. »Er hat mein Parfüm erkannt und sich vorgestellt. Da er blind ist, hat er einen sehr wachen Geruchssinn.« Sie reibt sich eine Stelle über ihrer Brust, die rot wird. »Alle seine anderen Sinne funktionieren ein bisschen besser.« Ich nicke, als wollte ich sagen, dass das gut zu wissen sei. »Er kann eine Blüte auf hundert Schritt erkennen«, fährt Clare fort und nimmt etwas Kartoffelbrei mit der Gabel auf.

»Er ist ein sagenhafter Typ«, antworte ich. »Und ihr zwei habt so viel Geld für das Zentrum eingeworben! Pam hat mir gestern erzählt …«

»Ich unterbreche euch ja ungern, aber ich muss noch Hausaufgaben machen.« Grace zeigt auf ihre Uhr. »Und ich will hören, was *du* gemacht hast, Jack.«

»Was willst du wissen?« Ich stütze die Ellbogen auf den Tisch.

»Alles! Wo du warst und was du gemacht hast! Warum du früher nach Hause gekommen bist. Die Westküstensachen kannst du noch nicht abgehakt haben. Und Europa erst recht nicht.«

»Nein, stimmt. Wahrscheinlich habe ich nur ein Viertel von dem getan, was ich geplant hatte.«

»Warum bist du zurückgekommen?«

»Eine Freundin in Not …«

»Oh.« Clare sieht zu Grace, die wartet, dass ich mehr sage, was ich nicht tue. Stattdessen erzähle ich ihnen Geschichten aus Boston, New York und Florida, und Clare schaltet ab. Sie hat das Kinn in die Hand gestützt und tut so, als würde sie zuhören. Doch ich sehe ihr an, dass sie sich fragt, welche Freundin in welcher Not war, dass ich die Reise unterbrochen habe, die ich so dringend machen wollte.

Dass Tims Name fällt, reißt sie aus ihrem Tagtraum. »Und wie geht es ihm?«, frage ich Gracc, dic ihn erwähnt hat.

»Er ist ein Idiot, regt sich auf, weil ich einen festen Freund habe – aber wir müssen wohl damit leben, dass er sich ewig einmischt, *nicht wahr, Mum*?« Sie sieht ihre Mutter wütend an. »Möchtest du einen Kaffee, Jack? Mum ist ab von dem Zeug.«

»Was hat sie gemeint?«, frage ich, sobald Grace in ihrem Zimmer ist.

»Womit?«

»Als sie gesagt hat, dass ihr euch ewig mit seiner Einmischung abfinden müsst. Er hat sich dir genähert, oder?«

Clare schüttelt den Kopf. »Teenager-Drama«, antwortet sie schulterzuckend. »Warum bist du wirklich zu Hause, Jack?«

Meine Unterlippe habe ich auf einer Seite zwischen meinen Zähnen eingefangen und bemühe mich mit aller Kraft, das Gefühl zu reanimieren, das ich vorhin beim Spiel mit der Band hatte. Es war echte Hoffnung, als hätte ich die Vergangenheit wirklich abgeschüttelt und als würde alles, was von jetzt an passiert, einfach gut. Ich konnte mir nicht vorstellen, wie es aussehen würde, aber es würde vollkommen sein. Mich interessierte nicht mehr, ob mir das Schicksal den Stinkefinger zeigt oder ich nicht mehr jedes Detail in meinem Leben kontrolliere, weil Hoffnung bedeutete, dass ich angstfrei nach vorn blicken konnte. Dennoch bin ich jetzt nervös. »Wie gesagt, eine Freundin in Not.«

»Und du hast dich um sie gekümmert?«

Ich bilde mir das nicht ein. Da ist ein Anflug von Gereiztheit.

»Ja.« Der Kaffee, den Grace mir gemacht hat, ist stark und lauwarm.

»Und bleibst du, oder willst du weiterreisen?«

»Weiß ich noch nicht.«

Sie zieht die Augenbrauen hoch, sagt aber nichts.

»Du weißt, dass mir die Sache mit Tim sehr leidtut.«

»Lassen wir das, Jack.«

»Es war …«

Sie unterbricht mich. »Mir ist erst in den letzten Wochen klar geworden, dass es in Ordnung für mich ist. Ehrlich. Eine gute Freundin hat mir gesagt, dass ich vielleicht überreagiert habe. Ich kann Geld mit etwas verdienen, was ich liebe, und das verdanke ich dir, also darf ich nicht wütend sein. Und …« Sie stockt. »Es ist schwer zu erklären, aber ich habe das Gefühl, dass ich wieder zu meinem Ich von vor langer Zeit werde, zu einer Person, die ich mochte. Sie ist stark und braucht weder Tim noch sonst jemanden. Ich schätze, was ich sagen will, ist, dass es für mich vorangeht.«

»Freut mich, dass du zufrieden bist.«

»Was ist mit dir? Hast du gefunden, wonach du gesucht hast?«

»Ja und nein. Ich denke, ich habe die Vergangenheit auch losgelassen. Und ich blicke hoffnungsvoll in die Zukunft.« Ich leere mein Glas und stehe auf. »Soll ich dir helfen, den Rest wegzuräumen?«

»Natürlich nicht.« Sie erhebt sich und bemerkt, dass ich mein Bein reibe. »Alles in Ordnung?«

»Ich habe es mir vorhin nur angestoßen. Alles gut. Ich sollte jetzt gehen. Danke für das Abendessen. Es war schön, euch beide zu sehen.«

An der Tür reckt sie sich und küsst mich auf die Wange. Diesmal berühren ihre Lippen mich.

»Gute Nacht«, sagt sie.

»Gute Nacht.«

»Oh«, ergänzt sie, als ich weggehe. »Morgen Abend ist ein Empfang im Onward Motion, so ein Umtrunk, bei dem bekannt gegeben wird, wie viele Spenden in diesem Jahr eingeworben wurden. Wahrscheinlich denken sie, du bist noch weg, aber du solltest hinkommen.«

»Ja, Pam hat es mir geschrieben.« Ich erwähne nicht, dass Pam mir geschrieben hat, um mir für meine jährliche Spende zu danken und mich an den Empfang zu erinnern, sollte ich gerade in der Nähe sein. »Bis dann. Gute Nacht.«

Normalerweise würde ich hingehen, aber ich habe schon entschieden, dass es keine gute Idee ist, wenn ich doch bald wieder verschwinde. Die Wahrheit ist, dass mich der Europateil meines Plans nach wie vor reizt, und ich bin hin- und hergerissen, ob ich bleiben und mir eine neue Art suchen soll, das Hiersein zu gestalten, oder mein Europaticket nutzen, denn es gibt noch so vieles zu sehen und zu tun.

Clares Frage lässt mir keine Ruhe: *Habe ich gefunden, wonach ich gesucht habe?* Auf dem kurzen Heimweg erinnere ich mich daran, dass ich mich von einem historischen Schmerz befreien konnte. Doch habe ich *alles* gefunden, was ich gesucht habe? Als ich die Haustür aufschließe, denke ich an meine Unterhaltung mit meiner Mutter: *Glück findest du nur, wenn du den Mut aufbringst, die Dinge loszulassen, die dich unglücklich machen.* Ich glaube, dass ich einen neuen Seelenfrieden gefunden habe. Ich habe Freunde, und die Band heute kennenzulernen hat mich auf die Idee gebracht, dass ich einen ganz neuen Freundeskreis finden und ein neues Ventil für meine Musik haben könnte.

Dennoch ... Paris oder nicht Paris, das ist hier die Frage.

Ollies Antwort ist typisch. »Steig in den Zug, Jack.« Dieselben Worte schickt er mir unzählige Male. Es sieht aus wie eine Seite mit hundert Zeilen, die ich als Strafarbeit vom Lehrer aufgedrückt bekommen habe.

April, die ich am nächsten Tag treffe, ist subtiler. Wir haben den Hyde Park gewählt, weil es für uns beide einfacher ist, mit der Bahn nach London zu fahren, als uns irgendwo auf halbem Weg zu verabreden. Es ist ein »herrlicher« Tag, wie sie es nennt. Die strahlende, tiefe Wintersonne hat den ersten Bodenfrost weggeschmolzen, und wir beide tragen Sonnenbrillen. April hat eine zitronengelbe Wollmütze auf, »im Gedenken an Alice«, und einen langen, gesteppten Parka an, der ihr bis über die Knie reicht. Ich trage eine Skijacke über zwei Pullovern und einer Jeans. Das Bein darunter ist für schwierigeren Boden, obwohl wir auf den ebenen Fußwegen bleiben, die von knisterndem Laub bedeckt sind. Dass sie sich bei mir einhakt, fühlt sich wie das Natürlichste überhaupt an.

»Ich treffe mich hinterher mit meiner Familie zum Mittagessen. Komm gerne mit, falls du Lust hast«, sagt sie nach zwei Minuten. »Im Rainforest Café, wo jede Menge Kinderlärm ist. Also lasse ich dich vom Haken, falls du ablehnst, aber wir würden uns sehr freuen.«

Irgendwie schaffe ich es, die Antwort lange aufzuschieben, und bald stelle ich fest, dass sie beinahe so viel über meine abgebrochene Reise weiß wie ich, weil sie mir auf Instagram folgt.

»Wer war diese Irre, die dich wüst beschimpft hat?«, fragt sie und fügt sofort hinzu: »Und als du den armen Piloten über Manhattan vollgekotzt hast! Gott, tut mir leid, aber ich musste darüber lachen.« Als wir schließlich zu dem Grund meiner verfrühten Heimkehr kommen und ich ihr von Lynn und Antony erzähle, bleibt sie stehen und sieht mich an. »Du hast so große Dinge getan, Jack. Nicht nur eines, sondern eine Menge. Alice wäre stolz.«

»Hör auf«, sage ich verlegen und ziehe ihre Hand zurück in meine Ellbogenbeuge. »Ich kann sie immer noch fühlen, aber es ist jetzt anders. Als wäre sie hier, neben mir. Ich höre ihr Lachen, erinnere mich an den Klang, und …« Ich zucke mit den Schultern. »Es ist einfach besser, nicht mehr so traurig.«

April klopft auf meine Hand. »Das freut mich.«

Ein paar Minuten gehen wir schweigend weiter, bis wir das Queen Elizabeth Gate erreichen.

»Was meinst du?« Sie hält sich eine Hand über die Augen, um sie gegen die blendende Sonne abzuschirmen. »Möchtest du mit mir ein Taxi nehmen und die Familie treffen?«

Diesmal zögere ich nicht. Ich hebe eine Hand und pfeife einem nahenden Taxi zu. Als es neben uns hält, zupft sie an meinem Ärmel, ehe wir einsteigen.

»Was Paris betrifft«, sagt sie. »Warum nicht bis zum Frühling warten? Es ist eine Stadt für Verliebte, und vielleicht sollst du jemanden mitnehmen.«

Wieder zucke ich mit den Schultern. Der Rat hilft nicht unbedingt, denn er ist das Gegenteil von Ollies Rat.

»Geh in die Band, Jack! Sieh Bleiben nicht als Versagen. Du bist Musiker und liebst es zu spielen. Die Band könnte eine andere Form sein, ›Liebe in dein Leben zu lassen‹.«

Im Taxi setzt sie sich auf einen der Klappsitze mir gegenüber, und mir wird bewusst, wie sehr ich diese Frau mag. Ich mag ihre unkomplizierte Art, Dinge zu sehen. Ich mag es, dass sie

Alice' Schwester ist, ganz anders als sie und ihr doch so ähnlich. Mir gefällt, dass ich denken kann, ich »liebe« sie, ohne dass es mehr als Freundschaft ist. Und es ist in Ordnung, so zu empfinden.

Dennoch denke ich, dass sie falschliegt, was das Warten mit Paris angeht …

46

Den Geräuschen von oben nach zu urteilen war Grace noch auf jemand anderen wütend außer auf sie. Von unten hörte Clare zu, eine Hand am Treppengeländer.

»Sag mir nicht, dass ich mich beruhigen soll. Erzähl mir nicht, ich würde überreagieren!«

Erik?

»Du bist ein kontrollierendes Arschloch, Dad. Wie kannst du es wagen?«

Ihr Vater. Mist.

»Oder was? Verprügelst du mich auch? Das machst du doch, wenn dir nicht gefällt, was du hörst, oder? Nur zu, du weißt ja, wo ich wohne!«

Ach du lieber Himmel. Clare stieg die ersten Stufen hinauf. Grace hielt eine Hand in die Höhe, um ihr zu bedeuten, sie solle ja nicht näher kommen.

»Komm nicht am Freitag. Ich will dich nicht sehen. Und komm ja nicht her. Dir ist verboten, dich Mum zu nähern. Ich meine es ernst, Dad. Ich WILL DICH NICHT SEHEN.«

Clare stockte der Atem.

»Blabla. Hinterher tut es dir immer leid.«

Sie hörte, wie ihre Tochter auf ihr Handy hackte, um das Gespräch zu beenden, und glaubte, noch ein gemurmeltes »Arschloch« zu vernehmen, als Grace zurück in ihr Zimmer ging.

Mist. Clare erinnerte sich nicht, dass Grace jemals ihren Vater so angebrüllt hatte. Aber sie hatte recht. Gott, der Mann konnte ein solches Arschloch sein!

Clare fütterte die Schweine und wusch die Utensilien an der Spüle aus, als Grace erschien.

»Kannst du mich zur Schule fahren? Ich habe heute viel mitzuschleppen und würde nicht so gerne im Regen auf den Bus warten.«

»Natürlich.« Sie lief zu Grace, schlang von hinten die Arme um sie, und zum ersten Mal seit fast einer Woche entwand sich ihre Tochter ihr nicht. »Tut mir leid. Du bist die Welt für mich, und ich hasse es, wenn du wütend auf mich bist. Dabei ist es dein gutes Recht, denn ich hätte es dir erzählen müssen. Ich hatte den Kopf in den Sand gesteckt, weil ich nicht damit umgehen konnte. Ich bin mir nicht mal sicher, ob ich es jetzt kann.« Grace' langes Haar roch nach Orangen; Clare inhalierte den Duft.

Grace drehte sich um, und Clare überlegte, wann sie so groß geworden war. Clare war ein Meter siebenundsechzig, und plötzlich sah Grace auf sie herab.

»Ich hasse das«, flüsterte Grace. »Wir streiten nicht.«

»Nein, und du und dein Vater auch nicht.« Clare setzte sich an den Esstisch und schob mit dem Fuß einen zweiten Stuhl vor. »Ich habe dir Toast und Kaffee gemacht. Setz dich zu mir und iss vor der Schule noch etwas.«

Grace' Blick huschte zur Wanduhr, ehe sie sich hinsetzte und eine Scheibe Toast nahm.

»Geht es dir gut?«

»Ja, mir geht es gut«, antwortete Grace mit vollem Mund.

»Du bist stinksauer, und das passt gar nicht zu dir.«

»Weiß Dad, dass du schwanger bist?«

Clare wurde rot. »Nein, und dabei möchte ich es auch belassen. Sag mir bitte, dass du es ihm nicht erzählt hast.«

Grace warf ihren Toastrest auf den Teller. »Im Ernst?« Sie stand auf und zog ihre Jacke an. »Dad und ich haben uns über unseren eigenen Kram gestritten. Er nervt höllisch, kann fies und gewalttätig sein, aber wenn du entschieden hast, das Baby zu kriegen, *darfst* du es ihm nicht verheimlichen.«

»Vertraust du mir?«

Grace seufzte. »Ja, tue ich.«

»Überlässt du es mir, mit deinem Vater zu reden, wenn ich es tun muss?«

»Also ziehst du es durch?«

»Ja. Und ich brauche dich bei mir, Gracie.«

»Ich *bin* bei dir, Mum.« Sie schüttelte den Kopf, und das Haar fiel ihr vors Gesicht. »Zumindest versuche ich es, aber ich bin sauer auf ihn. Er muss einfach einsehen, dass ich hier ein Leben habe, das ich mag, und ich will doch nur, dass er sich für mich freut, nicht ...« Sie schluckte. »Nicht bei *allem* mitreden will – Hockey, Schulfächer, Erik ...« Sie sackte wieder auf den Stuhl. »Er ist anstrengend.« Nun sah sie Clare an und lachte. »Aber das weißt du ja schon.«

»Du fehlst ihm.« Clare hatte keine Ahnung, warum sie ausgerechnet Tim in Schutz nahm, aber ein Teil von ihr hatte Mitleid mit ihm.

»Weiß ich. Trotzdem darf er nicht glauben, dass er alles bestimmen kann, was ich mache, Mum.«

Clare beugte sich über den Tisch und nahm ihre Hand.

»Gut«, sagte sie. »Ich hab dich lieb.«

»Bringst du mich zur Schule?« Grace war innerhalb von Sekunden auf und an der Tür, während Clare dasaß und sich danach sehnte, ein »Ich hab dich auch lieb« zu hören, wie es gewöhnlich gekommen wäre.

Als der Wagen auf dem Weg zur Schule ächzte, betete Clare, er möge durchhalten, bis sie nächstes Jahr einen Kredit für einen neuen aufnehmen konnte. Grace blickte stumm aus dem Fenster, und Clares Gedanken wanderten von der Sorge um ihr altes Auto zu allen anderen: Könnte sie die Scheune auch künftig von Jack mieten? Könnte sie es sich leisten? Könnte sie so lange wie möglich arbeiten, genug Geld verdienen, wenn sie nebenher ein Kind zur Welt brachte? Wer würde sich um das Baby kümmern, wenn sie arbeitete? Würde Tim komplett durchdrehen, sollte das Kind von Jack sein? Oder wenn es von ihm war? Und Jack, wie würde er auf all das reagieren?

Sie wollte es allein schaffen, aber Grace hatte recht: Tim musste es erfahren. Und wenn er es erfuhr, musste Jack es auch wissen. Mit den Konsequenzen müsste Clare leben.

Aber noch nicht.

Umgeben von den Leuten bei der Hilfsorganisation wirkte Grace an dem Abend ruhiger und glücklicher auf Clare. Sie stand mit Erik zusammen und unterhielt sich mit Dawn, der jungen Frau vom Empfang. Neben Clare beschrieb Simon bildhaft ihre erste gemeinsame Tanzstunde. Er war auf eine witzige Art selbstironisch, hielt Lisas Hand und schwenkte die andere wie eine Requisite zu seiner Geschichte. Clare lächelte, während sie die Tür im Blick behielt.

Sie war sicher gewesen, dass er kommen würde. Schließlich war er zu Hause und wusste von der Veranstaltung. Warum sollte er nicht kommen? Sie blickte hinter die Gruppe um sie herum, Leute, die sie gewiss bald ihre Freunde nennen würde. Es waren Mitarbeiter und Patienten der Einrichtung. Direkt hinter ihnen stand eine umgedrehte Milchkiste auf einer improvisierten Bühne, die mit einem weißen Tuch verhüllt war, und darauf befand sich ein Laptop, der eine PowerPoint-Präsentation abspielte. Es waren diverse Fakten und Zahlen zu den Spenden des Jahres. Reden gab es keine, wofür Clare dankbar war, doch sie wünschte, Jack würde die Slide-Show sehen. Er sollte schwarz auf weiß sehen, dass ihre auf seinen Wunsch initiierte Aktion mithilfe von Simon, Lisa, Grace und Erik über neuntausend Pfund für das Zentrum eingebracht hatte. Clare trank von ihrem schalen Mineralwasser und tupfte sich einen Tropfen von ihrem Kleid.

Stunden zuvor hatte sie vorm Spiegel gestanden und vor sich selbst zugegeben, dass sie dieses Kleid trug, um *gesehen* zu werden. Jahrelang hatte es weit hinten in ihrem Kleiderschrank gehangen, weil Tim es nicht ausstehen konnte. Es war smaragdgrün, figurbetont, aber nicht zu eng und mit einem nicht zu tiefen Ausschnitt. Wieder blickte sie zur Tür und fragte sich, ob sie es vielleicht angezogen hatte, damit Jack sie darin sah.

Doch der packte wohl eher wieder seine Sachen.

47

Ich will das Haus verlassen und in den Wagen steigen, da steht Grace schluchzend vor meiner Tür. Ihre weite Jacke über der Schuluniform weht auf.

»Was ist passiert?«

»Ich hasse ihn!«, weint sie und sieht mich an. »Willst du weg?«

»Nur in den Ort. Ich habe einen Physiotermin, bevor ich …«

»Kannst du mich bei Erik absetzen?«

Ich bin nicht mal sicher, ob ich zugestimmt habe, doch ehe ich mich's versehe, hat sie die Beifahrertür geöffnet und zeigt zum Studio.

»*Sie* ist beschäftigt, und *er* macht mich so wütend!«

»Was war denn?«, frage ich erneut, werfe meinen Regenschirm auf die Rückbank und drehe das Gebläse auf. Es wird dunkel, und die automatischen Lichter leuchten im strömenden Regen.

»Er hat aufgelegt. Das war die Rache dafür, dass ich heute Morgen aufgelegt habe, aber … ach, er ist solch ein Arsch … Ich hasse ihn!«

»Tust du nicht.« Die Scheibenwischer arbeiten schnell, und ich stelle die Heizung höher, als ich losfahre.

»Doch, tue ich wirklich.« Sie sieht mich an. »Und sie ist nicht besser …«

»*Sie* hasst du definitiv nicht«, sage ich kopfschüttelnd. »Du bist nur offensichtlich wütend.«

»Sie soll die Erwachsene sein. Er verprügelt sie, bis sie kaum noch sehen kann, und, ich meine … du warst dabei!«

»Grace …«

»Du verstehst das nicht! Sie ist eine Idiotin! Ich habe ein Arschloch als Vater und eine Idiotin als Mutter.«

Seit gestern früh gießt es ohne Unterlass, und die Windschutzscheibe beschlägt wieder, während Grace auf dem Sitz neben mir bibbert. Ich schalte ihre Sitzheizung ein und richte das Gebläse auf die Scheibe. Grace' Schluchzen wird lauter, und ich sollte wohl etwas sagen, als ich langsam den Hügel hinunter- und um die Biegung in Richtung Ort fahre, aber ich scheine nicht die richtigen Worte zu finden. Ich blicke zu ihr rüber und merke nicht mal, dass ich von der Spur abkomme.

Ein Wagen hupt, und ich lenke sofort zurück. Bremsen kreischen. Grace fliegt ein wenig nach vorn, wird vom Gurt abgefangen, doch unwillkürlich strecke ich meinen Arm vor sie. Der andere Fahrer schreit mich durch sein offenes Seitenfenster an und schwenkt die Faust.

»Alles okay?«, frage ich Grace.

»O Mann …«

»Tut mir leid, ich …«

»Mist.« Sie tippt mit einer Hand auf ihre Jacke, direkt über ihrem Herzen.

»Tut mir leid«, wiederhole ich. »Ich …« Ich sehe hinunter zu meinem Bein und streiche mit der Hand über meinen Oberschenkel. Meine Vernunft sagt mir, dass ich auf einer Landstraße nahe meinem Zuhause bin, Grace auf dem Beifahrersitz ist und es uns beiden gut geht, weil ich den Wagen rechtzeitig zurücklenken konnte und direkt vor der Böschung angehalten habe. Hinter mir hupt ein anderer Fahrer, weil ich den Weg versperre.

Grace' Stimme dringt zu mir durch. »Jack, es ist in Ordnung. Alles ist gut.«

Alles ist gut. Ich winke dem anderen Wagen, dass er überholen soll. Meine anderthalb bleiernen Beine bewegen sich, während mein Herz gegen meine Rippen hämmert.

Grace schaltet die Warnblinkanlage ein. »Es ist okay«, flüstert sie, und wieder überkommen mich Zweifel, und ich denke, dass ich nie ganz, nie okay sein werde.

»Eine hauchdünne Linie«, sage ich.

»Was?«, fragt sie sichtlich besorgt. »Jack?«

»Es ist nur eine hauchdünne Linie zwischen *okay* und *nicht okay*. Zwischen damals und jetzt.«

Sie schaut nach hinten, als uns noch ein Wagen auf der schmalen Straße überholt. »Ich weiß nicht, was du meinst, aber wir sollten lieber weiterfahren ... Kannst du fahren?«

Mein Nicken kommt wie von selbst. Ich lasse den Motor an und stelle den Automatikhebel auf »Drive«.

»Zum Pub«, sagt sie, als müsste sie mich erinnern, wohin sie will.

Ich bin erleichtert, als sich der Wagen in Bewegung setzt und ich langsam weiterfahre, wobei ich ihrem Atem lausche.

»Vor über dreißig Jahren«, sage ich zu ihr, »wurde ich von einem Betrunkenen von der Straße gedrängt. Alice, meine Freundin, starb. Sie war schwanger, und ich habe sie verloren, sie beide.« Ein kurzer Blick nach unten. »Meinen linken Unterschenkel verlor ich ebenfalls.«

Grace bricht wieder in Tränen aus, und ich höre, wie sie angestrengt schluckt, als wir uns dem Ort nähern und ich nach rechts blinke, um auf den Pub-Parkplatz zu biegen. »Das sind furchtbar viele Verluste«, sagt sie und sieht aus ihrem Seitenfenster.

Auf dem Parkplatz ist nur eine Lücke frei, und als wir stehen, holt Grace ein Taschentuch aus ihrer Jacke und wischt sich vor dem Spiegel das Gesicht ab. Sie sieht schrecklich verheult aus, aber um mich steht es kaum besser.

»Eben war ich unkonzentriert«, beginne ich. »Ich hätte mir nie verziehen ...«

»Jack, niemand ist verletzt worden.«

»Nein, aber …«

»Ich habe immer gewusst, dass es eine Geschichte gibt, dass dir etwas zugestoßen ist. Doch das ist zu schrecklich, und ich weiß nicht, was ich sagen soll.« Sie schüttelt den Kopf. »Ich weiß wirklich nicht, was ich sagen soll, außer … uns geht es gut. Komm mit rein …«

»Nein, ich muss zu meiner Physio. Und ich muss noch einiges besorgen, bevor ich abreise.«

»Du verreist wieder?« Sie klingt erschrocken.

Ich bejahe stumm.

»Wann?«

»Nächsten Dienstagabend. Erster Halt Paris.«

Ihr kommen frische Tränen. »Guck uns an. Was sind wir für traurige Deppen.«

»Tut mir leid, dass dein Vater ein preisverdächtiger Depp ist«, sage ich. »Und mir tut auch leid, dass ich uns fast beide umgebracht habe.«

Sie versucht zu lachen. »Hast du nicht. Uns geht es gut. Und das Wort ›Depp‹ aus deinem Mund zu hören ist sehr witzig.«

»Er ist doch einer. Ein neugieriger Depp.«

Bald kichert sie hemmungslos, weil sie ihren Vater mit so vielen Adjektiven wie möglich vor dem Wort »Depp« bedenkt, und es ist ansteckend. Jeder, der uns beobachtet, würde denken, dass unsere geröteten Augen von Lachtränen herrühren.

Grace steigt aus und beugt sich zum Wagen. »Bleibst du lange?«

»Ungefähr anderthalb Stunden.«

»Kannst du mich auf dem Rückweg abholen?«

»Willst du denn noch mal zu mir in den Wagen steigen?«

»Ich riskier's.« Sie sieht auf ihre Uhr. »Um fünf?«

»Ja, bis dann.«

Nach einer außergewöhnlich stillen Behandlung bei Jim, der zu spüren scheint, dass ich nicht reden möchte, während er mir alle möglichen Verspannungen löst, schlage ich ein wenig Zeit in einem Café tot, bevor ich Grace abhole. Ich rufe Marsha an, um einige Formalitäten zu arrangieren, und hake sie von meiner Liste auf dem Handy ab. Als ich Lynns Namen auf meiner Kontaktliste sehe, schreibe ich ihr eine Textnachricht:

> Ich hoffe, es geht dir gut. Ich breche am Dienstag wieder auf. Lass mich wissen, ob bei dir alles gut ist und du von Antony gehört hast. Jack x

Kurz darauf antwortet sie:

> Mir geht es gut. Ich verbringe Zeit mit meinen Eltern, um mich von Antony abzulenken. Gehört habe ich noch nichts von ihm, aber damit rechne ich auch nicht. Es fühlt sich nur komisch an zu Hause – als wärst du eine Weile da gewesen und wieder weg. Was wohl auch passiert ist. Du fehlst mir. Ich verstehe es, aber ich vermisse dich. L. x

Als Grace in den Wagen steigt, beschleunigt sich mein Herzschlag. Und sie muss etwas davon mitbekommen, denn sie sieht mich an und sagt: »Fahr, und denk nicht dran. Rede mit mir.«

»Wie war Erik?«

»Er ist großartig. Er hat eine tolle Art, mich zu beruhigen, doch es gibt Dinge, über die ich mit ihm reden möchte und nicht kann, also … Jedenfalls war es genial, und ich fühle mich besser.«

»Hast du ihm von unserem kleinen …«

»Nein.«

»Warum nicht?«

Sie zögert kurz. »Weiß ich nicht genau. Wahrscheinlich, weil ich dann über das andere hätte reden müssen, was du gesagt hast, und das ist deine Geschichte. Die musst du erzählen, nicht ich. Mum hat angerufen«, wechselt sie das Thema. »Sie ist sauer, weil ich einfach weg bin.«

Ich antworte nicht.

»Jack, rede mit mir.«

»Meine Geschichte«, sage ich. »Danke, dass du sie für dich behalten hast.«

»Du solltest wegfahren. Fahr nach Paris.«

Ich seufze laut.

»Eigentlich können wir uns nicht auflösen. Wir sind beide immer noch MAKACs.« Sie senkt die Stimme, als wäre es ein Geheimnis. Dann stößt sie ihre Faust gegen meine, um die Diagnose zu besiegeln. »Und ich bin froh damit. Du nicht?«

Was ich geantwortet hätte, werde ich nie erfahren, denn wir halten bereits vor der Scheune, und ihre Mutter steht an der offenen Haustür, wo sie sich in der Kälte die Arme reibt.

»Sie ist keine Idiotin«, flüstere ich.

»Hoffentlich hast du recht.« Ihr Gesicht sagt mir, dass sie nicht überzeugt ist, und ich bleibe im Wagen sitzen. Clare sieht mich an. Ist es ein dankbarer Blick? Beide verschwinden im Haus.

Ich will ins Bett gehen, da fällt der Strom im Haus aus. Im Internet sehe ich, dass der Dezembersturm und Regen einen Baum zum Umstürzen gebracht haben, der auf die örtlichen Stromleitungen gekracht ist. Ich schaue zur Scheune; und dort ist noch alles hell. Flüchtig ärgere ich mich, dass ich das Cottage nicht an den Solarstrom angeschlossen habe. Als es an der Tür klopft, ziehe ich meinen Morgenmantel über und gehe mit meinen Krücken öffnen. Clares Gesicht erscheint im Spion, und ich mache ihr auf. Sie hat zwei Taschenlampen in der Hand.

»Erik hat Grace erzählt, dass im ganzen Dorf der Strom ausgefallen ist, und ich dachte, du kannst die vielleicht gebrauchen.«

»Ich will gerade ins Bett gehen. Ist die beste Art, es abzuwarten.«

Sie bemüht sich, es nicht zu tun, sieht aber zu meinen Krücken.

»Nimm sie trotzdem.« Sie geht an mir vorbei und legt die Taschenlampen auf den Dielentisch. Ich würde mich am Kopf kratzen, wenn ich könnte, denn ich habe eine Schublade voller Taschenlampen.

»Möchtest du etwas trinken?«, frage ich, weil ich plötzlich möchte, dass sie noch bleibt. »Du müsstest allerdings den Weg leuchten.«

Wir sitzen nebeneinander im Wohnzimmer. Sie hat wie üblich ein Glas Wasser in der Hand, wirkt hellwach und erzählt mir von ihrem Besuch bei ihrer Mutter. Da ich ein Schmerzmittel genommen habe, nippe ich an einem alkoholfreien Getränk. Clare bewegt sich unruhig im Dunkeln, weshalb ich mich frage, ob Grace irgendwas zu ihr gesagt hat. Ich habe sie nicht gebeten, sondern war davon ausgegangen, dass sie es nicht tun würde. Nun blickt Clare sich im schattigen Zimmer um, das nur von der aufrecht stehenden Taschenlampe zwischen uns erhellt wird. Sie wirkt nervös und hat einen kleinen Schweißfilm auf der Oberlippe.

»Tut mir leid, dass es bei deiner Mutter nicht besser gelaufen ist«, sage ich.

»Irgendwann erzähle ich dir alles, dann wird es dir nicht mehr leidtun.« Clare runzelt die Stirn. »Ohne ihre toxische Energie in meinem Leben bin ich viel besser dran.«

Ich lehne den Kopf nach hinten und schließe die Augen.

»Was ist mit dir, Jack? Hast du dir schon vergeben?«

Ohne die Augen zu öffnen, antworte ich: »Ich habe mir vergeben, dass ich dort war, in jener Nacht gefahren bin, sie geliebt habe.« Meine Stimme bricht ein wenig. »Ich habe an dieser schönen Küste in Biscayne gestanden und sie losgelassen. Es fühlte sich an, als würde ich sie hinaus aufs Meer blasen, sie befreien. Und mich.«

»Gut«, flüstert sie, bevor ich höre, wie sie von ihrem Wasser trinkt. »Jack, es gibt etwas, über das wir lieber reden sollten.«

»Raus damit.«

»Wir sind Freunde, oder?«

Jetzt öffne ich die Augen und sehe zu ihr. Mein Mund wird schlagartig trocken, als ich begreife, dass sie nicht bloß hergekommen ist, um mir Taschenlampen zu bringen, die ich nicht brauche.

»Ja, natürlich.«

»Wir sind Freunde. Und jetzt, da du wieder zurück bist, habe ich das Gefühl, dir sagen zu müssen, dass ich nie mehr als eine Freundin für irgendwen sein kann, dich eingeschlossen.«

Ich bin nicht sicher, ob ich sie korrigieren soll, denn genau genommen bin ich nicht »zurück«. Was herauskommt, ist: »Ich erwarte nicht …«

»Weiß ich, weiß ich«, fällt sie mir ins Wort. »Und das behaupte ich auch nicht, aber für alle Fälle möchte ich, dass es dir klar ist. Selbst wenn ich wollte, ich kann nicht. Er hat mir zu viel genommen, und ich muss mich so gut ich kann vorwärtsbewegen – allein.«

»Ist gut, aber wie gesagt …«

»Ich muss mir beweisen, dass ich allein sein *kann*.«

»Hör mal, Clare.« Als ich mich aufsetze, kippt meine linke Krücke zu Boden, die am Sofa lehnt. »Ich will nichts von dir. Ganz sicher will ich nicht, dass du annimmst, weil wir miteinander geschlafen haben oder du mich eben umarmt hast, müssten wir irgendwie aneinander gebunden sein. So blöd bin ich nicht.«

Verlegen spielt sie mit ihrem inzwischen leeren Glas.

»Clare?«

»Ich bin schwanger, Jack. Ungefähr in der zehnten Woche. Und die entsetzliche Wahrheit ist, dass ich nicht weiß, ob Tim der Vater ist …«

Ein Muskel an meinem linken Auge zuckt einmal, zweimal, und meine Oberlippe beginnt ein klein wenig zu zittern.

»… oder du«, beendet sie den Satz und lehnt sich zurück.

Prompt sehe ich zum Fenster, hinter dem die überfrorene Landschaft vom Vollmond beschienen wird.

»Wie du weißt, ist es mit Tim und mir kompliziert«, fährt Clare fort, und es kommt mir so idiotisch vor, dass ich flüchtig überlege, ob Grace recht haben könnte.

»Du hast circa um die Zeit mit ihm geschlafen.« Es ist keine Frage.

Clare hat eine Hand oben an ihrem Pulloverausschnitt, und auch wenn ich es in diesem Licht nicht sehen kann, vermute ich, dass ihre Haut dort gerötet ist. »Ja.« Sie zögert. »Es war ein Fehler, und du kannst zu Recht wütend sein, denn …«

»Ich bin nicht wütend, Clare. Was du tust, ist deine Sache. Aber«, und die Realität bohrt sich in mein Herz, »du *könntest* mit meinem Kind schwanger sein.«

»Könnte ich. Und wir werden es erst wissen, wenn das Baby geboren ist. Verzeih mir, dass ich dich in diese Situation bringe. Du bist für Grace und mich ein Lebensretter, und du *bist* mein Freund, doch ich habe keinen Schimmer, wie es dir damit geht. Dennoch musste ich es dir sagen.« Sie beißt auf ihren Daumennagel, während ich mir mit beiden Händen durchs Haar fahre, ehe ich sie hinter dem Kopf verschränke.

Wie es mir damit geht?

»Tut mir leid«, flüstert sie.

»Weiß Tim Bescheid? Weiß er, dass er eventuell nicht … Ich meine, was hat er gesagt?«

»Ich habe es Tim noch nicht erzählt. Ehrlich gesagt mache ich mir momentan noch selbst vor, dass nichts hiervon wirklich geschieht.«

»Du hast ihm nichts gesagt?«

»Noch nicht.«

»Verstehe.« Wieder sehe ich hinaus zu der Scheune und denke an den Abend, an dem alles begann. Ollie und ich, die hier saßen und so vieles in Gang brachten. »Grace«, sage ich schließlich. »Du kannst dich glücklich schätzen, wenn du noch eine wie sie bekommst.«

Clare legt eine Hand auf meinen Arm. »Es könnte auch ein Junge sein, der aussieht wie du.«

»Nicht, bitte.« Ich versuche, die sehr verlockende Hoffnung zu verdrängen, und sage mir, dass dies die beste oder schlimmste Unterhaltung der Welt sein könnte.

»Es besteht eine Fünfzig-zu-fünfzig-Chance, und wenn dieses Kind von dir ist, dann gibt es ein Du, ein Ich, ein Baby und Grace, und … wir würden das hinbekommen. Würden wir doch, oder?«

»Ja, ich denke, das könnten wir.« Ich habe keinen Schimmer, was ich sonst sagen soll. »Und wenn es von Tim ist?«

»Dann werde ich meine Freunde dringend brauchen«, antwortet sie.

Ich nehme sie in die Arme. Der Zufall reizt mich, grinst mir zu, überzeugt mich beinahe, dass mein Schicksal etwas Gigantisches, wahrlich Überwältigendes bereithält.

Fast.

48

Clare zerrte einen Tannenbaum im Topf durch die Diele, als ihr neues Leben in seinen Grundfesten erschüttert wurde. Sie hatte ein Handtuch auf den Boden gelegt, um den Topf darauf über die Fliesen zu ziehen. Er war klein, nur einen Meter zwanzig hoch, doch schon jetzt füllte der Tannenduft den Raum um sie herum aus. Als sie gerade die Haustür mit dem Fuß zustoßen wollte, sah sie den Wagen. Er fuhr langsam und hatte kein Blaulicht eingeschaltet, war aber sofort zu erkennen. Clare ließ die Handtuchzipfel fallen und legte unweigerlich beide Hände auf ihren Bauch.

Grace, dachte sie, als sie beobachtete, wie erst die Beifahrertür, dann die Fahrertür aufging. Beide setzten sich Mützen auf, als würde das, weshalb sie hier waren, irgendwie nach albernen, unwichtigen Mützen verlangen.

Grace! dachte sie wieder und stützte sich am Türrahmen ab. Grace war vor Stunden mit dem Schulbus weggefahren, und Clare versuchte, sich zu erinnern, ob sie seitdem Nachrichten geschickt hatte. Die Schule erlaubte die Benutzung von Handys während der Unterrichtszeiten nicht, aber Grace hatte schon hin und wieder gegen die Regel verstoßen. Ihre Grace, die eigentlich Regeln einhielt, hatte diese manchmal ignoriert.

»Clare Bryanson?«, fragte die Beifahrerin. Clares spontaner Impuls war, es zu leugnen. Wenn sie log und sagte, sie sei Ruth Dingsbums, würden sie wieder wegfahren. Sie würden ihre schlechten Nachrichten mitnehmen und verschwinden.

»Ja.« Aus dem linken Augenwinkel nahm sie einen winzigen weißen Farbspritzer am metallenen Türrahmen wahr. Sie rieb mit ihrem Pulloverärmel daran. *Woher war der?*

»Guten Tag. Können wir nach drinnen gehen?«

»Können Sie sich ausweisen?« Sie sagte sich, dass es eine

dumme Idee war, zwei Fremde in Grace' und ihr Zuhause zu lassen. Vielleicht waren sie Trickbetrüger, die sich als Polizisten verkleideten und vorgaben, schreckliche Neuigkeiten zu bringen, um sich Zugang zum Haus zu verschaffen. Unfähig, sich zu rühren, blickte sie zu dem Fahrer, einem älteren Mann, unter dessen Polizeimütze graues Haar vorlugte. Er zeigte ihr eine Dienstmarke. Stumm flehend sah Clare ihn an.

»Sind Sie Clare Bryanson, die Frau von Tim Bryanson?«, fragte er sanft.

»Exfrau.« Clare atmete aus. »Ist mit meiner Tochter alles in Ordnung?«

»Ist es gewiss, aber ich fürchte, wir haben schlechte Neuigkeiten bezüglich Mr. Tim Bryanson. Vielleicht gehen wir lieber rein«, schlug er vor und nickte, als wollte er bestätigen, dass es wirklich besser wäre.

Zum ersten Mal seit Langem kam Clare sich in der Scheune klein und unbedeutend vor, als gehörte sie nicht mehr hierher. Sie setzte sich auf das kleine Sofa, das Tim und sie vor über zehn Jahren gekauft hatten, wobei sie sich noch über die Farbe stritten, als sie bereits den Vertrag für die Ratenzahlung über vier Jahre unterschrieben. Die Polizisten nahmen ihr gegenüber Platz. Clare zwang sich, konzentriert zu bleiben, aufmerksam dem Mann zuzuhören, weshalb sie nicht nur lauschte, sondern gleichzeitig bemüht war, von seinen Lippen zu lesen.

»Mr. Bryanson hat heute Vormittag im Zentrum von Croydon einen schweren Herzinfarkt erlitten. Im Krankenhaus konnte nur noch sein Tod festgestellt werden«, ergänzte die Frau, die sich als Police Constable Rose Hanrahan vorgestellt hatte. »Ihr Verlust tut uns sehr leid.«

Tim ist tot.

Clare stellte beide Füße fest auf den Boden. Ihr fiel ein Fleck auf ihrem blauen Turnschuh auf, direkt über der linken oberen Schnürsenkelöse.

»Wie uns gesagt wurde, war er auf der Stelle tot. Ihr Mann hat nicht gelitten.«

»Exmann«, verbesserte sie die Frau abermals und sah den Mann an, als hätte sie nicht recht verstanden. »Tim ist tot?«

Rose Hanrahan schaute ebenfalls zu dem anderen Officer. »Ja, tut mir leid. Sie werden immer noch als nächste Angehörige geführt. Unser Beileid zu Ihrem Verlust.«

Clare war ruhig. Vollkommen. Kein einziger Muskel bewegte sich, während ihr der Kopf schwirrte. Tim, der Grace und sie in reines Chaos gestürzt hatte, der sie gezwungen hatte, einen richterlichen Bescheid zu erwirken, damit er sie in Ruhe ließ, dessen Kind sie erwarten könnte, ohne dass er es wusste – dieser Tim war tot.

»Seine Mutter«, sagte sie. »Sie müssen es ihr sagen. Sie ist … Sie müssen … Ich kann nicht …«

»Natürlich, keine Sorge. Können wir jemanden für Sie anrufen?«

»Ich muss meine Tochter holen.« Clare stand auf.

»Gibt es jemanden, den wir verständigen können, damit Ihnen geholfen wird? Jemanden sonst?«

Clare schüttelte den Kopf. »Nein, danke.«

Ein Teil von ihr hatte die ganze Zeit gleichsam über ihr geschwebt und alles unbeteiligt angesehen. Nicht mal Tee hatte sie angeboten. Die Polizisten kamen, überbrachten ihre Nachricht und gingen, nachdem sie sich vergewissert hatten, dass es ihr trotz des Schocks gut ging. Sie fühlte sich benommen. Und sie empfand eine beschämende Erleichterung, dass sie wegen Tim hier gewesen waren, nicht wegen Grace. Gedankenverloren bewegte sie ihre Hand kreisend auf ihrem Bauch.

»Gott«, sagte sie laut. »Guter Gott.« Langsam bewegte sie den Kopf von einer Seite zur anderen, als Erinnerungen – nur gute – an den Mann, den sie einst geliebt hatte, ungebeten hochkamen und ihre Beine unter ihr einknickten.

Ungefähr sechshundertneunundvierzig Sekunden, obwohl sie nicht gezählt hatte, als sie sprach. Von dem Auftauchen des Wagens bis zu dem Moment, in dem sie zusammensackte, hatte es nur rund zehn Minuten gebraucht, ihr Leben abermals zu verändern.

Tim war tot, und die Croydon-Clare war wieder da.

Sie fuhr zu Grace' Schule, gab ihrem Körper Anweisungen, und er gehorchte. Eine Fremde, irgendeine Lehrerin, der sie noch nie begegnet war, brachte Grace zum Büro der Schulleitung, wo Clare wartete. Grace war aschfahl. »Mum!«, rief sie und rannte auf Clare zu. »Ich dachte, dir ist was passiert!«

Clare hielt sie in den Armen. »Schhh, mir geht es gut …«

Sofort versteifte Grace sich, als würde ihr in diesem Augenblick klar, dass es einen anderen Grund geben musste, weshalb sie aus dem Unterricht geholt wurde. Sie wich ein wenig zurück, aber Clare hielt sie weiter fest. »Dad? Ist mit Dad alles in Ordnung?«

Und dann brach sie zusammen. Noch ehe Clare die Worte gefunden hatte, die sie ihr sagen musste, halfen zwei Leute Grace in einen Sessel in der Nähe. Und die ganze Zeit starrte Grace Clare an. Clare hielt ihrem Blick stand. Sie konnte nicht wegsehen. Unausgesprochene Worte wurden zwischen ihnen gewechselt. Es gab keine Fragen – für die wäre später noch Zeit. Jetzt gerade wusste Clare, dass Grace vom Tod ihres Vaters wusste. Und in ihren Augen erkannte Clare so etwas wie eine entsetzliche Furcht, nicht nur Angst, sondern schlimmer. Sie nahm ihre Tochter wieder in die Arme, hielt sie fest, ließ sie wissen, dass sie nicht loslassen würde. Mit der rechten Hand strich sie über Grace' Haar, als das Mädchen schluchzte. Und mit jedem Strich vermittelte sie ihr, dass sie ihre Tochter verstand.

Auf der kurzen Heimfahrt hörte sie Grace' rhythmisches Schniefen und dachte daran, wie ihr eigener Vater gestorben war – was für ein riesiger Verlust das für sie gewesen war. Und ihr wurde klar, dass ihre eigene Trauer dem Vater ihres Kindes galt, nicht der Liebe ihres Lebens. Denn die Liebe ihres Lebens war Grace, und um sie musste sie sich kümmern.

Sie streichelte Grace' Hand.

»Ich bin wütend auf ihn gewesen«, flüsterte Grace. »Ich habe ihm gesagt, dass ich ihn nicht sehen will.«

»Schhh, er hat gewusst, dass du es nicht so gemeint hast.«

»Aber das habe ich!«, schluchzte Grace.

»Ja, für kurze Zeit vielleicht, aber dann hättest du ihm verziehen, und das hat er gewusst.« Clare sagte es nicht nur, um Grace zu beruhigen. Wenn jemand Tims Fähigkeit kannte, andere Leute zu überzeugen, ihm alles zu vergeben, dann war sie es. Und sie taten es immer. Zumindest hatte sie es immer getan.

»Was machen wir jetzt, Mum?« Wieder weinte Grace.

»Das, was wir auch bisher tun. Wir stehen morgens auf und halten durch. Wir tun, was wir tun müssen, und wir werden weinen, weil wir uns an die guten Sachen erinnern werden. Irgendwann werde ich mich an die anderen vielleicht mehr erinnern als du, aber wir werden ihn vermissen, weil er Tim war. Er war Dad.« Sie drückte Grace' Hand. »Und wir werden überleben, gemeinsam.«

Am Morgen der Beerdigung regnete es in Strömen. Grace hatte sich für einen orangefarbenen Pullover entschieden, den ihr Vater ihr zum Geburtstag geschenkt hatte, und eine dunkelblaue Jeans. Clare trug ein schwarzes Kleid, das sie sich von Grace geliehen hatte. Sie hatte nichts mit den Arrangements für die Beerdigung zu tun gehabt, weil Tims dreiundsiebzigjährige Mutter Irene darauf bestand, alles zu regeln. Als Jack anbot, sie zum Krematorium zu fahren, hatte Clare zunächst abgelehnt und gesagt, er dürfe selbstverständlich gern kommen, aber sie würde selbst mit Grace hinfahren. Es brauchte einige Stunden und seine Sorge, dass sie sich an dem Tag nicht auf ihren uralten Micra verlassen sollte, bis sie begriff, dass er die Situation nicht kontrollieren, sondern lediglich helfen wollte.

So kam es, dass Clare auf dem Beifahrersitz von Jacks Wagen saß und Grace mit Erik hinten. Leise Musik spielte. Jack und sie sprachen nicht, abgesehen von seiner Bestätigung, dass das Navi sich nicht irrte. Hinten flüsterten Grace und Erik. Erst als sie sich der baumgesäumten Einfahrt zum städtischen Friedhofsbau näherten, ließ sie den Gedanken zu, dass sie Tim nie wiedersehen würde.

Die letzte Woche war alles wie in einem Nebel gewesen. Sie war so damit beschäftigt gewesen, auf Grace zu achten, dass sie sich nicht erlaubt hatte, Tims Tod richtig an sich heranzulassen. Vor allem hatte sie ein schlechtes Gewissen, weil sie erleichtert war, dass Tim ihr Leben nicht mehr verkomplizieren konnte, wie er es immer getan hatte. Andererseits hatte es Seiten an ihm gegeben, die sie geliebt hatte, und die waren immer noch da gewesen, irgendwo. Es war beinahe, als würde er ihr aus dem Jenseits sagen, es wäre nicht alles nur schlecht gewesen. Clare war bewusst, dass Trauer oft zu einer Glorifizierung der Verstorbenen führte. Das würde ihr nicht passieren, auch wenn sie nicht verhindern könnte, dass es bei Grace geschah.

In ihre dicken Jacken gehüllt und unter ein paar großen Golfschirmen aus Jacks Kofferraum gingen sie zur Kapelle B, wo die Trauerfeier in wenigen Minuten beginnen sollte. Drinnen blickte Clare sich unter den Leuten – größtenteils Arbeitskollegen von Tim – nach Irene um.

»Wer sind die ganzen Leute?«, flüsterte Grace, als sie nacheinander die Kapelle betraten. Ehe Clare es bemerkte, hatte sie Jack verloren, der sich an den Rand der letzten Sitzreihe setzte. Grace, Erik und Clare gingen weiter zur zweiten Reihe vorn. Bevor sie sich setzten, gingen Clare und Grace ganz nach vorn, wo Irene neben ihrem Bruder Ken saß, der Tims Chef gewesen war, und einer Frau, die Clare nicht kannte. Sie und Irene hatten sich nie wirklich nahegestanden, aber es war doch eine freundschaftliche Beziehung gewesen, und nachdem sie einige Worte und kurze Umarmungen ausgetauscht hatten, wartete sie, bis Grace ihre Großmutter umarmt hatte. Dann gingen beide zurück zu Erik.

»Nana sieht so traurig aus.« Grace schniefte in ihr Taschentuch. »Wer ist die Frau bei ihr?«

»Weiß ich nicht.«

»Denkst du, das könnte Louise sein?«, flüsterte Grace.

Clare zuckte mit den Schultern, und die Orgel stimmte »You'll Never Walk Alone« an. Sie holte tief Luft und versuchte, ihre Atmung zu kontrollieren, indem sie eine Hand auf ihr Zwerchfell legte. Dicht darunter befand sich ein winziges Lebewesen, dass ihrer Schwangerschafts-App zufolge inzwischen so groß wie eine Kiwi sein musste.

Grace' Blick schien der Hand zu folgen; sie lächelte ihrer Mutter verhalten zu.

Irgendwie blendete Clare die ganze Trauerfeier aus, sprach die Gebete und sang die Lieder wie ferngesteuert mit. Erik und sie stützten Grace, als sie langsam nach draußen gingen. Es hatte aufgehört zu regnen, und Leute schüttelten Tims Mutter und der weinenden Frau neben ihr die Hände. Die beiden standen unter einer eigens errichteten Überdachung, obwohl es nicht mehr regnete.

»Sie sind Clare«, sagte die Frau, von deren Umarmung sich Clare ziemlich überfahren fühlte. »Ich bin Louise.« Ihre Stimme bebte. »Tim und ich waren … Es ist schwer zu glauben, nicht? Vierundvierzig Jahre alt und stirbt an einem Herzinfarkt.«

Clare fühlte, dass sie nickte, dem Tragischen zustimmte, während ihr der große Diamant an Louises Finger auffiel.

Als sie mit Clare fertig war, herzte Louise Grace und flüsterte ihr zu: »Ich hatte mich so darauf gefreut, dich kennenzulernen, aber nicht so.« Alles unter Tränen. Kaum merklich entwand Grace sich der Frau, doch Clare entging nicht, wie ungern sie von der Freundin ihres Vaters angefasst werden wollte, die sie vorher nie gesehen hatte. Stattdessen nahm Grace ihre Großmutter in die Arme. Die beiden waren sich sehr nahe gewesen, bis Irene vor einigen Jahren wegzog. Clare beobachtete sie und hoffte, sie würden wieder zueinanderfinden.

»Können wir kurz reden?« Irene löste sich von Grace und legte eine Hand an Clares Ellbogen, um sie ein Stück zur Seite zu führen. Clare ging mit und bemerkte, wie gebeugt Irene sich hielt.

Als sie einander gegenüberstanden, ergriff sie Irenes Hände.

»Was für ein Schock«, murmelte Irene, und Clare fragte sich, ob ihre glasigen Augen bedeuteten, dass sie unter Medikamenten stand. »Ich weiß, dass ihr eure Momente hattet, aber mein Junge, er …«

Clare drückte ihre Hände.

»Kommt ihr mit ins Duke's Head?«

Clare würde lieber Zitronen lutschen, als mit Ken, Louise und einer halbkomatösen Irene den Nachmittag zusammenzusitzen, doch sogar Tim verdiente ein wenig öffentliches Trauern von ihr. »Natürlich«, antwortete sie. »Ich möchte nur vorher nachsehen, wie es Grace geht.«

»Sie ist solch ein entzückendes Mädchen.« Irene schluckte und wandte den Blick ab. »Wie nett von deiner Mutter, herzukommen«, sagte sie. »Hast du sie schon gesprochen?«

Clare schaute sich um und entdeckte eine schwarz gekleidete Gestalt ganz am Rand. *Mist!* Sie folgte dem Blick ihrer Mutter zu der Stelle, an der sich Erik und Jack mit Jan und Emma unterhielten, von denen sie gar nicht mitbekommen hatte, dass sie hier waren. Neben ihnen wurde eine sehr aufgelöste Grace von Reya in die Arme genommen, die sich für ihr Zuspätkommen entschuldigte.

»Clare?«

Gedankenversunken schüttelte sie den Kopf und führte Irene zu der Gruppe, während sie ihre Mutter im Blick behielt und zugleich ihre Schwiegermutter ihren Freunden vorstellte.

Als sie Jean nahen sah, unterdrückte Clare ihren Fluchtinstinkt und grub die Fersen in die Pflastersteine des Wegs vom Krematorium hierher, die ein Blumenmuster darstellten.

»Clare«, sagte ihre Mutter nickend, bevor sie Grace' Hände ergriff. »Grace, es ist viel zu lange her, Liebes.«

Clare betrachtete die Szene wie in Zeitlupe. Ihre Mutter, die Grace Küsse neben beide Wangen hauchte; Grace, die abwechselnd zu ihrer Mutter und ihrer Großmutter sah und deren braune Tim-Augen ihre Zustimmung suchten, weil sie um ihn trauern wollte.

Clare versuchte, ihr Sicherheit zu geben – drückte ihren Ellbogen leicht und nickte kurz.

»Und wer ist dieser junge Mann?«, fragte Jean mit Blick zu Erik, dessen Hand sie schüttelte, ohne Grace' loszulassen.

Clare schwieg, solange die jungen Leute höflich Small Talk machten, und bewegte sich erst, als ihre Mutter sich ihren Freunden aus Melborough zuwandte. Sie wollte »Nein!« schreien, was ihr nie über die Lippen kam, doch sie schaffte es, den Arm ihrer Mutter zu packen. »Mum. Auf ein Wort …«

»Natürlich, Schatz.«

»Du kommst doch auch noch mit ins Duke's Head, oder, Jean?«, rief Irene.

»Also, Clare?«, fragte ihre Mutter.

»Dies ist Tims Trauerfeier, und du hast Tim gehasst.«

»Tja, du warst ja auch nicht allzu vernarrt in ihn, meine Liebe, und bist trotzdem hier. Außerdem hat Irene mich nun mal eingeladen, und …«

»Tim war mein Mann, Grace' Vater! Wir sind hier, um ihm Respekt zu erweisen. Du bist hier, um Ärger zu machen.«

»Clare, ich bin auch hier, um ihm die letzte Ehre zu erweisen.«

Clare hob beide Hände. »Geh nach Hause, Mum, bitte. Ich will, dass Grace eine Chance hat, mit der Familie ihres Vaters zu trauern, und keiner von uns kann das in Ruhe tun, wenn du bleibst.«

»Ich würde gern Zeit mit Grace verbringen. *Du* hast mir gesagt, dass sie es entscheidet.«

Clare kniff den Mund zusammen. »Im Ernst? Du willst, dass sie die Entscheidung jetzt trifft, heute?«

»Ist er das?«

»Was?« Clare sah hinüber zu Jack, auf den ihre Mutter zeigte.

»Dein Sugar Daddy? Tim hat mir von ihm erzählt.«

Um fair zu sein, dachte Clare blinzelnd, hatte Tim in den letzten Monaten gewiss höchstens ein paarmal mit Jean geredet, aber es klang ganz so, wie er Jack beschreiben würde. »Du musst jetzt gehen.«

»Tut die Wahrheit weh?«

»Nein, Mum, das bist du, und es hat nichts mit der Wahrheit zu tun. Deine gehässigen Bemerkungen tun weh.« Ein leichter Schwindel, wie er in der Schwangerschaft nicht ungewöhnlich war, bewirkte, dass sie sich an einer nahen Mauer abstützte.

»Geht es dir gut?«, fragte ihre Mutter, und so etwas wie Sorge spiegelte sich in ihrem Gesicht.

»Wir haben uns eben von dem Mann verabschiedet, mit dem ich über zwanzig Jahre verbracht habe«, antwortete Clare und legte eine Hand auf ihren Bauch. »Mir geht es nicht gut, aber ich wäre dir dankbar, würdest du gehen und uns erlauben, diesen Abschied so zu beenden, wie wir es gern tun möchten.«

Jean umklammerte die kurzen Henkel ihrer Handtasche. »Darf ich mich noch von Grace verabschieden?«

»Sie sieht uns reden und weiß, was wir sagen. Ihr wäre es sicher lieb, wenn du kein Theater machen würdest. Wink ihr zu.«

Clare wurde von oben bis unten gemustert, und ihre Mutter neigte den Kopf zur Seite, bevor sie leise sagte: »Lebwohl, Clare. Mein Beileid zu deinem Verlust.«

Sie blickte ihr nach und empfand nichts als Erleichterung, während ein leichter Regen einsetzte und Tropfen auf ihr Gesicht trafen.

»Alles in Ordnung?« Jack erschien mit einem Schirm vor ihr.

Clare nickte.

»Ist das die Mutter, die du so wenig magst wie Alkohol und gestreifte Kleidung?«, fragte er.

»Genau die, höchstpersönlich.«

»Irgendwann musst du mir mal mehr erzählen.« Er bot ihr seinen Arm, und gemeinsam kehrten sie zurück zur sich auflösenden Menge und dem Parkplatz. »Du weißt schon, was an gestreiften Sachen so schlimm ist«, sagte er grinsend, doch Clare brachte kein Lächeln zustande.

Später an dem Abend, nachdem Erik gegangen war und Grace neben Clare auf dem Sofa schlief, lauschte sie dem Regen und heulenden Wind draußen. In der Scheune herrschte eine neue Art von Stille, eine Ruhe, von der sie das Gefühl hatte, sie wäre die vor dem Sturm. In den nächsten Tagen und Wochen musste das Leben weitergehen. Ihr und Grace' Alltag musste weitergehen, bis es sich eines Tages vielleicht nur noch wie ein böser Traum anfühlte. Das war Clares Aufgabe: sich und Grace am Ein- und Ausatmen zu halten, ein und aus, und dann … Dann wieder ein- und ausatmen. Mehr fiel ihr nicht ein. Es war ihre Bewältigungsstrategie an den dunkleren Tagen mit Tim gewesen, und während sie Grace' ruhiges Atmen unter ihren Fingern fühlte, sie dreimal antippte, dachte sie, es würde wohl auch ihre Strategie an den dunkleren Tagen ohne ihn sein.

49

WhatsApp Sprachnachricht an Tim

Dad, ich weiß, dass du das hier nicht hörst, aber ich wollte dir sagen, dass mir leidtut, dass ich dich angeschrien habe. Du warst nicht perfekt, aber du warst Dad. Ich bin nicht sicher, ob ich mich je an die Vergangenheitsform gewöhnen kann. Ich liebe dich, Dad, Präsens. Ich habe dich geliebt, als ich dich anschrie. Vergangenheitsform. Ich fand es schwer, dich zu verstehen, aber ich werde dich immer lieben. Weil du Dad warst. Du bist mein Dad. Aber das kannst du nicht hören, oder? Also, du weißt nichts davon, und ich wünschte, du wärst hier, damit ich es dir sagen kann. Dad? Ich wünschte, du wärst hier, damit ich dir erzählen kann …

50

Kurz nach Tim Bryansons Bestattung herrscht in der Kanzlei, in der ich ihm zuletzt begegnet bin, reger Betrieb, obwohl es nicht mal halb neun Uhr morgens ist und wenige Tage vor Weihnachten. Die letzten Wochen sperrt ein bleigrauer Himmel die Sonne aus und verdunkelt den Raum, in dem ich hier normalerweise sitze. Doch drinnen belebt das angeregte Reden und Klackern von Tastaturen die Atmosphäre. Ich leihe mir mein Büro für eine halbe Stunde; Mabel bringt schon zwei große Milchkaffees für Marsha und mich. Ich lächle ihr dankbar zu.

»Und?«, fragt Marsha.

»Hmmm?«

»Ich habe mir deinen Reiseplan angesehen, den du mir vor Ewigkeiten geschickt hast. Du solltest jetzt gerade durch Europa tingeln.«

»Dazu komme ich ein anderes Mal«, sage ich.

»Bist du bereit zurückzukommen?«, fragt sie. »Wir können dich hier wirklich gut gebrauchen.«

»Weißt du, was ich in meiner Zeit weg von hier gelernt habe?«

Marsha gibt sich Mühe, ihren Frust ob meiner Nicht-Antwort mit einem schmallippigen Lächeln zu überspielen. »Was?«

»Ich denke, ich liebe das Recht wieder.«

Ihr Grinsen wird breiter. »Freut mich zu hören.«

»Und ich habe auch erkannt, dass das Leben mehr sein kann, als fünfundfünfzig Stunden die Woche und mehr ausschließlich dem zu widmen.«

Marsha stöhnt. »Sag nicht, du kommst nicht wieder!«

Ich sehe sie über den Rand meiner Tasse hinweg an. »Marsha, sind wir Freunde?«

Die Frage scheint sie zu überraschen. »Natürlich.«

»Ich meine, ich weiß, dass wir keine dicken Kumpel sind, aber …«

Marsha beugt sich vor. »Wir sind Freunde, aber das kann sich in den nächsten sechzig Sekunden ändern. Sag mir bitte, dass du nicht ganz aufhörst.«

»Würde ich dir fehlen?«

»Himmel, du fehlst mir jetzt schon! Hör auf mit dem Quatsch. Was ist los? Geht es darum, dass ich vor Wochen nicht auf diese E-Mail geantwortet habe? Hast du meine letzte deshalb ignoriert? Es tut mir leid!«

Direkt links hinter ihr auf dem Regal hocken die drei weisen Affen. Einer von ihnen hat eine Delle, seit ich ihn durchs Zimmer gepfeffert habe. Sie sind mit silbernem Lametta umwickelt und stehen ganz schief. Doch heute ist mir Symmetrie egal – ich bleibe sitzen. »Ich möchte reduzieren, weiterarbeiten, aber weniger Fälle annehmen. Können wir das umsetzen?«

Sie verzieht das Gesicht. »Du weißt, wie es hier zugeht, Jack. Manche Fälle ziehen sich ewig hin und …«

»Marsh, bekommen wir das hin? Falls nicht, muss ich mir etwas anderes überlegen. Ich möchte hierbleiben, aber nur, wenn wir einen Weg finden, meine Arbeitszeiten zu reduzieren.«

Sie sieht mich eine ganze Weile stumm an; die Geräusche im Gebäude scheinen immer lauter zu werden. Durch die Wände links von mir höre ich Stühle, die in einem der großen Sitzungszimmer bewegt werden. Rechts hinter der Tür glaube ich fast zu hören, wie Mabel an ihrem offenen Fenster eine E-Zigarette dampft. »Hast du da draußen den Sinn des Lebens gefunden, Jack? Geht es darum? Falls ja, verrate ihn mir.«

Instinktiv antworte ich: »Ich habe die Bedeutung des Todes erkannt. Er ist endgültig und bleibt für immer.«

»Wow«, sagt sie so spöttisch, dass ich lachen muss. »Einige Monate frei, und … wow …«

»Das Leben hingegen ist unfassbar kurz, und es gibt so vieles, was ich machen möchte.«

»Eine Sache«, sagt sie und sieht mich sehr aufmerksam an. »Nenn mir nur eine Sache, die du machen willst, wenn du weniger arbeitest. Beeindrucke mich!«

»Mit Schweinen schwimmen, in einer Band Trompete spielen, singen, mehr Freunde finden und die, die ich schon habe, häufiger sehen. Ein Leben im Graubereich führen. Und tanzen, ich möchte wirklich gerne tanzen lernen.«

»Okay …« Sie bemüht sich, nicht auffällig zu meinem Bein zu sehen. »Die Sache ist die.« Sie beugt sich zum Schreibtisch zwischen uns vor. »Ich verstehe nicht, warum du zurückgekommen bist. Du hattest dir so viel mehr Zeit freigenommen, und hättest du die genutzt, dann hättest du wahrscheinlich eine Menge von alldem abhaken können.«

»Das werden wir nie wissen.«

»Manchmal bist du sehr ärgerlich.«

»Ja, das habe ich schon häufiger gehört. Kriegen wir das hin?«

Marsha runzelt die Stirn. »Na gut, na gut. Du schuldest mir übrigens fünfzig Mäuse, denn du bist nach nicht mal drei Monaten wieder da.« Sie streckt ihre Hand aus, und ich nehme fünf Zehner aus meiner Brieftasche, die ich ihr gebe. »Schön«, sagt sie und steckt das Geld ohne einen Anflug von Scham ein. »Ich werde es irgendwie möglich machen, wenn du mir erzählst, warum zum Teufel du deine Pläne geändert hast.«

Ich erzähle ihr von Antony, und sie erinnert mich, dass sie Lynn einige Male getroffen hat. Die Geschichte endet mit denselben Worten wie bei Clare und Grace.

»Ich bin nach Hause gekommen, weil eine Freundin in Not war.«

Den Rest spreche ich nicht laut aus; dass ich für eine andere zu Hause bleiben muss … nein, *will.*

Im Pub kommt Jan hinterm Tresen vor und umarmt mich. »Willkommen zu Hause«, sagt er. »Wir haben dich hier nicht mehr gesehen, seit du diese arme Frau abserviert hast.«

Laura … ich krümme mich innerlich. Es scheint ewig her zu sein. »Ein Pint Orangensaft, bitte.«

»Schreckliche Sache für Clare«, sagt er kopfschüttelnd. Im Hintergrund spielen die Eagles auf Jans alter Jukebox aus den Siebzigern. Er beugt sich rüber, um einen Raumerfrischer neben mir auszutauschen.

Ich nicke. »Ist Grace hier? Sie ist nicht in der Scheune.«

»Sie sind hinten im Wohnzimmer.«

»Darf ich kurz durchgehen und mit ihr reden?«

»Nur zu. Geradeaus, die zweite Tür links.«

Ich klopfe leise an, höre drinnen Bewegungen und Schritte, dann öffnet Erik, auf dessen jugendlicher Stirn sich schwache Falten bilden.

»Ich bin auf der Suche nach Grace.«

Er blickt über seine Schulter, flüstert ihr meinen Namen zu, und sie kommt an die Tür.

»Was machst du denn hier?«

»Hast du einen Moment Zeit?«

Grace kommt aus dem Zimmer, schließt die Tür hinter sich und lehnt sich an die Wand. »Was gibt's?«

»Ich will nur nachsehen, ob es dir gut geht.«

»Ich kümmre mich um die Schweine, okay.« Sie beginnt, an der ausgefransten Tapete über der Stuckleiste zu zupfen. »Falls du das meinst.«

»Deshalb bin ich nicht hier, Grace.«

»Du solltest nicht wegfahren. Du solltest Mum nicht allein lassen. Sie hat mir *alles* erzählt. Und jetzt muss sie das Baby allein bekommen, während du auf einem Selbstfindungstrip bist. Das ist schlicht unreif, Jack.«

Ich muss mir auf die Unterlippe beißen, um nicht zu grinsen. »Du hast recht. Das wäre unreif.« Ich lehne mich an die gegenüberliegende Wand. »Vielleicht sollte ich bleiben. Allerdings ist deine Mum eine starke, unabhängige Frau.«

»Ich liebe meine Mutter, aber sie ist eine Idiotin. Und bleib nicht nur, weil du es solltest.«

»Okay.« Dies ist Grace, ein Teenager, der gerade seinen Vater verloren hat. »Bist du sauer auf mich oder deinen Dad oder beide?«, frage ich.

Sie fängt an zu weinen, und Erik öffnet die Tür, doch sie scheucht ihn gleich wieder rein. »Ich wünschte, ich wäre nicht so wütend auf ihn gewesen. Jetzt bin ich nur wütend auf mich.«

»Weiß ich.«

»Keiner weiß das.«

Sie sieht so zart und verletzlich aus. »Grace, sieh mich bitte an.«

Als sie es tut, verschränkt sie die Arme vor der Brust und kneift den Mund zusammen.

»Hätte ich Alice nicht zu dem Konzert mitgenommen, würde sie heute leben. Wäre ich nicht gefahren, würde sie heute leben. Hätte sich John Hunter, der andere Fahrer, nicht betrunken, würde sie heute leben«, zähle ich auf und ergreife Grace' Hand. »Hätte ich nicht jahrelang in meiner Reue geschmort, wäre ich inzwischen wahrscheinlich glücklich verheiratet, anstatt zu überlegen, ob ich an meinem Fünfzigsten nach Paris fliehe.«

Sie schnieft leise.

»Mach nicht, was ich getan habe, Grace …«

Ihre Schultern sacken ein, und sie zieht ihre Hand zurück. »Eine unerkannte Herzerkrankung«, sagt sie und sieht mich an. »Denkst du, die ist erblich und ich könnte sie auch haben?« Plötzlich ist ihre Stimme sehr dünn.

»Auf keinen Fall.« Ich habe keine Ahnung, aber das muss sie jetzt nicht hören.

Sie wischt sich mit der Hand die Nase, und ich hole ein Taschentuch hervor, das ich ihr gebe.

»Ich habe etwas für dich«, flüstere ich und nehme ein anderes Papiertuch hervor, diesmal aus meiner Jackentasche. Sie sieht hin, als ich es aufwickle.

»Was ist das?« Sie berührt das winzige Glasding, nimmt es auf und hält es ins Licht.

»Ein Einhornhorn. Es ist magisch.«

Sie wirkt traurig. »Soll ich es reiben und habe dann drei Wünsche frei?«

»Nein, aber es wird dich beschützen.«

»Dann solltest du es behalten, wenn du wieder auf Reisen gehst«, sagt sie.

»Ich möchte, dass du es hast. Alice hat es mir geschenkt, als sie nur wenige Jahre älter war als du jetzt.« Ich schließe ihre Hand darum. »Jeder braucht hin und wieder ein wenig Magie, ein bisschen zusätzliche Hilfe.«

Sie legt die Arme um meinen Hals. »Danke.«

Dann geht die Tür auf, und sie ist fort.

»Ein unerkanntes Herzproblem«, wiederholt Clare später. »Wie wahrscheinlich ist das? Er war vierundvierzig.«

Ich bin ins Studio gegangen, weil dort Licht brannte, obwohl Clare für diese Woche alle Kurse abgesagt hat. Clare hat leise Hintergrundmusik angestellt und schlendert durch den Raum, berührt Dinge, tippt sie seltsam an – die Ballettstange, die Spiegel, die Requisiten.

»Hier drinnen ist es eisig«, sage ich.

»Wie wahrscheinlich ist das?«, fragt sie wieder.

Unmöglich kann ich, der schon genug Auseinandersetzungen mit dem Zufall und dem Schicksal hatte, darauf antworten. Ich gehe zu ihr und lege ihr meine Jacke um die Schultern. »Ich respektiere dich als starke, unabhängige Frau, die auf sich selbst aufpassen kann. Die leihe ich dir nur, weil es kalt ist.«

»Ich habe den ganzen Tag um ihn geweint, viel mehr, als ich jemals gedacht hätte.«

»Du hast ihn mal geliebt.«

»Ja, aber er war alles andere als vollkommen.«

»Sicher hat es einige vollkommene Momente gegeben, und ich denke, an die erinnern wir uns, wenn wir jemanden verlieren. Vielleicht hast du um sie geweint.«

»Ich weine auch wegen Grace. Sie hat ihn geliebt, auch wenn er … schwierig war.«

»Grace wird wieder. Sie wird ihre eigenen Tränen weinen. Viele.« Ich habe sie heute selbst gesehen. »Wie geht es *dir*?« Ich kann nicht anders. Ich glaube nicht, dass es ihr bewusst ist, doch ihre Hand kreist auf ihrem Bauch.

Ich sehe ein sehr kleines Kopfschütteln, als könnte sie nicht darüber reden, noch nicht, nicht mehr. Dann lächelt sie mir verhalten zu und zieht meine Jacke fester um sich.

»Du schaffst das«, sage ich, und diesmal nickt sie, weil sie weiß, dass ich mich mit Verlust auskenne. Und mir wird klar, dass ich nicht nur Clare meine, sondern sie, Grace und das Baby – sie alle. Trotz ihres offensichtlichen Schmerzes ist diese Frau da vor mir nicht die, die ich an jenem ersten Tag kennengelernt hatte. Es ist, als wäre sie mit ein wenig Glück und viel harter Arbeit innerlich gewachsen und stark geworden.

Ich möchte ihr sagen, dass ich für sie und Grace da bin, aber das würde jetzt und hier falsch klingen. Ich möchte ihr sagen, dass sie ihre Trauer nicht infrage stellen darf, weil Tim ein grausamer Mann sein konnte. Ich möchte ihr sagen, wenn Grace schon mit nur einem Elternteil weiterleben muss, ist es wenigstens der richtige. Und dass sie eines Tages wieder laut lachen wird. Nichts von dem spreche ich aus, denn Trauer ist etwas Persönliches, und das Einzige, was ich tun kann, ist, hier zu sein. Im Hintergrund, im Vordergrund, wo und wann immer ich gebraucht werde.

Die Musik wechselt, und es beginnt ein Song, den ich vage kenne, aber ich höre den Takt, und anstatt die Dinge zu sagen, die ich gern sagen würde, versuche ich, ihr ein breiteres Lächeln zu entlocken.

»Hatte ich erzählt, dass ich meinen Walzer geübt habe? Eins, zwei, drei – tief, hoch, hoch. Ich bin viel besser geworden.« Ich bewege mich an ihr vorbei, um ihr meinen Walzerschritt vorzumachen, und es funktioniert. Grinsend nickt sie. »Na ja, könnte ich sein«, ergänze ich. Inzwischen bin ich wieder neben ihr und halte ihr eine Hand hin. »Hätte ich mehr Stunden.«

Sie legt ihre Hand in meine, und sofort sind wir in der Tanzhaltung. Wir sind perfekt im Takt, synchron.

»Ich würde gern tanzen lernen. Meinst du, du könntest es mir beibringen?«

»Nein, kann ich nicht. Weißt du nicht mehr, was nach deiner letzten Stunde passiert ist?«

»Doch, und ich will es trotzdem lernen.«

Sie bleibt stehen und rückt näher in meine Arme. Meine rechte Hand hält ihren Kopf an meiner Brust.

»Ich würde es dir sehr gerne beibringen«, flüstert sie.

»Riskant.«

»Ich weiß.«

Wir schwingen nur leicht, bis das Stück endet und ich mehr als bereit bin, es mit dem Glück aufzunehmen.

Am Morgen meines Fünfzigsten schickt Ollie bekloppt früh einen Schnappschuss des heutigen Eurostar-Fahrplans auf FaceTime, und nach einer besonders furchtbaren Darbietung von

»Happy Birthday« legt er auf. Marsha schreibt mir um Viertel vor sieben, wünscht mir einen wunderschönen Tag und sagt, sie kann es nicht erwarten, mich wieder in der Kanzlei zu haben, wenn auch mit reduzierten Stunden. Um sieben wird eine Karte durch den Briefschlitz geworfen, und ich linse durch den Spion.

Clare geht schnell weg, blickt sich jedoch kurz um, als merkte sie, dass ich sie ansehe. Schließlich hebe ich den Umschlag auf, warte aber, bis ich einen Kaffee gemacht habe, ehe ich ihn öffne.

Es ist eine glitzernde Karte mit lauter Luftballons vorndrauf, und drinnen erkenne ich die Handschriften der beiden. Grace hat rechts geschrieben:

»Herzlichen Glückwunsch, Jack, und alles Liebe
von Grace x
PS: Es ist nur fair, dass du heute Kuchen
bekommst – sei um vier hier.«

Ihre Worte sind umringt von Herzen und Smileys. Clare hat links geschrieben:

Jack,
Grace hat mir gezeigt, was du ihr gestern gegeben hast, und erzählt, dass Alice es dir geschenkt hatte. Das ist wundervoll, vielen Dank. Ich bin sicher, dass sie es so hüten wird wie du.
Ich dachte, dies hier könnte dir gefallen – es ist auch ein wenig Magie.
Deine Freundin Clare x

Etwas flattert auf den Tisch. Es ist ein winziges quadratisches Schwarz-Weiß-Bild mit dem gestrigen Datum und Clares

Namen oben. Ich sehe mir die gebogene Schattenform auf dem Scan an.

Angesichts des kleinen Fötus denke ich an das, was einmal hätte sein können, vor langer Zeit, und ich weiß, dass ich mich richtig entschieden habe. Kuchen mit Clare, Grace und Hoffnung schlägt allemal eine Soloreise nach Paris. Ich streiche mit dem Zeigefinger über das Bild und fühle sofort eine Verbundenheit.

Ich sehe Clare. Ich sehe Grace. Und, ja, was auch geschieht, ich sehe Magie.

Epilog

WhatsApp Clare & Jack

Es tut mir leid. So leid. Wo bist du hin?

Nur ein bisschen rumfahren. Eine 50/50-Chance. Wir haben es ewig aufgeschoben aus Angst, dass unsere Seifenblase platzt, aber dieses Papier sagt, was ich wohl schon gewusst habe. Ich möchte, dass es keine Rolle spielt.

Spielt es eine?

Nicht für mich. Und ich möchte, dass es das für dich auch nicht tut, Clare.

Du bist da gewesen, als Josh geboren wurde. Du warst vorher da und bist seitdem bei uns. Für mich spielt es keine Rolle, weil du mir lange vor heute gesagt hast, dass du bei uns bist. Bist du es noch?

WhatsApp Grace & Erik

Du solltest es machen. Wenn es so weit ist, mach es.

Es ist fünfhundert Meilen weit weg.

Und es ist der beste Kurs. Es sieht nach einer sagenhaften Uni aus, und es ist ein unverbindliches Angebot für nächstes Jahr. Wer weiß, was in einem Jahr passiert?

Was ist mit uns, Grace?

Wenn es noch ein »uns« gibt, kriegen wir das hin.

Macht es dir Angst zu denken, es könnte keines mehr geben?

Nicht so sehr wie die Vorstellung, dass wir dann noch zusammen sind. DIE ist unheimlich.

WhatsApp Jack & Clare

Ist Josh bei dir?

Ja ☺ Was war vorhin los?

Ich habe meine Wunden geleckt. Sag ihm, dass ich ihn lieb habe.

Komm nach Hause und sag es ihm selbst.

Sag ihm, er soll seiner Mummy sagen, dass ich sie auch liebe.

Er sagt, ich soll dir sagen, auch wenn du es nicht sagst, weiß sie es. Siehst du? Sie ist die, die Liebe in dein Leben gelassen hat, Jack.

Sag Josh, er soll seiner Mummy sagen, dass ich stolz auf sie bin und dabei bleibe ...

Gut. Er ist glücklich. Wir sind glücklich. Komm nach Hause.

Mein Zuhause ist nebenan von deinem.

Nach Hause zu uns. Übrigens habe ich in 40 Minuten einen Kurs & du sollst auf Josh aufpassen.

Ich werde da sein.

Danksagung

Ein Buch ist nie das Werk nur eines Autors, sondern eines ganzen Teams, das sich nach den ersten Entwürfen an die Arbeit macht. Ein riesiges Dankeschön an Welbeck Publishing für euren Glauben an diese Geschichte. Ich danke jedem in der Akquise, dem Cover-Design, dem Vertrieb, dem Marketing und der PR, ganz besonders meiner fabelhaften Lektorin Tara Loder, deren Vision sehr geholfen hat, die letzten Seiten zu gestalten. Dank auch an Jon Elek für den Titel! Ich habe unglaubliches Glück, von der besten Agentin im Land vertreten zu werden, Madeleine Milburn, die auch noch von einer großartigen Gruppe umgeben ist und mithalf, dass diese Worte überall auf der Welt gelesen werden. Danke, Maddy and #TeamMilburn – ihr seid klasse!

Beta-Leserinnen und -Leser sind für jeden lebenswichtig, der schreibt, und ich glaube, meine beiden Autorenfreundinnen Claire Allan und Anstey Herris haben mehr Versionen hiervon gelesen, als ich jemals zugeben werde! Ihr zwei seid unglaublich – ich umarme euch und danke euch für die wertvolle Zeit und euren Rat.

Die Geschichte spielt hauptsächlich in dem fiktiven Ort Melborough, der lose auf Marlborough in Wiltshire beruht. Die Floridareise spielt in Key Biscayne, einem wahrhaft wundervollen Flecken Erde, und obwohl ich mir einige Freiheiten herausgenommen habe, hoffe ich, dass die Leserinnen und Leser die Schauplätze genießen.

Dank für die Recherche gebührt dem bemerkenswerten Lee Spencer, der 2019 als erster Mensch mit Behinderung allein von Europa nach Südamerika gerudert ist. Als unermüdlicher Spendenwerber für diverse Hilfsorganisationen hat Lee mir sehr informative Einblicke in die Welt eines Amputierten gewährt. Großer Dank geht an Red Széll von RNIB Connect Radio für die Hilfe bei der Schilderung, wie Simon tatsächlich tanzen lernen könnte … Und ich danke auch James Norman, der mir geduldig viele Fragen über das Leben in einer Anwaltskanzlei beantwortet hat. Etwaige Irrtümer sind allein mein Verschulden.

Ein großes Hallo an die Bloggerinnen und Blogger, Rezensentinnen und Rezensenten, Buchhändlerinnen und Buchhändler sowie Buchclubs – wo wären Autorinnen und Autoren ohne eure Begeisterung für Geschichten? Und an all die Prime Writers, meine Schreibgruppe: Danke, dass ihr mir einen sicheren Hafen bietet.

Ich habe das Glück, Freunde und Angehörige zu haben, die mich wahrhaft vervollständigen. Danke – ich liebe euch.

Und schließlich an die Leserinnen und Leser …

Ohne eure Unterstützung könnte ich mich nicht »Autorin« nennen, wie ich es mir erträumt habe, seit ich ein Kind war. Ich danke euch von ganzem Herzen.

Lesen Sie auch:

Fionnuala Kearney

Wir zwei ein Leben lang

Aus dem Englischen von
Sabine Schilasky

Ab dem 27.12. im Buchhandel

11.00 € (DE) / 11.40 € (AT)
ISBN: 978-3-95967-555-0

1

Dominic

HEUTE – 3. Juni 2017

Aus dem *Buch der Liebe*:
»Ich liebe dich, weil du mich gefunden hast.«

♥

Ich bin hellwach, obwohl ich es nicht sein sollte. Kerzengerade und reglos sitze ich auf der Bettkante, lausche nach irgendeinem Hinweis auf sie. Da ist nichts außer den vertrauten Geräuschen des alten Gemäuers, die in der Stille hallen. Eine Fliege surrt am Schlafzimmerfenster. Durch die Eichendielen dringt das Brummen des Kühlschranks unten in der Küche. Die Rohre ächzen in den Wänden, was einem schnellen, erwartungsvollen Herzschlag ähnelt. Sogar das Haus vermisst Erin.

Ich stehe auf und strecke mich, wobei meine Finger fast die Decke berühren. Dann beginne ich meine Inspektion der Nummer 44 Valentine's Way, meine Morgenrunde. In die Kinderzimmer schaue ich nur flüchtig. Dort gibt es nichts Neues, abgesehen von einer weiteren dünnen Staubschicht. Ich gehe nach unten, die linke Hand auf dem Geländer der Original-Jugendstiltreppe. Unten, gleich rechts im Arbeitszimmer, brennt die Schreibtischlampe neben einem Stapel von Architekturzeichnungen. Ein Blick auf meinen Terminkalender dahinter fördert eine schmerzliche Erinnerung an Erin zutage, die mich vor Monaten zu bewegen versuchte, meine Termine doch in meinem Handy zu speichern. Ich hatte lachend widersprochen und die Spitze über meine Steinzeitmethoden ignoriert; stattdessen erinnerte ich sie daran, dass sie es gewesen war, die mich überhaupt erst trotz meines Sträubens zum handgeschriebenen Wort geführt hatte.

Das heutige Datum, mit dem dünnen Kringel in der Mitte der Seite, zeigt, dass heute Abend Lydias Geburtstagsparty ist. Meine Schwester wird Personal aus ihrem Café engagiert haben, das mit Tabletts voller winziger Häppchen und Prosecco herumgeht. Sie selbst wird zwischen den Gruppen unserer Freunde und einigen von ihren, die ich nicht kenne, hin und her schweben, ein künstliches Lächeln im Gesicht haben und so tun, als wäre alles bestens.

Das Telefonklingeln im Flur erschreckt mich, aber ich rühre mich nicht, weil ich ahne, dass es wieder jemand sein wird, der gleich auflegt.

»Hi«, erklingt Erins Stimme aus der Diele. »Wir sind gerade nicht zu Hause. Bitte hinterlasst eine Nachricht.« Dann ertönt meine Stimme. »Falls es jemanden interessiert, ich bin auch nicht da.« Daraufhin kichert Erin direkt vor dem »Piep« und dem Klicken. Ich laufe in die Diele – höre den Nachhall ihres Lachens, der geradezu von den Wänden abfedert, und frage mich, warum die Tage ohne sie so schmerzlich ermüdend scheinen. So ist es immer gewesen. Von dem ersten Moment an, in dem ich sie so albern tanzen sah, bis zum letzten Mal, als wir miteinander gesprochen haben, hat sie in meiner Seele gewohnt. Sie war einfach eingezogen, hatte sich häuslich eingerichtet. Keine Diskussion. Keine Erlaubnis. Keine Reue.

Ohne mir dessen bewusst zu sein, habe ich mich dem Wandtisch aus Mahagoni mit der einzelnen Schublade genähert. Das Buch scheint nach mir zu rufen. Ich stelle mir Blaulichter vor, die mich vor der Gefahr warnen, dennoch ist es tröstlich wohltuend, es in der Hand zu halten. Das weiche Nappaleder ist stellenweise vernarbt, so wie ich. Ich ertappe mich dabei, wie ich in den von uns beschriebenen Seiten blättere. Sie riechen nach Erin, enthalten eine dezente Note ihres Pfingstrosendufts. Ich hebe das Buch an mein Gesicht und atme tief ein, bevor ich ihren letzten Eintrag aufschlage. In der Diele des Heimes, das wir uns gemeinsam eingerichtet haben, schreite ich auf den schwarz-weißen Fliesen auf und ab. Erstes Morgenlicht dringt durch das Oberlicht und hilft mir, ihre Worte laut zu lesen.

♥

12. Mai 2017

Lieber Dom,
im August 2004 hast du hier etwas rausgenommen, weißt du noch? Manchmal, für gewöhnlich, wenn ich gegen Morgengrauen wach liege, frage ich mich – nein, möchte ich vielmehr dringend wissen –, ob wir all den Herzschmerz vermieden hätten, hättest du es nicht getan. Ich meine, was wäre gewesen, hättest du jene Seite gelassen, wo sie hingehörte? Was, wenn jene Worte ebendie in unserem Buch der Liebe gewesen wären, die du eigentlich damals hättest zu mir sagen sollen? Vielleicht warst du ehrlich, hast etwas gesagt, sogar um Hilfe gebeten. Und hätte ich <u>jene</u> Worte von dir zu <u>der</u> Zeit gelesen, wäre es dann anders? Was wäre, hätte ich sie sehen können, indem ich die nächste Seite ins Licht gehalten und die Druckspuren deines Stiftes entziffert hätte?
Ich habe es versucht – solche Sachen funktionieren nur in Filmen. Ja, ich weiß. Du nennst mich »Die Königin des Was-wäre-wenn«. Aber dies ist nur eines der Dinge, die mich verfolgen, wenn ich zu früh aufwache und im Morgengrauen daliege.
Du rätst mir, ich solle nicht albern sein, nicht in der Vergangenheit festhängen. Du hältst mich in den Armen und sagst mir, alles, was geschieht, soll so sein; nicht direkt »aus einem Grund«, sondern weil »das Leben« – meinst du dauernd – »sich genauso entwickelt, wie es soll«.

Also blieb die fehlende Seite sehr fehlend. Abwesend. Fort. Ich habe nie gewusst, was dort stand, und du hast es mir nie verraten. Und das Leben entwickelte sich, wie es sollte, und da war Leid – aber auch so viel Liebe. Gott, wie viel Liebe da war.
Es ist immer noch welche da.
An die klammere ich mich in den ruhelosen Stunden, die der Nacht folgen.
Ich erinnere mich daran, dass Liebe überdauert.
Erin x

♥

Ich hocke mich auf die unterste Treppenstufe. Die geschlossene Haustür gegenüber verhöhnt mich. »Was, wenn sie jetzt hier reinkäme?« Mein Flüstern ist kaum zu hören.

Meine »Königin des Was-wäre-wenn …«. Ich würde sie in die Arme nehmen, mit den Fingerspitzen ihr zartes Gesicht berühren und ihr sagen, dass sie recht hat, dass es Liebe ist, die dem Leben einen Sinn verleiht.

2

Erin

DAMALS – Dezember 1996

»Denn ohne Liebe ist man angeschmiert«, verkündete Seamus Fitzpatrick, Fitz, seinen Freunden und seinem Publikum.

Erin fühlte, wie Dom ihre Hand drückte, und folgte seinem nervösen Blick über den Tisch. Als sie die geschürzten Lippen ihrer frischgebackenen Schwiegermutter bemerkte, sah sie weg und konzentrierte sich stattdessen auf einen nassen Ringabdruck auf der Papiertischdecke.

»In Irland haben wir einen anderen Ausdruck dafür, also für ›angeschmiert‹, aber andere Länder, andere Sitten, nicht?« Fitz lachte, was jedoch leise und unsicher klang.

O Gott, dachte Erin. *Bitte fluche nicht. Setz dich jetzt hin, Dad. Setz dich, bitte!*

Sie schluckte angestrengt, während seine Stimme den kleinen Raum ausfüllte. Es war ein kleines Séparée für private Feiern hinten in The King's Arms, direkt gegenüber vom Standesamt. Nicht die Art Räumlichkeit, in der sie sich ausgemalt hatte ihre Hochzeit zu feiern. Wie jedes kleine Mädchen hatte auch sie sich einst vorgestellt, sie würde ihr Ehegelübde in einem eleganten langen Kleid in einer malerischen Dorfkirche ablegen; und nach einem prächtigen Empfang gäbe es ein rauschendes Fest, auf dem sie ihren eingeübten ersten Walzer als Brautpaar zu »ihrem Lied« tanzen würden.

Ein Nebenzimmer in einem Pub, dessen Boden ein wenig klebrig war, mit verqualmter Samttapete, abgewetzten Sitzpolstern, faserigem Lametta und Lichterketten mit lauter defekten Birnen war in diesem Traum nicht vorgekommen. Und Dom und sie kannten sich noch nicht lange genug, um »ein Lied« zu haben. Erin strich sich mit einer Hand über den Bauch, als sie eine inzwischen vertraute Angst beschlich. Sie hatten sich lange genug gekannt, um ein menschliches Wesen zu erschaffen, das in ihr strampelte, doch nicht lange genug, um ein Lied zu haben. Einzig Doms Hand auf ihrer vertrieb ihre Zweifel und erinnerte sie daran, dass sie das Wichtigste richtig gemacht hatte. Dominic Carter war ein Prinz unter den Männern.

»Denn ohne Liebe«, fuhr ihr Vater fort, »hat man nur zwei Leute, die durchs Leben wandern wie durch ein Tal … ein Tal der Tränen.«

Sie widerstand dem Impuls, an seinem Ärmel zu zupfen, und flehte im Geiste ihre Mutter an. *Mach, dass er sich hinsetzt, Mum, bitte!*

»Deshalb erfüllt es mich mit Freude …«

Sie blickte auf und verzog das Gesicht, denn Fitz fing an zu weinen.

»Es erfüllt mich mit Freude«, brachte er schniefend hervor, »zu sehen, dass ihr beide euch wirklich liebt. Lasst mich euch sagen«, er schaute sie und Dom über den Rand seiner ovalen Metallgestellbrille an. »Haltet an dieser Liebe fest, und ihr werdet ein fantastisches Leben haben.«

Erins Mundwinkel zuckten bei ihrem Versuch zu lächeln.

»Und jetzt erheben wir die Gläser auf das Brautpaar. Ich wünsche euch beiden Gesundheit, Glück und eine Familie, die euch liebt und euch Halt gibt.«

»Danke, Dad.« Sie berührte seinen Arm in dem neuen, schlecht geschnittenen Anzug, als er sich hinsetzte.

»Deine Mum wäre heute so stolz auf dich«, erklärte er lächelnd.

»Danke, Dad«, wiederholte Erin und starrte auf ihren Babybauch. Unmöglich hätte sie diese Kugel mit irgendwas verbergen können, und sowieso wusste hier jeder Bescheid.

»War es in Ordnung?«, fragte Fitz.

Sie versicherte ihrem Vater, dass seine Rede wunderbar gewesen war, während sie wieder einmal über den runden Tisch zu ihren Schwiegereltern blickte. Sophie sammelte imaginäre Krümel vom Tisch. Gerard lächelte und nickte verhalten in Erins Richtung.

»Vielleicht hätte ich nicht …« Ihr Vater lehnte sich zu ihr, wobei er sein Glas leerte. Sie schlang einen Arm um seinen Hals und küsste ihn auf die Wange.

»Sie war wirklich perfekt, Dad, habe ich doch gesagt. Danke.«

Drei runde Tische mit jeweils zehn Leuten waren in den Raum gequetscht worden, was die Geräuschkulisse erzeugte, die Dom und sie jetzt brauchten. »Willst du hier raus?«, fragte ihr Mann flüsternd.

»Du weißt, dass wir das nicht können.« Sie fühlte sein Seufzen an ihrem Ohr, und ein Schauer überfiel sie. Nichts wollte sie lieber als zurück in ihre Wohnung und sich mit diesem Mann und ihrem Babybauch ins Bett kuscheln.

»Na dann bleiben wir noch ein bisschen«, stimmte er ihr zu. »Aber keiner erwartet ernsthaft, dass wir mit ihnen trinken, Schatz.«

»Laufen wir ein bisschen herum und halten noch eine halbe Stunde durch«, entgegnete sie. Sie stemmte sich vom Stuhl hoch und verdrängte den Gedanken, dass es weder Musik noch einen ersten Tanz gab, und erinnerte sich daran, wie dankbar sie Dom sein sollte, dass er dies alles so schnell organisiert hatte – allein, ohne nennenswerte Hilfe von ihr oder sonst jemandem. »Ich verschwinde mal kurz«, sagte sie leise, bevor sie nach hinten zu dem Korridor lief, der zu den Toiletten führte. Als sie gerade um die Ecke biegen wollte, ließ eine bekannte Stimme sie abrupt stehen bleiben.

»Sie ist schamlos.«

Reflexartig wanderte Erins Hand schützend vor ihren Bauch. Jede Faser in ihr schrie, dass sie sich umdrehen sollte; dass sie nicht lauschen durfte. Doch ihre Füße waren wie mit dem schmutzigen Teppichboden verwurzelt.

»Du bist müde. Wir gehen bald.«

»Bevormunde mich nicht, Gerard! Ich bin nicht müde. Ich kann das Mädchen einfach nicht leiden.«

»Das ›Mädchen‹, wie du sie nennst, ist mit unserem Enkelkind schwanger. Und sprich leiser.«

Erin drängte sich an die Wand. Sie versuchte, jeden Wirbel gegen sie zu drücken, und plötzlich war ihr das altweiße Kleid egal, das sie so sorgfältig in dem kleinen Vintage-Laden nahe Putney ausgesucht hatte. Sie schloss die Augen und wünschte sich, unsichtbar zu sein.

»Tut sie das?«, stieß Sophie fauchend hervor. »Das wissen wir nicht, oder? Und er ist zu verknallt, als dass es ihn kümmert.«

»Hör auf!«, erwiderte ihr Mann. »Wenn du gehen willst, tun wir das, aber dies ist weder die Zeit noch der Ort, eine Szene zu machen.«

Sie sollte hinlaufen, sagte Erin sich. Einfach den schmalen, matschbraunen Korridor entlangmarschieren und langsam an ihnen vorbei, ihre Babykugel vorführen. Sie sollte ihrer Schwiegermutter zuckersüß zulächeln und Gerard einen dankbaren Blick zuwerfen, denn anscheinend war er größtenteils für Doms Charakter verantwortlich. Erin war klar, dass sie es tun müsste. Stattdessen flehte sie ihre Blase an durchzuhalten, wich zurück in den Raum und mischte sich unter ihre Freunde, so gut sie konnte.

»Du siehst aus wie ein Engel«, flüsterte Lydia.

»Göttlich«, stimmte Hannah ihr zu.

»Tja, *ich* würde nicht Nein sagen«, meinte Nigel, Doms

Trauzeuge, grinsend. »Im Ernst, schwangere Frauen haben etwas total Verführerisches.«

Und Sophie im Auge behaltend, die aus dem Korridor kam, lachte Erin.

Als sie gingen, bildeten alle ein Spalier zu einer schrägen musikalischen Version von »Here Comes the Bride«. Erst als Dom sie unter dem Spalier und vorbei an Fitz und ihrem Bruder Rob entlangführte, entdeckte sie Sophie ganz am Rand. Sicher wartete sie darauf, ihrem Sohn zuzuflüstern, dass er immer ein Zuhause hätte, sollte er es sich anders überlegen. Erin duckte sich tief. Dom würde es sich nicht anders überlegen. Er liebte sie. Seit sie ihm von dem Baby erzählt hatte, hatte er nicht aufgehört zu lächeln. Und obwohl sie ihn nie gefragt und es auch nicht von ihm erwartet hatte, bat Dom sie wenige Tage nach der Nachricht, ihn zu heiraten. Dom hatte sie geheiratet. Weil er sie liebte.

Er zog sie durch das Spalier, und als sie sich wieder aufrichtete, lehnte sie sich vor, um Gerards Kuss zu empfangen, erwiderte den Luftkuss ihrer Schwiegermutter und ergriff die Hand ihres Bräutigams. Sie wurde abermals umarmt, während Dom versuchte, ihr in den Mantel zu helfen.

»Ich rufe dich morgen an.« Lydia drückte sie fest. »Schlaf ein bisschen.«

Erin nickte. Es war ein langer Tag gewesen, dennoch umarmte sie ihre Schwägerin herzlich.

»Pass auf meinen Bruder auf«, sagte Lydia grinsend. »Er ist der einzige, den ich habe.«

Erin nickte wieder, schloss Hannah, ihre zweite Brautjungfer, in die Arme und schaute sich im Raum um, bis ihr Blick bei Fitz und Rob verharrte. Die beiden, die es hassten, sich zu verabschieden, waren von der Tür zurückgetreten. Als ihr Vater ihr einen Luftkuss zublies und ihr einziger Bruder ihr zuzwinkerte, nickte Erin erneut und zwang ihre Tränen zurück.

Nigel reichte Dom die Autoschlüssel und lächelte Erin zu. »Er steht draußen, schon aufgewärmt für euch.«

»Danke, Nigel«, flüsterte sie. Manchmal waren es kleine nette Gesten, die sie zu Tränen rührten. Sie sah zu Sophie, die ihre Hände rang. Und manchmal, dachte sie, waren es bissige Worte. Wider besseres Wissen wandte sie sich zu ihrer Schwiegermutter um und sagte leise: »Ich liebe euren Sohn, und das wird er immer wissen. Immer.«

Ihre Reaktion beschränkte sich auf ein kaum merkliches Nicken, ein winziges Rucken mit abweisender Miene, eine kalte, aber merkliche Zurkenntnisnahme.

Im Wagen fröstelten sie beide. Dom griff hinüber und rieb sanft mit den Händen über ihre Arme. »Wer heiratet denn bloß im Dezember?«, fragte er lachend. »Gut, schaffen wir dich nach Hause und ins Bett.«

Für einen Moment schloss sie die Augen, um sich diese Szene einzuprägen – seinen Wunsch, sie zu wärmen und zurück in Sicherheit zu bringen. Mit siebenundzwanzig sollte Doms Hochzeitsnacht Flitterwochensex vorsehen, jede Menge. Ein Teil von ihr wollte sich entschuldigen – nicht nur für die Hochzeitsnacht, die ausfallen würde, sondern für alles. Für das ganze »Junge trifft Mädchen, erfährt sieben Monate später, dass sie schwanger ist, und heiratet sie fünf Monate danach«. Der Begriff »Blitzhochzeit« traf es nur ungefähr.

Er schob eine Hand in ihren Mantel und drückte ihr Knie, das nur von der dünnen, hautfarbenen Strumpfhose verhüllt war, die sie zu ihrem kurzen Spitzenkleid trug. »Mehr denn je«, erklärte er.

Sie lachte. »Woher weißt du, was ich dich fragen wollte?«

»Weil ich deine Gedanken lesen kann. Außerdem fragst du mich jeden Abend, ob ich glücklich bin.«

Sie schaute durchs Fenster zu den Schatten der vereisten Tannen am Straßenrand. »Ich möchte nur sicher sein …«

»Erin?«

»Mhm?« Sie beugte sich zur Heizung vor.

»Versprichst du mir etwas?«

»Alles.«

»Glaub mir, dass ich glücklich bin. Ich wäre nicht hier bei dir, bei euch beiden, wenn ich es nicht sein wollte. Also, ab heute kein Vergewissern mehr, einverstanden?«

»Einverstanden.«

»Versprochen?«

»Ich verspreche, dich nicht wieder zu fragen, ob du glücklich bist, es sei denn, ich bin aus einem wirklich guten Grund unsicher.«

Dom schüttelte den Kopf. »Schon wird verhandelt! O Gott, was habe ich getan?«

Minuten später parkte er den Wagen direkt vor dem Haus, in dem sie wohnten. »Vielen Dank, Parkplatzfeen«, flüsterte Erin. In der Hawthorn Avenue hatten zu viktorianischen Zeiten einzelne Familien die großen Häuser bewohnt, vornehme Leute, von denen Erin sich oft ausmalte, dass ihre Geister noch durch die Zimmer wanderten. Heute war die Nummer 27, wie die meisten anderen Häuser auch, in drei Wohnungen unterteilt. Dom und sie wohnten im Erdgeschoss, wo die Räume hohe Decken hatten und sie Zugang zu ihrem eigenen Garten. Obwohl Gerard und Sophie Carter ihre Vermieter waren, wohnte Erin sehr gern hier; sie mochte den Originalstuck an den Wänden und Decken, den gemauerten Kamin im Wohnzimmer, die Bilderleiste in ihrem Schlafzimmer und die alten knarrenden Holzdielen, bei denen jede einzelne Fuge mit Jahren von Geschichte gefüllt war. Da sie in einem klassischen Reihenhaus aus den Sechzigern aufgewachsen war, das ihre Eltern mit einem Kredit von der Gemeinde gekauft hatten, liebte Erin es, in diesem Gebäude Geschichte *fühlen* zu können.

»Na denn«, sagte Dom, legte einen Arm um sie und verriegelte den Wagen mit der Fernbedienung. »Wie machen wir das?«, fragte er, während sie sich der Haustür näherten. »Ist das hier die Schwelle oder die an unserer Wohnungstür?«

»Dom, nicht, das ist zu peinlich. Ich bin zu …«

Bevor sie den Satz beenden konnte, hatte er ihr die Autoschlüssel in die Hand gedrückt und sie hochgehoben. Mit einem Arm unter ihrem Rücken und einem unter ihren Knien trug er sie, und sie öffnete lachend die Tür. »Das reicht!«, rief sie.

»Nein! Wir müssen die andere auch noch schaffen. Für alle Fälle. Sonst bringt es vielleicht Unglück!«

In der Wohnung ließ er Erin wieder herunter. Und während Dom einen verletzten Rücken vorspielte, sich auf dem harten Holzboden herumrollte und mit der Hand gegen ihren anderthalb Meter hohen Plastikbaum mit den roten und grünen Kugeln stieß, ruhte Erins eine Hand auf dem sich bewegenden Baby. Es lachte ebenfalls.

Demzufolge, was Erin über das Thema gelesen hatte, war dies die Art, wie die Natur sie vorbereitete, aber Erin war es leid, müde zu sein, nachts nicht schlafen zu können und es mit kurzen Nickerchen tagsüber ausgleichen zu müssen. Sie schüttelte den Wasserkessel auf dem Herd und rückte ihn in die Mitte der Kochplatte. Dann blieb sie am Herd stehen, bis das Wasser brodelte, damit das laute Pfeifen Dom nicht weckte.

Sie tauchte einen Kamillenteebeutel in einen großen Becher und wanderte an der Spüle vorbei zu dem Geschenkestapel auf dem Küchentisch. Ihre leere Teetasse von heute Morgen, als sie noch unverheiratet gewesen war, stand kopfüber auf dem Abtropfgestell. Sie setzte sich oben an den Tisch – massive Eiche, im Landhausstil mit gedrechselten Beinen und einer Besteckschublade an einer Seite. Er war ein Geschenk der Carter-Familie. Sie hatten angeboten, für eine Hochzeitsfeier zu bezahlen; wahrscheinlich wäre die eher so ausgefallen, wie Erin es sich erträumt hatte, doch weder sie noch Dom wollten das Angebot annehmen, weil sie die unausgesprochene Ablehnung gegenüber Erin spürten.

Erin strich mit der Hand über die Geschenke. Es gab nur eines in dem großen Berg, das sie zu gerne öffnen würde und von dem sie wusste, es würde Dom nicht stören, sollte sie es als Erste sehen. Fitz hatte es in altes Zeitungspapier eingewickelt und mit einer blauen Schleife verpackt.

Die Verpackung war flach, und in ihr, mit Schichten von Seidenpapier eingeschlagen, lag ein ledergebundenes Notizbuch. Weiches Nappaleder in Bitterschokoladenbraun mit einer Lasche zum Öffnen wie bei einem Briefumschlag. An der Spitze der Lasche war ein dünnes Lederband zum Verschnüren des Buches angebracht. Erin hob das Buch an und stellte fest, dass es leichter war, als sie gedacht hätte. Mit dem Zeigefinger malte sie die geprägten Worte auf dem Einband nach:

Was bin ich?
Ich bin das Buch der Liebe,
die Seiten der Wahrheit mit ihrem Licht und ihrem Schatten.
Ich bin die Liebe,
und wenn ich echt bin, werde ich nie verblassen.

Als sie es aufschlug, fiel eine Karte heraus und landete mit der Rückseite nach oben auf dem Tisch. Dort sah sie die Handschrift ihres Vaters.

Erin und Dom, eure Mutter und ich haben solch ein Buch früher geführt. Ich schwöre, dass es uns vor manch schwierigen Zeiten bewahrt hat, also ist dies eine »geliehene« Geschenkidee. Ich hoffe, ihr werdet es so benutzen, wie wir es getan haben – um *miteinander zu reden, um aufzuschreiben, was immer ihr nicht über die Lippen bringt. In den kommenden Jahren wird dieses Buch ein Ort sein, zu dem ihr zurückblicken und in dem ihr von Dingen lesen könnt, die zu verstehen ihr vielleicht zu jung oder zu naiv wart. Es gibt nur zwei Regeln. Die erste lautet, macht es nicht zu oft; dies ist ein Weg, über schwierige Sachen zu sprechen, nicht der einzige, um sie zu erwähnen. Und die zweite ist, wenn ihr etwas schreibt, beginnt und endet mit liebenden Worten wie »Meine liebste/mein liebster Erin/Dom« etc. und schließt immer, IMMER mit einer Erinnerung daran, dass ihr euch liebt und warum, z. B. »Ich liebe dich, weil …«.*

Erin fand die Geschenkidee nett, dennoch legte sie das Buch kopfschüttelnd zurück in die Schachtel. Sie konnte sich nicht vorstellen, dass es jemals eine Zeit geben würde, in der Dom und sie nicht einfach offen aussprachen, was sie wollten.

Das Geräusch von tapsenden Füßen bewirkte, dass sie sich umdrehte.

»Komm ins Bett, Schatz.« Dom hatte eine gestreifte Pyjamahose an, aber einen nackten Oberkörper und rieb sich die Augen.

»Ich kann nicht schlafen.« Er legte von hinten die Arme um sie.

»Es ist drei Uhr nachts«, sagte er gähnend. »Was ist in der Schachtel?«

»Ein Geschenk von meinem Dad.«

Dom zog sich einen Stuhl neben sie, trank einen Schluck aus ihrem Becher und schnitt eine Grimasse. »Kein Wunder, dass du nicht schlafen kannst. Das Zeug ist pulverisierter Mist.« Er deutete mit dem Kopf auf das Geschenk. »Also, was ist das?«

»Ist egal – nur eine von Dads verrückten Ideen.«

Dom nahm ihre Hand. »Erinnerst du dich, wie wir uns zum ersten Mal begegnet sind, Mrs. Carter?«

Leise lachte sie. »Es ist erst ein Jahr her. Natürlich.«

»Auf Lydias Silvesterparty. Als ich dich zum ersten Mal sah, hast du getanzt, mit all deinen eins fünfundsiebzig.« Er streichelte die feinen Härchen an ihrem Arm. »Du hast dieses komische Hippie-Schwingen gemacht, wobei du all deine langen Glieder geschwenkt hast.«

»Du hast mich Baummädchen genannt, und ich hasste dich.«

»Du fandest mich scharf.«

»Vielleicht, ein bisschen. Aber ich habe den Spitznamen gehasst.«

»Ich wusste genau in diesem Moment, dass ich dich heiraten würde.«

»Wusstest du nicht!«

»Oh doch.«

Erin umfing sein stoppeliges Kinn mit den Händen und konzentrierte sich auf die bernsteinfarbenen Sprenkel in seinen braunen Augen. »Ehrlich?«

»Ehrlich.« Er nickte. »Hätte ich allerdings geahnt, dass ich in meiner sexlosen Hochzeitsnacht um drei Uhr nachts auf wäre, hätte ich dich doch schlicht da in dem Wohnzimmer weiterhopsen lassen und wäre verschwunden.«

»Autsch.«

»Ja, ich hätte sofort kehrtgemacht und nie wieder zurückgeblickt.«

»Lügner.«

»Du kennst mich so gut.« Er lächelte.

Sie blickte zurück zur Schachtel. »Denkst du, dass wir immer so miteinander reden können? Wie jetzt? Einfach ausspucken, was uns durch den Kopf geht?«

»Klar. Solange es nicht jedes Mal drei Uhr morgens sein muss. Es war ein langer Tag, Schatz. Kommst du wieder ins Bett?«

Leise seufzte Erin, stand mit ihm auf und hakte sich bei ihm ein. Ihr war klar, dass er nicht wieder einschlafen würde, wenn sie es nicht versuchte.

Sekunden nachdem sie im Bett lagen, fröstelte Erin unter der kalten Decke. Sie rollte sich zusammen und schmiegte sich dankbar in der Löffelchenstellung an Dom. Prompt fühlte sie, wie sein Körper ihren wärmte, wie sein ruhiger Geist ihren besänftigte; wie seine Liebe aus jeder seiner Poren in sie hineinströmte, um sie zu erfüllen. Im schwachen Licht, das durch die Jalousien hereinfiel, sah sie den Ringfinger seiner linken Hand; anstelle eines Rings hatte er dort »Erin forever« tätowiert. Seine Mutter hatte beinahe einen Herzinfarkt bekommen, als sie es sah. Erin hatte es geliebt. Sie hatte kaum glauben können, dass irgendein Mann, vor allem nicht dieser, sich so zu ihr bekennen würde. Dieser Mann, der bei allem mit solch einer Leidenschaft dabei war.

Sie drückte seine Hand. Mit der anderen Hand griff sie nach hinten und berührte seine Wange. Noch haftete ein schwacher Ledergeruch an ihren Fingern.

»Ich bin die Liebe«, flüsterte sie.

»Du auch«, sagte er leise.

Lächelnd schloss sie die Augen.